「焦点访谈」里的焦点 ③

央视《焦点访谈》栏目组◎编

中国工人出版社

图书在版编目（CIP）数据

《焦点访谈》里的焦点.3 / 央视《焦点访谈》栏目组编.
—北京：中国工人出版社，2020.4
ISBN 978-7-5008-7393-8

Ⅰ.①焦… Ⅱ.①央… Ⅲ.①新闻报道—作品集—中国—当代 Ⅳ.①I253

中国版本图书馆CIP数据核字（2020）第041265号

《焦点访谈》里的焦点.3

出 版 人	王娇萍
责任编辑	周小彦
责任印制	黄　丽
出版发行	中国工人出版社
地　　址	北京市东城区鼓楼外大街45号　邮编：100120
网　　址	http://www.wp-china.com
电　　话	（010）62005043（总编室）　（010）62005039（印制管理中心） （010）62379038（社科文艺分社）
发行热线	（010）62005049　（010）62005042（传真）
经　　销	各地书店
印　　刷	北京市密东印刷有限公司
开　　本	710毫米×1000毫米　1/16
印　　张	24.5
字　　数	400千字
版　　次	2020年6月第1版　2020年6月第1次印刷
定　　价	68.00元

目　录

2003—2005 《《《《《《

》》》》》》 2006—2007

2008—2009 《《《《《《

2010 <<<<<<<

>>>>>>> 2011—2012

和平：使沙漠变绿洲

在过去的近半个世纪里，约旦和以色列在他们两国之间的约旦河谷曾经征战很多年。1994 年 10 月 26 日，从这个昔日硝烟弥漫、今天仍然布满无数颗地雷的河谷中，又一次传来了隆隆的炮声。不过，这次这些炮声并不是战争的炮声，而是约旦和以色列为签署他们两国之间第一个和平条约而鸣响的礼炮声。

随着鸣响的礼炮声，在签署和平条约现场人们集体起立，先后奏约旦国歌和以色列国歌。出席仪式的各国来宾，为约、以两国战争死难者默哀。紧接着，伊斯兰教谢赫引用《古兰经》祈祷和平，犹太教拉比引用《圣经》祈祷和平。

约旦国王侯赛因充满激情地说道："我们今天一起到这里来，愿真主保佑，是为了保证我们今后再也没有流血和死亡，再也没有痛苦，再也没有猜疑，再也没有恐惧和不安定，就像我们在过去每一天所遇到的那样。"

以色列总理拉宾说："今天早晨是一个非同寻常的早晨，对于一个刚刚生下孩子的约旦母亲来讲，这是祝福的一天。对于一个刚刚生下孩子的以色列母亲来讲，这是祝福的一天。今天在这里所诞生的和平，给了我们所有的人一个希望，这就是但愿在今天出生的我们的孩子再也不知道我们之间还有过战争。而他们的母亲，也永远不再忧伤。"

之后，在各国来宾见证下，约、以正式签署和平条约。

两位小女孩向侯赛因和拉宾献花。这两个女孩分别来自以色列和约旦，她们的祖父都在 1967 年的中东战争中阵亡了。在参加约、以和平条约签字仪式的 5000 多名来宾当中，当有人看到这一幕时，禁不住流下了眼泪。

《焦点访谈》演播室里，特地请来了两位怀着同样激动的心情的客人，因为他们都曾经目睹和经历了约旦和以色列之间的战争与流血。一位是曾经作为一名战士参加过中东战争的以色列驻华大使本·亚可夫先生。另一位是曾经作为一名新闻记者报道过中东战争的约旦驻华大使萨米尔·那乌瑞先生。

主持人："大使阁下，再次欢迎来到我们中央电视台演播室。首先，我要告诉你们，就像你们两国签署和平条约用了 40 年一样，今天你们二位，一位以色列大使，另一位约旦大使，能够第一次共同坐在我们的演播室里也用了很长的时间。那么二位大使先生，能否告诉我作为一位普通的约旦人和一位普通的以色列人，这个和平条约对你们意味着什么呢？"

以色列驻华大使本·亚可夫："这的确是一个快乐的节日，是幸福的一天。我们感到我们国家的一个梦想变成了现实。就我个人来讲，我出生在耶路撒冷，耶路撒冷离安曼只需要一个小时的时间。"

主持人："您是指坐汽车吗？"

本·亚可夫："是的，是的。以前，我总是认为在我们后面的就是我们的敌人。在我的家庭里，我的一个兄弟在 1948 年的独立战争中阵亡了。今天，在 46 年之后我们和约旦建立了和平的关系，这简直令人难以置信，我从来没有这么想过，我也没有想过作为一个耶路撒冷人，明天我就可以去约旦首都安曼旅行了。"

主持人："这的确是一个历史性的时刻。那么大使先生，您呢？"

约旦驻华大使萨米尔·那乌瑞："我现在的感受是，长期以来我们两国人民都把对方看成自己的敌人，而我们两国人民又都是热爱和平的人民，他们都希望通过和平来建立一个更美好的未来。而现在，他们已经能够为了这个未来共同努力。没有什么可以表达我现在的心情，我想每一个约旦人此时此刻的心情也是这样的。”

主持人：“在中东和平进程中一直存在一个以领土换和平的方案，我们也注意到在你们两国的和平条约中，也提到了以色列将保留它所占领的一些战略要地，而同时让出一些以色列自己的领土给约旦。那么这种交换是不是就是一种以领土换和平的方案呢？”

以色列驻华大使本·亚可夫：“只要我们双方都怀有一种良好的意愿，可以就双方间的问题，比如说边界问题、水资源问题、安全问题以及经济问题达成一些解决办法。但是，关键的问题是我们双方都要有诚意，都有一种良好的意愿，我们就可以坐下来通过对话解决我们之间的问题。像包括领土这样一些问题，做出一种符合双方利益的安排。这就是这个条约所包含的一种精神。”

约旦驻华大使萨米尔·那乌瑞：“我想我们这个条约所遵循的原则是显而易见的，这就是和平、互相承认。这也就是说相互承认各自人民在安全的、公认的边境内和平存在的权利。除此之外，这个条约还显示了我们两国人民想要建立一个和平的未来的真诚愿望。”

以色列驻华大使本·亚可夫：“是的。当然还有一种情感。我们在昨天的签字仪式上也可以看到，我们两国领导人那种亲密的关系。而今天你也看到我们两个人如此近地坐在一起。”

主持人：“是的。这是你们第一次。”

以色列驻华大使本·亚可夫：“第一次。这还要感谢你们正式邀请我们坐在一起。所以说这种情感是来之不易的。然而，更为重要的是，我们都感觉到明天、未来是更重要的。我认为，当然我也相信在这一系列的和平进展之后，其他阿拉伯国家，比如叙利亚也会加入以色列和埃及、巴勒斯坦人和约旦这种和平的大潮当中。”

约旦驻华大使萨米尔·那乌瑞：“在这里我还想说一点，对我们约旦人来说，我们长期以来都在呼吁在中东地区实现全面的、各方都参加的和平。但是，我们也意识到，目前中东和平进程带给我们更多的是希望。只要我们能够取得更多的进展，我们就可以获得更为全面的和平，从而推动整个中东和平的进程。”

主持人：“的确，和平在中东似乎已经是不可逆转了，就像我们在今天的谈话当中经常使用的这个词‘和平’。我最后有一个小问题想问你们二位，希伯来文的‘和平’怎么说？”

以色列驻华大使本·亚可夫：“沙龙母（音）。”

主持人：“阿拉伯语呢？”

约旦驻华大使萨米尔·那乌瑞：“沙拉母（音）。”

主持人：“发音几乎是一样的。好的。再次感谢二位阁下。”

在希伯来文和阿拉伯文里边，“和平”这个词的发音非常相似，这也许可以说明犹太和阿拉伯这两个民族最终追求的目标是同一个，这就是“和平”。因为这两个生活在沙漠里的民族，都有一个共同的寓言，这个寓言也是他们的祖先留给他们的寓言，这就是战争能够使绿洲变成沙漠，而和平将使沙漠变成绿洲。

（《焦点访谈》1994 年 10 月 27 日）

在补碘的名义下

1998年3月26日晚上，《焦点访谈》栏目接到山东省菏泽地区单县观众来电，说当地第一完全小学的大批学生，突然发病被紧急送进医院。我们的记者在最短的时间内，赶到了出事地点。

3月27日中午，记者赶到单县中心医院，发现还陆续有发病的学生被送到医院。

单城镇第一完小学生："肚子疼。"

记者："疼了几天了？"

学生："三四天了。"

记者："你吃了几片药啊？"

学生："一片。"

记者："现在除了肚子疼还有别的地方难受吗？"

学生："恶心。"

记者："打过吊针吗？"

学生家长："打三次了，都打三天了。"

记者："三天见好吗？"

学生家长："他就是反复，一个劲儿反复。头疼，发烧，恶心。"

记者："现在还觉得哪儿难受啊？"

学生："头晕，还有点闷得慌，头疼，还有点恶心。"

学生家长："这个最严重，用救护车第一车送来的四个学生中就有她，她当时皮肤都变红了。被送来之后做了心电图，发现心脏有点问题。她自己要求再打针的，她说，妈妈，难受得受不了。到了12点回到家，2点多以后，她就说，妈妈，鼻子出血了，你看看。我一看鼻子里都是血条子。”

记者：“就是今天中午吗？”

学生家长：“嗯。”

经过初步了解，3月25日上午，单城镇第一完全小学给13个班的学生服用了一种叫“碘钙营养片”的东西，从当天下午开始，部分学生就出现了反应。

三天以来，发病的学生人数不断增加，到记者采访时为止，这所小学服过这种药片的700多名学生当中，有500人入院治疗。

面对这场突如其来的群体发病，山东省卫生厅和菏泽地区医院的有关专家闻讯赶赴单县。专家们对发病原因的看法基本一致。

菏泽地区人民医院副主任医师王福臣：“多半还是服用了碘钙营养片以后的药物反应。”

山东省食品检验所副主任医师冷毅：“因为学校没有共同吃其他的食物，学校里没有集中供水，也没有加餐，所以认定不是吃食物造成的影响。”

对于这种造成学生大面积入院的碘钙营养片，有关部门正在检测之中。但在采访中，这批药品的推销过程却引起了记者的关注。它是怎么大批量进入学校的呢？学校领导说，这批碘钙营养片是3月19日县防疫站的宋副站长拿来的。

单城镇第一完小副校长安佩华：“他就说预防粗脖子病啦什么的，再一个他还拿了很多关于这个药物宣传的报纸。”

学生家长：“一般学校都搞防疫，咱都认为这是好事，一般我们没阻拦过，也没多问。人家老师也是好意，是吧？”

那么，这次服药是不是卫生系统的统一防疫行动呢？记者采访了卖药给学校的县防疫站副站长宋新华。原来，这次从买药到给学生服药，并不是上级规定的防疫行动，完全是他的个人行为。

记者："那么你去荣城联系进这个药，是你自己的主意还是防疫站集体领导研究过的？"

单县防疫站副站长宋新华："我自己的主意。"

记者："你去荣城进药这件事，你们单位的领导知道不知道？"

宋新华："不知道。"

记者："底下的工作人员还有知道的吗？"

宋新华："没跟底下的工作人员讲。"

这次进药和卖药，宋新华既没有请示他的上级，也没和同事商量。既然不是国家规定的防疫行动，为什么学校会统一组织学生服用呢？

记者："当时为什么决定在全校发这个药呢？"

单城镇第一完小校长张忠阳："就是为了发展儿童的智力，之后怕他们得这个粗脖子病。"

单城镇第一完小副校长安佩华："拿这个药，他介绍了这个说明，介绍了对孩子的身心健康、智力发展有什么好处。"

宋站长推销药品的时候，打的是堂而皇之的给学生补碘的旗号，说能使人变得聪明。他根据单县是个贫困县的特点，只让老师给每个学生推销了4片。有关专家从科学上对此做出了说明。

山东省卫生厅副厅长王宝亭："在碘缺乏地区补碘，最主要的还是推广广泛地使用合格的碘盐。在特需人群中，在医生的指导下，补服碘油丸。除此之外，我们提倡不要再搞其他的补碘食品、补碘营养品啦，没有必要。"

记者："能不能通过只吃4片这种营养片，改变一个孩子缺碘的现状呢？"

山东省地方病防治所副所长房维堂："这是不可能的。"

就是在真缺碘的地区，吃几片碘钙营养片也不能解决补碘问题。而在采访中，记者意外发现，地处菏泽地区的单县却是不缺碘的高碘地区，根本不需要补碘。

房维堂："根据我们 1995 年和 1996 年的调查，单县属于菏泽地区，菏泽地区从宏观来讲，整个地区属于不缺碘地区。"

有关专家也指出，对高碘地区的人群进行补碘也会造成严重反应。那么为什么要给高碘地区补碘呢？专家们指出了补碘营养品泛滥的根本原因。

菏泽地区人民医院副主任医师王福臣："从医学角度现在也不好推测，因为有些部门为了搞经济效益，他可能搞一种什么药物，应用于学生和孩子身上，这可能从经济效益观点来考虑的，并不是从实际需要考虑的。"

采访中，记者也不难发现宋站长推销药品的直接原因。

记者："当时你进这个货的时候，平均每片是多少钱？"

单县防疫站副站长宋新华："平均每片合 1 毛钱左右吧。"

记者："然后你卖给学生一片多少钱？"

宋新华："卖给学生一片合 6 毛钱。"

记者："中间这么大的利润都归你了，是吧？"

宋新华："光这样想，现在钱还没到手。"

记者："准备这样做，是吧？"

宋新华："准备这样做。"

单县公安局刑警队李中华："他就是为了赚两个钱，想利用这个补碘，用他的话讲，就是上边有这种精神，利用这个机会赚两个钱。"

记者："他总数已经盈利多少？"

李中华："除了别人给他打的欠条是 23000 元之外，净赚现金是 30000 多元。"

那么宋站长是怎么把 1 毛钱一片的碘钙营养片，以 6 毛钱的价格顺利推销出去的呢？这后面的情况更值得我们注意。

据学校校长反映，宋站长来的时候，拿的是省防疫站推荐使用碘钙营养片的文件。那么，有关单位在向下发文推荐的时候，对产品的内在品质和科学使用，是否心中有数呢？

记者："适用于缺碘地区中小学生，我现在就是想请教一个技术问题，吃这种碘钙营养片，他每次要服用多大剂量？一共要服用多长时间才能取得成效？这个你们清楚吗？"

山东省防疫站学校卫生科主任杨玉林："这个就是还没有做非常细致的分组观察，还没有做这么深入的研究。"

记者："那就是说，对这个情况不掌握，就向学生推荐这个东西，对吗？"

杨玉林："这个也不能这么说吧……"

据防疫站和学生营养促进会的介绍，推荐一种产品他们可以获得10000元的推荐费，参加评审的专家也可以获得100至200元的评审费。卖药的宋站长也承认，有了上级的推荐文件，他才能去顺利地推销碘钙营养片。

记者："你当时根据什么相信这个药呢？"

单城镇第一完小校长张忠阳："就是因为有地区文件。因为地区文件还有宣传品，咱们看了以后，才相信他这个东西。"

宋站长用来推销的第二个法宝是利用了卫生防疫部门的身份，有了这个身份，这次他个人的推销行为，就成了防疫部门布置工作。

单城镇第一完小副校长安佩华："来的其他人我们也不相信，因为是县里防疫站来的，所以我们认为这个问题，可信度还是比较高的。"

记者："当时要钱时怎么跟您说的？"

学生家长："光说买药，也没说啥药，买了以后就给孩子吃了。"

记者："那你们也不关心吃什么药吗？是药就给孩子吃啊？"

学生家长："因为咱们相信防疫站，药是防疫站统一发的，防疫站是个职能部门，咱们应该相信它。"

单城镇第一完小教师："这是县防疫站上学校来布置的，他说我们这个地区缺碘现象严重。"

就这样，宋站长的药顺利推销出去了。他为了个人盈利，却造成了如此严重的后果。这件事引起了山东省卫生厅的高度重视，有关领导采取了果断措施。

山东省卫生厅副厅长："当我们了解了大概的情况以后，给威海市卫生局立即打了电话，要求他们查封'碘钙营养片'生产厂家的所有产品和原料，并责成生产厂家对已经卖出的产品，要通知购货单位就地封存。"

耐人寻味的是，宋站长虽然在推销的时候说得天花乱坠，但他却没给自己 11 岁的女儿吃这种药片。

在记者结束采访的时候，又传来了山东宁阳县 200 余名学生吃了这种碘钙营养片发生药物反应的消息。

记者了解到，山东省卫生厅已经吊销了"碘钙营养片"的生产批号，同时查封了所有的剩余药片。通过这件事我们看到，卫生防疫部门的个别人，利用上级的指示和宣传精神，肆意加以发挥，对于一些不需要补碘的地区强行要求补碘，置消费者身体健康于不顾，达到个人牟利的目的。这样的一种强行推销的行为，具有很强的蒙骗性和强制性，因为消费者很难判断是非，很难做出选择，所以这就需要卫生防疫部门加强这方面的监督管理才行。

（《焦点访谈》1998 年 04 月 02 日）

飞去“乌纱”又飞来

领导干部贪污腐化，违反党纪国法，如果再对揭发举报的群众进行打击报复的话，更是触犯刑律。这些人所共知的法律法规，最近在浙江省台州市电力系统处理一名干部的问题时，却被有些人当成了儿戏。

从潘祖言 1991 年就任浙江省台州市黄岩供电局局长后，不断有群众写信举报他在经济等方面的问题，但其中只有职工代表王桂生用的是真名。

浙江省台州市黄岩供电局职工王桂生：“供电局有些职工向我反映，讲过好多潘祖言的问题。我当时这样想，如果我王桂生也不声不响地听到了就算了，我这个职工代表从良心上讲，不怎么过得去，所以我就把有关潘祖言的情况，整理了一个材料。”

王桂生和其他职工写信举报潘祖言的问题有：用公款大肆吃喝、在内部私设小金库、挪用国家明令专款专用的农电维修资金用于亲属和亲信经商、在工程建设批用电指标中索取回扣等。就这些问题，职工代表王桂生一共写了七封信给有关部门。但是这些信，竟全部落入了潘祖言的手中。

浙江省台州市黄岩供电局职工王桂生：“他在职工大会上面公开讲的，拿了我的七封（举报）信，在职工大会上抖抖，抖给大家看：你看，王桂生写了我七封（举报）信，你们看都在我的手里。他就那样抖给大家看。”

记者：“他把这些举报信都拿出来了？”

浙江省台州市黄岩供电局党委副书记陈文信："是拿出来了，大会上在他手里抖了抖。这个情况是事实。"

记者："这些举报信怎么能在他手里，这是很不正常的吧?"

陈文信："这个举报信弄到被举报人的手里是不正常的，但是怎么弄上去的，这就很难说了，我们也弄不清楚。"

七封写给不同部门的举报信，都落入被举报人潘祖言手中后，进行合法举报的王桂生不明不白地被评为不合格党员，应得的六千元奖金也没给发。在这些未能使王桂生屈服后，时任党委书记兼局长的潘祖言，竟想出了雇用流氓殴打王桂生的主意。

浙江省台州市黄岩供电局原职工张丽红："当时张明下班回到家里跟我讲，王桂生经常写信告潘祖言，潘祖言很生气，晚上到我们家里商量怎么对付王桂生。张明是我爱人，当时张明是给他开车的，算是他的亲信。"

记者："就是决定找社会上的人去打王桂生?"

浙江省台州市黄岩供电局职工张明："他说人他自己找好了，你们不要管，就是他找的人不认识王桂生，叫我带着去认一下人。"

记者："他找的都是些什么人啊?"

张明："社会上的人。"

在潘祖言的安排下，王桂生很快在一天下班后遭到流氓的殴打。

王桂生："在我回家的路上，四个流氓在一个小巷子里面，我一拐弯他们就来了，抓住我的自行车就打。"

浙江省台州市黄岩供电局职工张明："打了以后我刚好在他（潘祖言）的办公室，电话打进来说人已经打了。"

由于对潘祖言打击报复的丑恶行为实在看不过去，这些原被潘祖言视为亲信的职工，最终也加入揭发他的行列。在采访中台州电力系统职工反映说，利用社会上的人进行威胁和打击报复，是潘祖言的一贯做法。

浙江省台州市黄岩供电局原职工吴卫国："在我们局里面叫他潘局长，在社会上好多人都称他为潘老大。我很同情王桂生遭到打击报复，我曾经同王桂生一起向有关部门反映过潘祖言打击报复举报人的问题，但招来的都是恐吓电话。”

记者：“什么样的恐吓电话呢？”

吴卫国：“就是无名打进家里来，你是吴卫国吗？你要注意，你跟潘过不去的话，马上给你放平。”

浙江省台州市黄岩供电局职工：“他就是动用社会上的流氓来保住自己这个地位。”

记者：“这是他一贯的手法吗？”

浙江省台州市黄岩供电局职工：“他一贯的手法都是这样子的，他是社会上的老大嘛。”

记者：“这个称呼是谁给他的？”

浙江省台州市黄岩供电局职工：“人家给他的，他自己也承认。”

但流氓的袭击并没有使职工代表王桂生屈服，他继续向有关部门反映潘祖言的情况，局里越来越多的职工与他站到了一起。但有关部门对此问题都是互相推诿，少数几次关于潘祖言经济问题的调查，也难以深入，不了了之。

万般无奈，王桂生把有关情况反映给了新闻媒体。

《浙江工人日报》记者徐志彪：“接到职工群众的申诉，我们报社领导经过研究以后，决定派我去调查这个事情。我们到黄岩住下来以后，就发现有人来盯我们的梢。”

《工人日报》记者陈通秀：“我们《工人日报》记者站，还有一个女记者跟我一起，同《浙江工人日报》的记者一起，我们去黄岩调查的时候也发现这种被盯梢的情况。”

1997年年初，《浙江工人日报》《法制日报》《工人日报》先后就有关潘祖言的问题进行了报道。文章见报后，《浙江工人日报》记者接到了来自黄岩的恐吓电话。

《浙江工人日报》记者徐志彪：“报道以后，1997年下半年我家里连着接到来自黄岩的匿名电话，威胁我，甚至说要把我杀掉。”

迫于舆论的压力，台州电业局于1997年2月组织工作组进入黄岩电业局，对报上有关潘祖言打击报复的事情进行调查取证。

记者：“您印象当中，就您询问的这些职工，调查了解的这些职工，对潘祖言是满意的多还是不满意的多?”

浙江省台州市电业局干部蔡光波：“不满意的多。”

浙江省台州市电业局干部章亮：“我们在调查的时候，报纸所刊登的情况基本上是事实。”

经台州电业局调查核实，群众所举报潘祖言在黄岩供电局任局长期间打击报复王桂生、公款大肆吃喝、挪用农电总站维修资金、亲自监督烧毁农电总站小金库账簿等情况基本属实。此外，还发现了潘祖言在经济上的一些疑点。

浙江省台州市电业局党委书记丁连春：“调查材料出来以后，我们班子当时在这一点上是比较统一的，认为潘祖言在黄岩打击报复的事情，这个事实是存在的。比如说，像他组织人打王桂生，是有这么回事。”

记者：“出手去打人的，是些什么人呢?”

丁连春：“社会上一些人。”

记者：“认为是流氓吗?”

丁连春：“对这些人呢，我没有直接见到。应该可以这么说，好人绝对不会去打其他的人，应该说可能是这种社会上的流氓。”

记者：“看来潘祖言和社会上这些不太正当的人，关系相当不错。”

丁连春：“这个从我们组织调查上没有核实过，据反映有这方面的情况。”

记者：“这么一个人当领导干部，有没有考虑过是否合适?”

丁连春：“跟社会上有黑社会性质的人有密切联系的，这有的话当然是不行的。”

调查结束后，台州电业局于1997年5月16日免去了潘祖言黄岩供电局局长兼党委书记的职务，但未给予任何行政处分，对于潘祖言在经济上的疑点，也未予深究。

浙江省台州市电业局党委书记丁连春：“大家反映他把账本烧掉了，我们也查过，账本烧掉是事实，他在场监督烧掉账本。但里面还有什么问题，涉及哪些人，什么东西划到哪里去了，确实是比较难查的事情。所以对这些经济问题呢，反映出来的问题，没有很好地一个一个查清楚，这个事情就放下了。”

在潘祖言被免职一个月后，这么一个动用流氓打击报复举报人、经济上有诸多疑点的人，又被平级调动到台州宏兴电业发展有限公司任副总经理。

浙江省台州市电业局党委书记丁连春：“我们当时的想法是，先把潘祖言调出黄岩，黄岩那边整个职工队伍也好，工作也好，能稳定下来。对潘祖言新的职务任免，我们跟省电力局领导也汇报过，他们认为一个干部不可能长期挂在那里，没职务放在哪里也不合适。这样的话，先在我们局内给他安排一个职务。”

记者：“职务改变了，但是行政级别没有改变是吧？”

丁连春：“行政级别还是一样的。我们局里的科级、正科级和黄岩局里的正科级一样，局长也是正科级。”

记者：“待遇上有没有什么变化呢？”

丁连春：“从硬件定的待遇上是没什么变化的。”

对于干部的任用，浙江省电力系统有自己的标准，但是这一标准在潘祖言的问题上，与群众的意见出现了严重分歧。

浙江省台州市黄岩供电局职工张明：“按说是不应该再当官了，这样子当官供电局要损失多少，一年吃掉多少。”

浙江省台州市黄岩供电局职工吴卫国：“这边腐败了到另一边去做官，异地做官，这种现象在我们党内是绝对不允许的。如果说像他这种多了，那我们不要反腐败了。”

在采访中群众多次反映，潘祖言在任期间通过请客送礼，调用地方重要亲属等手段，为自己编织了一张巨大的关系网，从落入他手中的一封封举报信、数次半途而废的调查、免职后的异地为官，人们时时能感觉到这张网的存在。

浙江省台州市黄岩供电局职工吴卫国：“潘祖言自己经常在大会上面说，省里某某某他认识。所以现在职工猜测，省里某某某领导是他的靠山，所以好多事情，就是敢怒不敢言。”

记者赴黄岩调查此事的第一天，就发现宾馆房间门口有人徘徊。与此同时，几名约好来反映情况的群众，因发现楼下聚有一些不三不四的人而不敢入内。潘祖言被免职后，异地为官，令曾经揭发他问题的群众感到疑惑和恐惧。

记者：“您要求以这种方式，就是不暴露您的这张面孔，来接受我们采访，这是为什么？”

浙江省台州市黄岩供电局原职工张丽红：“因为我怕他们，真的很怕他们。他们专门利用社会上的那些小兄弟来吓唬你，所以最好不要让他们看见我的面孔，看见了以后我走路都很不方便的。”

据群众反映，潘祖言虽已在宏兴公司任职，但并未办理调动手续，连工资都是在黄岩供电局支取。由于潘祖言拒绝接受当面采访，记者在电话中就此与他进行了核实。

记者：“您的这个关系和人事是不是都在黄岩供电局？”

潘祖言：“这是对的。”

记者：“为什么没有调到这边来呢？”

潘祖言：“这个是领导同意的。”

记者：“群众反映说，您说过，您还是想回黄岩供电局任局长的，是这样吗？”

潘祖言：“这个不是我个人说了算的事情。”

记者：“您个人想不想回呢？”

潘祖言：“我个人当然想回到自己的地方来了。”

台州市电力系统的领导对潘祖言的经济问题可以挂着不理，对潘祖言打击报复举报人的问题也可以挂着不理，唯有觉得这么个干部，长期挂着不给个官当不合适，非要急急忙忙再给他安排个职务才行。这样的所作所为，不但无视了法律的尊严，也打击了群众行使监督权力的积极性。如果在关系网的保护下，连这么一个事实清楚的问题都得不到解决的话，那么台州市有关机构反腐败工作岂不成了一句空话？

（《焦点访谈》1998 年 4 月 5 日）

病因在哪里

1998 年 4 月下旬，深圳市妇儿医院连续发生上百例同类型的手术后感染，如果大家留意一下的话，可能注意到最近很多新闻媒介对此都进行了报道。《焦点访谈》栏目的记者在采访的时候，发现这起重大的医疗事故背后有一些非常值得我们关注的原因。

1998 年 4、5 月期间，在深圳市妇儿医院内接受过手术治疗的 100 多名妇女和儿童，在手术后伤口出现相同症状的病菌感染而不得不相继回到医院重新接受治疗。近日，记者来到这家医院调查采访。

受感染的病人：“中药也用了，西药也都用了，效果根本不明显。”

记者：“你是几月来做的手术？”

受感染的病人甲：“5 月 10 日。”

记者：“你拎的这个瓶子里面是什么东西？”

受感染的病人乙：“这个是做引流的。”

记者：“这个流下来的是什么啊？”

受感染的病人：“医生说是脓水。”

据介绍，所有伤口受病菌感染的病人症状几乎都是相同的：手术后伤口超过正常时间不愈合，即使愈合，不久以后又会重新化脓溃烂。

记者：“在这住了多久了？”

受感染的病人丙：“住了有 60 多天，进了 4 次手术室。”

受感染的病人张晓燕："医生现在就是把创面割开，然后拿刀子挖，一次、两次你心理上可以承受，但是我已经做了7次手术，肚子上5个洞，可就是没有效果，包块还是包块，化脓还是化脓。"

那么目前在深圳市妇儿医院里，像张晓燕这样的感染病人到底有多少呢？

记者："现在这还有多少个妇女，因为感染在这儿住院？"

妇儿医院护士："我们没有接到上边的指示，我不能随便讲，不能随便讲，我不愿意。"

几经周折，记者找到了妇儿医院的妇产科主任进行采访。

记者："在这段时间一共有多少个人到你们这来做手术呢？"

妇儿医院妇产科主任吴若松："总共统计有292例。"

记者："有多少个人感染了这种病？"

吴若松："到目前为止是148个。"

记者："这个比例大概占多少？"

吴若松："50%以上了。"

这也就是说，在一段时间里，每两个在妇儿医院做过手术的病人中，至少有一人受到了病菌的感染。那么，感染的原因又是什么呢？

6月，深圳市卫生部门组成调查组，对此事进行全面调查，发现引起感染的是一种极为罕见的病菌。

事故调查组成员扈庆华："它是一种快速生长的非结核分枝杆菌，影响伤口愈合。它的潜伏期很长，有的潜伏期会达到一年。"

记者在显微镜下看到了这种杆菌的真容。妇儿医院148名病人伤口上感染的就是这种病菌。据专家说，这种病菌这么大面积地集中感染在国内外极为少见。

同济医院妇产科医生曾良驹："像这种感染病，在国际上是比较罕见的，而且治疗方法有很多种，但是没有一种方法尽如人意，特别是疗程比较长，容易复发。"

其实早在4月22日，妇儿医院已经发现有人伤口发生感染，但院方并没有给予足够重视。5月5日又集中发现了9例病人，这时医院仍然没有向有关部门汇报，也没有停止手术查找原因。

记者："最早第一例发现这种病菌的感染在4月22日，在这之后又接受了多少例手术？"

妇儿医院妇产科主任吴若松："一共做了160个手术。如果在发现9例感染后，就停止全院的手术，就可以有90个病人避免这次感染。"

受感染的病人："我是5月11日做的手术。住院以后，我在6楼住，护士就说你现在还做手术？现在感染的很多，10个人中有5个感染的。"

记者："当时已经有护士跟你说有人感染？"

受感染的病人："不是，是做完手术以后告诉我的。"

直到6月3日受感染的病人人数急剧增加，医院才不得不向卫生部门汇报并停止手术。这时医院打出了这样一份通告：由于内部装修，停止接收病人。

深圳市卫生局局长周俊安："发生在妇儿医院大面积的分枝杆菌感染，我认为是一起严重的医疗责任事故。为什么说是医疗责任事故，有两点理由。第一点理由，通过病原学的调查，整个感染的来源是手术室浸泡器械，就是剪刀、刀片，这些器械的戊二醛，消毒液的配制错误。第二点理由，医院的领导在4月22日，第一例感染已经发生之后，内部到处请人查找原因的时候，没有向我们主管部门报告，耽误了这段时间。没报告的这段时间，他们仍然在做手术，在原因没查出来之前，医院还在做手术，这叫知情不报。如果早点报告，后面的这些病人就不会再感染。"

据介绍，医院使用的消毒液戊二醛如果达到1%~2%的浓度标准，本来是可以杀死这种病菌的，但医院实际使用的消毒液的浓度只有0.005%。

正是由于消毒液配制错误，浓度根本达不到标准而造成了病菌的感染。

事故调查组成员于国颜："以前医院用过20%的消毒液，可是以后换了这一种，已经是1%的浓度了，就不用再稀释了，制剂员不知道，以为还是20%

的浓度就稀释了。”

妇儿医院的药剂师把1%浓度的本应直接使用的消毒剂进行了稀释，这样一来，浓度就只有0.005%，根本无法杀死病菌。

医院负责消毒剂配制的只有一个人，名叫何莹。

记者：“这次你是把1%浓度的消毒液当成20%的进行稀释？”

深圳市妇儿医院药剂室药剂师何莹：“对。”

记者：“稀释了多少倍？”

何莹：“200倍。”

记者：“那你应该知道这个消毒液达到百分之多少的浓度，才能达到杀菌的效果。”

何莹：“这个是防疫部门的事情。”

记者：“你不清楚吗？”

何莹：“我不清楚。”

采访中发现，作为制剂室负责人的何莹，对于多少浓度的消毒液才能达到杀菌效果竟一无所知，同时她又没有按照有关药剂配制规程来操作。

妇儿医院药务科原负责人：“她稀里糊涂地做了。制剂应取样检验，质量合格方可使用，这一条她违反了。”

记者：“她有没有检查过？”

妇儿医院药务科原负责人：“一个是原材料没检查，另一个是做好了成品没检查，两条她都没做。”

从医院的财务报账单上我们看到，从1994年起这家医院就自己购买浓度为20%的消毒液配制使用。按照有关规定，只有经省级以上卫生部门批准，取得卫生许可证后，方可自行配药使用。

深圳市卫生防疫站站长李良成：“妇儿医院制剂室没有领取卫生许可证。从1994年开始，他们就生产消毒剂，他们这几年的生产都是非法的，主要是受经济利益的驱动。因为自己配消毒液比较便宜，市场上卖的成品消毒液，比自己配的贵50%以上。”

一方面，妇儿医院自行配制药剂是违法的。另一方面，按照规定，消毒液的浓度必须达到1%以上才能合格使用。但据卫生部门检测，这家医院自行配制的药剂，长期以来一直达不到这个标准。

记者：“以前配制消毒液的原材料的浓度是多少？”

何莹：“20%。”

记者：“那个时候你把它稀释了多少倍呢？”

何莹：“那个时候是按照这个配方来配的。”

记者：“大概稀释在多少倍？”

何莹：“按这个配方稀释了200倍。”

记者：“是不是说它过去这种浓度，也是达不到这个要求标准的？”

事故调查组成员张韶华：“是，达不到。”

长期以来妇儿医院消毒液不能消毒的问题，为什么一直没有被发现呢？按照有关规定，医院内应设立质量检验部门进行监督把关。那么深圳市妇儿医院有没有这样一个部门呢？

记者：“你们医院有质检部门吗？”

何莹：“这你要问主任了。”

记者：“就是有没有人来检查过这个呢？”

何莹：“没有。”

记者：“就是你配成什么样子就用什么样子？”

何莹：“对。”

药剂师说，药剂配制监督工作在医院长期以来没有人在做，但院方又提出他们的质检工作是由质控办来负责。

记者：“这一块你们管不管？”

妇儿医院质控办负责人：“完全不分管。”

记者：“那你们有没有一个专门质量检验部门，对消毒液或者一些药水是否符合标准进行检验呢？”

妇儿医院质控办负责人："请你问医务科。"

随后记者又找到了医务科。

记者："消毒剂质量问题你们有没有抽查过，或者监督管理过？"

妇儿医院医务科负责人："这个不应该由我们来管。从消毒隔离这个角度来讲，应该是质控办负责。"

质控办说这项工作该由医务科管，而医务科又说该由质控办管，那么到底谁来管呢？当两方负责人站在一起的时候，这个问题才有了答案。

记者："刚才您跟我说的是，这个事情应该归咱们院里质量控制办公室管。您是质量控制办公室的，你又说这个不归你管。"

妇儿医院医务科负责人："在业务上质量控制方面，应该由卫生局药政处来检查，每个月都定期来检查。"

记者："在院里应该是谁负责？"

妇儿医院医务科负责人："我们院里没有一个组织来检查它的质量，没有。"

国家卫生部副部长王陇德："深圳市妇儿医院这起事件，一方面是由于当事人责任心不强，另一方面也反映了医院的管理混乱，管理人员严重失职。这个事件发生以后，卫生部和当地卫生行政部门做了大量调查，当地已经对院长采取了免职措施，同时我们对全部事件将做进一步调查。等全部事件清楚以后，我们和当地政府一起，将对有关的责任人员，依照有关的规定和法律、法规，严肃追究责任。"

医院的管理和企业的管理比较起来可能有这样一个区别：如果一个企业的管理水平低下，产品出问题的话，一般的情况下造成的是消费者经济上的损失，而如果一个医院的管理水平低下往往会直接对患者的健康，甚至生命构成威胁。平时咱们到医院里去看病，经常可以看到医院里贴了很多这样的标语口号："全心全意为患者服务""为患者减除痛苦是我们的天职"。如果真想把这些口号的精神落实到实处，医院需要的就是扎扎实实地加强管理工作。我们希望深圳市妇儿医院出现的这起医疗事故，能够警醒更多的医院注意把自己的管理工作做好，同时也但愿在我们今后的报道中，不会再有这类医疗事故出现。

（《焦点访谈》1998 年 7 月 18 日）

补贴到手　斧锯出手

——中华环保世纪行

天然林是我国目前已经为数不多的珍贵自然遗产，为了真正做到彻底保护这些天然林区，现在国家和有关省区的政府已经做出了封山护林的决定。禁止采伐林木以后，政府还拿出了专款用于补贴林区人民的生活和其他项目的建设。那么现在这些林区的情况怎么样了呢？最近我们的记者来到林木茂盛的云南德钦。

位于云南省迪庆州德钦县境内的格木荣原始森林，是我国长江上游为数不多的高山原始森林。这里不仅活跃着许多包括滇金丝猴在内的珍贵的野生动植物，也是长江上游水土保持的最后屏障。林业部在 1997 年 2 月曾经发文，要求德钦县禁止在此地进行商业性采伐。1998 年 6 月 12 日，当我们来到格木荣森林时，不仅领略到了大自然中万籁的和谐，也听到了这样的声音。

记者现场报道："这是电锯声，肯定是刚伐木的，走，过去看看去。这棵树就是刚伐的。树倒了。"

记者："你这个伐的是什么树啊？"

伐木工人："桦树。"

记者："桦树，那个是你们自己伐的，还是谁让你们伐的？"

伐木工人："木材公司，德钦县木材公司的树。"

记者："德钦县木材公司？在山上伐了多少天了？"

伐木工人："10 天。"

记者:“每天像这样的大树能伐几棵啊?”

伐木工人:“10 棵。”

记者:“还要伐多长时间呀?”

伐木工人:“伐 20 天。”

跟随一辆卡车,记者在森林腹地发现了越来越多被砍伐下来的林木。

德钦县木材公司采伐点负责人:“我负责管生产的。”

记者:“负责砍伐这片森林的?那这片采伐点是怎么回事啊?”

德钦县木材公司采伐点负责人:“怎么说呢,它分了 3 个组。”

记者:“今年多少指标啊?”

德钦县木材公司采伐点负责人:“今年只有 3000 方吧。”

记者:“3000 方指标,分 3 个采伐点?”

德钦县木材公司采伐点负责人:“这是国有林啊,它一定是国家有指标才能采伐,这儿不是乱采伐的。”

记者:“您觉得这个不是乱采伐?”

德钦县木材公司采伐点负责人:“不是乱采伐。”

记者:“他们给你出示了这个采伐证没有?”

伐木工人:“采伐证,他们有。”

既然是林业部要求禁伐,德钦县也同意禁伐的林区,这么大规模的砍伐,采伐许可证是谁开的?伐木指标又是从何而来的呢?在山下的德钦县木材公司,我们见到了前来指导林业工作的副县长马仕铭。

记者:“那么这次 3000 方这个指标是县里面批给他们的,还是他们私自伐的?”

德钦县副县长马仕铭:“这个是……我们……前个星期三,我们开了个会,这 3000 方指标是省里面批下来的。”

记者:“省里面批准的?”

马仕铭:“然后州里面批准,县里面又给他们。”

记者：“有文件吗？”

马仕铭：“有文件，有文件，县里面有文件。”

记者：“县里面有文件？”

然而在德钦县木材公司的储木场采访时，还没等记者开口，那里的职工就开始躲闪。

记者：“你们是德钦县木材场公司的吗？请问你们是那个德钦县木材场公司的吗？你们干吗跑呢？”

德钦县木材公司职工：“我们找场长看看。”

记者：“场长在哪呢？”

既然是省里和州里批准的合理采伐，工人们和场长没有必要躲躲闪闪，记者决定去德钦县核实此事。两天后，我们来到三百公里以外的德钦县。在德钦县，我们看到了马仕铭副县长所提到的文件，3000 方指标是有，但不是砍伐森林的指标。

德钦县林业局原局长鲍家庚：“今年这 3000 方指标主要是考虑我们清理林区剩余物，以便开展护林防火工作。”

在林区采访时记者看到，由于前几年的滥伐，林区中巨大的散乱木材随处可见，清理林区就是指收集这些旧木材，德钦县却演绎成了砍伐活林 3000 方。

记者：“这次木材公司采伐这个 3000 方的林木有没有采伐许可证？”

鲍家庚：“到目前为止没有开采伐许可证，这 3000 方主要是清理林区剩余物。”

记者：“没有采伐许可证采伐林木的话，属于什么行为？”

鲍家庚：“从我们林政部门来讲是一个违法行为。”

据统计，格木荣森林中，仅仅收集散落木材就可以达到 4500 方，那么德钦县为什么明知违法还要费力气砍伐活林呢？

记者：“那些木头成材为什么不运下来呢？”

德钦县林业公司副经理严向群："有些是因为它比较分散，我们企业生产上都要搞承包，我这个吊车……一方是多少，这样东一棵西一棵就不合算。"

记者："运下来成本就高了。"

严向群："成本高了就不划算，因为企业搞核算，亏本生意就不想干了。"

记者："宁肯浪费也不肯亏本？"

严向群："亏了嘛，谁来补，那肯定嘛。"

随处可见的散落木难道比花钱雇人去林子深处砍伐的成本还要高吗？记者注意到，散落木大多是冷杉，而新伐的木，大多是桦木。

记者："现在你们拉的都是桦皮木，是吧？"

伐木工人："桦皮木。"

记者："那个采伐点砍的是什么木头？"

伐木工人："还是桦皮，全部是桦皮木。"

记者："有人砍冷杉吗？"

伐木工人："没有。冷杉没有。"

记者："没有砍冷杉？"

伐木工人："今年没有。"

记者："今年没有冷杉的指标？"

伐木工人："指标没有。桦皮木今年贵一点。"

看来，这才是木材公司宁肯违法伐林，也不去收集散落木头的真正原因。

马仕铭："说句心里话，我们也不想砍这个木头。"

记者："不想砍但还是砍了。"

马仕铭："我们不想砍嘛，但是遇到了实际问题，人总是要吃饭的。"

这话听上去似乎也有道理，但实际情况并非如此。

国家林业总局资源和林政管理司司长寇文正："为了保护这个地区存在的滇金丝猴等二十余种国家一、二级保护动物的生息环境，停止对这个地区的商业性采伐。同时，也考虑到为了妥善解决当地的一些困难，财政部决定

‘九五’期间每年为德钦县提供300万的资金补助，同时，云南省政府也每年提供800万的资金来解决他们的困难。”

记者：“这么多财政补贴，目的就是让你们禁止采伐森林，但现在这个森林并没有停止采伐，那这个补贴的目的并没有达到，您对这个事情怎么看呢？”

马仕铭：“对于这个事情应该这样看待，它不可能说不砍就马上完全停止采伐，这个也是做不到的。因为过去计划经济时代我们一直砍，每年40000方，现在已经可以说是停止采伐了，从40000方减少到3000方。”

砍伐3000方桦木需要伐倒1500棵树，县里面认为这无关紧要，但是专家不这样认为。

中科院昆明植物研究所研究员武素功：“这个桦木分布在林子里头，它不是一片的，不是集中在一个地方，而是零散的。对原始森林的保护首先是不能破坏它的结构，把阔叶树砍了，实际上就把森林的结构破坏了，所以这样的话，原始森林就失去价值了。”

马仕铭：“老百姓在原始森林采伐，一个老百姓一年就有1000元以上的收入，停止采伐以后，一个人马上就少了1000元。怎么办？”

认为禁伐森林仅仅是为了长江下游，当地人却吃了大亏，这是德钦县领导不断强调的观点。在格木荣林区中的里丁马村，记者得知，前两年因为伐林，这里成了“万元村”，村民们现在的日子还好吗？

里丁马村村民：“以前不砍林子的时候，我们整个村子是相当穷的。”

记者：“砍了树以后富裕了？”

里丁马村村民：“砍了树以后，有几年是富了。”

记者：“有收入了？”

里丁马村村民：“哦，现在村子又没有了。林子砍光以后，收入没有了，生活落后了。”

记者：“又落后了？”

里丁马村村民：“又落后了。”

砍伐给格木荣森林带来的危害是灾难性的。在林中的两天时间里，记者没有见到一只滇金丝猴。今年伐下的林木，据计算，最大的也只有百年的树龄。

记者现场报道："那么实际上，前些年，在我们所在的格木荣森林里面，千年和数百年的老树还随处可见，这些年随着人们的砍伐，像这样的百年老树也难逃厄运了。如果这种情况继续下去的话，请看我身后这片山坡，像滇金丝猴这种靠攀缘为生的野生动物，它们的家园又在什么地方呢？"

记者："以前像森林砍伐之前，有没有其他的野生动物？"

里丁马村村民："有。"

记者："都有什么动物？"

里丁马村村民："老虎、熊、鹿，还有野牛，除了孔雀，什么都有。"

记者："除了孔雀，什么都有？"

里丁马村村民："哦，都有，什么都有。豹子啦，什么都有。"

记者："现在很少见着了？"

里丁马村村民："现在嘛，很少了。因为挖了公路以后，采伐的时候有锯子声音、车子声音啦，还有其他的声音，动物都吓得不知道跑到什么地方去了。"

记者："你觉得这个格木荣林区要恢复到以前这个状况的话，需要多少年？"

马仕铭："10 到 20 年。"

记者："可是我看这些树……"

马仕铭："你看这些树，五年前才种的，现在已经长得很高了。"

记者："可是砍下来的都是一些数百年、上千年的大树啊。"

马仕铭："那些树是比较大。"

记者："现在的树种比那时候优良吗？能够十年、二十年长成过去几百年、数千年长起来的样子吗？"

马仕铭："那个我不敢说。"

当记者离开德钦县的时候，路边原始森林被毁后的情景历历在目。这一段金沙江，以前两岸也都覆盖着像格木荣一样的绿色森林。而现在，林木被伐光后，有的地方已经严重沙化。格木荣森林如果再被伐下去的话，这一切不就是它的未来吗？整个长江下游又会变成什么样呢？

我们知道，仙人掌一般都是生长在干旱缺水的沙漠地带，而我们今天看到的这株仙人掌，却是我们这次去云南采访的记者在长江上游的金沙江畔拍摄到的。如果我们现在还任由人们随意地去砍伐上游的天然林的话，也许到下个世纪的时候，我们再到那里看到的可能只有这些仙人掌了。

（《焦点访谈》1998 年 8 月 2 日）

吹牛“上”了税

大家知道，咱们国家的税收分为国税和地税两种。地税，顾名思义是用于地方经济发展的税收。按理说，地税增加既可以反映当地的经济繁荣，也可以增加当地的财政收入。但是最近《焦点访谈》记者在安徽省蒙城县了解到，当地的地税增加过高反而加重了财政的负担，搞得人们叫苦连天。这是为什么呢？

在我们国家，地方税的征收中，纳税人只要缴了税款都应该填写一张写有纳税人姓名的税票。可是在安徽省蒙城县地税局，记者发现，许多纳税人的姓名却有些蹊跷。

记者：“纳税人是什么人？”

蒙城县地税局计会股股长王克宝：“秦始皇。”

记者：“秦始皇？这个呢？”

王克宝：“项羽、刘邦。”

这些熟悉的名字成了当地的纳税人，是不是这个地方有模仿古人起名的风气呢？

当地人：“秦始皇？猛一想想不起来。”

记者：“刘邦知道吗？”

当地人：“你找现在叫这个名字的人？找不着，没有，俺这没有姓秦的，有姓刘的，没有叫刘邦的。”

在常兴镇开出的这本税票中，不仅历史上的秦皇汉武成了纳税人，就连当今世界上一些著名的政治家也到这个名不见经传的小镇上缴过税。

王克宝：“克林顿、叶利钦。”

记者：“纳税人有叫这些名字的吗？”

王克宝：“按道理不应该有这些名字。”

记者：“你看看这个，这都是谁？”

王克宝：“断头台、地狱、天堂。”

那么，为什么会出现眼前这种情况呢？蒙城县地税局负责票据检查的人对此进行了解释。

王克宝：“为了及时把这些税款结报，有些税务干部就胡扯纳税人姓名。”

记者：“我看那里头还有好些连姓名都不填的，这是什么情况？”

王克宝：“按照规定，收谁的税应当给谁税票，开谁的姓名。”

记者：“这笔钱肯定是已经缴上来了？”

王克宝：“对，钱已经缴上来了，但是纳税人姓名提供不上来。”

记者：“是瞎写的？”

王克宝：“对，就胡扯了。”

缴了钱却说不出纳税人是谁，这种说法很难让人信服。这中间是不是另有隐情呢？记者在当地一些乡镇地税所做了一番调查。

记者：“6月你们地税的任务是多少？”

安徽省蒙城县范集镇地税所所长丁延海：“6月的任务，我们是60万。”

记者：“60万，你们完成了多少？”

丁延海：“完成了306万。”

记者：“完成了306万，占计划的多少？”

丁延海：“大约占计划的500%。”

从一份蒙城县地税局税收的完成情况表上来看，大部分乡镇都成倍超额完成了任务，最高的达到了计划的868%，其中范集镇完成了680%。调查中，由于个体的纳税人姓名是虚的，无从找起，记者又随意抽取了几家企业的纳税表，其中，韩寨村灯泡厂今年上半年的两张税票上，营业额是22万，缴税75000元。

记者："这就是灯泡厂啊？"

蒙城县范集镇韩寨村党支部书记彭长化："这一溜儿都是厂房。"

记者："灯泡厂还有什么设备吗？"

彭长化："有啊。"

记者在现场看到，这个厂房的铁门已经锈迹斑斑。

彭长化："进不去了。倒闭了，灯泡卖不掉，准备改行养猪、养鸡。"

记者："什么时候倒闭的？"

彭长化："1997年。"

记者："1997年什么时候？"

彭长化："1997年6月。"

记者看到一张正规完税证，指着其中一联问："你们的灯泡厂，这4万元税钱交没交？"

彭长化："交了。"

记者："看来你们的纳税意识还是非常强的。这个企业去年就倒闭了，今年到了6月还缴了税。"

彭长化："缴税？对对，现在这样的企业也不是我们一个村，好多村的企业都倒闭了。这是做账的事。"

记者："这是做账的事？"

彭长化："对对对。"

记者："实际上有这笔钱没有？"

彭长化："现在村里实际上没有这样一笔钱。"

如此简单的问题，让这位村支书冒了一头的汗。接下来，记者又采访了当地税务部门。

记者："灯泡厂这75000元税款从什么地方来的？"

安徽省蒙城县范集镇地税所所长丁延海："我们的任务要求与时间同步，任务必须得完成。"

记者：“你们采用什么方法把这个钱补上呢？”

丁延海：“恐怕财政上要采取些手段。”

记者：“财政上要采取些手段？”

丁延海：“是的。”

记者随即翻看一本税票底联：“现在这本票里我想问一问，有多少是属于这种情况的？”

丁延海：“有一部分。”

记者：“你说有一部分？”

丁延海：“一小部分。”

记者：“大约有多少？”

丁延海：“一小部分。”

记者：“一小部分？”

丁延海：“差不多。”

记者：“那今年6月这个306万是怎么回事？”

丁延海：“这个具体数字我还要叫会计统计一下。”

其实根本不用再费劲去统计，在蒙城县范集镇的财政所，只要查一查总的收入账，问题就清楚了。

安徽省蒙城县范集镇财政所所长李文峰：“6月，反映在报表上，这个月没有反映。”

记者：“那也就是说没有收入？”

李文峰：“对，没有反映在报表上。我这个报表是银行提供的，我是根据银行提供的报表去做的。”

记者：“那也就是说，6月在镇财政上根本就是一分钱地税收入都没有？”

李文峰：“是的，是的。”

没有一分钱的地税收入，竟然虚报完成了306万元的地税任务，难怪这些地方的地税人员在税票上要胡编乱造纳税人的姓名，可见这个镇是靠空数字来完成地税任务的。

而在另一个乡镇，造假的手段则要复杂些。一位不愿露面的税务人员道出了内幕。

当地税务干部："各个乡镇都是这个现象，就是镇政府配合跑片子。"

记者："什么叫跑片子？"

当地税务干部："说白了就是为了完成任务，把数字给……"

记者："是不是只有数字在这，实际上没有这个钱？"

当地税务干部："有，有这个钱。"

记者："实际上钱到所里了吗？"

当地税务干部："实际上钱也到所里了。"

记者："那到所里什么时候给它退回去？"

当地税务干部："当天。"

记者："当天就退回去？"

当地税务干部："当天，当天。"

记者："你们这个跑片子主要跟谁联系？"

当地税务干部："找分管镇长，还有镇长。"

记者："他要是不同意呢？"

当地税务干部："他会同意的。"

记者："为什么？"

当地税务干部："为了完成任务。"

按规定，税金不到位，税票不能开。这个地方便采取了这样一个办法，先筹集一笔钱假作税款，开完税单之后，马上又把资金抽走，这就是当地所说的"跑片子"。

记者："没有这么多的地税收入，为什么要编造出这些数字？他们图的又是什么呢？"

国家税务总局特约研究员汤贡亮："他们用假票甚至动用某些干部跑片子、假入库、做假账这样的办法，好像是完成了税收任务，说得尖锐一点，就是为了保住自己的乌纱帽。他们只是想到这样一些事情，而没有想到他们的做法是违反了税法，也违反了国家财经纪律。”

按说税务部门缴上来的税款是要缴到当地的财政部门的，那么对于虚假浮夸的财政数字，财政部门应该有所觉察。

记者：“1996 年、1997 年地税的任务是不是全面完成了？”

蒙城县地税局局长邵辉：“1996 年、1997 年是完成了。”

记者：“都完成了？”

邵辉：“对，都完成了。”

记者：“那么完成以后，县财政对于你们有什么奖励措施吗？”

邵辉：“有奖励措施。政府专门出了一个奖励文件，完成任务后，超任务的 5%，任务计划内的按季度兑现。”

记者：“1997 年地税局完成了这个任务之后，一共提走了多少钱呢？”

蒙城县财政局总预算会计赵云胜：“提走了 292 万。”

记者：“292 万？”

赵云胜：“对。”

靠凭空制造的地税数字，蒙城县地税局虚假超额完成了任务，领到了大笔的奖金，他们送了一辆小轿车给财政局，而财政局今年又投桃报李，给地税局拨出了优厚的奖励款。

中国人民大学财政金融学院博士生导师侯梦蟾：“根据现在的体制，地方税收是地方财政收入，没有这么多收入，财政就是虚的，没有这么多收入，不可能入这个账。既然如此，财政为什么会允许这种情况呢？恐怕最终还是他们部门之间的利益关系。互相之间为了表示政绩，为了得到上级的奖励，采取了这些虚假的手段。”

蒙城县目前虚假浮夸的地税数字究竟达到了什么程度呢？记者又从乡镇开始对这里 1997 年的实际完成情况做了调查。

记者：“1997 年的地税任务是多少呢？”

蒙城县范集镇地税所会计蔡文义：“总共任务是 680 万，实收有 100 多万。”

记者："实收只有 100 多万？1997 年的计划是多少？"

蒙城县乐土镇地税所会计代虎："1997 年的计划是 227 万。"

记者："227 万，这个跑片子有多少啊？"

代虎："有 191 万。"

记者："227 万有 191 万都是跑片子跑出来的？"

代虎："对。"

两个地税所的情况如此，整个县里的完成情况又怎么样呢？从 1997 年地税的调查表上看，实际征收上来的连计划的一半都不到。这几年来，蒙城县用记者所看到的种种办法，年年超额完成了税收任务。但是这样吹出来的成绩又能维持多久呢？

中国人民大学财政金融学院博士生导师侯梦蟾："他们报上去的，上级部门根据这种指标来安排地方经济的发展，肯定最后就是泡沫，落空的、虚假的繁荣。"

记者："为什么呢？"

侯梦蟾："根据这种完成任务来安排地方发展计划，实际上没有这么些钱。如果全国从宏观上来看，这样来安排，肯定的后果就是通货膨胀，因为没有那么多东西，你安排的盘子就大了，肯定是泡沫经济。这个泡沫经济应该说我们历史上有过深刻的教训，是浮夸造成的。"

据记者了解，蒙城县近几年来的地税计划任务都是以每年 20%～30%的速度迅猛增长，这其中水分其实也越来越大。由于地税必须按照一定的比例拿出来上缴，所以这种账面上造出来的繁荣，不但扰乱了当地制订正常的经济发展计划，更使得那些本来就没有多收上钱来的乡镇的财政还要自己多拿出钱来上交，不堪重负。这种连造假者都觉得苦不堪言的形式主义，可有的人为了做足表面文章还非得年年照办不行。

（《焦点访谈》1998 年 11 月 5 日）

莫给孩子脸上“贴标签”

在中小学里，按照学生的学习成绩和其他方面的条件评选三好学生、优秀学生是一种司空见惯的事情。据说这样的做法可以起到表扬先进生、促进落后生的作用。但是当我们记者来到河北省唐山市一所中学进行采访的时候，发现这所学校的老师竟然别出心裁地要在班级里评选最差的学生。那么这样的评选又会带来什么样的效果呢？

上学期期末考试之前，河北省唐山市第35中学初二年级的一些班里搞了一次评选，选出班里学习差、遵守纪律差的“最差学生”。

记者：“班里有没有搞最差学生的评选？”

河北省唐山市35中学初二年级学生甲：“有。”

记者：“什么时候搞的？”

学生甲：“考试以前。”

记者：“你当时选了几个同学是最差学生？”

学生乙：“我当时选了两三名。”

记者：“当时老师是怎么要求你们评选的？”

学生丙：“以同学的平时表现和课下的打闹情况，或上自习的情况选的。”

学生乙：“比如说他学习上挺好，可是他别的方面，比如说自私之类的也可以选。”

然而，学生们口中的“最差学生”评选却得到了该校领导的否认。

河北省唐山市35中学副校长张焱："评选差生这个活动我们绝对不会搞，绝对不搞，为什么呢？本身这个活动就违反教学规律。"

但是，学校老师对这次评选却没有否认。

记者："评选最差学生的活动是班级里自己搞的还是学校要求的？"

河北省唐山市35中学教师柳素云："学校要求每个班把差生报一两个，然后在全校人面前点名批评批评。"

尽管学校并没有规定具体的评选方式，但是据记者了解，这次所谓最差生的评选，在一些班级里竟然是由学生们采取无记名投票方式进行的。

柳素云："就是你认为咱们班里边谁纪律比较散一点，因为教师跟同学们的相处时间是上课的时候，剩余时间看得还不是特别准，再说我们班的差生不是特别明显，所以就不记名投票，自己选自己的，然后（把票）扣过去收上来。"

那么学校要求各个班级上报这些最差学生的名单用意何在呢？

河北省唐山市35中学副校长张焱："给比较差的学生建立一个档案。这个档案建立的目的就是真正地转变一个差生。"

记者："那么实际上各个班级的班主任是让学生采取投票方式，这个做法你们校方知不知道？"

张焱："要说这个情况真有的话，那他对我们的政策是曲解了。"

记者："就是班主任老师曲解了你们校方的意思？"

张焱："对，曲解了。"

学校认为，帮助和促进后进学生的转化首先是要把他们从班级里筛选出来，进入学校建立的"后进生档案"，学校再根据每名后进学生的具体情况对症下药。

记者："你们上报后进生名单的标准是什么？"

河北省唐山市35中学副校长张焱："我们的标准是什么？在学习上面，就是说所谓的双差生，就是学习差、纪律差。"

记者："学习差到什么程度？"

张焱：“学习差的话，就是考试成绩一般在全班的最后。”

记者“最后是个什么概念？”

张焱：“最后的概念就是他的分数在最末后。”

记者：“还按倒数来排名吗？”

张焱：“我们不提倡排名。”

记者：“那不排名的话怎么知道他是班级里成绩最差的？”

张焱：“我们不在班里公布这个排名的名次，我们让老师给我们报。”

按照这位校长的说法，对于后进学生情况摸底的最终目的是便于内部掌握，并不在全校和班级里公布这些学生的名单。然而实际的情况又是如何呢？

记者：“当时评选出最差学生以后，在班级里公布了吗？”

河北省唐山市35中学教师柳素云：“在班级里也公布了，因为学校点名的话，他们肯定也会知道。”

记者：“这部分评选出来的最差学生上报到学校了，那么学校在什么样的一个场合下公布了这些名字呢？”

柳素云：“就在学校开的纪律大会上。”

记者：“当时是怎么点名批评这部分学生的？”

柳素云：“就是每个班纪律散的、学习差的、经常违反纪律的同学，点点名，批评批评。”

记者：“当着全校同学和老师的面？”

柳素云：“嗯。”

其实作为校方来说，对全校各个班级的学生情况摸清底数，再采取具体的解决办法本无可厚非。但也不应以公布后进学生的名单为原则，而这种将摸底的结果广而告之的做法似乎违背了校方的初衷。

河北省唐山市35中学教师李连志：“老师有时看这孩子不太全面，但是，在这节课堂上，谁没听讲，谁顶撞老师了，谁干啥了，这些情况同学们看得很清楚。”

班主任对班里的情况本应该做到心中有数，哪些学生差，难道一定要通过评选最差学生这种方式来掌握吗？

记者："帮助这些身上有些缺点的学生的话，您觉得一定要通过这种评选最差学生的方式吗？还有没有其他比较好的方式？"

河北省唐山市35中学教师柳素云："其他比较好的方式也有，不过反正你要是做起来的话，恐怕也特别困难。"

记者："做过这方面的工作没有？"

柳素云："这方面的工作都做过。"

记者："效果呢？"

柳素云："效果不好。"

记者："那为什么还要采取评选最差学生的方法？"

柳素云："因为别的方法都试过了，所以说这种方法，在全校师生面前点点名批评批评，觉得可能会对这个差生有点震动。"

记者："搞这项评比的时候有没有考虑到这些被评选为在各方面比较差的学生们的心理感受？"

河北省唐山市35中学教师李连志："心理上可能有点压力，以后别违反纪律，好好待着就行。"

记者："那你觉得这种影响对他的健康成长有利吗？"

李连志："我觉得还是有利的。他老违反纪律，这样一有压力就变好了，不是有利吗？"

那么，这样的评选对学生的心理到底产生了什么样的影响？初二年级的一名学生在被评上了最差学生以后，他觉得自己的生活改变了许多。

河北省唐山市35中学学生："其实我在我们班里，上课下课，不是那种特别差的学生。我自己人缘不太好，评为比较差的学生，自己挺不光彩的。现在性格变得比较孤僻了。过去特别开朗，现在我很少说话。"

记者："有没有想到自己的孩子会被评为班里的最差学生？"

学生家长："我没想到。"

记者：“为什么？”

学生家长：“我琢磨他基本上就是好动，就评上这个，好像有点委屈他了。”

与这名同学同在一个班级的另一名学生，也被贴上了最差生的标签，他的母亲对记者说：“现在找他一起玩的，肯定是他们一起被评出来的孩子，现在好同学都不来了。‘反正我都这样了，好也好不了了’，破罐子破摔吧。”

记者：“那你认为他们身上除了缺点，还有没有一点优点？”

学生：“当然是有优点的。”

记者：“那为什么还要把他们评为最差学生？”

学生：“因为一是老师要的，二是我觉得他们身上有点缺点，帮他们指正，让他们改正。”

记者：“那你觉得要帮助他们的话，非得要用这种评选最差学生的方法吗？还有没有别的方法？”

学生：“我觉得还是私下里跟他们说比较好。”

记者：“那你认为这种评选最差同学的做法好不好？”

学生：“我觉得不太好。”

记者：“为什么不太好？”

学生：“因为这样做伤害了他们的自尊心。”

对此，教育专家又有怎样的看法呢？

中央教育科学研究所副研究员田慧生：“把后进生的名单当众公布，在班级里公开地评选所谓的后进生，这样的一种做法跟我们的教育方针、跟我们的教育目的是相违背的。一旦我们把所谓后进生的标签人为地贴在他脸上，把学生人为地划分为三六九等，那么对这样的学生来说，首先给他心理上会造成很大的一种挫败感，会极大地伤害他的自尊心、自信心和学习上的上进心。这种影响不是暂时可以消除的，很可能会使他们带着一种失败者的心态去面对将来的生活，面对社会。”

记者：“评定一个学生应该以什么样的标准？”

田慧生：“看一个学生，他的发展是多方面的，而且对每一个学生来说，他的发展潜力都是不可估量的。在某一个方面，他可能弱一些，但是他总有闪光的地方。我觉得我们教育的价值，就在于通过我们有效的手段，去发掘我们孩子身上这些潜在的闪光的地方，而不是去压抑它、熄灭它。”

这样的评选不仅使那些被评为最差生的学生倍感心理压力，而且也使得同学之间融洽的关系蒙上了阴影。

学生：“老师选完最差学生以后，跟我好的同学郭徽跟我说我选了王兴，其实我根本没选，冤枉了我。我想问一下王兴，为什么跟郭徽说我选了他，正好走到半道碰着王兴，我拽着他想问清楚，结果他打我，我也打他了，用钥匙链把他的耳朵打坏了。”

被打伤的学生至今仍然休学在家，双方学生家长对医疗费的赔偿问题始终没有达成一致，现在官司已经打到了法院。

学生家长：“我认为就是选最差生造成的。孩子打架，当然我的孩子有很大责任，但是如果没有选最差生，这个事情就没有了。我认为就是校方，可以说是教育方式的不当，给我们带来了接连不断的麻烦。”

中央教育科学研究所副研究员田慧生：“尽管可能对一些教育工作者来说，我们是出于好心，是为了帮助我们的孩子。但是，由于我们对孩子本身的认识不够，对教育规律把握不够，特别是对我们当前所倡导的素质教育理解方面的偏差，采取了一些可能好心办坏事的做法。我觉得这样的一种做法应当在我们教育中加以制止。”

减轻学生负担是全社会正在关注的一个话题。说起减轻学生负担，大家往往马上想到的就是让他们少一点课外功课，多一点玩的时间等。其实，除了减轻学生这种学业上的负担之外，还应该减轻他们的心理负担，别给他们这么大的压力，让他们在一个更加自由的空间当中快活地成长。只有在这样的条件下，相信他们才能够学习好、成长好。

（《焦点访谈》2000 年 3 月 18 日）

霸道的“学校”

我国法律明确规定，公民的人身自由不容侵犯，只有公安局、检察院、法院等执法单位在对犯罪嫌疑人进行审讯时，对违法犯罪人员起诉过程中和判决以后，才能限制当事人的人身自由。可是记者在河北省隆尧县了解到，当地通过了一个文件，乡镇干部签个字，由一个学校就可以把人强制带走。

2000 年 4 月，河北省隆尧县农民蒋现国和村里因为交费发生了纠纷，村里要他缴纳 160 元的三轮车机动车税。蒋现国认为，其中只有 40 元的车船使用税是国家规定缴纳的，而另外 120 元的基建税、营业税和个人所得税，这三笔费用是县上收取的不合理收费，因而拒绝缴纳。

纠纷发生不久的一个深夜，蒋现国被县城上面来的几个人强行带走了，这一去就是 11 天。多方打听之后，蒋现国的家人最后得知，他是被县上一个什么单位带走的，当我们在这家单位找到蒋现国时，他只被允许在门口和我们稍做交谈。

隆尧县农民蒋现国：“他们跟我们要的不是只有小拖税，他们还要农业税、个人所得税，这都不是农民所承担的责任，老师跟我们讲过农民要承担的责任，我们要知法用法。”

隆尧县法制教育中心工作人员：“那你让你家里人回去找村里吧。”

蒋现国：“这样的事能把人抓起来吗？”

隆尧县法制教育中心工作人员：“你说你的理，村里说村里的理，把你送进来，你就得在这儿待着。”

蒋现国："我出去后要去告他们。"

蒋现国家人："让不让他走?"

隆尧县法制教育中心工作人员："不让。"

当蒋现国家人再次表明希望蒋现国回家时，一位领导模样的人发了怒。

隆尧县法制教育中心工作人员："听你的? 你让走就走?"

蒋现国又被带回了大门里面，很显然，他失去了自由进出这扇大门的权利。我国《刑法》规定，只有公检法三家单位才能够依法拘留或者逮捕犯罪嫌疑人以及犯罪人员。蒋现国拒交不合理的税费首先并不构成犯罪，什么样的单位能把他带走 11 天不让回家呢?

隆尧县法制教育中心负责人李宪法："我们是学校，进行教育，进行一段时间的学习。"

原来，这只是一所学校，据学校介绍，蒋现国只是学校招收的一名学员而已，可是这所学校看上去气氛挺紧张。

蒋现国和一批农民模样的人都这样被穿警服的人看着待在屋里，旁边的房间还有妇女。见到记者采访，看上去像老师模样的人招呼人上课，原来，他们都是学员。学生不分老少男女，都要听一样的课。

隆尧县法制教育中心工作人员："结婚也就是婚姻的成立，就称为结婚，也就是一男一女的结合。"

他们都是自愿来学习这些知识的吗?

蒋现国："都是强制性的，你要是不来，就有好几个壮汉硬拖你进车，甚至你的脚还在外面，把那个车门就咣当一下关上。"

被强行送进来的人都有着各种各样的原因。

隆尧县农民甲："我是稀里糊涂被弄到这里来的，没犯法也没犯罪。"

隆尧县农民乙："都是被强迫的。"

隆尧县农民丙：“我是因为车祸。”

隆尧县农民丁：“我是因为乡里短我的款。我欠了人家的款，账上得要。”

在值班室的登记簿上，2000 年总共招收了 208 名学员，进来的原因多种多样，记者看到登记簿上有写着麦地里放羊的。

隆尧县法制教育中心负责人李宪法：“这违反了人家乡规民约。”

记者：“这写着谩骂村干部，阻拦分地，不按规定婚前什么，不按规定婚前怎么了？”

李宪法：“他写了个检查。没办特殊通行证。”

记者：“没办，他干什么了需要办特殊通行证？什么特殊通行证？”

隆尧县法制教育中心工作人员：“那个啥，他是收破烂的。”

学生们又是怎样入学的呢？

隆尧县法制教育中心负责人李宪法：“同级人民政府，主管的乡镇书记，经过签字以后认为符合的，我们这个地方就收。我们这里是转化、教育、挽救一些不懂法、不知法的人员。”

不懂法就要如此学法，同时还没了人身自由。

记者：“要出去能行吗？”

蒋现国：“出去不行，不让随便出去。你看我们也没犯罪也没啥的，不应该让我们这样。”

法制教育中心的大门只有这些穿警服的管理人员可以自由出入。

记者：“你是不是民警，这位大姐？”

隆尧县法制教育中心工作人员：“啥是民警？你说。”

记者：“你是人民警察吗？中华人民共和国警察。警察怎么不戴警号呢？你是警察吗？”

隆尧县法制教育中心工作人员：“是。”

记者：“能不能拿你的警官证让我看看啊？”

隆尧县法制教育中心工作人员："啥是警官证?"

身穿警服的人却不知道什么是警官证。

记者："都穿着这个公安的制服，他们是不是国家正式的干警呢?"

隆尧县法制教育中心负责人李宪法："他们是我们这个地方聘用的人员。"

记者："聘用的，是不是国家正式的干警呢?"

李宪法："不是。"

记者："不是，那为什么能穿警服呢?"

李宪法："在这个地方就是为了便于管理，咱们这儿不是个学校嘛，法制教育学校。"

学法制的学校就可以不守法，让工作人员随便穿上警服，限制他人的人身自由吗?

隆尧县法制教育中心负责人李宪法："你说这是个学校，咱这是学习的地方，到这个地方一不打，二不骂。"

记者："那关键是他不能自由进出啊。"

李宪法："不能，那是，比方说学校上课，也不能随便进出。"

记者："那学生下了课可以出来，他们下了课能出来吗?"

李宪法："下了课怎么不能出来?"

记者："可以到大街上吗?"

李宪法："大街上不能，咱们这是封闭式管理。"

记者："那为啥要给人封闭呢?"

李宪法："封闭这是强化教育，要都是乱糟糟的，想上集的上集，想上街的上街，那这个学校怎么办呢?还怎样学习呢?"

这样的法制教育中心，这样的法制教育学习，是什么样的单位批准成立的呢?

隆尧县法制教育中心负责人李宪法："这是根据县人大，对轻微违法人员，以及不懂法、法律意识低的人员进行一次法制培训学习，这是领导们具体根据这个 4 号、5 号文件下达的。”

他们拿出了一个隆尧县人大批准的红头文件，有了文件依据，法制教育中心的上级单位隆尧县司法局理直气壮。

隆尧县司法局副局长张北山：“这也是依法治国，正好是依法治国的体现吧？也是一个具体措施，我是这样认为的。”

记者：“可是你们这样做并没有法律依据啊？”

张北山：“依据有，这里面有。”

然而在这个文件上，虽然县人大批准建立这样的法律教育中心，但是却有这样的明确规定。

记者：“文件规定防止把法制教育中心办成第二看守所或者创收盈利的场所。那你们这样的管理方式，没有在这个文件上能够体现出来啊？”

张北山：“这个学校不是一个中心嘛，对这个中心来讲，要把这伙人集中的话，毕竟要有一定的时间。”

记者：“那这个文件没有规定要强制教育啊？”

张北山：“并没有对他们一个劲强制教育。”

记者：“那这些学员并没有人身自由啊。”

张北山：“要叫我说，应该说，还是有人身自由的。”

在隆尧县人大我们得知，县人大的确只批准了县司法局建立司法培训学校，但是，明确规定了不允许利用学校限制人身自由和利用学校来创收。

隆尧县人大常委会副主任苏惠芳：“按说也是不对，不能说关起来不让人走，我觉得从这个事情来说，这跟拘留也差不太多，当然这是不合法的。”

记者：“你觉得应不应该撤销啊？”

苏惠芳：“要是不撤销法制教育中心的话，你就不能让人家长期在这，让人家学习完了就回去，这就符合建立法制教育中心这个意义了。”

隆尧县法制教育中心是 1998 年成立的，这三年来，它总共像这样强制招收了多少所谓的学员，我们无法查到具体的数字，仅在教育中心值班室今年的入学登记簿上，我们已经发现有 208 名所谓的新学员登记，这些人大都是农民，他们不仅被强制剥夺了人身自由，还要为法制教育中心的这种行为付出一笔可观的费用。

记者："70 到 150 是个底数？"

隆尧县法制教育中心负责人李宪法："底数。"

记者："然后每天要交多少钱呢？"

李宪法："食宿费总共 240 元，连资料费全部。"

记者："交多少教材费呢？"

李宪法："资料费 30 元。"

记者："30 元，这两本书？"

交不起这昂贵的学费的学生，是不准出去的。

记者："住了有多少天了？"

隆尧县农民："有一个月了。"

记者："为什么现在出不去呢？"

隆尧县农民："我没钱。"

蒋现国："拿不起伙食费，我老死在这里，也没啥指望了。"

在我国的法律中从来就没有什么轻微违法犯罪人员的概念，如果是违法犯罪就要受到法律的制裁，如果没有违法犯罪，没有公检法认定的犯罪事实，其他单位和个人不允许限制他人的人身自由。

隆尧县制定了文件就可以由地方领导签字强行关押农民，而且其中被列为轻微犯罪人员的，大多数并没有什么违法犯罪的行为，根本就不应该遭受这样的待遇。宣传法律的人和受教育者在法律面前是平等的，谁凌驾于法律之上违法办事，谁就应该受到法律的制裁。

（《焦点访谈》2000 年 5 月 12 日）

铲苗种烟　违法伤农

最近记者到重庆市巫山县官阳区采访的时候，发现很多地方都贴着这样一条标语："全面实行烤烟净作。"跟当地人一了解，所谓的烤烟净作就是地里不许种别的东西，只能种烤烟。为实现这样的目标，当地的乡乡镇镇可是想尽了办法。

村民："没有（洋芋苗）。"

记者："他们当时就在这儿铲的，是吧？"

重庆市巫山县官阳镇永兴村村民："他们就是在这儿铲的。"

记者："你当时求情了吗？"

村民："求情了。"

记者："你怎么跟他们说的？"

村民："我说，我要吃，我要栽洋芋，栽点红苕。他们不准。"

村民："刨掉了，全部都刨掉了，你看没有种子了，没有种子了。"

2000年3、4月，在重庆市巫山县官阳区苗圃里和地里农民精心培育的一些青苗，被来检查的人无情地铲掉了。

记者："谁来铲的？"

村民："乡长他们。"

村民："我没见过这个政策，铲青苗。铲青苗要不得。我是讨生活的，我想活命。"

农民说来检查的是官阳区各乡镇的干部，他们铲掉青苗是为了强迫大家种烟。官阳区的农民在 1998 年续签了 30 年的土地承包合同，签订合同时并没有任何对种植品种的约定。按农业法规定，农民在承包土地期间，享有生产经营决策权、产品处分权和收益权。也就是说，农民有权决定在承包的土地上种什么。很显然，官阳区各乡镇干部铲掉青苗，强迫农民种烟的做法是违反农业法的。

记者："你们铲这些苞谷的时候，有没有农民不乐意的？"

重庆市巫山县何淌乡党委书记龚明财："这种现象有，因为从上面一级级压，也给我们一个规划。"

原来，各乡镇干部全力以赴强迫农民种烟，是为了完成官阳区委区政府下达的种烟指标。记者了解到，官阳区在给各乡镇下达种烟指标的同时，制定了严格、细致的考核奖惩办法，完成种烟任务的乡镇领导将得到奖金，完不成任务的乡镇领导将被降低或撤销领导职务。采访时官阳区领导表示，强迫农民种烟是为了让农民致富。

按照区领导的说法，种烟能给农民带来好收入，那么农民为什么不愿意种烟呢？农民们说，以往他们也曾响应过区里的号召种烟，但种烟并没有给他们带来任何好处。

重庆市巫山县官阳镇西槽村村民："说起这个烟真是蛮苦的，你能塞得起（红）包的，他就给你搞好一点，钱就多给你一点，你塞不起（红）包的就随他整。你一年种三五亩地，只给你搞个千八百块钱也行，几百块钱也行。像我那年栽了一万两千六百个（烟）苗子，我还倒亏四五百块，所以我这两年不种烟。"

重庆市巫山县何淌乡力平村党支部书记唐文聪："在发展生产上，这是行政上搞的，在收购上，它是企业单位，但是收购与企业单位它们没有结合，在收购时会出现很多问题，存在压价压级的现象。"

据了解，一些农户是因为家中没有劳力，不便于种烟；更多的农民认为，虽然政府发动种烟，但最后是由烟草公司根据市场情况来收购，没有硬性保障，如果在收购时再遇上压级压价，那么不但一年白辛苦，甚至无法维持生活，因而也不愿意种烟。农民希望能够种一些玉米、土豆，虽然收入不会太好，但可以解决自身的温饱问题。

农民种烟有后顾之忧，如果真是为农民着想，就应该从解决农民忧虑入手，可是官阳区不顾实际情况，今年再次向各乡镇下达种烟指标，各乡镇为了完成任务，就强迫下属各村签下了种烟合同，农民们也被迫在草草签订的种烟计划单上按了手印，签了字。

面对压力又迫于生计，为了能够维持基本的生活，许多农民只好在种烟的同时，种上一点玉米、土豆等可供自家食用的农作物。但是3月中旬，官阳区委区政府和各乡镇的干部们组成了几个工作小组，走村串户检查农民种烟的情况。检查组铲除了不按规定种烟的农户地里的玉米、土豆等青苗，在遇到阻力的情况下，一些检查组使用了违法手段。

一位农民家中一年只能杀一头猪做成腊肉，供全家一年食用，现在他家的腊肉连同电视机都被检查组扣走了。

记者："为什么要扣你（家）的腊肉和电视机?"

重庆市巫山县官阳镇西槽村村民："就是（说我）不该犟嘴，不该哭，不该不让（他们）铲青苗。"

在强行铲苗过程中，乡镇干部对一些农民进行了殴打和体罚。

重庆市巫山县官阳区官阳镇镇长刘典春："假如我们去检查工作或者一起下来开展工作，有极少数的群众想不通，可以到镇政府来学习政策。"

重庆市巫山县官阳镇民主村村民："我就是不敢去，不敢去我就逃走了。溜走之后，他们晚上十点钟，夜里偷巡我家，我又不在家，我在一个亲戚家里面，他们就跟访到我亲戚家，随后把前后门堵住，像抓野兽一样逼着我要强打，把我一下子塞进一个车里。"

记者："当时几个人?"

重庆市巫山县官阳镇民主村村民："有12个，共有12个人把我带到乡政府，进乡政府就不讲任何道理，上来就是三拳五脚地打我，还不准说任何道理，先打再说，打得我无话可说，只好在那里挨打，他们还要我签一个条子，就是说，反过来说我要准备打他们的情况。”

为了依法维护自身的权益，永兴村一位农民从照相馆借来相机，想拍下几张强迫农民种烟的照片做证据，但相机被检查组砸掉了。

这位农民一年的收入也只有几百元，现在他不知道拿什么去赔照相机。记者调查了解到，官阳区为了强迫农民种烟，一方面采取了极端手段，另一方面还违法出台了配套的政策，不种烟的农民被强迫每亩交 168 元。

农民唐文聪：“他们说是收的农业特产税，烟的税收比较大，不种烟这里的税收就没有了，就跟你收 168 元的农业特产税。”

不种烟的就提前收农业特产税，种烟的收获之后再收取农业特产税，原来，官阳区要求农民种烟，就是为了收钱。据了解，烟草的税收是当地最主要的财政收入。

农民黄权贵：“它应该占整个财政收入的 70%。”

为了从烤烟上获取税收，保证财政收入，官阳区大肆铲苗种烟，农民对这种不顾农民死活的做法极为愤慨，许多村干部对此也很有意见。

记者：“村干部都反对这种做法吗？”

村干部谭开前：“那是，肯定都反对这样的做法，这样是不对的，增加农民负担。”

记者：“怎么讲？”

谭开前：“矛盾不（仅）是增加负担，而且增加（干群）矛盾，矛盾太深了。”

重庆市巫山县何淌乡力平村村干部卢光和：“我也是通过今天把苞谷铲掉以后，认为乡里面和区里面、县里面督促农民种烟是不合理的，害得我们农民吃不起饭，过不上好日子。承包土地分给农民以后，农民就有自主权，农民想种苞谷就种苞谷，愿意栽红苕就栽红苕。”

记者：“这种强迫到最后可能会造成一种什么样的影响?”

唐文聪：“有一部分人在生活上就有困难了。”

土豆苗、玉米苗被铲了，农时眼看就要过去了，不得已，一些农民开始按要求种烟，还有一些农民依旧徘徊着。

在农村实行的是土地承包制，承包期间地里到底该种什么、卖什么、怎么去卖，决定权在农民自己手里，如果官阳区的有关领导真想帮助农民尽快致富的话，应该做的是尽量多地给农民提供市场导向的意见，普及相应的农业科学知识，让农民自己去做出选择，而不该采取强制的手段，逼着农民非得去种烤烟。

据了解，在记者采访以后，巫山县的领导已经做出了决定，要迅速调查此事，对体罚殴打群众的镇干部进行查处，同时给有关镇领导做出了相应的党纪和政纪处分。

(《焦点访谈》2000 年 5 月 24 日)

目击嘉禾高考舞弊

高考刚刚结束，对三百多万考生来说，他们刚刚过了一关。我们都知道，高考是非常严肃的事情，维护公平、公正、公开的考试原则，是保证通过高考为国家选拔人才的需要。如果在竞争中发生舞弊的行为，不仅有损高考的尊严，对多年来苦苦攻读的广大学子来说也是极大的不公。

就在前几天高考期间，在湖南省郴州市嘉禾一中考点，《焦点访谈》的记者目睹了考场上的严重舞弊行为。

湖南省嘉禾一中是 2000 年高考嘉禾县考区唯一的考点，在 2000 年高考的三天时间里，记者透过考场的后窗，看到了令人吃惊的场面。

这是 7 月 7 号上午的考试，考试开始半个小时后，不少考生就开始偷看夹带的资料，左顾右盼，传递纸条。

7 月 8 号的考场秩序仍然没有改观，考场还是那么混乱。

也许是有了前两天的经验，到了考试的最后一天，7 月 9 号上午的外语考试，考场秩序更是乱得令人震惊。2 楼和 3 楼的考场都有考生忙于偷看。还有考生干脆站起来去偷看别人的卷子，偷看别人的卷子也许还不够直接方便，有的考生就开始三三两两地交流起来。实在谁都不知道答案也没关系，可以拿出书和字典去寻找答案。互相帮助的方式不止一种，可以传纸条，或者干脆把别人的试卷拿过来。

2000 年高考嘉禾一中考点共有 18 个考场，从我们的拍摄地点能清楚地观察到内部情况的有6个考场，而这6个考场都不同程度地存在混乱情形。

到了考试结束时，考场更是一片混乱，几个考生索性凑在一起相互抄袭。就这样，嘉禾县考区的2000年高考在一片混乱中画上了句号。

对于每一位参加过高考的人来说，对于高考的记忆除去高考考前十分紧张的备考之外，一定还有高考考场的严肃性和它严明的考场纪律。而记者拍摄到的这些画面，无论如何也难以让人和高考联系起来，然而这又恰恰发生在2000年高考嘉禾县考区的考场当中。

考试刚刚结束，记者随即来到嘉禾县考区的306考场，在这个考场，记者竟然在一些书桌中看到了书。记者还在该考场桌面上和地面上捡到了几十张纸条，其中有在刚刚考完的外语考试中传递的纸条，还有前两天考试留下来的；更让人没有想到的是，其中竟然还有几张打印好题号和答案的表格，供英语标准化考试传递答案之用。在一些课桌里，还发现有复写纸。看来这些考生是有备而来的，这些被传递的纸条，除了写有考题的答案之外，还写有五花八门的东西。比如“我现在一慌张，就做不出来了，把答案写过来”“包几张复印纸和演草纸过来，抄过来只需要两分钟，快点”“帮一下忙，不会雷同”“你放心，不会抄成一样，只是参考一下”等。

通过传递这些纸条，要么是向对方恳求，请求合作舞弊，要么是讨价还价，用字条来对话。由此可见，本应十分严肃严格的高考考场，对他们来说，是多么宽松，而这种宽松显然是源自监考人员对舞弊行为的视而不见。

记者所拍摄的画面表明，考生的舞弊行为在很多情况下就发生在监考人员的眼皮子底下。

记者拍到一名考生回头和后面的考生交谈，就在一旁的监考人员却把视线移在别处，这名监考人员不去管左顾右盼的考生，只是拾起了地上的什么东西。通过镜头，还看到一位监考人员索性站在门口背对考场。

国家教委高考管理处罚暂行规定中明确要求：监考人员在监考过程中，凡发现考生交头接耳、偷看、抄袭、夹带、换卷等行为要立即制止；考毕，将情况如实记录在《监考情况记载表》上，并报考点办公室，由主考按规定做出处理建议。考生有上述情况之一的，取消当年考试资格。

那么面对如此混乱的考场秩序，有多少舞弊的考生被监考人员记录下来并上报处理了呢？

监考人员李干明："为了不影响考生的情绪，就没有把它上报。"

记者："一个都没上报？"

监考人员李干明："没有上报。"

记者："既然你发现了舞弊的行为，为什么不做记录？"

湖南省嘉禾县教育局办公室嘉禾一中考点监考人员李红玉："因为并不是他一个人有点往后看，比较多，有十几个，七八个学生都往后看。"

记者："那你不做记录的依据是什么？"

李红玉："原来好像有类似现象，没有做过处理。"

记者："7 号、8 号、9 号这三天的考试，你们有没有接到要求处理某一个作弊的学生的请求？"

湖南省嘉禾一中考点副主任、湖南省嘉禾县教育局副局长胡平顺："我们没有接到。"

考场秩序如此混乱，而考点的负责人竟然没有接到一起舞弊的报告，由此可见，监考人员是如何履行职责的。而嘉禾县今年高考的监考人员全部是县教育局的干部，据介绍，嘉禾县教育局高考前还专门对监考人员进行了培训。

记者："您说也做过培训，那么事实上是，虽然有很多同学在作弊，在搞一些小动作，但是，你们作为监考人员并没有去制止或者去处理，那为什么会这样呢？"

监考人员李干明："这个主要还是自己有点疏忽了。"

湖南省嘉禾县教育局办公室嘉禾一中考点监考人员李红玉："并不是我个人问题，整个考场，其他考场都比较松，是普遍现象。"

监考人员玩忽职守，对大量的舞弊行为视而不见，而考点的考风考纪督查组以及郴州市教委派来的巡视组，又是如何履行职责的呢？

湖南省嘉禾一中考点副主任、湖南省嘉禾县教育局副局长胡平顺：“我巡视的时候还比较好，好像没有发现刚才录像带拍摄出来的这种情况，我没有发现过。”

嘉禾一中考点考风考纪督查组组长、湖南省嘉禾县教育局副局长邓权杉：“上面巡视员来了，我们陪着巡视员走的时候没有发现这个情况，慢慢腾腾地走也没有发现这个情况。我们发现的和老师报告的，基本上都比较正常。”

嘉禾一中考点主任、湖南省嘉禾县副县长莫仲齐：“好像我们看到的基本上还是可以的。”

郴州市教委驻嘉禾县高考巡视组组长刘长青：“总的评价，我们三个同志的评价应该说是良好的。”

考点的巡视和督查人员无一例外地声称没有发现考场秩序乱的情况，而记者的摄像机虽然远离考场约 20 米，却能真实地记录下对所能观察到的 6 个考场中发生的大量的舞弊行为。

当得知记者拍摄到了大量的舞弊行为之后，考点的负责人坚持这样的观点。

嘉禾一中考点副主任、湖南省嘉禾县教育局局长雷柏成：“学生对高考没有正确认识的问题。”

记者：“学生对高考没有正确认识，他作弊，那就能阻止监考人员对他疏于管理吗？”

雷柏成：“个别监考人员素质的问题。”

记者：“据我们观察，那么多考场秩序都那么乱，那难道每一个考场的监考人员素质都那么差吗？”

雷柏成：“这个情况我没有看到。”

据了解，高考考场混乱在嘉禾县并非第一次出现。在 1997 年的高考中，嘉禾县考区的考场就因为出现多份雷同试卷而受到全省的通报批评。

高考作为我国选拔人才的一种方式，尽管有人认为，它并不是尽善尽美的，但是对于广大的考生来说，高考却是他们实现理想的最为公平的途径之一。为了保证这种公平，国家有关部门对高考中，包括监考在内的各个环节，都做出了明确而严格的规定。那么在嘉禾县考区的考场中，为什么又会出现如此混乱的局面呢？

郴州市教委驻嘉禾县高考巡视组组长刘长青：“因为这是一个县城，只有30多万人口的一个小县，人员都比较熟悉，教育局的干部监考的话，打不开情面。”

湖南省嘉禾县教育局办公室嘉禾一中考点监考人员李红玉：“升学率压力也可能是一方面原因。”

记者：“升学率压力？”

李红玉：“每一年考生考多考少有一定压力，能够松一点的话，对考生松一点的话，能够多出人才。”

考生甲：“我觉得是不公平的，因为每个人应该凭自己的实力去争取。”

考生乙：“这肯定是不公平的，我们辛辛苦苦读了12年的书，为的就是高考的成绩。”

考生丙：“因为作弊的话，那成绩有水分，对我们来说有一定的影响。”

教育部高校学生司司长瞿振元：“发生在嘉禾的高考舞弊案件，是一个严重违反招生考试纪律，严重损害了高考招生乃至于整个教育的良好社会形象的案件，应该予以彻底查处。”

嘉禾县发生的高考舞弊事件，引起了社会各界的广泛关注，教育部、湖南省纪委、教育厅均已派人赴嘉禾县对此事进行调查。

教育部高校学生司司长瞿振元：“如果是个别考生的问题，那么只对个别考生进行处理，取消他们的考试资格，当然，也就不可能今年录取。如果是大面积作案，那么就可能宣布这个考点的这次考试成绩无效，要组织重考。对于参与考试舞弊的教师和社会工作人员，一经查实以后要给予相应的行政处分，直至移交司法机关进行刑事处分。”

考场上的竞争对每个考生来说都是公平的机会，为维护高考的公平原则，政府和教育主管部门多年来下了很大的力气，而发生在嘉禾县的高考舞弊事件，损害了公平原则，同时这种舞弊的行为也败坏了社会的风气，使得考生们本应纯洁的心灵留下了创伤。考场这样的地方，受到这样的亵渎，这是我们的社会所不能容忍的。

（《焦点访谈》2000年7月12日）

重负下的村庄

房子对我们来说是必不可少的，因为有了家才能安居乐业，这一点对许多农民来说就显得更加重要一些。有的人家一年到头收入的大部分，都用来盖房子。然而，在湖北省仙桃市的大福镇，许多农民却把辛辛苦苦盖起来的房子给拆掉了，有的青年人干脆打起铺盖卷远走他乡，这究竟是为什么呢？

王生凯今年70岁，孤身一人住在湖北省仙桃市大福镇白三洲村，年纪大了最大的天伦之乐就是全家团圆，可是从1998年开始，外地的儿孙们就不再回家过年了，因为家里的老屋子已经拆了。老屋子的房梁和房柱看上去依然结实，可是房子怎么变成这个样子了呢？

白三洲村村民王生凯："自己扒的。"

记者："为什么要扒呢？"

王生凯："他们让我出钱，我出不起钱。我眼睛瞎了，没得钱出，我就把它扒掉了。"

记者："谁让你出钱？"

王生凯："大队（村）一级和小队（组）一级要我出钱。刚刚开始是150元，然后是200元，200元到300元，出到400元时我出不起了，出不起我就把这房子扒掉了。"

原来，老人居住的白三洲村几年前实行了一条村级政策，村子里的农民凡是家里有房屋的都得交钱，1996年规定出台的时候要求每个农民每间房屋要交150元，1998年这条规定固定在每个农户每家每年要交400元。

记者："就是村里的每一户都要交这个钱?"

白三洲村村民刘士林："都要交这个钱，不管房屋大小，你都要交300元至400元，你出不起的话，100元就要有25元的回扣，今年交不起，明年就加25元的利息。"

记者："家家都要交?"

刘士林："都要交。"

记者："不交不行?"

刘士林："不交不行。"

因为有了按房屋收费的土政策，一些交不起钱的村民只好自己把房子给扒了。没有房子了，自然也就不用交什么房屋费了。

记者："扒了以后就不用交钱了?"

白三洲村村民王生凯："扒了就不要我交钱了。"

记者："那现在住在哪里?"

王生凯："现在我住在牛屋，这个房子原来是养牛的。"

记者："现在住在这个小屋子里?"

王生凯："这是养牛的屋子。"

记者："有大房子扒掉了不能住，所以住这个小屋子?"

王生凯："对，住小屋子，小屋子不要钱。"

记者："这个房子结实吗?"

王生凯："这房子不结实，这墙都歪了。"

记者："柱子顶着呢?"

王生凯："柱子顶着。"

记者："随时有塌的危险。"

王生凯："应该说年纪大的人应该能够安安逸逸地度过晚年，可我的晚年不好过。"

由于白三洲属于仙桃地区贫困的村子，像王老汉这样因为交不起400元而拆了大屋住小屋的农家，村子里还真有不少户。

在仙桃农村，盖一间新的农房也就2000元，400元的房费交上几年就超过新房的本钱了，不少低收入的农民算算账，干脆把房子一拆，一走了之。据统计，全村400多户农民，自己拆了房子或者搬走的已经有近40家了。

根据国家制定的农村政策，农村各项税费的收取，有按照田亩和人头收取的，也有按照上年的具体收入来收取的，从来没有按照房屋收取费用的规定，那么这个村子为什么要这样做呢？

大福镇白三洲村村委会主任潘云浦："虽然明知道这样做是违反了国家关于减轻农民负担的条例，但这也是为了调动交款的积极性，国家公粮税费交不起来，只能用这种方法，因地制宜，什么叫因地制宜？我这样做就是因地制宜，这话看怎么说。"

白三洲村村民刘士林："这个话需要我补充一下。"

潘云浦："你来补充吧。"

刘士林："我们村里1994年是19万的任务，1995年达到29万，1996年达到39万，1997年达到49万，把以资代劳一搞，到了50多万，这样农民交不出来。你能吃一碗饭，让你吃三碗饭，你还能吃得下去吗？"

村干部说是因为收不上钱才采取了这样的土政策，农民们却说负担太重，实在交不起钱。在这种情况下，镇里面支持了村干部的土政策，同意他们按照房屋来收取农民的费用。

湖北省仙桃市大福镇镇长欧阳安言："我们知道这个事，但是我们怕挫伤干部的积极性，我们当时认为，只要农民负担总额不增加，这样做只是一种负担方式的转移。"

我们先来看一看，以房屋为单位收取农民的各种税费，这种方式是否正确。

湖北省仙桃市农委主任刘裕光："这种负担方式不符合国家的规定，因为2000年国务院65号文件已经明确规定，不准向宅基地收费，9月13号，中央的减负电话会，也进行了规定，也反复进行了强调。"

记者："那如果乡镇这么做的话，他们就是一种违规行为了？"

刘裕光："这是一种违规行为。"

我们再来看看，那些以房屋的名义收取的各种费用，总额是否合理。根据国家的规定，农民应该按照承包土地和劳动力缴纳一定的农业税，在上年人均收入的5%以内缴纳乡统筹、村提留等费用，如果乡村两级严格按照国家的规定来执行的话，农民应该缴纳的税费是合理的，他们没有理由拒缴。那么，白三洲村的农民为什么不愿意缴纳各种税费呢？

白三洲村村民刘士林："每亩田要缴418元，农民一年收入1000元都落不下，缴418元，加上人工、药费、肥料和以资代劳，以资代劳每亩50元。"

白三洲村村民："人工全部投入里面，每亩收不到1000元，要缴418元，把各种开支一算，还亏钱呢。"

记者："那你们向农民收费都依据什么呀？"

大福镇白三洲村村委会主任潘云浦："乡里下达到村里收多少，村里再下到组里，就这样把任务下达下去。"

在白三洲村村委会我们看到，2000年白三洲村所在的大福镇为村里摊派了391000元的上缴任务，其中，上缴给国家的农业税只有99000多元，而需要上缴给仙桃市和大福镇的各种统筹、提留税费竟高达29万多元。除去农民应该上缴的农业税，这些税费的收取为什么这么高呢？我们找到了大福镇负责白三洲村工作的镇干部。

湖北省仙桃市大福镇党办主任冯友兵："按照国家政策摊派下来的，没有加码。"

大福镇还为我们拿出了镇里面各村的国民经济统计资料，资料表明，1999年，白三洲村农民的净收入高达631万元，照此计算，2000年20多万元的三提五统并没有超过上年农民净收入的5%。从统计数字上看，符合国家农村政策的规定。

可是按照这样的数据来统计的话，白三洲村的三口之家每年怎么也得有万把块的纯收入，这么高的收入，难道还会因为不愿意缴出 400 元而拆去祖传的房屋吗？

据了解，白三洲村人均耕地 0.8 亩，农民的收入大多来自农田，每年人均 3000 元的纯收入，农民能挣这么多吗？

白三洲村村民刘士林："我可以这样说，一亩地的小麦可以收 200 斤到 300 斤，皮棉百把斤，就是这个道理。"

记者："这些东西全部卖了，加上所有的瓜果蔬菜，那么在白三洲村，一亩土地刨去成本，要是一个种田高手的话，净收入最高能达到多少呢？"

刘士林："种田高手的话，能达到 700 元到 800 元。"

农民们统计，每亩土地最高的净收入能达到 800 元就不错了，村里面的人均耕地只有 0.8 亩，即使加上各种各样的副业收入，这里面又怎么能够计算出全村农民的人均收入已经达到 3000 元，全村的净收入高达 631 万元呢？据了解，这个统计数据是大福镇的统计站提供的。

湖北省仙桃市大福镇统计站站长黄维新："我也是种过田的，我们这个东西没有进行全面统计，我们是通过抽样调查，不是每一个村都有调查点。"

记者："可是你写白三洲村的这个统计数字是从哪儿来的呢？亲自去调查了没有？"

黄维新："这个东西是我们根据平时产量核算出的。"

记者："估算的吗？估算还是实际调查？"

黄维新："这是一个估算数据。"

不去实际调查，坐在家里面竟然估算出农民的实际收入达到 3000 元，这个数字比农民自己计算的实际数字多了两倍。

记者："如果根据这样的统计数字来给农民增加各种各样的费用，那准不准确呢？"

湖北省仙桃市农委副主任朱传新："如果是按照这个数字的话就不准确了。"

那么农民的实际收入到底有多少呢？这里面估算的数字是人均收入 3000

元，农民们自己算不超过1000元，按照市里面的说法，农民的实际收入也没有镇里面统计得那么高。

湖北省仙桃市农委主任刘裕光："纯收入肯定没有这么高。"

记者："大概多高?"

刘裕光："一般在1500元。"

看来，不管是按照农民的说法还是按照市里的说法，大福镇的估算数字都比农民的实际收入高出了一到两倍，靠这样夸大的统计数字来分摊农民的负担，也难怪不仅农民感到负担过重，就连村干部也觉得任务不轻。

记者："你也是农民出身，你说句心里话，这两年的负担重还是不重?"

大福镇白三洲村村委会主任潘云浦："是重，是重了点儿，我承认。"

记者："那这些费用重的话，合理不合理?"

潘云浦："我承认也不太合理。"

夸大数字来制定农民的上缴任务，已经是加重农民负担的行为了，村里面还采取土政策来逼款，这对白三洲村的村民来说无疑是雪上加霜。农民们只有靠拆去房屋来表示他们心中的不满了。

白三洲村村民："如果这样继续下去的话，村里就没房子了，没有人住了，田也没人种了，房子得全部拆光。"

现在我们个别地方的领导为了突出政绩，想方设法夸大数字，而这些数字的背后却是由老百姓付出巨大的代价。仙桃市大福镇虚报浮夸指标，多收取费用，竟然用房屋作为收取费用的标准，强迫老百姓缴款，无疑会大大挫伤老百姓的积极性，影响到地方经济的发展。而这种杀鸡取卵、竭泽而渔的办法，更与我们党和政府的一贯要求相去甚远。

（《焦点访谈》2000年12月24日）

实习去陪酒　学生变吧女

我们做父母的人，宁肯自己苦点、累点，也希望自己的孩子都接受高等教育，上一所好的学校，将来会有一份好的工作，过上好的日子。可是现在有人就偏偏利用家长的这种心理，在那些未成年的孩子身上打起了坏主意。

2003 年 6 月，家住哈尔滨的刘女士突然接到一位陌生人从广东打来的电话，电话里，这位陌生的男子说起了刘女士在大连上学的女儿的情况。

学生家长："好像就是 40 多岁的人，说大姐，我也不认识你，你们孩子在这种场合，你们家长咋想的？我说我们孩子在那儿学习，什么咋想的？他说她们在那儿不是学习，而是在这边卖酒，陪客人喝酒。"

刘女士 2003 年 17 岁的女儿是 2002 年 9 月到大连学模特的，在接到这位陌生人打来的电话之前，她一直以为孩子在大连学习，然后去广东实习了，现在怎么跑到夜总会里卖酒去了呢？

学生家长："我说得给她们老师打电话，我打电话给张老师，说我家孩子必须得回来，我说有一点差错，我肯定不会放过你们的。张老师就给我回答说，你放心，我们不可能让她喝酒。谁跟你说的？我说孩子，她说撒谎，不可能的。张老师就是这么说的。"

张老师说得信誓旦旦，刘女士一时真的不知道应该相信谁了，可是学生去年 9 月到校，11 月学校就带她们实习到现在，一年之中根本就没上什么课，这样的模特专业实在让人感觉有些不正常。为了弄清楚这种实习究竟是怎么进行的，记者来到广州市番禺区和珠海市，找到了实习学生所在的两家娱乐城。

走进这两家娱乐城，我们看到中间的舞台上衣着暴露的舞女正跳着火辣撩人的舞蹈，舞台四周是一圈的吧台，里面坐了许多年龄看上去很小的女孩子。

记者："你们是东北哪个学校的？"

模特班学生："大连民族学院。"

记者："那你们来是干什么？实习？"

模特班学生："嗯。"

在这里我们看到，吧台里的这些学生根本就没有什么模特表演，她们唯一的工作就是不停地向周围的客人推销各种各样的酒，而且还要会猜拳行令，当然还得陪客人喝酒。

那么来实习的学生为什么成了夜总会里陪酒的吧女呢？第二天，记者采访了两名在这里实习的学生，她们告诉记者，这个模特班总共三十多名学生，最大的十八岁，最小的只有十三岁，她们是去年年底被老师分别领到了珠海、东莞、佛山、番禺，也就是从那时开始，这些还属于未成年人的孩子们就在这些娱乐城、夜总会里开始了她们的卖酒生涯。

模特班学生："从6点开始上班，一直上到第二天凌晨两点。"

记者："醉过吗？"

模特班学生："醉过。"

记者："你还记得你第一次喝多的时候吗？"

模特班学生："还记得。"

记者："当时是什么样子？现在回想起来。"

模特班学生："就是有客人来你这儿买酒，他们就说你得陪我喝。"

记者："喝多少还记得吗？"

模特班学生："啤酒是两打，两打是24瓶，葡萄酒两瓶，两大瓶，鸡尾酒一百元的那个，就是一小杯一小杯的，一共10杯，他5杯我5杯，就这么对着喝。”

记者：“一人一半地喝？”

模特班学生：“对。”

记者：“后来你喝到什么样子？”

模特班学生：“当时已经喝得差不多了，然后我就躺地上了。吐、难受、哭。他们说我就是哭。”

这两位学生还告诉我们，她们当中许多人长这么大就没喝过酒，现在每天就是卖酒、陪客人喝酒，一年下来几乎每个人都被客人灌醉过，甚至还有喝酒喝伤了的。

模特班学生：“就是胃疼到咬自己的胳膊，把胳膊咬出血了，我就疼到那样，不但我一个人这样，类似这种情况，把嘴咬坏的，喝多了打起来的，很多很多。”

更让孩子们无法忍受的是，在那种场合，尚未成年的学生们还要经常受到一些客人的骚扰。

模特班学生：“如果碰到有修养的客人，就是说可以跟你喝喝酒，聊聊天；如果碰上没有修养的客人，就是碰你一下，摸你一下，你也不能说什么，你也得忍着。”

跟家长说是出来实习，背地里却把这些未成年的学生诳到夜总会来做吧女，这样的模特专业真是挂羊头卖狗肉。可是当记者找到这位亲手把学生们带到这里，整天眼睁睁看着孩子们喝得醉醺醺的带队老师，她居然能说出这样的话。

模特班带队教师刘旭：“学校把她们送来以后，她们在生活起居等方面的事归我管，上班了我带她们上班，下班了我带她们回宿舍，其余的问题你就得跟我们学校交涉了，那些我不管。”

带队老师除了带学生上班，其他的都不管，那记者也就只好跟学校联系了，于是我们电话采访了大连民族学院教务处。

记者："请问你们学校有模特专业吗？"

大连民族学院教务处工作人员："模特专业？"

记者："对。"

大连民族学院教务处工作人员："没有这个专业。"

记者："没有这个专业？"

大连民族学院教务处工作人员："对。"

记者："那如果是成人教育学院？"

大连民族学院教务处工作人员："成教院那儿应该有。"

记者："如果是他们的专业的话，算不算咱们学校的正规专业？"

大连民族学院教务处工作人员："这个呀，成人教育学院，这个你还是问问他们具体负责的吧。"

记者："还得问问成教院那边，是吧？"

大连民族学院教务处工作人员："对，我们都不太清楚。"

听了对方的介绍，我们知道大连民族学院其实根本就没有模特专业，于是记者又来到了这家学校附属的成人教育学院。

记者："这个模特班跟你们是啥关系？它是社会上的野班子，还是你们成人教育学校办的？"

成人教育学院教师田云："应该算成人教育学院办的，张娟来具体负责。"

记者："张娟是你们院里的老师还是什么人？"

田云："不是我们院的，是这个模特班模特学校的负责人。"

记者："那等于就是你们聘的她？"

田云："是，联合办学。"

记者："她给你们交管理费？"

田云："对。"

听这位老师一介绍，记者终于明白。这个所谓的模特专业实际上是由一位叫张娟的人一手操办，挂靠在成人教育学院的，这也就难怪这个学校模特专业的实习居然还有酒类推销这类莫名其妙的内容了。

模特班教师张娟："咋实习的？咱们演出完了以后进行酒水推销，但有一点，咱能推销出去就推销出去，不能推销出去就在那里坐着。"

记者："这么推销啊？"

张娟："对啊，那你说哪里是出格的，或者哪一块你觉得是不妥的？"

为了强调学生们的这种实习的确没有什么不妥的，成人教育学院办公室的这位田老师又给我们做了进一步的解释。

成人教育学院教师田云："她们以后从事工作的范围和她们的工作性质、工作层面，肯定是这方面的要多。"

记者："模特？"

田云："对，模特。"

记者："模特是干什么的？"

田云："就是训练她们的气质、身材。"

记者："那让她们去卖酒能训练出气质来吗？"

田云："要我感觉这些应该都是。"

记者："很正常的事，是不是？"

田云："对，是实习范围之内的。"

跟家长们说实习是要带学生们去锻炼锻炼，结果卖酒、陪酒却都成了正当的实习内容，做出这样的解释，真让人佩服这些老师们翻手为云、覆手为雨的本事。那么这些人瞒着这些家长，让学生们做这样的实习，图的究竟是什么呢？

模特班学生："我们有任务的，一个月是 12000 元的任务，每个月要完成任务，才能有工资和提成，如果完不成任务的话就不可以，什么都没有。我们经理说我们基本工资是 2100 元，到我们的手上就只有 600 元了，因为我们的工资是我们的老师给我们发，不是公司直接给我们。"

记者："等于中间老师又过了一把？"

模特班学生："对。"

这里我们不妨算上一笔账，在娱乐城这边，卖 12000 元的酒，一个月才给 2100 元，夜总会赚了一大笔；到了学校这里，2100 元的工资，带队老师从中间扣去了 1500 元，30 个学生一个月就扣去了 45000 元，一年下来，光扣学生的工资就有 54 万元；如果再加上每个学生一年 7000 元的学费，每年办上一个这样的模特班，成人教育学院就能有 75 万元入账。有这么高的利润，难怪记者在学校里看到，新的一届联合办学的模特班，又已经开学上课了。

记者："楼上上课的不是模特班吗？"

成人教育学院办公室老师："是，那是今年的新生。"

记者："今年的新生，今年招了多少？"

老师："今年招了 50 多个吧。"

记者："50 多个呢？"

老师："挺好的。"

联合办学的事业发展起来了，钱也多了，老师们自然会觉得这种办学还挺好的，可是为了这个事业做出巨大贡献的学生们，是什么感受呢？

模特班学生："怎么说呢，十几岁的孩子，十五六岁就坐在那里，我感觉老师挺狠心的。"

现在，虽然这一届的模特班的学生有一些已经被知道情况的家长接走了，但仍然还有十几个孩子滞留在当地的几家夜总会里。记者采访时就看到，因为适应不了这样的环境，许多学生都想早日离开，可是他们一旦来了，想走就能走得了吗？

记者："你想不想干呢？"

模特班学生："怎么可能愿意干。"

记者："不愿意你就说嘛，可以回家嘛。"

模特班学生："有 5000 元押金。"

记者："5000 元押金是给谁的？"

模特班学生："给学校的，不交押金不给你实习的。"

记者："学校的 5000 元押金什么时候退给你？"

模特班学生："过一段时间就该退了吧。但退押金是一千块、一千块地退，怕你走了嘛。"

原来，为了拴住这些摇钱树，学校还向每个学生收取了3000元~5000元的实习押金，对大多数家庭经济状况都不太好的模特班的孩子来说，一年7000元的学费本来就不算少了，现在实习押金又交了这么多，许多学生也就只有瞒着家长在这里熬下去了。

模特班学生："就是说如果你临时回家或者怎么样，那3000元押金绝对不给你返一分。我的家境不是很好，不是那种有钱家庭，无所谓，几千元扔了就扔了。自己承受也别让家里承受，就是想怎么瞒过去，挺着，这钱拿回来就可以离开这里。"

把未成年的学生们推到娱乐场所里当成赚钱的工具，这样的事情竟然发生在我们某些大学成人教育学院的老师们的身上，这实在令人震惊。而让我们深感忧虑的是，记者发现，组织学生进行这种所谓实习的并不仅仅是这一家。这样的行为严重背弃了最起码的道德准则，而对那些未成年的孩子们来说也已经造成了严重的身心伤害。

（《焦点访谈》2003年10月24日）

盖楼巨款何处来

近几年人们对环境问题越来越重视，国家在环保方面的投入也逐年增加，而对于环保资金的使用，国家规定，必须要专款专用，用于环境污染的治理。但是最近记者在山西省了解到，这里的环保局把这些钱派上了别的用场。

这片楼房是1999年到2000年期间，山西省环保局在太原市食品一厂原有厂房的基础上改建的办公楼，建筑面积6000多平方米，耗资1000多万元，这些楼的内外装修都已经完成，完全具备了办公条件，但是它们建成之后，山西省环保局一天也没有用过。

记者："你觉得不来的理由是什么呢?"

太原市食品一厂厂长杜光社："真正的理由是他们有钱了，主要是有钱了，要是没钱的话，他们再花20万元就搬进来了，他们何必要花那么多钱重新修去呢?"

厂长说，环保局不来办公，是因为他们又新盖了一栋大楼。这栋大楼位于太原市的黄金地段，上下九层，建筑面积9200平方米，确实比食品一厂的办公楼更加气派。在宽敞的办公室里，局长王树静接待了记者。

记者："整个这栋楼的造价是多少?"

山西省环境保护局局长王树静："我们这个楼的造价是4000多万元。"

记者："4000多万元?"

王树静：“嗯。”

1000 万元的楼一天不用，4000 多万的楼说建就建，看来山西省环保局确实有钱。

不过，据记者了解，环保局并没有什么创收门路，它的资金主要来自向排污企业征收的排污费。排污费收上来后要上缴财政，列入环境专项保护资金进行管理。2003 年 7 月国务院颁布的《排污费征收使用管理条例》明确规定，排污费应当全部专项用于环境污染防治，任何单位和个人不得截留、挤占或者挪作他用。也就是说，排污费绝对不能用来盖办公楼。那么，山西省环保局是用什么钱盖的楼呢？

记者首先对食品一厂的办公楼进行了调查。据了解，1998 年年底，山西省环保局为改善办公条件，与已经停产的太原市食品一厂签订了租赁协议，计划把租赁的厂区房屋改造为办公用房。当时，双方约定年租金 110 万元，租期 30 年。

时任山西省环境保护局局长杨季春：“我们觉得在它这个基础上，进行一下改造，改造成办公楼。有了这个想法以后，根据我的日记记载，我前后开了八次党组或者局长办公会，最后还领着我们的一些处长去那个地方看了。”

记者：“那你们考察之后看法怎么样？”

杨季春：“这个没有什么，没有提出不合适的意见，大家都觉得还不错。”

租下食品一厂之后，山西省环保局开始按照办公用房的要求，对厂区房屋进行全面的改造扩建。当时这个改建工程由环保局的机关后勤服务中心具体负责。

记者：“这笔资金怎么解决呢？”

时任山西省环境保护局机关后勤服务中心主任刘志勇：“这笔资金主要是局里解决，我们是后勤中心，不承担资金筹集的任务。”

于是，记者又找到了当时担任环保局局长的杨季春，了解资金来源。

时任山西省环境保护局局长杨季春："这个事你们可以问问后勤中心主任，他们资金的具体情况，我说不清楚。"

记者："但是我们刚刚从后勤主任刘志勇那儿了解了一下，这个资金情况他不是太清楚，都由局里来筹集，那这个钱从哪儿来呢？"

杨季春："局里，你们采访没采访吕步云？他当时是计财处处长，这都是交给他来筹集的。"

这位已经离任的局长也不愿谈资金的事，把问题推给了现任环保局规划财务处处长的吕步云，吕处长终于说出了资金的来源。

山西省环境保护局规划财务处处长吕步云："我们根据局领导决定给财政厅申请了点资金。"

记者："当时你们根据局领导指示以什么名目给财政厅申请资金呢？"

吕步云："监理用房，监理业务用房，环境监理业务用房。"

明明建的是办公楼，为什么要说成环境监理业务用房呢？

记者："如果说用办公楼的名义，打这个报告去要钱的话，要得到吗？"

山西省环境保护局规划财务处处长吕步云："用办公楼的名义打这个报告，可能就有问题。这个跟国家政策差距太大了。环境监测业务用房，环境监理业务用房，国家有这个口，我们就可以利用这个政策。"

吕处长指的政策主要是国务院 1982 年发布的《征收排污费暂行办法》，这个办法同样不允许用排污费来盖办公楼，但允许排污费作为环境保护补助资金，适当用于补助环境保护部门监测仪器设备的购置。环保局把办公楼说成监理业务用房，就是想往监测设施上靠，以这个名目要钱。

近日，审计署太原特派办在对山西省环保资金审计调查时，发现了环保局的这种违规行为。据他们调查，从 1999 年到 2002 年，山西省环保局以"维修监理用房"等名义，陆续向省财政厅申请资金用于办公楼的改造扩建和装修。

审计署驻太原特派员办事处农业与社会保障审计处韩因庆："这就是挪用

应该用于污染治理的排污费，从 1998 年开始，山西省环保局弄虚作假，以监测用房的名义向省财政厅申请资金。省财政厅从 1999 年开始给它拨排污费，其中 1999 年是 230 万元，2000 年是 300 万元，2001 年是 160 万元，2002 年是 250 万元，合计是 940 万元。”

940 万元排污费还是不够支付工程费用，据审计署太原特派办进一步调查，山西省环保局又向它下属的环保基金有限公司，贷了 200 万的污染防治专项资金，用在了工程建设上，这笔钱至今没有归还。2000 年年底，环保局的办公楼改造扩建工程基本完工，挪用的排污费已经达到 1000 多万元。

审计署驻太原特派员办事处农业与社会保障审计处韩因庆：“从账面反映出来的数字，现在是 1186 万元，再加上一些未结算的工程款，可能比这个数字还要大，但现在最低损失是 1186 万元。”

记者：“这些都是排污费吗？”

韩因庆：“对，这些都是应当用于污染治理的排污费。”

办公楼改造好了，可环保局一直没有使用。2001 年，山西省环保局领导班子调整，新来的王树静局长认为，继续租赁办公楼还不如重盖。

山西省环境保护局局长王树静：“在这个问题上，我认为是给国家减少了损失。”

记者：“怎么说呢？”

王树静：“就是如果我继续在那儿，搬进去，我还要花钱，我每年还得给它租赁费，30 年就要花 4000 多万，与其我花 4000 多万，这样去搞，我现在这个楼，不是也才花了 4000 来万吗？而且现在地是我的，楼的产权也是我的。”

记者：“但问题是前面的 1000 多万是白白丢掉了，白白损失了。”

王树静：“相对来说，我还是这个话，你不丢这个，以后丢得更多。”

2001 年 12 月，山西省环保局在已支付三年租赁费用、改造扩建的办公场所一天没用的情况下，单方面终止了与食品一厂的租赁合同。按照此前双方签订的“补充协议”，作为赔偿，环保局改建、新建的办公楼及其配套设施无偿归食品一厂所有。就这样，1186 万的环保资金打了水漂。

据了解，对于重建大楼的决定，环保局领导班子成员都投了赞成票。

山西省环境保护局副局长杜培仁：“王树静的长处就是他在省计委待了十几年，跟计委、财政的关系还不错。说得不好听点儿，这也是从我们环保局自身利益的方面考虑的。”

2003 年 9 月，山西省环保局新的耗资 4000 多万元的大楼建成了。

记者：“建这个大楼这 4000 多万元的资金是怎么解决的，这么大一笔资金?”

山西省环境保护局局长王树静：“省计委给了我 1000 万。”

记者：“省计委给了 1000 万?”

王树静：“嗯。然后我们用了排污收费，包括历年的节余排污费，用了 3000 多万元。”

山西省环保局的新楼大部分用的还是排污费，在他们向省计委和财政厅申请资金的报告中，记者看到了大楼的另一个叫法——环境监测信息中心，这就意味着大楼是专门为环境监测工作修建的，属于环境监理业务用房。那么，我们来看看情况是不是这样。

记者：“我想问一下您这是什么部门?”

山西省环保局工作人员甲：“这是报社。”

记者：“什么报社?”

山西省环保局工作人员甲：“（山西）环境报社。”

记者：“您好，您这是什么部门?”

山西省环保局工作人员乙：“污染控制处。”

记者：“是属于环保局的?”

山西省环保局工作人员乙：“环保局的。”

记者：“局机关的?”

山西省环保局工作人员乙：“局机关的。”

大楼一共九层，记者逐层调查，发现在这个被称作环境监测信息中心的大楼里，局机关就占了 6、7、8 三层楼。这是大楼的内部电话表，记者看到，在楼里办公的大部分是环保局的各处室和一些下属单位。九层楼里，与环境监测有关的只有三个单位：信息中心、辐射环境监督站、监察总队，而它们的业务用房加起来不超过两层楼。

记者：“有多少人在这里办公？”

山西省环境保护局局长王树静：“我们基本上都过来了。”

记者：“都过来是指？”

王树静：“局机关过来了，然后局下属的有七八个单位、八九个单位过来了。”

记者：“等于环保局所有的机构都在这栋楼里了？”

王树静：“嗯。”

显然，这栋楼并不是专门为环境监测工作修建的，说它是“环境监测信息中心”，还是想借监理业务用房的名义要钱。可惜，山西省财政厅又一次接受了这种说法，他们从 2002 年的排污费中分四次支出了 2000 万元，用于环保局新大楼的建设。

山西省财政厅经济建设处处长赵丽华：“如果说它是个办公楼，我也认可它是个办公楼，你说它是一个环境监测研究中心的办公楼，那也是研究中心的办公楼。”

记者：“您说监理用房和办公楼实际上很难区分开，是吗？”

赵丽华：“是啊。”

记者：“那局长办公室什么的跟监测用房有什么关系呢？”

赵丽华：“局长办公室？我不是跟你说了吗？局长办公室和监测用房没有关系，它这个办公室，没有监测仪器、化验室什么的。但是你这每一项的工作，它应该有指挥机关，就得有人指挥，所以我说把这个办公室放到环境监测中心，这也是深入第一线。”

本该用于环境保护的专项资金，被用来盖了楼，不知道山西省环保局将来拿什么去治理污染的环境。

（《焦点访谈》2003 年 12 月 24 日）

移尸灭迹　蓄意瞒报

——山西宁武矿难瞒报事件调查

2005年7月2日，山西省宁武县阳方口镇贾家堡煤矿发生一起矿难，两天后，当地有关部门公布了这次遇难矿工人数19人，一些媒体也对此进行了报道。可是一些遇难矿工家属却向《焦点访谈》栏目反映，当时遇难矿工的人数远不止19人，难道这又是一起瞒报案？记者随即进行了调查。

山西省宁武县贾家堡煤矿是一家没有办理合法手续的乡镇承包煤矿，承包人来自浙江。2005年7月2日下午两点多钟，由于违法生产，矿上发生了瓦斯爆炸事故，造成了多人伤亡，当地政府在7月4日公布的数字是死亡矿工19人。然而这个数字一公布就有遇难矿工家属向记者反映，其中存在瞒报。为此，记者驱车来到宁武县贾家堡煤矿进行实地调查。县里的领导和有关部门负责人，给记者介绍了当时的情况。

山西省宁武县安全生产监督管理局局长谭生旺："经过初步统计是19人遇难。"

记者："那19个人是什么时候确定的？"

山西省宁武县煤炭工业管理局局长亢存焕："19个人是7月3号就基本上确定了。"

记者："3号几点钟？"

亢存焕："3号大概6点钟。"

记者："总共遇难多少人呢？"

山西省宁武县副县长李德生："总共 19 个人。"

记者："到什么时候运上来 19 个人？"

李德生："3 号上午吧，当时早晨事也比较多，大概是上午 9 点吧。"

记者："就运上来 19 个人，那后来有没有再运上来人呢？"

李德生："后来就没有了，没有发现。"

记者："那就是说后来几天，就再没有发现其他遇难者在井下了？"

李德生："没有，经过咱们救护队员这次入井，没有发现。"

据县里的负责人介绍说，事故发生后，省、市、县领导高度重视，要求认真做好事故的调查和善后工作，当地煤炭、安监、公安等部门也在现场安排人员日夜值班，到目前为止还没有发现瞒报死亡人数的问题。为了进一步了解情况，记者又找到了该矿的矿长王继武和承包方代表侯传高了解情况。

山西省宁武县贾家堡煤矿矿长王继武："遇难 19 人。"

记者："是包工队自己报的，还是现场数的？"

王继武："包工队查的。"

记者："那现场抢救的这些人应该知道，不能说包工队报多少就是多少。"

王继武："现场抢救我就不清楚了。"

宁武县贾家堡煤矿矿主代表侯传高："就是如实说嘛。"

记者："就这么多了吗？"

侯传高："嗯。"

记者："那矿方处理事故代表现在在什么地方？"

侯传高："现在我脑子里乱得很，这个地方叫什么我都不知道。"

前面的王继武说这次遇难矿工的人数就是 19 人，而侯传高则很不耐烦，声称身体不大舒服，不愿意接受记者的采访。那么事情的真相到底是什么呢？记者根据举报人提供的地址，前往内蒙古自治区丰镇市，因为遇难矿工家属说，矿方已经偷偷把遇难矿工的遗体拉到了丰镇市。在丰镇市的一家小旅馆，记者找到了重庆市的遇难矿工家属，他们正沉浸在悲痛之中。

记者："在宁武死的，为什么拉到内蒙古丰镇这边来呢？"

遇难矿工家属："据说是当场曝光的只有十几个人，其余的人我想是进行私了吧。"

记者："你哥哥的名字有没有在报纸上公布的那19个人之内呢?"

遇难矿工家属："没有，没有在报纸上公布，在报纸上公布的是在朔州火化的19个人，我大哥的尸体是当场被拖到内蒙古丰镇市的火葬场的。"

记者："什么时候拖过去的呢?"

遇难矿工家属："大概是7月3号的晚上。"

记者："那时候不是当地的官员，还有当地的一些人都已经去矿上了吗?"

遇难矿工家属："他不让看，尸体是很秘密地被拖过去的，然后再通知家属过来认领尸体。"

这位遇难矿工的弟弟向记者提供了他知道的这次矿难瞒报遇难矿工死亡人数的名单。他说，有四具尸体曾被藏在了丰镇市医院的太平间，另有三具尸体放在了市殡仪馆，还有的藏在了集宁区，有的尸体已经被偷偷火化，而矿方也多次催他快办火化手续，只是因为赔偿的问题没解决，他才没有同意。

宁武县贾家堡煤矿矿主代表："你看想处理你就坐下来处理，不要拿出来拍照了，谁也不认识什么记者。咱们见多了，不要拿上这个照。不管是谁想处理，你就处理，不想处理就不要处理，对不对? 想告你就告，告到中央都可以。"

根据这位知情人提供的线索，记者又来到了内蒙古乌兰察布市集宁区。在察哈尔宾馆、电子宾馆、集宁饭店找到了八位被瞒报的遇难矿工的家属。

记者："您是哪个遇难矿工的家属?"

遇难矿工的家属甲："就是宁武县贾家堡煤矿的，死难者是我的姐夫。"

记者："他叫什么名字?"

遇难矿工家属甲："叫张永明。"

记者："张永明。"

遇难矿工家属甲："永远的永，明天的明。"

记者："噢，是张永明，是四川什么地方的人?"

遇难矿工家属甲："四川德阳的。"

记者："这次矿难你们家什么人不幸去世？"

遇难矿工家属乙："封远江，我的亲哥。"

记者："他是什么时间在什么地方因为什么事去世的？"

遇难矿工家属乙："他是 7 月 2 号的中午在宁武贾家堡因为接替井瓦斯爆炸去世的。"

遇难矿工家属丙："2004 年我在那儿干过。上山的井是 18 个人，上山的人没有活着的。"

记者："下面呢？"

遇难矿工家属丙："下面活了 9 个。"

记者："您觉得这次矿难，包括他们公布的 19 个，加上没公布的总共有多少人？"

遇难矿工家属丙："接近 40 人。"

记者："40 人？"

遇难矿工家属丙："嗯。"

和这些家属分手后，很快记者就在集宁铁路医院、集宁区殡仪馆发现了十具被瞒报的遇难矿工遗体。显然这是一起重大的矿难瞒报案。根据国家规定：生产中死亡的人数在 9 人以上、30 人以下为重大事故，由省里组织调查；死亡人数在 30 人以上的为特别重大事故，由国务院组织调查。有人瞒报事故就是为了避重就轻、逃避国家的查处，减轻自己应该承担的法律责任。记者在掌握了确凿证据之后，立即前往宁武县向山西省七二宁武矿难事故调查组反映情况。

记者："我现在跟你说，远不止这么多，据我们了解，已经超过了 34 个人，我们掌握的线索是现在已经超过 34 个人。"

山西省宁武县贾家堡煤矿事故调查组组长张恒："其实你们来了以后，也促进了我们的工作，这两天公安局也掌握了线索，你先在这歇一下，我去找他们说去。”

记者：“你跟他们赶紧汇报一下，说我们这儿有确凿证据和重要线索，而且我们可以带你们去，给你们指认具体地点。”

张恒：“好。”

省事故调查组和省公安厅领导决定，立即派公安民警随记者前往内蒙古丰镇市和集宁区调查核实此案。通过记者和公安民警在丰镇、集宁两地对遇难矿工家属和藏匿尸体的医院、殡仪馆的认真调查，终于确认了目前宁武矿难被瞒报的遇难矿工人数。

记者：“通过调查取证，这次这个矿工遇难，到底有多少人被瞒报了？”

山西省宁武县公安局办案人员李书良：“现在咱们查证的，在丰镇市有7具遇难者尸体，在集宁有10具遇难者尸体。”

调查结果与记者反映的情况完全一致，被瞒报的17人加上已经公布的遇难矿工19人，这次事故遇难矿工总人数目前是36。

在国家高度重视安全生产的情况下，还发生这样的违规建设、违法生产，又瞒报事故转移尸体，性质十分恶劣的事故，令人震惊。虽然在记者的调查下，瞒报遇难矿工人数的内幕被揭开，当地有关部门也已经将涉嫌转移尸体的煤矿负责人侯传高等人刑事拘留，并且于7月14日向社会通报了这一事件。然而目前这还只是冰山一角。在矿难发生后，究竟是谁胆大妄为策划组织了这起瞒报案？又是谁在光天化日之下把17名遇难矿工的遗体偷偷运走？除了现已查明的死难矿工，还有没有其他遇难者被瞒报？我们关注着事实真相能够尽快大白于天下。

（《焦点访谈》2005年7月15日）

集市惊现脱衣舞

近些年，每当临近元旦、春节，就会有一些民间的流动表演团体到农村去演出。前几天，山东省菏泽市成武县田集镇举办的文化物资交流会就来了这样一些演出班子，但是他们的表演却让这场旨在丰富群众文化生活的交流会变了味。

田集镇又叫大田集，是山东省菏泽市成武县比较富裕的乡镇，每年冬季在这里举办的田集镇文化物资交流会远近闻名，不仅有商业活动，还有戏曲表演。每当这时，各种演出班子便争相前来献艺，而今年文化物资交流会最吸引人的地方就是设在镇中心的四个表演大棚。

这些大棚里的表演似乎异常火爆，前来观看的人也络绎不绝，有男、有女、有老、有少，甚至还有人把小孩也抱了进去。棚子的入口处围满了人，大家争挤着向棚子里面张望。这里面到底在表演些什么呢？竟然吸引了这么多的村民，记者决定到其中一个演出棚里去看个究竟。在拥挤的人群当中，棚里的表演让记者大吃一惊。

所谓的文艺表演，居然是明目张胆的色情表演。

在一个临时搭建起来的简易舞台上，七八个年轻的女孩子脱光了衣服站在那里，肆无忌惮地做出一些挑逗性的动作。而记者随后在其他三个演出棚里也看到了相似的情景，在同样简陋的舞台上一个叫作“中原黑鹰”的演出团表演着更加不堪入目的节目。

记者注意到，不同的演出大棚之间还存在着竞争关系。为了吸引看客，有的演出团让跳脱衣舞的女孩子在入口处做一些暴露性的动作，有的则让男女主持人互相动手动脚而引人注意，而从现场的高音喇叭中传出的也都是极其下流的语言。

现场高音喇叭："到点了！到点了！赶快进来，抓紧时间！脱啦！脱啦！又脱啦！又脱啦！脱光啦！"

上午 11 点 40 分，记者以普通群众的身份打电话向成武县田集镇政府反映情况。

记者："你好，是田集镇政府吗？"

田集镇政府工作人员："对，哪里？"

记者："你好，我是一个群众。我们到这边来办事，看见你们这街上有好多跳艳舞的。"

田集镇政府工作人员："你到派出所去嘛，这归派出所管嘛。"

记者："你们镇政府知道这个事吗？"

田集镇政府工作人员："镇政府不知道，应该归派出所管，跳艳舞属于派出所管，我们主要负责协调。"

记者："你们主要负责协调？"

田集镇政府工作人员："具体是派出所管。"

记者打通了田集派出所的电话。

田集派出所工作人员："你好。"

记者："你好，田集派出所吗？"

田集派出所工作人员："对。"

记者："我们有个情况向你们反映一下。那些大棚子里面有跳脱衣舞的，你知道吗？"

田集派出所工作人员："不知道这个情况，我们去调查调查。"

田集镇政府和田集派出所离这些色情表演的场所就只有几分钟的路程，但是 15 分钟过去了，这里的色情表演依然疯狂。公安部门接到举报后是否出警调查了呢？我们决定留下一路记者在原地守候，而另一路记者则直接到田集派出所去了解情况。

记者："跳脱衣舞这种情况，你们了解吗？"

菏泽市成武县公安局田集派出所副指导员郑效东："现在据我们掌握，没有这个情况。我们每天都去街上巡逻，就是去看这个情况。"

记者："就是每天都有警察去巡逻？"

郑效东："对。"

记者："没有发现这样的情况？"

郑效东："对。"

记者："有群众举报吗？"

郑效东："没有，我们派出所没有接到这方面的电话。"

记者："值班电话是多少？"

郑效东："8775006。"

记者："今天值班的是谁呀？"

郑效东："是我。"

记者："今天你值班？你今天上午接到报警的电话没有？"

郑效东："没有。"

记者："没有接到报警电话？"

郑效东："今天上午我们电话始终没响，值班记录也没有记录。今天是14日嘛，昨天有一个车祸，我们接（电话）出警之后，今天到现在为止还没有登记。今天上午一直没有群众（举报），这个电话始终没有响，就是昨天下午一点多钟有一个车祸。"

记者："今天上午你一直在这儿值班？"

郑效东："对，一直在这儿。"

就在我们采访田集派出所的时候，守候在现场的记者告诉我们，现场的表演一直在继续，而面对记者的提问，派出所工作人员居然告诉我们，他们刚刚检查过表演现场。

菏泽市成武县公安局田集派出所副指导员郑效东："我们去检查了，我们亲自去的，我们刚回来。”

记者：“刚回来？什么时间去的？”

郑效东：“我们 12 点 5 分回来的。”

记者：“那你们去看的那个情况是怎么样的？”

郑效东：“情况就是现在正在唱歌、表演，没有你说的什么脱衣舞之类的，绝对没有。”

在镇派出所极力否认这种现象的同时，守候在现场的记者告诉我们，现场的色情表演已经进入了白热化的状态。有几个在台上表演的女孩子竟然把一个三四岁的小孩抱到了台上，让不懂事的孩子跟着她们做动作。

记者注意到，确实有穿警服的人出现在现场，不过他们只是和别人兴高采烈地讨论着节目。

大棚外一辆警车就停在几米远的地方，不时还有警察从演出大棚的门前走过。既然田集派出所不管这件事，记者只好来到与派出所一墙之隔的田集镇政府去反映情况。但是镇里的领导全都不在。几经周折，记者见到了这次文化物资交流会的负责人之一，田集镇田集村的村支部书记和负责在现场维持秩序的村委会副主任，也许他们认为记者是当天才到田集镇的，因此极力向我们解释，除了今天他们没到现场，之前他们天天都在巡逻。

菏泽市成武县田集镇田集村村支部书记田国柱：“治安大队也巡逻，文化稽查大队的也巡逻，派出所也巡逻，村里也巡逻，根本就没有发现这种情况。我没发现，今天我没在那里，今天这种情况我不知道，今天因为我没在场。”

记者：“你每天就在这儿巡逻？”

菏泽市成武县田集镇田集村村委会副主任陈先印：“每天都在，李主任我们俩天天办这个事。”

记者：“昨天晚上你在吗？”

陈先印：“昨天晚上 8 点以后我不在，8 点前我在。”

记者：“你都没有发现过？”

陈先印：“只要我过去的时候，没有发现一次。”

就像这位陈主任介绍的，在前一天晚上 7 点左右，记者确实在两个表演大棚中间看到了停在那里的交流会、组委会的指挥车和正在现场走动的巡逻人员，但是大棚里面的色情表演并没有受到丝毫影响，因为表演内容比白天多，一个表演团还把门票由 5 元提高到了 7 元，而白天我们在派出所采访过的工作人员还出现在了拥挤的观众群中。记者连续拍摄了两天时间，这种表演一直在继续。

镇上的人向我们反映，这些表演已经存在很多天了，这样火爆的色情演出在田集镇已经是公开的秘密。

记者："有几天了？"

村民甲："7 天。"

村民乙："我听说这是演那个。"

记者："演脱衣舞是吧？"

村民丙："对，脱得光光的。那不合适，小孩那么小，看那能合适吗？"

村民丁："影响不好。"

记者："怎么影响不好？"

村民丁："那小孩看了不都学坏了。"

记者在镇上采访时，成武县文体局分管文化市场的工作人员从县里赶了过来，他们表示，这些演出团体都是有资质的、证件齐全的正规团体。在县文化局的严格管理下，田集镇上不可能出现我们看到的色情表演的情况。

菏泽市成武县文体局纪检书记杨德庄："违规表演在这就是说你不能全部脱光，这个是不允许的，有些像这个三点式，我们也是反复给他们强调，你不能脱得太暴露，影响下一代，这个是肯定的。再一个污染咱们整个社会风气。发展农村经济，不能靠这种低级庸俗的表演。"

天天在现场检查却发现不了如此公开的表演，实在不符合逻辑。其实，需要相关部门监管的内容还远远不只是色情表演，与这些色情表演场所紧挨着的五六个帐篷中居然是公开设置的赌场。在赌博现场，到处听到：下注，押！开！东风两个！北风一个！

菏泽市成武县文体局纪检书记杨德庄："每天，我们文化市场稽查队都到他们这些演出团体这个地方来进行检查。我们来检查的时候，一个团一个团去，看他们的演出情况。今天是最后一天，我们就今天没有到，因为交通工具的问题，也是最后一天了，我们今天没有到，其余的时间我们都在。"

菏泽市成武县公安局田集派出所副指导员郑效东："我们过去一个一个检查，有时候我们晚上把车停在一边，然后徒步过去。"

记者："在这个过程中就没有发现过一例？"

郑效东："没有，没有，绝对没有发现过这种情况。如果发现有这种情况，我们当场就把老板拉过来，把歌舞团给封了。绝对不能让他演这个，绝对不能搞一些下流、色情、淫秽的东西，绝对不能搞。要是搞了，我们根据《治安管理处罚条例》进行处罚。"

如果不是到了现场，我们很难想象如此低级下流的表演居然还能堂而皇之地出现在农村的演出市场上。同样让人不解的是当地的镇政府、文化管理部门和公安部门的矢口否认。在全国农村的精神文明建设不断取得新的成绩的时候，少数地方出现这种不协调的现象，就像毒瘤一样让人深恶痛绝。据说，这些表演团体是巡回演出的，如果不加以制止的话，不知道下一站，他们将会把这些表演带到哪里。

（《焦点访谈》2005 年 12 月 16 日）

特殊的驾校

为了保证驾驶员的培训质量，在2004年，国家就出台了《道路交通安全法》，其中第20条明确规定，任何国家机关以及驾驶培训和考试主管部门，不得举办或者参与举办驾驶培训学校。就在前不久，公安部又下发了《公安机关预防特大道路交通事故工作意见》的通知，要求各级公安机关不得举办或者参与举办驾校和其他形式的培训班。

近年来，江苏省无锡市有几十家驾校招生，然而有一家特殊的驾校生意特别的红火。

这两年，由于经济的迅猛发展，江苏省无锡市的市民上驾驶学校考驾驶执照的人大为增加。虽然无锡市的驾校有几十家，然而有将近三分之一的人都选择了报考一家叫城北驾驶员培训中心的驾校。

记者："你当时为什么选择这个学校？"

无锡市城北驾驶员培训中心学员："这个学校正规。"

听上去很有道理，然而无锡市其他一些驾驶学校却不这样看。他们指出学员们争相报名城北驾驶员培训中心，是因为它比较特殊。

无锡市某驾校负责人："有不少的学员，就是冲着他们考试比较方便，还有体检等比较方便。和我们相比，当然了，总是到容易考的地方去。"

记者来到这个特别吸引学员的无锡城北驾驶员培训中心。乍看上去，这里和其他驾驶学校相比，并没有特殊的地方，驾校的负责人也一口否定了社会上的说法。

无锡市城北驾驶员培训中心训练大队负责人蒋寿达：“公平、公开、公正，在同一个起跑线上，没有什么特殊。32 家单位，我自己就住在这个地方，我应该是这个单位的老职工了，我知道的，以前没有特殊，现在还是没有特殊，将来估计还是不会有的。”

双方各执一词，那么真实的情况到底是什么呢？学员报名上驾校，成为一名合格的驾驶员要经过体检、报名、学习、考试几个环节，在无锡市只有一个驾校的报名点是在全市各个交警大队里面，报名点用的是交警大队的办公室，连教练车也和警车一个待遇，停在交警大队的院子里面，这个驾校就是城北驾驶员培训中心，那么这一点算不算特殊呢？

记者：“好多交警大队都是你们的培训点，而且都是你们的招生点？”

无锡市城北驾驶员培训中心办公室副主任王建荣：“不是交警大队的，这样也是为了方便，因为人家一般学车的人，他第一个想到的就是到交警大队去打听，那交警大队说你们别烦了，我们也烦，到时候你们设立一个报名点吧，这样也方便群众。这也是一种便民措施嘛。”

记者：“那怎么不方便其他的驾校？”

王建荣：“其他的驾校，你要跟他联系的，他不会说你们到我们这里来设点，他们不去联系你们，怎么说呢，是不是？”

根据城北驾校的说法，报名点设在交警大队的办公楼里，教练车待在交警大队的停车场里面，这都是便民措施，那么接下来记者看到的情景恐怕就不能用便民来解释了。

学员进入驾校学习，目的是通过考试拿到驾驶执照，这其中钻杆和路考是最关键的两项。钻杆考试是考学员能否正确地停放车辆，而路考是考驾驶员能否独自驾驶车辆，到繁忙的公路上正常行驶。无锡市的驾校所有的学员钻杆考试都在城北驾校的校园里面进行，有意思的是钻杆考场分两个：城北驾校车辆专用一个，其他驾校只能用另一个考场。考场不同，考试有什么不同吗？

记者："不会给你们学校搞什么特殊吧？"

无锡市城北驾驶员培训中心训练大队负责人蒋寿达："不会，不会，不可能，我刚才已经讲过了，肯定没特殊。有特殊的话我担保，我这个人说话负责任的。"

在其他驾驶学校考试的场地上，钻杆考试的确很规范，那么城北驾校专用的考场又怎么样呢？刚一进考场，就看到场边的工作人员正在为一个考试的学员做手势。

记者："这位民警，刚才那些人，除了学员，在前面的那些人是什么人？"

无锡市公安局交警："除了学员，这都是在看的。"

记者："看什么？"

无锡市公安局交警："看车子，考完结束，运车员。"

记者："他们本身能做指导或者辅助吗？"

无锡市公安局交警："不做指导。"

记者："他们能不能做一些指导？我看刚才在做一些指导动作。"

无锡市公安局交警："不可能的。"

记者决定核实一下刚才是否真的看错了，或者那就是一个偶然的动作。在城北驾校的考场旁边就有一座楼房，考试的情景在楼上看得一清二楚。在没有城北驾校工作人员陪同的情况下，记者自己来到顶楼，看到了有人在车后给考生做各种手势。原来，城北驾校的考试学员在钻杆的时候，的确可以得到考场工作人员现场的亲自指导。

钻杆考试的情况是这样的，那么城北驾校路考的情况又怎样呢？按照规定，路考是要经过两个部分，首先在各种复杂的道路情况下考试，如过井盖、走单边桥，由于这样的考试是在驾校内部场地来进行的，所以叫内场考试。通过了内场考试，学员才有机会到公路上真正考驾驶技术。而城北驾校的学员反映，他们在路考中，根本不用经过内场考试。

记者："你们走不走那种单边桥、绕井盖？"

无锡市城北驾驶员培训中心学员："我们那儿根本就没有看到过这个东西。"

记者："就不用这样走？"

无锡市城北驾驶员培训中心学员："对，我们在电视上好像看到是有这种东西，但从来没去学过这种东西。"

城北驾校不用内场考试，就直接上公路路考。按照规定公路考核必须开满 3 公里，尽量用各种复杂的路况来考验学员的应变能力。现在来看看城北驾校的学员们如何接受公路测试。

记者驱车跟随一辆车号为苏 B0360 的城北驾校的考试车，目睹了这辆车的 8 位学员是如何路考的。这辆车的 8 位学员全部考完路试，总共只用了 20 分钟左右的时间，没有复杂的路况，没有红绿灯，没有拐弯并线。根据记者现场打表实际测量，八位考生中最多的开了 800 米，最少的开了 600 米。城北驾校的路考是这样完成的，那么其他驾校又是怎么考的呢？

记者："你们如果路试的话，都要走什么项目？像这种单边桥、井盖，都要走的吗？"

无锡市某驾校教练员："九个项目。"

记者："路试需要多长时间呢？多少公里？"

无锡市某驾校教练员："两公里以上的。"

记者："最少两公里？"

无锡市某驾校教练员："考官相当严的。"

记者："不会走个几百米就停下来？"

无锡市某驾校教练员："不可能的事，为什么？他们也要对学员负责，出去的都是新手，咱们驾驶员都是危险的工种，如果技术上不行，放到路上去，肯定是'杀手'。"

考试不严格的危害谁都明白，然而城北驾校在报名时得到了交警大队的特殊待遇，在钻杆、路考时也可以放宽标准。无锡城北驾驶员培训中心真的和其他几十个驾校一样只是个普通的驾驶员培训学校吗？在城北驾校的办公楼里，记者可以看到有大队长、教导员这样的特殊办公室，一般的驾校可都不常见。

记者："我想知道您的身份，是什么样的普通的社会身份，还是有什么特殊的身份？"

无锡市城北驾驶员培训中心训练大队教导员："这个我来跟我们领导汇报一下，我们集中来向你汇报吧。"

是什么样的身份，还要向领导汇报才能够表明呢？其实驾校领导桌子上的由培训中心填写的公安民警承诺书，就不是一般人能够填写的。

记者："这个承诺书，公安民警的承诺书你们也填？"

无锡市城北驾驶员培训中心办公室副主任王建荣："我们也看看的。"

记者："好像是要填的吧。等一下，这还是你们培训中心填的。这叫王建荣，这是谁？"

王建荣："是我。"

记者："是你？"

王建荣："是我。"

记者："你不是民警，你承诺什么？这是市局在全市民警中开展争当模范守法者，要求这几条，承诺人单位培训中心，姓名王建荣，你必须是民警才能写。"

王建荣："我填着玩的。"

记者："您告诉我您是不是民警？"

王建荣："是民警。"

记者："您是哪儿的民警？"

王建荣："我是公安局管理处的。"

在无锡市城北驾驶员培训中心，管理人员中像王主任这样的正式民警还不少。

记者："这上面写的：宗有德同志是培训中心驾训大队副大队长，党支部对他的评议是他'牢记了人民警察立警为民、执政为民的服务宗旨'。最起码说明他是位人民警察。"

无锡市城北驾驶员培训中心办公室副主任王建荣："对，七位民警，按理说以前是有七位民警的。”

就连城北驾驶员培训中心第一负责人、培训中心主任也是一位民警。不仅如此，从城北驾驶员培训中心保存的文件上看，这些文件的题头是无锡市公安局交通巡逻警察支队发放给市区各大队、机关以及各个部门的，那么培训中心能拿到这样的文件，可以看出无锡市公安局交通巡逻警察支队应该视这个驾驶员培训中心为其管理的一个部门。这样的现象让其他驾校颇有微词。

无锡市某驾校负责人：“既然国家的交通安全法已经出来了，无锡地区应该按照国家的政策和法律来，不能搞特殊，如果你无锡特殊了，那其他地区也这样，那国家不是要乱套了吗？”

国家在 2004 年就明令禁止公安机关办驾校，公安部也三令五申严禁此类行为，但是两年过去了，无锡市公安局仍然不顾禁令，继续参与办城北驾校。按说公安执法人员对驾驶人员的考核应该是严格的，然而城北驾驶员培训中心不仅没有严格把关，甚至在一些项目上帮助考生作弊，这不仅违反了国家的法律规定，损害了执法机关的声誉，客观上也促成了“马路杀手”的产生。

（《焦点访谈》2006 年 6 月 5 日）

“欣弗”问题出在哪儿

2006年8月1日下午《焦点访谈》栏目接到举报说，黑龙江省的多名病人在使用了一种名叫欣弗的药物后，出现了明显的药物反应。欣弗就是克林霉素磷酸酯葡萄糖注射液。观众反映这些病人使用了这些药物后，有的甚至出现了休克的现象。记者连夜赶到了哈尔滨医科大学附属第二医院进行了采访。

在哈尔滨医科大学附属第二医院，记者首先见到了一个17岁的孩子关永波，他是2006年8月1日被家人从黑龙江双城市人民医院转送过来的。

记者：“你住院几天了？”

患者关永波：“到医院两天了。”

记者：“现在有什么感觉呢？”

患者关永波：“现在胸闷。”

记者：“还有呢？”

患者关永波：“我上不来气，不敢大喘气。”

记者：“喘气的话是什么情况呢？”

患者关永波：“胸憋得慌，觉得疼。”

即使简单地说几句话，关永波都冒着虚汗，难以支持。两个星期前，只是因为手部受伤，他到当地的双城市人民医院治疗，可是在治疗过程中出现了意想不到的情况。

记者："这是血液生化指标？"

哈尔滨医科大学附属第二医院急诊科主任王新春："对，全是血液的生化指标。"

记者："那这些箭头表示什么呢？"

王新春："表示异常。"

记者："那这种血液生化指标的异常意味着什么？"

王新春："意味着脏器有损伤，现在初步考虑是输液反应，由药物带来的。"

据哈尔滨医科大学附属第二医院的医生介绍，关永波出现的症状很可能是药品质量引起的。

记者："这就是住院部开的？"

患者家属房立文："对，就是欣弗这个牌子，30 日中午 11 点半的时候，孩子就开始恶心，我当时给拔下来了。"

记者："点滴（打）了多长时间？"

患者家属房立文："将近有一个小时。"

关永波在双城市人民医院注射的是欣弗牌克林霉素磷酸酯葡萄糖注射液。除了关永波之外，在哈尔滨医科大学附属第二医院记者看到，这里还住着从其他地方赶过来的患者，他们也是注射了同样的药品，出现了同样的症状，其中最年轻的 17 岁，最大的 75 岁。

患者家属郭志明："她原先有点儿炎症，就是妇科有点儿炎症，大夫说建议（打）点滴，点滴用什么药呢，诊所说使青霉素还要做试敏，用克林霉素不用做试敏，这药效果还好，大夫说那就用吧。药都拿来了。"

记者："也用的是欣弗克林霉素？"

患者家属郭志明："对，欣弗克林霉素。第三天的时候，就出现了这种症状，呕吐、发烧、寒战，跟他们症状一样。"

患者家属孟凡青："我老伴儿是阑尾炎，用的这个欣弗克林霉素，说阑尾炎消炎就使这个，这是个体小大夫用的，用了半天。"

记者：“也是这种？”

患者家属孟凡青：“对，就用这一种，这瓶就剩这些，用了这些就不行了，她就说冷，她当时就休克了。”

据医生介绍，这些病人来的时候，基本上全部处于休克状态，非常危急。本来他们患有不同的疾病，但是在注射了欣弗牌克林霉素磷酸酯葡萄糖注射液后，却出现了类似的突发症状。经过进一步化验发现，这些病人的心脏、肝脏、肾脏都存在不同程度的损伤。

哈尔滨医科大学附属第二医院急诊科主任王新春：“高温、寒战、休克，这症状都一样，基本上都是一样的。”

记者：“那当时你们判断，刚刚收治的时候，像这样的症状属于什么原因造成的？”

王新春：“一开始对于这样的病人，头一两例的时候，我们考虑是输液反应，输液反应感染，但是随着病人逐渐增多，在出现第三例的时候，我们就发现不太对劲，用输液反应不能解释，这些同样的药物，同样厂家的药物，我们就考虑到有一些问题。”

患者家属：“我从7月31日到现在都没合过眼。”

记者：“为什么这么紧张呢？担心孩子什么呢？”

患者家属：“担心孩子的后半生，想到孩子才17岁。”

根据医院的初步诊断，这些患者都是共同使用过欣弗牌克林霉素磷酸酯葡萄糖注射液以后出现了这些症状，这个注射液的商品名叫欣弗，生产厂家是上海华源股份有限公司安徽华源生物药业有限公司，从药品的生产日期看，出现问题的药品都是2006年6月以后生产的。克林霉素是一种消炎药，广泛应用于扁桃体炎、支气管炎和皮肤创伤等多种疾病。

哈尔滨医科大学附属第二医院急诊科值班医生景慧：“克林霉素主要是消炎的，它是比较有针对性的，而且效果比较好，这个药还不用做试敏，在临床应用上也很方便，副反应我们医院暂时还没有发现过。”

记者：“这种克林霉素是比较成熟的？使用过的？”

景慧："对，历史也比较长一些。"

北京协和医院药剂科主任药师张继春："克林霉素本身会带来不良反应，但是这些不良反应应该说是有一定百分比例的，不会是群发反应，应该是个案、个例的，不会说十几个人一打，全出现这个问题，那就不能用不良反应来解释了，应该要重视一下这批药的产品质量，要检查一下它整个的生产工艺有没有问题，因为如果不良反应这么严重，这药就没法用了。"

其实在黑龙江的部分患者出现这些症状之前，7 月 27 日青海省西宁市也发现了同样的问题，并且他们向国家食品药品监督管理局进行了报告，国家药监局迅速派人赶往青海进行调查。8 月 1 日，记者采访了青海省西宁市当地的患者家属。

记者："药的具体名称呢？"

青海省西宁市患者家属："药的具体名称是欣弗克林霉素磷酸酯葡萄糖注射液，是 2006 年 7 月 24 日出现的不良反应。"

记者："7 月 24 日是吧？"

青海省西宁市患者家属："对。"

随后，记者给这些患者所在的青海省人民医院和西宁市第二人民医院打电话，了解核实情况。

记者："他们是什么时间送到医院的？"

青海省人民医院医生："第一个是 19 日，第二个是 24 日，还有一个 27 日，一个 28 日。"

记者："他们临床症状表现具体是什么样？"

青海省人民医院医生："休克，就是血压没有，血压偏低，再一个就是第二三天开始，口周都有疱疹，再就是化验以后，肝肾功能有轻度损害。"

8 月 1 日，《焦点访谈》栏目的另一路记者赶到了安徽省阜阳市，对药品的生产厂家安徽华源生物药业有限公司进行采访。

安徽华源生物药业有限公司工会主席骆华宇：“你们是来了解欣弗克林霉素的问题的?”

记者：“对，你们怎么知道我们是来了解欣弗克林霉素的问题的?”

骆华宇：“出现这个问题，我们厂里非常重视，国家药监局、省里药监局和市药监局这两天一直在厂里调查，了解欣弗克林霉素的事，分析原因。现在我们老总到省里汇报去了，负责技术的、负责生产的和我们老总一块到省里，我们市医药局也去了，国家药监局也去了，今天上午都到省里了。”

记者：“到底问题出在哪儿呢?”

骆华宇：“现在就是生产工艺上，可能在消毒方面出了问题。”

据厂里的工会主席介绍，这些药品出现问题，可能是由于他们新换了消毒柜以后，在消毒过程中引起的。

安徽华源生物药业有限公司生产车间主任袁海泉：“灭菌过程的热分布不均匀造成的，应该有这种可能性，我们在怀疑。”

记者：“新的消毒柜在消毒时间上缩短了，是吗?”

袁海泉：“对，消毒时间上缩短了。”

记者：“缩短了多少?”

袁海泉：“我们只是缩短了一分钟。”

记者了解到，事情出现以后，当地政府非常重视，安徽华源生物药业的态度也是积极的。一些药品批发商已经与病人家属取得了联系，有的开始为病人垫付部分医药费。

患者家属：“负责欣弗克林霉素批发的人来了，给我们送了2000元，说你看吧，不够还可以继续给钱。”

记者：“为什么这个药品代理商会来看你，给你钱呢?你的药是从他那儿买的吗?”

患者家属：“我的药是在宾县复康新药特药商店买的，当时复康新药特药商店是在他那儿进的药，就是这个过程。”

8 月 3 日，国家药监局和卫生部对此事发出紧急通知。8 月 4 日，国家药监局召开新闻通气会，通报说：截至 8 月 3 日，国家药品不良反应检测中心共收到相同品种出现类似的临床症状病例 38 例，涉及 9 个批号；涉及青海、广西、浙江、黑龙江、山东等省区。国家药监局要求：各省药监部门对辖区内所有药品经营企业，医疗销售机构对标识有安徽华源生产的克林霉素采取控制措施；责成安徽省药监部门查明产品的产量和销售去向。

今天下午，国家药监局再次派出工作组赴安徽对生产企业进行进一步核查，分析出现不良事件的具体原因。

需要提醒大家的是，目前发现不良现象的克林霉素是安徽华源生物药业有限公司生产的欣弗克林霉素磷酸酯葡萄糖注射液。这个厂的其他药品和其他厂家生产的克林霉素目前没有发现问题。

最新消息：8 月 4 日上午，一名注射过欣弗的女童死亡，国家有关部门赶赴当地进行核实调查。

因为这次临床中出现的严重不良事件都和上海华源股份有限公司安徽华源生物药业有限公司生产的欣弗克林霉素磷酸酯葡萄糖注射液有着较明确的关联性，卫生部 8 月 3 日连夜发出紧急通知，要求各级、各类医疗机构必须立即暂停使用并封存 2006 年 6 月以来生产的所有批次的欣弗。对已经使用了这些批次药品的患者要密切观察，发现药品不良反应要及时处置、上报。同时要求各级、各类医疗机构暂停购入这些批次的药品，把好药品采购关，坚决杜绝不合格药品进入临床。

（《焦点访谈》2006 年 8 月 4 日）

进入行政大厅的乱收费

曾经泛滥一时的乱收费早已为人们深恶痛绝。在国家的大力治理下，百姓也提高了对乱收费的识别能力，乱收费行为越来越难以进行。但是，日前记者在对江西省高安市一起乱收费行为的调查中，却发现了乱收费的一种新动向，值得警惕。

江西省高安市是全国有名的运输大市，光大车司机就有4万多人，是高安市最大的产业群体。按《道路交通安全法》的规定，大车司机每年要提交一份体检证明，但不收取任何费用。日前有高安司机反映，在每年提交体检证明的审验时，要被收取不明不白的一百多元。

高安市驾驶员甲："他说先到那边去交85元。我问干吗要85元？他说年审的钱，你这不用年审吗？我说还要年审？我觉得莫名其妙。"

在交费收据上，记者看到有"社会团体会费专用收据"的字样。

记者："你们这个驾驶员和这个社会团体有关系啊？"

驾驶员甲："没有关系，什么关系啊？"

记者："社会团体会费专用收据。你加入什么协会了吗？"

驾驶员甲："没有啊。"

接着，记者来到高安市行政服务中心大厅的交警队窗口。

驾驶员乙："这是什么钱？"

交警大队窗口工作人员："年审的钱。"

驾驶员乙："不是5元吗？"

交警大队窗口工作人员："到处都是5元吗？"

驾驶员乙："邻县都是5元。"

交警大队窗口工作人员："哪个跟你讲的？"

驾驶员乙："85元的，会员是什么？"

交警大队窗口工作人员："年审的钱。"

驾驶员乙："年审不是有正式发票吗？"

交警大队窗口工作人员："这不是财政局的发票吗？"

驾驶员乙："这是什么会员？"

交警大队窗口工作人员："我也解释不清楚，我也不知道怎么解释，你不要问了，交了就是。"

驾驶员乙："不交就不给年审吗？"

交警大队窗口工作人员："不交就不审。"

记者："这是什么钱，这叫什么费？"

驾驶员乙："我也不知道什么费。"

记者："你问他这叫什么费？"

驾驶员乙："团费。"

记者："你是什么团的？"

驾驶员乙："我不懂。"

记者："你加入过团体吗？"

驾驶员乙："我不懂。"

记者："你加入过什么协会没有？"

驾驶员乙："听都没有听说过。"

为此，记者来到交警大队了解情况。队长斩钉截铁地说，收的是道路交通安全协会的会员费，全是司机自愿交的。

记者："所谓的道路交通安全协会的收款是强制的还是自愿的？"

江西省高安市公安局交警大队大队长邓社生："自愿的。"

记者："这个交不交所谓的会费，是不是驾驶员执照审验的一个必备程序？"

邓社生："不是，这个肯定不是。"

记者："他们收的这个钱里面跟交警队有没有经济关系？"

邓社生："没有经济关系。"

队长说的是真实情况吗？记者想直接到司机当中听听反映。

记者："自愿交的还是强迫交的？"

驾驶员丙："你不交就不给审，交了钱就年审了，不交钱就不年审了。"

记者："没商量是吗？"

驾驶员丙："没商量。"

驾驶员丁："不知道我是什么会员，反正有会员费。"

记者："见到过有什么协会给你们办过什么事吗？"

驾驶员丁："没有，就是要钱。我问了他一句，我说是什么会员啊，他说反正就是会员费，你问一下大家。"

记者："根本不敢提意见，我不交行不行？"

驾驶员丙："不交就不给你审，不给你盖章。"

交警队长在得知记者已经掌握真实情况后，又找到记者表示要说实话了。

江西省高安市公安局交警大队大队长邓社生："是这种情况。"

记者："是不是一定要交 85 元，不交就不能办，是不是这样的？"

邓社生："在窗口可能是这样的。"

在他们向司机收取的 105 元里，有 85 元是所谓的会员费，另外 20 元是体检费。这项体检是法律规定的为保障安全行车的一项重要举措，由交警队负责执法。我们先看看他们是怎样履行执法责任的。

记者："这是体检表，你体检了吗？"

驾驶员戊："没有。"

记者："交钱就行，不用体验？"

驾驶员戊："去年也是这样。"

采访中，还有司机也证实了这一点：不用去医院体检，直接交 20 元就可以了。

在行政大厅交警队的柜台里，坐着一个专门给司机填体检表的人。

记者："为什么驾驶员在外边站着，你在里面坐着，就能把他的身体状况填得一清二楚呢？有这个特异功能？为什么这么做？"

江西省高安市中医院退休医生："有时候忙的时候就这么做。"

记者："你对这个驾驶员，连他的手都没有摸过，你就给他填了体检表，交警队为什么能够认可？你在这儿坐着，交警队就坐在你旁边，你明摆着在弄虚作假，交警队为什么都视而不见呢？他们提出过反对意见吗？"

江西省高安市中医院退休医生："……"

记者在现场看到，在这里根本不用做任何检查，交钱就盖章，而且全是在交警队的配合之下完成的。作为执法主体，却视法律为儿戏。在采访中，记者有点疑惑的是，在群众法律意识普遍提高的今天，这种明显的乱收费是怎么能够完成的，而且一收就是两年半。调查发现，这项乱收费的完成，关键在于它被涂抹上了一层政府色彩，先看看收钱的地方——政府行政大厅。

记者："把一个民间社团引入政府的服务大厅来挂牌收费，是行政服务中心同意的，还是市政府同意的？"

江西市高安市行政服务中心管理委员会主任邹清平："它这个单位是市政府同意的。"

记者："哪个单位？"

邹清平："交警。"

记者："你们把安全协会看作交警的一部分，是吗？"

邹清平："没分得那么清。"

记者："批准了交警队进来，它也就跟着进来了？"

邹清平："跟着混进来的。"

记者："混进来的？"

邹清平："这种成分更大一点。"

记者在统计收费的电脑上也看到，他们收费的户头上写的就是交警队，账号 2190，项目为会员费征收。这一个"征收"多少露出了一些实话。他们进了政府行政服务大厅和交警队坐在一起还不是万全之策，司机愿意交那从未听说过的会员费吗？办法是不写收费项目，根本不让你知道，你想问就不给你办年审，票据用的是财政局的。记者就请教了一下财政局长。

记者："开具的发票必须要写收费项目？"

江西省高安市财政局副局长左海龙："对。"

记者："这是财政纪律吗？"

左海龙："对。"

记者："从财政部门的角度来看，这张票据有什么问题？为什么上面不填收款项目？我想知道这里的奥秘是什么？"

左海龙："这东西就是……"

记者："是什么？"

左海龙："……"

记者："第二个我请教财政局的领导，不写项目的收费叫什么收费？"

左海龙："……"

记者在票据上发现，这个行政大厅里办理其他各局的收费时全有收费项目，唯独这笔所谓的会员费不写。这还不算，不但不写收费项目，而且连真正收款单位的章也不盖，却由完全没有收费职能的行政服务中心去盖章。

记者："开出去的票据上盖的章可是你们行政中心的章，那么你不是一个行政主体，你是一个收费主体吗？是有权力收费的部门吗？"

江西市高安市行政服务中心管理委员会主任邹清平："我们部门没有收费的权力。"

这个章盖得就不具备合法性，而要让司机们彻底打消疑心，还要有看上去规范的管理，就是看上去钱是交到了市财政局。这么强的政府色彩，还会有什么乱收费吗？由不得你不信。其实调查随后就发现，所谓交到财政局不过是走个过场而已。

记者："这两年半的时间，他们大概分别收入多少？"

江西省高安市财政局副局长左海龙："2005年是202万。"

记者："2006年呢？"

左海龙："2006年是242万。"

记者："有所增长？"

左海龙："对。"

记者："2007年到现在呢？"

左海龙："113万。"

记者："那么现在的可能去向还不明显，您介绍介绍2006年他们花了多少，2005年花了多少。"

左海龙："花了220万。"

记者："究竟这些钱他们拿去花到了什么地方，财政局要求备案吗？"

左海龙："它属于代管资金。"

记者："代管资金？这笔钱他们怎么花你们并不管，只要他们要就划拨？"

左海龙："对，因为这个是代管资金，不是预算外收入，是代管，只不过进我们的账。他申请钱的时候，申请多少我们就拨给他的单位多少。"

记者："我们在财务检查的时候，甚至在审计的时候，有检查它这笔所谓的会费吗？检查过吗？"

左海龙："没有检查过。"

这一年下来好几百万，在经济欠发达的高安不是个小数目。虽然表面上钱是进了财政局，但这不过是走个过场，转眼间，钱就被提走，不需要理由，没有财政检查与审计。接下来，就该关心一下这笔钱都上哪去了。但一接触这个敏感的问题，交警大队和安全协会的会计就都找不到了。

江西省高安市道路交通安全协会会长王正元："我的会计到哪里去了？"

据了解，在记者采访后的第三天，高安市对司机收取会员费的行为已被停止，高安市纪委也开始对交警大队进行调查。节目中我们看到，高安市的一些主管部门对行政收费的原则是清楚的，但值得注意的是，政府行政服务中心本来是方便群众、规范收费的地方，怎么就成了乱收费的寄生地呢？看来，规范措施和便民政策要真正落实，还需要进一步加强管理。

（《焦点访谈》2007 年 7 月 18 日）

山西洪洞“12·5”矿难调查

2007年12月5日夜里11点15分左右，山西省临汾市洪洞县新窑煤矿发生特别重大瓦斯爆炸事故。经过连续四天的救援工作，初步确定死亡人数共计105人，目前搜救工作基本结束。当地政府正在进行对遇难家属的善后工作，相关部门将工作重点转入事故调查阶段。

发生爆炸事故的新窑煤矿位于山西省临汾市洪洞县左木乡红光村，是个乡镇煤矿，核定生产能力为每年21万吨，证照齐全，属于低瓦斯矿井。

据了解，爆炸发生在12月5日晚上11点15分左右，当时100多名正在作业的矿工被困井下。截至12月8日，虽经各方全力搜救，仍有105名矿工不幸遇难。人们不禁要问，这夺取105名矿工生命的灾难是怎么发生的？

发生事故的新窑煤矿距洪洞县城40公里。当记者闻讯赶往矿区时，却发现短短的路途上路卡一个接着一个。在一个路卡，交警让记者把摄像机关上。

山西省洪洞县交警：“关了，关了，你把那个关了，关了，你把那个关了。”

记者：“为什么要关？”

交警：“关了。”

好不容易通过了几道路卡，又遇到了不少穿棉大衣的人的阻拦：“我们接到了命令，就是不允许采访。”

在这样的命令下，采访果然很难进行。一位矿工正在接受记者采访时，就被一群人给推走了。他们一边推搡矿工一边对记者说：“现在外面不要人。”

记者：“为什么？什么不要人？我们了解一下情况。你们干什么？不要打人啊！为什么？你是干什么的？”

从洪洞县第一时间提供给外部的信息上可以得知，发生事故的新窑煤矿是个证照手续齐全的合法开采的煤矿。合法开采发生事故，为什么要采取如此严厉的措施拒绝记者的采访呢？矿工们提供的信息，让人逐渐明白了这极力要隐瞒的原因是什么。

矿工：“9号煤是黑窑，都不是正规的。”

记者：“是不允许开采的？”

矿工：“不允许开采，偷采的。每年在这里开采。”

这位矿工所说的9号煤，就是发生爆炸的9号煤层。据了解，新窑煤矿只取得了这个地区的2号和3号煤层的开采权，新窑煤矿根本就没有9号煤层的开采权，属于越界开采国家资源的行为。因为是非法行为，因此9号煤层基本上不具备安全措施。

矿工：“瓦斯探头，什么都没有。”

记者：“通风设备呢？”

矿工：“就是那个，9号煤层什么都没有。”

记者：“9号煤层就是发生事故的那个？”

矿工：“就是发生事故的那个。它什么都没有。”

在地下开采煤矿是个高度危险的工作，探测瓦斯的设备和通风设备是开采的最基本条件。没有这些设施，不可能预知危险的到来。然而让人不可思议的是，在这样的条件下，新窑煤矿居然还使用可以产生明火的运输工具。

矿工：“这下面管理混乱，里面有三轮车，三轮车的后面排气管道冒火，可能由这个引起的。”

记者：“排气管冒火？”

矿工：“嗯。”

矿工：“自然冒火，油门高了它不冒火？”

记者："在井下冒火是很危险的，是吧？"

矿工："那都是三轮车。"

记者："平常这个三轮车运输没有人管？"

矿工："没有人管。职工都开着车。不用车煤炭怎么出来呢？"

长期非法开采，没有瓦斯探测器和通风设备，这样带发动机的三轮农用车在高度危险的井下使用，发动机产生的火焰一旦和瓦斯相遇，发生安全事故几乎是必然的。

国家安全生产监督管理总局局长李毅中："下面还有五十多辆三轮车，在下面没有通风系统，多头掘进，人海战术，最后造成这样惨痛的结果。"

就这样，100 多位矿工失去了生命，100 多个家庭陷入了痛苦的深渊。

其实，按照规定，新窑煤矿一次下井的人数不得超过 60 人，一次爆炸竟然夺取了 100 多条生命，这又是怎么回事呢？

据了解，为了增加产量，煤矿的管理者根本不限制下井的人数。据矿工们反映，每一班下井的人数都超过了 100 人。不仅如此，这些众多的下井矿工竟然都没有佩戴任何的自救系统。事故发生后，许多人没有直接死于爆炸，却因为没有自救系统无法呼吸而窒息死亡。

记者："这次你知不知道有很多是憋死的？都是一氧化碳中毒的矿工，都没有戴自救器。"

矿工："没有。"

记者："你们下矿的时候，矿里面要求你们戴吗？"

矿工："没有。"

记者："在矿口有没有安全检查员？"

矿工："有。"

记者："那你们没有戴，他们制不制止你们下矿？"

矿工："就没有听说过这个东西。"

新窑煤矿的管理者、所有者为了获取最大的利益无视生命安全，没有原则地降低生产成本，造成了这起重大事故的发生，自然会受到法律的制裁。然而人们不禁要问，这些明显的安全隐患，洪洞县的有关管理部门在日常工作中怎么就不能及时发现、及时制止呢？

记者：“各矿的这种安全情况，你们经常派人下去检查吗？”

山西省洪洞县安全生产管理局调度室负责人贾文宣：“我们现在人员不够，还没有人。”

记者：“平常不派人下去？人员不够？”

贾文宣：“嗯。”

记者：“那这个制度怎么落实啊？安全怎么保证啊？”

贾文宣：“通过电话报的。”

记者：“用电话报？”

贾文宣：“电话安排的。按报的情况落实。”

记者：“各个矿报上来什么就是什么？”

贾文宣：“嗯。”

记者：“具体报井下的情况，你们都在值班，报上来是什么情况？”

山西省洪洞县安全生产管理局调度室负责人贺正荣：“报上来人数也没有超。”

记者：“有没有自救器，通风系统是否正常？”

贺正荣：“这个没有报过。”

记者：“就是说人数有没有超，有没有越界开采，都没有报？”

贺正荣：“都没有报。”

记者：“这是谁报上来的？”

贺正荣：“咱们矿上报过来，安全员签字，驻矿的签字。”

记者：“基本上平常这种监管，就是安全员来报，你们不亲自下去到矿山上了解情况吗？”

贺正荣：“咱们现在人手不够。”

其实，洪洞县安全生产监督管理局有专门的安全纠察队。如果说安全调度室的人手不够，无法下矿检查，这些纠察队员的职责就是每天到各个煤矿进行安全检查和监督。那么平时他们检查和监督了吗？

记者："在事故发生前，有没有去检查过新窑煤矿？"

山西省洪洞县安全生产管理局纠察队负责人："这个我不太清楚。"

记者："那谁清楚？"

山西省洪洞县安全生产管理局纠察队负责人："你问一下领导。"

记者："平常是你们领导去检查，还是整个纠察队去检查？你平常有没有去过新窑煤矿？"

山西省洪洞县安全生产管理局纠察队负责人："去过，怎么没有去过？"

记者："去过？发现什么问题没有？有没有发现过什么安全问题啊？同志……"

2007 年 3 月和 5 月，临汾地区已经发生了两起死亡 20 人以上的矿难。这起矿难发生之前，新窑煤矿的安全隐患已经持续了相当长时间。只要有一次认真细致的安全检查，发现问题及时整改，悲剧是不是可以避免呢？

记者："如果要防止未来发生这样的事情，比如其他的矿，现在还没有发生事故的，那这样的事情肯定还会发生，怎么来控制这种隐患呢？"

山西省洪洞县安全生产管理局调度室负责人贺正荣："不知道。这不好说。"

记者："只能说发生以后才用劲儿，这样是亡羊补牢吗？"

贺正荣："这也不好说。"

记者："这次一百多条生命……"

也许，山西省代理省长孟学农在事故现场的这番感慨能够让悲剧不再重演。

山西省代理省长孟学农："科学发展观，以人为本，我们到底落实得怎么样？尽是口头上的事，坐而论道，落到底下了吗？我说临汾接二连三地出问题，3 月出了一次，5 月出了一次，为什么不出一件事的时候就好好找一找工作上的原因？一直不落实。凡是不落实的，我都怀疑有什么钱权交易在里面。这个我们慢慢来，查清了再说。锥子剃头一根根挖，查处一个处理一个，要不然我们党和政府怎么取信于老百姓？"

目前，公安机关已经控制了这起事故的相关责任人33人，其中刑拘21人，移交司法机关8人。对矿主和该矿的实际负责人已经发出全国通缉令。“12·5”事故是2006年以来全国发生的一次死亡人数最多的特别重大事故，伤亡惨重，损失巨大，社会影响恶劣。党中央国务院对这起事故高度重视，国务院领导多次做出重要批示，国务院成立了事故调查组，相关负责人要求调查组要以高度的政治责任感履行事故调查责任，按照“四不放过”的原则严肃追究事故责任，要求调查组全体人员提高事故调查的效率和质量，向党和人民负责，要交出一个经得起历史检验的事故调查报告。

（《焦点访谈》2007年12月9日）

瞒天过海建别墅

记者在河北省肃宁县采访时发现，在一个住宅小区里，有几栋气派别致的别墅。当地人告诉记者，按照肃宁县房地产市场的行情，这样一套别墅至少要卖到七八十万。但是，住在里边的人花了多少钱呢？说出来您可能不相信，只有二十多万。

别墅楼位于肃宁县城关镇的一个住宅小区里，小区北边的围墙外是一片庄稼地，几十米开外是城关镇王街村村民的住房。记者看到，这三座别墅每座分为独门独院两户，每户楼前都有铁艺栅栏围成的小花园，楼后有停放私家车的车库，与周围的建筑相比，别墅楼造型别致，工艺精美，显得非常抢眼。当地村民用“金銮殿似的”这样的感慨，来形容别墅的豪华。

除了三座别墅之外，小区里还有五栋崭新的住宅楼。据王街村村民介绍，这些别墅和住宅楼是2006年年底建成的，占用的30多亩土地，原先都是村里的。

国家土地管理政策规定，严格禁止新建别墅。那么，究竟是谁建了这些别墅楼呢？

村民：“这房子是局长的。”

记者：“是哪个局的？”

村民：“土地局”。

记者：“土地局？”

村民：“土地局建这个商品房买卖的，就是盖了卖商品房的。”

作为国家的行政执法机关，县国土局怎么会成了经营房地产的开发商呢？为了核实情况，记者来到了肃宁县国土资源局。局党组成员张国茂告诉记者，村民所说的别墅和楼房其实都是国土局职工的集资房，并不是拿出去卖的商品房。据张国茂介绍，集资房共有156套，包括6套别墅和150套普通楼房。

肃宁县国土资源局党组成员张国茂："集资建一些住宅，解决一下职工的住房问题，也是为了调动职工的积极性。"

2004年4月，建设部、国土资源部等四部委颁发的《经济适用住房管理办法》规定，集资建房是经济适用房的组成部分。作为一种带有保障性的政策性住房，国家为集资建房提供了诸多的政策优惠，如，减免税费、无偿划拨建设用地等，同时规定，参加集资建房的对象必须限定在本单位无房户和住房困难家庭。那么，肃宁县国土局究竟有多少职工，又有多少人符合集资建房的条件呢？

记者："土地局有多少职工？"

肃宁县国土资源局党组成员张国茂："公务员咱们是十几个吧。"

记者："十几个人？"

张国茂："其他都是事业单位，都是事业编制的，有七八个事业编制的。"

一共就十几个公务员，七八个事业编制人员，为什么要建150多套集资房呢？张国茂是这样解释的。

肃宁县国土资源局党组成员张国茂："为职工谋点福利，主要是考虑解决职工的住房问题，因为下面好多乡土地所的人，在县城里都没有房。"

谋福利的时候没有忘了属下，十里八乡的乡镇土管所职工，都被安排来县城集资建房。那么，全县国土系统究竟有多少员工呢？记者从土地局的办公室拿到了一份名单。办公室的张主任帮记者简单统计了一下。全县国土系统包括公务员、事业编制人员、退休职工加上离岗人员、临时勤杂人员，再加上乡镇土管所职工，怎么算也只有98人，即使这些人全部符合集资建房的条件，也用不着建156套房子。那剩下来的几十套集资建房，最后给了谁呢？

记者在住宅小区里采访了几位住户。

记者："你是在这里面住吗？"

小区住户甲："对。"

记者："自己买的房子？"

小区住户甲："我儿子买的。"

记者："你儿子是哪个单位的？"

小区住户甲："火车站的。"

记者："您是哪个单位的？"

小区住户乙："我是下岗的，做买卖的。"

记者："你先生是哪个单位的？"

小区住户乙："做买卖的。"

记者："是土地局的吗？"

小区住户丙："不是，不是，我也是做买卖的。"

记者："那你怎么买到这个房子的？"

小区住户丙："托人买的。"

名义上是集资建房，实际上是在经营房地产；本该是为了解决困难家庭住房问题的政策，却被拿来卖了钱。按照2004年的《经济适用住房管理办法》规定，集资房必须是中小套型，小套住房面积控制在60平方米左右，中套80平方米左右。但是据记者了解，肃宁县国土局的150套普通职工住宅楼的总面积达到29600多平方米，平均下来每套面积将近200平方米，超出标准好几倍。普通住宅楼如此，别墅楼的情况又怎样呢？记者打算去别墅楼里看个究竟，却被房子的主人拒绝了。

据了解，这六套别墅分属现国土局的六位领导，张国茂作为局领导班子成员之一，他也拥有其中的一套。

记者："这套房子当时花了多少钱？"

肃宁县国土资源局党组成员张国茂："花了二十多万。"

记者："多大面积？"

张国茂："三百五十、三百六十（平方米）。"

记者："怎么会想到设计那么大的别墅？"

张国茂："这个也不能叫别墅，别墅应该说的是比较豪华的，别墅里面有绿地、花园什么的，那个比较高级。"

记者："你这个不算高级？"

张国茂："这个就算两层楼，也不能叫别墅。"

记者："那叫什么呢？"

张国茂："两层楼吧，连体的。"

在张国茂眼里的简单小楼，每套面积却达350多平方米，占地半亩多。那么这样违反国家政策占用土地超标准兴建所谓的集资房，当初是怎么拿到土地使用权的呢？

肃宁县国土资源局党组成员张国茂："土地全都是划拨的，当时咱考虑应该是划拨，因为是职工集资建房。"

记者："国家无偿划拨的土地，能建这样三百多平方米的别墅吗？"

张国茂："应该不能吧。"

按照《土地管理法》的有关规定，使用这块土地兴建集资房必须报县人民政府批准。那么肃宁县政府究竟有没有批准向这个项目提供土地呢？记者来到了县政府了解情况。工作人员说，主管土地工作的常务副县长郭万义正在外地开会，记者电话采访了他。在电话中，郭万义告诉记者："土地局实际占用这个地，一直没有办供地手续。"

按照规定，政府没有批准供地就不能核发国有土地使用证，没有土地使用证，建楼造别墅必需的施工、规划等手续就办不下来。不过这个问题根本难不倒肃宁县国土局的领导，因为核发土地使用证的大权就握在自己手里，没有批文，公章照样盖，使用证照样发。

记者："土地使用权证，它的实体的依据应该是政府的批文。"

肃宁县国土资源局党组成员张国茂："是。"

记者："没有拿到这个为什么能办使用权证呢？"

张国茂："应该说程序上确实有一点问题。"

记者："如果是其他单位能不能办？"

张国茂："其他单位可能办不了。"

记者："为什么？"

张国茂："因为这种情况下，我们不会给他办。"

记者："那你们自己为什么就能办？"

张国茂："因为咱们县城用地不是太紧张。"

违法占地是因为当地的土地不紧张，县国土局领导说出这样的话，真是让人感到非常意外。近年来，国家严厉打击各种违法违规占用土地的行为，就是为了保护珍贵的土地资源，缓解日益紧张的人地矛盾，守住18亿亩的耕地红线。而肃宁县国土局作为国家的土地执法机关，却伪造土地使用证、违法占用土地、超标准修建所谓的集资房、别墅，国家赋予的职权在他们手里，成了谋取小群体利益的工具。

记者："对土地使用进行监管的一个政府部门，你自己对自己这样违法发证，将来怎么去监管别人呢？"

肃宁县国土资源局党组成员张国茂："是，这种做法应该是错误的，我们已经认识到这个问题了。"

2006年12月，就在别墅楼建成后不久，有关肃宁县国土局利用职权违法占地，建造超标准集资房的举报，就反映到有关部门。河北省沧州市纪委组织人员进行了调查。沧州市纪委常委杨继勋告诉记者："伪造土地使用证，是一种利用职权的渎职行为，又利用土地去谋取小团体的利益，这个行为应该说是比较恶劣的。"

2007年9月，中共沧州市纪委对肃宁县国土资源局违纪案做出处理决定，撤销肃宁县国土资源局局长石龙生的行政职务，给予副局长李梦东党内严重警告、行政记大过处分，对犯有失职错误的时任分管副县长、建设局局长等人，也分别给予党纪政纪处分，并责成肃宁县政府对国土局违法占用的土地，按照市场价格进行评估，收取土地出让金。

声势浩大的"全国土地执法百日行动"启动不久，国土资源部就向社会公布了各地国土资源部门查办的16起土地违规违法案件。肃宁县国土资源局非法占地建别墅案就是其中之一。现在，肃宁县政府正在对县国土局违法占地的土地进行价格评估，要求县国土局按照评估价来补交土地出让金。对于这种处理措施，当地有群众反映，这样利用公权力谋取个人和小团体利益，侵占公共利益的违法行为，如果仅仅是补交一点钱就了事，能杜绝此类事件再次发生吗？

"全国土地执法百日行动"已经进入督察整改阶段，人们希望随着督察整改的深入，百日行动清查出来的案件，件件能得到认真严肃的查处，以真正体现各级政府和国土资源部门严格土地管理、坚守18亿亩耕地红线的决心。

（《焦点访谈》2007年12月18日）

土地变绿的秘密

一段时间以来，全国各地违法占地的现象屡禁不绝。由于违法使用土地的现象比较分散，因此发现和处罚都比较困难。近两年，国土资源部门利用卫星来监测土地的违法使用情况，手段直观，效果不错。但是，一些违法使用土地的地方不去好好整改，却想出一些五花八门的土方法来应付新科技的检查。

秋冬正是万物萧瑟、田地休闲的季节，然而在广东省一些地方，今年的秋冬季却显得异常忙碌。在佛山市杨和镇的大片田地里面，近段时间内一下子种下了不少绿色的大叶植物——菠萝幼苗。

佛山市杨和镇弟村村委会主任庞志开："差不多有1000亩吧。"

记者："1000亩?"

庞志开："山边，一下子种得很远。"

记者："都种的菠萝?"

庞志开："全部是菠萝，小树苗。"

冬天寒冷干燥，对大多数植物来说并不适合种植，这是农业常识。菠萝是热带植物，当然也更怕冷，难道在广东省种植菠萝有什么特殊的农业规律吗?佛山市杨和镇镇长陈伟初这样解释："这个主要是考虑到这个季节对菠萝现在养护比较好，因为这个季节比较旱，菠萝养护、管理等其他方面就减少了成本。"

2008年的秋冬季，除了在佛山市，广东省的其他一些地方忙碌着种植各种绿色植物的事还真不少。在东莞市一个叫田瑶部的小村庄，村头几个土包上，一些人正在紧张地铺设着草皮。

记者："你们这是在干什么？"

东莞市某园林公司职工："搞绿化。"

记者："绿化？这是草坪？"

东莞市某园林公司职工："对，草坪。"

记者："这一堆土原来是干什么的？"

东莞市某园林公司职工："这个是为了搞得好看点儿。"

记者："搞这个是为了好看？"

东莞市某园林公司职工："公路边一包一包的，很好看的。"

记者："这算什么？假山？"

东莞市某园林公司职工："假山，好看一点儿。"

记者："这就是假山？"

东莞市某园林公司职工："看上去好看一点儿。"

记者："怎么觉得像坟头似的？"

东莞市某园林公司职工："坟头没有这么大。"

2008年冬天，蹊跷的事可不止这两件。在东莞市一个叫六甲村的荒地上，还有更加奇怪的事情：一块空地上，远看是一片绿色，但走近仔细一看，其实是一些绿色的化纤网铺到地上形成的。

记者："这个网这样铺在地上起什么作用啊？"

东莞市六甲村党支部书记香伟忠："那个土不要给它流走，水应该可以补一点。"

记者："这儿不是个斜坡，是个平地，土也流不走，就是下雨，土也流不走啊？另外，这么透明的网要让它水分不蒸发，好像也不太可能。"

香伟忠："蒸发一点，应该也有一点作用的。"

听上去冬天里种菠萝、土包上植草皮、荒地上铺绿网还都有充分的理由，可是这些理由实在经不起推敲。在佛山市杨和镇的那块菠萝田里面记者发现，不少菠萝幼苗已经奄奄一息了。

记者："你看这根都黑了，发黑了。"

佛山市杨和镇弟村村委会主任庞志开："根都没有了，发黑了。"

记者："从你们农民的角度来讲，这种菠萝还能活吗？"

庞志开："不可能活，不能活，看起来不可能活的。"

记者："结果根本不可能了？"

庞志开："不可能了，肯定死掉了。"

记者："这小树苗呢？"

庞志开："这树苗都不行的。"

记者："这还能活吗？"

庞志开："不能活，不能活，这个真的不能活的，这个树苗不能活的。"

记者："里面的芯都干了，一点湿润性都没有了。"

庞志开："没有了，死掉了，这个树苗，现在冬天不适合种，没有水。"

记者："不应该在这个季节种？"

庞志开："是啊，这季节不好，应该三四月种才可以的。"

其实，不仅是菠萝和树苗长势不好，冬季里种任何植物似乎都不可能理想。然而在广东省不少地方，2008 年冬天种植的热潮却不减，原因到底是什么呢？

佛山市杨和镇弟村村委会主任庞志开："镇里面告诉我们卫星来拍摄、要检查，你们要复绿，当时这样告诉我们。"

佛山的农民这样说，东莞的园林工人也有类似的说法。

东莞市某园林公司职工："秋天一般不种，不种现在没办法，好像在春节前没有搞完善的都要给搞完善。"

记者："必须这样做？"

东莞市某园林公司职工："必须这样做，过几天要检查，说飞机在上面检查。"

应付什么样的检查需要这样大动干戈？记者在国土资源部了解到，今年年底还真的有来自天上的有关国土资源的卫星拍摄检查。

国土资源部执法局副局长郭宝平："利用卫星遥感技术对全国的土地进行监测，主要是监测土地利用变化情况。同时可以发现违法用地进行查处。但是更重要的目的是警示、震慑作用，天上有眼不能随便乱用地，这是主要目的。"

记者："通过这种图片的对比，能够发现违法用地吗？主要手段是什么？"

郭宝平："两个时点图片叠加以后，如果这个土地利用发生变化，就会有一个图斑反映出来，通过这个图斑的核查，内业、外业的核查，是合法用地还是违法用地一目了然，客观公正。"

原来，卫星检查土地使用情况的原理是根据同一季节、不同时间色斑的变化来发现土地使用变化的。

据了解，广东省2008年不仅要利用卫星拍摄来发现违法用地的情况，还要求一旦发现违法用地，不得像以往一样补办手续，必须复耕、复绿，违法建筑一律拆除。

东莞市国土资源局工作人员："正式的文件下来，我们根据省厅的一些精神，国家的一些要求，从10月21号，我们开始正式利用两个来月的时间就做这项工作。"

违法用地必须复耕、复绿，违法建筑必须拆除。从10月21号文件下发到乡镇必须整改完毕，时间只有短短两个月。这样艰巨的任务下，大片的菠萝苗、绿草坪和绿色网在冬天同时冒了出来。那么，这些表象的下面到底是什么呢？"良田，全部是良田，祖祖辈辈在这里种田的。"佛山市杨和镇弟村村委会主任庞志开这样告诉记者。

原来，这大片的菠萝地一直是当地农民的高产田，直到两年前杨和镇镇政府征走了这片耕地搞开发，才把良田用沙石填平。

佛山市杨和镇弟村村委会主任庞志开："早两年征了，征了嘛，现在撂荒了。"

记者："征掉了以后当时干什么呢？"

庞志开："他们说要开厂。"

记者："开厂？没有开起来？"

庞志开："现在没有钱投资，没有人来开厂，现在撂荒了。"

记者："撂荒以后 2008 年怎么又种起菠萝了？"

庞志开："他说检查，卫星检查要种菠萝，没有办法了。"

在广东省的这次土地检查中，像这样征用土地，但长期撂荒的也必须复耕。复耕本来是让撂荒的土地发挥经济效益，但是在填满沙石的开发用地上，不经任何整理就反季节种植菠萝，这种复耕恐怕不会有任何的收成。

佛山大片的菠萝下面掩盖的是征而未开发的撂荒土地，那么东莞的草皮和假山下面又隐藏着什么呢？虽然施工人员说这些土堆都是村里面的假山，但是记者发现，一些假山的上面却露出了钢筋，所以，土地下埋的应该是未完成的建筑物。

记者："每个土堆下面都埋了这个东西吗？"

东莞市某园林公司职工："每个都有。"

记者："这个地方本来要盖一片建筑区，现在把土堆到这儿来，然后盖上草，上面的飞机来了拍不着，是不是这样？"

东莞市某园林公司职工："就是这样。"

记者："是这个意思啊？"

东莞市某园林公司职工："嗯，现在就要搞好，明后天就来，稍微搞一点。"

记者："明后天都来干什么？"

东莞市某园林公司职工："他说要检查，就是说来检查，让我们抓紧给它搞完，就是这样。"

不顾自然规律，为了应付检查的复耕、复绿代价并不低。

记者："复绿成本是多少，种这个菠萝？"

佛山市杨和镇镇长陈伟初："现在我们基本上是 1000 元左右。"

记者："1000 元一亩。复绿的经费钱从哪里出？谁来出这个钱？"

陈伟初："现在都是财政出的，我们的农办，都是财政出钱。"

记者："镇里面出钱。"

在广东省，像佛山市杨和镇这样有着雄伟办公大楼的镇政府，掏出几百万元去复耕、复绿不算什么。但是，每一分钱都应该是社会的财富，为了应付检查花巨款去弄虚作假，这让不少群众很反感。

东莞市某园林公司职工："那个假山不同于这个假山，两个字嘛，一个'假'和另一个'假'是不同的。"

真是"上有政策、下有对策"，佛山和东莞的个别乡镇过去违法占地本来已经有错在先，却不思改过；为了应付上级检查，劳民伤财，花样翻新，使用各种手段企图蒙混过关更是错上加错。人们不仅关心对于此事的处理，更关注的是此类现象如何不再发生。深入学习实践科学发展观不能只停留在口头和文字上，关键在于实践。

（《焦点访谈》2008 年 12 月 13 日）

难以置信的体检

一个月前，一次大规模的健康体检在甘肃省金塔县人民医院展开。全县3600多名行政和事业单位的工作人员享受到了一次全面的健康检查。这是一项民心工程，也是当地公共卫生建设的一项重要内容。为此，县财政专门拨付了数十万元的资金。可以说，这本来是一项对大家都有利的好事。然而出乎人们的意料，这次体检却被人暗中做了手脚。

12月中旬的一个上午，记者赶往金塔县人民医院的体检中心。体检正在这里进行。参加体检的有县里的机关工作人员，也有从几公里甚至几十公里外赶来的教师和乡镇干部。他们都很珍惜这次体检机会。他们告诉记者，虽然以前参加过体检，但不是太全面，这次检查的项目比较多，是一件好事。

承担这次体检任务的金塔县人民医院是当地最大的一家医院。医院的席多宏院长向记者表示，为了保证这项民心工程的顺利实施，全院上下做了精心部署和安排。他说："首先要认识这个体检的意义、重要性，再一个，体检的质量必须要把好。"

可就在这次受到院方高度重视并强调要保质保量的体检工作开始后不久，这家医院的一名检验员就向记者反映，体检中存在着一些极不正常的现象。她表示愿意以公开的身份讲述她所了解的情况。

金塔县人民医院检验员刘桂颖："在这个体检工作中，我发现我们有多种数据存在捏造、伪造、漏报这种情况。"

记者："什么叫捏造、伪造？"

刘桂颖："捏造、伪造就是并没有真正做过这样一个科学的检测过程，但是这个报告的数据呈现在了这个报告单上。"

金塔县人民医院作为一家公办医院，怎么可能在事关人们生命健康的检验数据上造假呢？而刘桂颖本身就是这家医院检验科的化验员，她愿意公开身份举报此事应该不是空穴来风。但是，医院的院长却一口咬定检验科绝对不会发生这种伪造检验数据的事情。

金塔县人民医院院长席多宏："现在基本上检验上都是全自动和半自动的操作，因为不像过去都是手工操作，就想它肯定是合格的。"

而据刘桂颖反映，捏造、伪造检验数据的现象就出现在她所在的检验科，涉及血常规、肝功能、血脂等项目。为了一查究竟，记者来到检验科，首先请当班的检验员随机抽取了一份体检人员的血清样本的生化检验报告单。

报告单显示，这份编号为23号的样本采集时间是2008年12月13日，按照日期和编号，记者找到了这份样本的原始检验数据。

通过比对，一个奇怪的现象出现了：同一个样本，给体检者的报告单上记载了11项检验数据，而从自动检测仪上打印出来的原始数据只有5项，比报告单上整整少了6项。

医学检验操作规程明确要求，检验报告应当有原始数据或记录．那么这次检验怎么会少了6项原始数据呢？接下来，记者找到了这家医院检验科的主管人员。

记者："原始数据，1、2、3、4、5项，报告单是11项，那还有6项，这数据是怎么出来的？从哪儿得到这6项数字？"

金塔县人民医院检验科主任陈玉兰："这些都在B盘上。"

记者："B盘？"

陈玉兰："我们项目太多了，常用项目就在A盘上，不常用项目放不下了，就罗列在B盘上。"

按照这位陈主任的说法，缺少的6项原始数据储存在另一个磁盘，也就是 B 盘上。那么，这 6 项数据真的存在 B 盘里吗？

记者：“这是什么？”

金塔县人民医院检验员赵雪峰：“这就是载脂蛋白的参数。”

记者：“我要的是原始数据，B 盘的数据呢？”

赵雪峰：“B 盘的数据有的时候就扔掉了。”

明明说缺少的 6 项原始数据是在 B 盘上，可打开 B 盘后又说数据扔掉了，难道数据是可以随意扔掉的吗？这无论如何也解释不通。此时，这名叫赵雪峰的检验员借故出去了一会儿，当她回来时，改变了原来的说法，转而告诉记者，其实 B 盘里面根本就没有这 6 项原始数据，这 6 项数据是她们用手工检验的方法做出来的，根本没有录入 B 盘。

记者：“怎么现在又成了手工检验呢？”

金塔县人民医院检验员赵雪峰：“大批量体检的话也可以上机子，也可以用手工检验，都可以做。”

放着先进的全自动检验仪不用，偏偏去用耗时费力的手工检验，真是让人猜不透其中的原因。但是，不管用的是什么方法，都应该有原始的检验记录。那么原始的检验记录究竟在哪儿呢？

记者：“手工检验的话有记录吗？”

金塔县人民医院检验员赵雪峰：“有记录，全部都有记录。”

记者：“你的平时记录在哪儿？”

赵雪峰：“今天的还没有。”

记者：“你以前做的手工记录呢？”

赵雪峰：“以前做的扔掉了。”

无论是手工还是机器检验都不能提供原始记录，这就意味着，报告单上的 11 项检验数据中有 6 项没有出处。这不能不让人产生疑问，这 6 项数据到底是依据什么做出来的。

金塔县人民医院检验员刘桂颖：“感觉，应该说，依据感觉。”

记者：“科学吗？”

刘桂颖：“这肯定属于捏造、伪造数据。”

记者："那这样的体检有什么意义呢？"

刘桂颖："我认为失去了意义。"

记者："那就是说这个血白抽了？"

刘桂颖："对，你即使有病也不能发现。"

刘桂颖介绍，金塔县人民医院捏造、伪造检验数据的问题不仅发生在这次体检中，在平时的临床检验中也同样存在。比如血清铁检测是临床中常用的一个检验项目，据她回忆，在过去的几年里，她所在的检验科从来就没有使用过血清铁试剂，几天前只是为了应付检查才刚刚领来一套。

记者："这个试剂是从什么地方领的？"

金塔县人民医院检验科主任陈玉兰："都是从库房领的。"

记者："一直都这样？"

陈玉兰："一直是这样，我们报计划，他们进货。"

记者："血清铁试剂从什么时候开始就没有进了？"

金塔县人民医院保管员吴学荣："血清铁从2008年12月10日进过一次。"

记者："之前呢？"

吴学荣："2007年1月以后到2008年12月10日进了一次，这期间没有（再）进过。"

记者："2007年之前呢？"

吴学荣："在电脑上没有反映出来，第一次进这个品种。"

记者："第一次进？以前从来没有？"

吴学荣："以前没有进过。"

记者："这样一套能消耗多长时间呢？"

金塔县人民医院检验科主任陈玉兰："这个我们就是2个月。"

记者："那就是说，这样的一套血清铁试剂一年至少需要五到六套？"

陈玉兰："对。"

按照陈主任的说法，血清铁试剂一年需要5到6套，而实际情况是她们只在2008年的12月10日领过一套。在此之前，直到有电脑记录的2007年1

月竟一套也没有领。这究竟意味着什么呢？

记者：“那这个项目，你们平时有没有出过报告？”

金塔县人民医院检验员刘桂颖：“出，它在我们的电解质这个项目里面，只要开具了电解质这个项目，我们必须要报告这个数据。”

记者：“那据您了解，这两年来这样的报告一共出具多少份？”

刘桂颖：“按最少的算，一天我们平均做十个的话，一个月就有三百人次，一年大概就有三千人次。那么两年有五六千人次是肯定的。”

记者：“没有检验的试剂，这数据是怎么来的？”

金塔县人民医院院长席多宏：“没有试剂就只能是瞎编、虚构的。”

瞎编、虚构的目的是什么呢？一方面，医院可以省去检验试剂的费用。另一方面，每虚构一项检验数据，院方都会向体检者或者患者多收取一份费用。应该说，伪造检验数据能获得多少利益，院方是可以算出来的，但是，由此给人们带来的危害，这笔账又该怎么算呢？令人不解的是，他们为什么会有恃无恐地做这种伤天害理的事呢？

记者：“那这样捏造试验报告，这么多年有没有发生过医疗纠纷呢？”

金塔县人民医院检验员刘桂颖：“牵涉我们进去的基本上没有。”

记者：“为什么呢？”

刘桂颖：“因为我们这个检验结果，该结果只对该样本负责。那么，你如果对这个数据产生怀疑以后，必须在很短的时间内要给我送一个新的样本让我复核，在送给我这份样本以后发生的数据变化，就不是我能解释的了。”

记者：“那这意味着什么？”

刘桂颖：“那就意味着如果发生医疗纠纷，我牵涉进去的概率是特别特别小的。这也是使这种状况延续了这么多年没人管的一个原因。”

人们不禁要问，这家医院这样做的动机究竟是什么？记者在采访中了解到，捏造、伪造数据的检验项目的试剂一般都比较昂贵，有的几百元，有的上千元。相应地，这些检验项目的收费也比较高。捏造、伪造检验数据是否与此相关呢？此外，除了记者发现的这几项以外，在上百种检验项目中还有没有其他的捏造、伪造检验数据的情况呢？这些问题都有待有关部门进行深入调查。

（《焦点访谈》2008 年 12 月 24 日）

蹊跷的拍卖

说到拍卖，法院委托的拍卖多半会让人觉得这是一锤定音、十拿九稳的事。2008 年年初，辽宁沈阳的李国宾夫妇就是通过竞买的方式，购得了一套法院委托拍卖的住房。原以为买到了一份踏实，这还能有什么问题呢？但是购房款已经交了一年多，房子却至今没能住上。

李国宾和他的老伴董力家住在辽宁省沈阳市的皇姑区，他们的房子就在这栋居民楼的六楼。老两口都已经七十多岁了，每天出门进门本来就感到有些吃力，没想到老太太又患上了关节炎，上下楼就更加困难了。这几年，他们一直打算换一套房子。

2008 年元旦过后，《沈阳晚报》刊登的一则房屋拍卖公告引起了老两口的注意。房子是由当地一家法院委托拍卖的，离他们家不远，老两口过去一打听，房子是在四楼，还有电梯，位置、房型也比较合适，于是就有了买下这套房子的想法。不过，最终让他们拿定主意的还有一个重要的原因。“这个房子是法院做主。”董力告诉记者，“我特别相信他们，我想我不会受骗，也不会上当。”

2008 年 1 月 23 日，拍卖会如期举行，李国宾夫妇以 58 万多元的价格成功拍下了这套房子。但是，在将购房款全部交清之后，过去了整整一年，他们不但没有拿到钥匙和房产证，连房子里面的情况也没能看上一眼。“人家不让你进，你进不去，一直没进去看。”李国宾说。

钱交了已经有一年，房子却至今没拿到，究竟是哪个环节出了问题呢？

按照有关规定，在买受人将购房款全部交清之后，拍卖的委托单位也就是法院，应该在十天之内下达裁定，确定他们夫妇俩的房屋所有权。但是李国宾告诉记者，这份裁定法院却迟迟没有下达。

这一年里，他多次找到这次拍卖的委托单位——沈阳市沈河区人民法院，要求法院下达裁定，但是接待他的法院立案庭庭长朱玉泽却对他说，想要拿到裁定，还得另交钱，而且开出的价码一次比一次高。

“3 万到 5 万，后来 10 万、20 万，再后来 50 万，最后价码加到 80 万。”李国宾说。

李国宾老两口实在不明白，几十万的购房款早已付清，法院为什么还让他们另交钱呢？“我钱给了你了，东西不给我。”董力告诉记者，“你需要加钱，这不就是骗子吗？骗老百姓。”

那么，法院为什么迟迟没有下达裁定？他们是否提出过让老两口再交 3 万、5 万，甚至 50 万、80 万呢？为核实情况，记者来到沈河区人民法院，希望采访李国宾提到的立案庭庭长朱玉泽，但是这家法院在电话里就谢绝了记者的采访要求。

沈阳市沈河区人民法院政治部负责人：“像你们这样的采访，必须经过市法院、省法院同意，现在没法答应你。”

记者：“因为这个案件是你们法院办理的。”

沈阳市沈河区人民法院政治部负责人：“对。”

记者：“那这个事我肯定要找您了。”

沈阳市沈河区人民法院政治部负责人：“但是我这有规定，我们有内部的规定。”

记者：“你给我准确的时间，什么时候能采访？”

沈阳市沈河区人民法院政治部负责人：“我一会儿给他们打（电话），你等一会儿。”

记者：“那我们在这儿等着。”

沈阳市沈河区人民法院政治部负责人：“行。”

在电话中，这位负责人答应替记者联系采访，但是电话挂断后就再也没有了下文。为了进一步了解情况，记者来到组织这次拍卖的辽宁中金拍卖有限责任公司，采访了公司的副总经理董殊含，她是主持这次拍卖会的现场拍卖师。

董殊含告诉记者，整个拍卖是“合理合法严格按照拍卖法进行的”。董殊含介绍，这次拍卖的起因是一起借款合同纠纷案，拍卖的房屋是借款的抵押物。2005 年 11 月，因借款人曲星昱拒不偿还中国农业银行沈阳市中山支行的贷款，银行向法院申请强制执行。2006 年 8 月，沈河区法院委托了一家评估公司对房屋进行了估价。2007 年 8 月 30 日，经借款人和银行指定，法院委托中金拍卖公司对抵押的房屋进行拍卖。此后，中金公司对房屋进行了两次拍卖，由于无人应价，两次均流拍。这第三次拍卖和前两次一样，拍卖的底价是由法院确定的。

记者：“那这样的情况，委托方包括被执行人有没有权力在拍卖价外再加价？”

辽宁省中金拍卖有限责任公司副总经理董殊含：“应该说拍卖最终的成交价格就是买方应该支付的价格。”

那么，为什么一次正常的房屋拍卖活动，在成交后却出现了如此多的波折呢？据李国宾回忆，2008 年 2 月，他第一次找到沈河区人民法院要求下达裁定时，法院立案庭的庭长朱玉泽是这样告诉他的。

李国宾：“人家卖主说了，窗户外头在这平台上搭了一个小玻璃房，这个在评估书上没有评估上去，人家盖这个小房花了不少钱。他说，你能拿多少钱？当时我一咬牙，盖个玻璃房怎么也得 3 万、5 万的吧。这么想，我就咬牙，我说行，我再拿 3 万、5 万。他说行啊，你有这话就行。”

李国宾回家后赶紧筹集资金，当他筹集到几万元第二次来到法院时，没想到对方又提出了新的要求。

李国宾：“他说人家提出来了，提出来一个是拍卖价格，人家认为低。我说我不是上次答应给 3 万、5 万，人家也同意了吗？他说那不行，你至少得给 10 万、20 万。我就想房子卖多少钱，那是法院定的事，我房子都买完了，怎么还冲我要钱呢？这合不合情、合不合理、合不合法？我都不知道。我就不知道怎么办了，就这么好长时间了。我说，那就不理他。”

事情一拖就是好几个月。2008年国庆前夕，李国宾又找到沈河区人民法院，这次朱庭长提出的问题让他更加吃惊。

李国宾：“那个评估的有一个姓叶的评估师，评估师的资质出了问题，连评估报告都不合法了，不行的话你想办法拿钱通过和解，人家要钱。我说要多少，他说要50万。”

李国宾感到非常不解，房屋的价值是由法院委托评估公司来评估的。评估师的资质怎么会有问题呢？他赶紧跑到这家评估公司进行核实。公司方面告诉他，评估师的资质绝对没有问题，而且还给李国宾出具了一份证明材料。

李国宾：“后来我又给朱庭长打了一次电话。我说朱庭长，你那天给我提出那个事，我问人家了，人家说合理合法，又给我开了一份证明材料。他说，人家说了50万，人家本来还要80万呢。”

记者：“要80万？”

李国宾：“50万不行，人家本来还要80万呢。”

那么，这套被拍卖房子的房主，也就是被执行人曲星昱到底是什么意见呢？从3万到5万，再到10万、20万，最后直到50万、80万，这些价码真的是他开的吗？经过多方努力，记者终于打通了他的电话。

记者：“一开始3万、5万，然后是10万、20万，最后50万、80万，这个价是您要的吗？”

被执行人曲星昱：“我从来没提过这个事情，你说我能跟他加什么价？”

记者：“您有没有跟法院说过要加价呢？”

曲星昱：“这个我没有跟他们提过。”

被执行人说，他从来没有提出过加价的事情，而李国宾夫妇也从来没有见过这位被执行人。他们只知道，自己从法院拍得了房子，却迟迟拿不到手。58万的房款，那可是他们一辈子的积蓄，现在每隔一段时间，李国宾老人都会忍不住给沈河区人民法院立案庭庭长朱玉泽打上个电话。

沈阳市沈河区人民法院立案庭庭长朱玉泽："喂，你好。"

李国宾："朱庭长，你好，这几次你说完了之后，第一次 3 万、5 万我答应了，后来你说 10 万、20 万那事，再后来你说 50 万、80 万，我和我儿子商量……"

朱玉泽："50 万、80 万不是咱们要的。"

李国宾："我知道。"

朱玉泽："当事人说要 50 万、80 万，我们正在研究。"

李国宾："你看现在能到什么程度？"

朱玉泽："老爷子，现在不是拿多少钱的问题，现在它已经上升到啥问题了，中纪委那边介入这事了，人家查清了才能往下走，能听明白吧？"

李国宾："现在你一说我明白了。"

朱玉泽："我现在这边还有别的事。"

李国宾："好的。"

记者了解到，3 月 10 日，也就是拍卖成交一年零两个月以后，沈阳市沈河区人民法院突然下达了一份执行裁定书，裁定认为，因为 2008 年拍卖所依据的房地产评估报告已经过期，因此裁定将对李国宾夫妇拍得的住房重新拍卖。这就意味着先前进行的拍卖是无效的。这样的结果令人费解：既然房屋的评估报告当时已经过期，那为什么还要进行委托拍卖？在拍卖成交后的一年多时间里，办案法官又为什么三番五次以被执行人的名义向李国宾夫妇层层加码？其中的原因究竟是什么？这样做，法律的尊严将如何维护？

（《焦点访谈》2009 年 3 月 22 日）

黄河边上的黑砖窑

前不久，有媒体报道了河南省原阳县黄河边的滩地上矗立着不少非法黑砖窑，其中韩董庄乡韩屋村的一座黑砖窑阻断了正在修建的黄河控导工程大坝，这在主汛期十分危险。为了进一步了解事件的进展和缘由，《焦点访谈》记者赶赴现场做了深入调查。

记者到达原阳县韩屋村南的黄河边时，看到的是被媒体曝光后阻挡控导工程大坝的砖窑正在被拆除。县政府成立了由县长任指挥长、县委书记任政委的指挥部。短短两天，韩屋村贴着黄河边的四座黑砖窑已经全部拆平。

记者："这是李凤龙的这个窑？"

河南省原阳县国土资源局局长张国新："对，李凤龙的砖厂。"

记者："李凤龙是韩屋村的什么人？"

张国新："李凤龙，我不认识这个人，听说是他们村支部书记。"

记者："像这么一个窑原来占地面积有多大？"

张国新："可能是107亩左右。"

记者："咱们眼皮底下这个经过你们选址了吗？"

张国新："他的这个没有经过我们选址。"

记者："非法的黑砖窑。"

张国新："对，违规。"

在这些黑砖窑中，最典型的就要算韩屋村党支部书记李凤龙开的新黑砖窑了。要了解原阳县黑砖窑泛滥的现象，有必要对它做一个解剖。要了解的第一个问题是这座砖窑建在哪了？

记者："现在咱们看到这条像大路一样的东西，这是不是就是你们的控导工程，也就是防洪坝？"

河南省原阳县水务局水政科娄彦海："是。"

记者："那它直接就建在防洪坝上。按照目前新的控导工程，新的防洪坝的走向，是不是它这个黑砖窑建到了河道里？"

娄彦海："是的。"

李凤龙的砖窑建在防洪坝边两三米的位置，直接违反了防洪坝内 200 米不得有任何建筑的规定。而按照新的防洪坝的位置，李凤龙的砖窑建在了黄河河道里，成为典型的阻水建筑。

河南省原阳县河务局水政科科长师敬文："它就是严令禁止的条款。"

记者："就是它所在的位置是严令禁止的位置？"

师敬文："嗯。"

记者："根本就不存在任何可能？"

师敬文："根本就不会给他批这个手续。"

记者："前前后后为这一处砖窑去过多少次？"

河南省原阳县水务局水政科娄彦海："最少去过七次。"

记者："送过让他们停工停产的这种文书吗？"

娄彦海："到那儿找到的都是民工，他不理你，不接。"

河南省原阳县河务局水政科科长师敬文："就是找到这个人（李凤龙）的电话，一打电话，说是河务局就关机。"

按河务局的说法，李凤龙对执法部门不理不睬。建砖窑需要大量的土地，李凤龙的砖窑占地 107 亩，占的是什么地呢？

记者："现在从你们掌握的情况来看，李凤龙这个砖窑厂都在哪些方面违反了国家的法律法规？”

河南省原阳县国土资源局副局长张玉庄：“一，在耕地上建。”

记者：“他是在耕地上建的？”

张玉庄：“嗯。二，未经批准。”

按照我国现行法律法规，在黄河边开办砖窑依次必经下列审批：河务局审批选址、国土局审批用地、建设局审批产品、环保局审批环评、安监局审批安全、工商局办理执照。那么，李凤龙这个砖窑的审批程序是什么样的呢？

记者：“（砖窑）紧贴着控导工程，它直接违反了国家关于保障行洪安全的法律法规，这一条你知道吗？”

河南省原阳县韩屋村党支部书记李凤龙：“这条我不知道。”

记者：“你的这个砖窑设在了河道这儿，经过河务部门批准了吗？”

李凤龙：“河务部门没有去说，没有说你这儿不行，或者给你下一个书面通知书，让你拆除。”

记者：“那块地是你们村谁的地？”

李凤龙：“村里原来是科研组的地。”

记者：“占了集体的地开自己的砖窑，办了什么样的手续？有占地手续吗？”

李凤龙：“这个咱不知道。”

记者：“也就是说你们占的这个地，从来没有经国土部门批准过，对吗？”

李凤龙：“我不知道咋找这个渠道。”

记者：“县里面有一个安监局，负责发放安全生产许可证。你这儿整个生产设备是否安全要经过安监局的审查。你的安全性审查过吗？”

李凤龙：“我认为我这个比别人的都安全。”

记者：“你们这个窑厂叫什么名字？”

李凤龙：“没名字。”

记者：“那没名字，你怎么进行工商登记啊，有工商营业执照吗？”

李凤龙：“那没有。”

记者：“我说的这一系列手续，你有其中任何一件吗？有吗？”

李凤龙：“咋说呢，人家说不办证，给人家钱，人家没有给你证。”

现在弄明白的是，李凤龙的这个砖窑涉及审查的所有环节都不合法，任何一件必需的审批也没有，是个彻头彻尾的黑砖窑。那么，这个黑砖窑在国家重点防洪工程上会产生什么影响？

记者："这个双井控导工程应该是在这儿连在一起的？"

河南省原阳县河务局局长周灵杰："对。"

记者："现在为什么这中间断了这么大一块？"

周灵杰："因为受到窑厂土坯场的影响。"

记者："是砖厂堆的土坯吗？"

周灵杰："对。"

记者："就因为这个障碍，这块地的障碍，这个砖厂土坯的障碍，现在这个控导工程停在这儿了？"

周灵杰："对。"

记者："停了多长时间？"

周灵杰："停了一个多月了。"

记者："一个月你们就在这愣着了？"

周灵杰："我们一直在跟窑厂主交涉、谈判。"

记者："谈判中卡在什么地方了，什么地方突破不了？"

周灵杰："窑厂主想要一定的赔偿，但是国家没有赔偿。"

记者："在国家赔偿里面，对于这种非法砖窑有考虑吗？"

周灵杰："没有。"

记者："从法律上是不是也不应该考虑？"

周灵杰："不应该考虑。"

记者："非法的窑主还要求赔偿，要求国家赔偿，不赔我就不给你让地，是这结果吗？"

周灵杰："对。"

记者："现在我们了解一下这个双井控导工程，这个工程是国家重点工程？"

周灵杰："是国家重点工程，黄河的防洪工程。"

记者："具体对黄河防洪有什么意义？"

周灵杰：“它主要是控制黄河的河势流路，致使黄河在中常洪水下不至于在河道里面来回摆动，因为黄河是一个来回摆动的河流。”

这个非法设立的黑砖窑却硬着腰杆让国家赔偿，不给钱我就不搬，这里还能看得出李凤龙是党支部书记吗？但眼前的事实是，李凤龙在这儿说了算，他不搬，国家重点防洪工程就建不下去。

河南省原阳县河务局局长周灵杰：“本来我们这个工程按合同要求 2009 年 5 月底前必须完工，后来又推迟到 6 月底，现在已经又过了一个月了。”

记者：“到 7 月底，7 月底又过了你们这 300 米还没有弄？”

周灵杰：“还没有建起来，从昨天开始动。”

记者：“也就是新闻单位曝光以后？”

周灵杰：“对。”

记者：“我顺便说一下，为什么水利上要把这个完工期定到 5 月底，是不是和主汛期有关？”

周灵杰：“有关系。”

记者：“换句话说就是，要求你们在主汛期到来之前完工？”

周灵杰：“对。”

记者：“这个任务没完成？”

周灵杰：“没有完成。”

工期被一拖再拖，直到进入黄河主汛期。堤内住着滩区 7 个乡，22 万人。这里不是没有发水的教训。1996 年 8 月，黄河就是从这里破坝而入的，22 个村庄受淹。2009 年雨水不小，但阻碍防洪工程的黑砖窑就是屹立不动。

河南省原阳县国土资源局局长张国新：“两次对他下达处罚。”

记者：“第二次什么时候下达的？”

张国新：“第二次是 2008 年 12 月，可能是 12 月。”

记者：“就是在 2008 年连续下达了两次？”

张国新：“对。”

记者：“到今天时隔 8 个月，两份处罚决定无人理睬，后来也就无人过问，是这样的吗？”

张国新：“对。”

经调查，像这样的砖窑在原阳县不是一个，而是有 129 个。在媒体披露前，全都安然存在着。

记者：“像在原阳县这沿河 129 家砖窑厂，这里面完全符合国家规定、履行了全部手续的大概有多少？”

河南省原阳县副县长丁国正：“按照六厅局要求，证件齐全的一个也没有。”

记者：“那它们的现状是不是还在光天化日之下安然生产，是不是这样的现状？”

丁国正：“应该是的。”

对于砖窑厂的设立，国家有着明确的法律法规，还有众多的管理部门进行监管。但是，从记者的调查采访看，在原阳县，这些法规和监管都被抛到了一边。为了少数人赚钱，拿几十万人的安全做赌注。人们不能不问，这些非法的黑砖窑为什么能够长期存在？

（《焦点访谈》2009 年 8 月 9 日）

黑砖窑何以泛滥

上期《黄河边上黑砖窑》节目报道了河南省原阳县黑砖窑乱象，仅韩董庄乡韩屋村村支书李凤龙一家的黑砖窑就占地百亩，再加上其他的120多家黑砖窑，它们堂而皇之，公然存在。这么多的黑砖窑，就在众多的管理部门的眼皮底下，难道就没有人去履行一下职责吗？还有，李凤龙那个没有任何合法手续的黑砖窑，居然还敢要国家赔偿才肯搬，是谁让他的腰杆这么硬？

说到治理黑砖窑，先要明确一下相关法律法规。除了国家三令五申禁止黏土实心砖外，河南省政府明文规定，到2007年年底关闭全部黏土实心砖厂；新乡市政府2008年规定，背河200米内的砖厂必须拆除。而落实这些相关规定，取缔黑砖窑的部门首先就是离得最近、贴得最紧的乡镇政府。但基层的政府管不管它们呢？

记者："乡里的马书记和张乡长两个人，他说你这个窑合不合法？"

河南省原阳县韩屋村党支部书记李凤龙："他也没有说过。"

记者："你这建起来都八九个月了，他都没说你合不合法？"

李凤龙："没说过。"

记者："通过审查的，有证照的，八个砖窑里面有没有这样的砖窑，合法的？"

河南省原阳县韩董庄乡党委书记马好军："这个我不太清楚。"

记者："你不太清楚。那这八个砖窑里面有没有给国家纳税的？"

马好军："不清楚，这个确实不清楚。"

作为乡里的一把手，真的不清楚本乡的企业是否合法吗？在记者出示了县里的非法砖窑名单后，马书记承认他知道这些砖窑非法。

记者："你是什么时候知道这八个砖窑是清理对象？"

马好军："2007 年。"

记者："但就是在省里、市里、县里都有文件要求的情况下，迟迟两年没动？"

马好军："我们经常做思想工作。"

记者："你所说的做思想工作的效果怎么样？"

马好军："效果不好。"

让人不解的是，这开黑砖窑的不是一般的村民，他是马书记直接领导下的村党支部书记。一个乡党委就不能约束村支部书记遵纪守法吗？

记者："他（李凤龙）是村的党支部书记，也是乡党委直接的领导对象，乡党委就不能做这个决定，让党支部书记执行国家法规吗？"

河南省原阳县韩董庄乡党委书记马好军："应该。"

记者："做到了吗？"

马好军："应该做的。"

记者："我说的是做到了吗？"

对于这个问题，马好军无言以对。

看来，马好军书记是管不了李凤龙书记了。这其中的原因，记者不得而知。属地管理的乡党委管不了这个黑砖窑，下面要依靠的就该是县里的职能部门了。原阳县有治理黑砖窑的专门机构，就设在国土局。国土局说他们早就查过李凤龙的这个黑砖窑。

记者："去年就做出了决定？"

河南省原阳县国土资源局副局长张玉庄："在他建的时候。"

记者："就让他拆除？"

张玉庄："对了。"

记者："当时他怎么表示的？"

张玉庄："他很不服气。"

但我们从李凤龙那听到了另一种说法。

河南省原阳县韩屋村党支部书记李凤龙："他说要出点钱，我说能办证不能，他说办证都是骗人的，不办证。"

记者："你想拿钱，出点钱把这事摆平？"

李凤龙："不是，办证。"

记者："你想出钱就办证？"

李凤龙："嗯。"

记者："国土怎么说？"

李凤龙："国土说了，那就是你要出了钱，这事就睁一只眼闭一只眼。"

记者："土地部门给你下达过让你拆掉砖窑的处罚决定吗？"

李凤龙："那是土地部门想要钱。"

记者："下的处罚决定是为了要钱，凭什么这么说？"

李凤龙："他说这得出钱，都这样，不出钱不中。"

记者："就无所谓了？"

李凤龙："你再担个罪名，那就往头里走了。"

记者："往头里走就是继续烧的意思对吗？"

李凤龙："嗯。"

国土局说，他们办案有力度，绝不手软，已经申请法院强制执行，法院已经立了案，连执行费都在 5 月 18 日交完了。

记者："5 月 18 日，两个半月过去了，法院到底怎么做的？文书给没给你们单位？因为你是当事人啊，给你们做没做执行裁定啊？"

河南省原阳县国土资源局监察科科长张克林："现在我们没有收到。"

记者："那么从 5 月 18 日立案以后，一直到新闻单位曝光，两个多月过去了，法院没有任何动作吗？"

河南省原阳县国土资源局副局长张玉庄："这个情况我不好说。"

案卷显示，国土局所做的一切完全符合法律程序，且尽职尽责，但这

“不好说”又透露出些许难言之隐。记者于是前往法院采访。

河南省原阳县法院行政审判庭庭长韩守霞：“他应该拿着这个卷去立案庭立案。”

记者：“到现在为止都没有去立案？”

韩守霞：“他不去，最后一次是上个星期三，在我办公室通知他，他都不去的，你可以问院里的人。”

记者：“你通知的是什么人啊？”

韩守霞：“就是给我们送卷的张克林，张科长。他给我们送的卷，所以通知他。”

记者：“你通知他，他怎么说？”

韩守霞：“他说先搁那儿吧。”

法院说根本就还没立案，那 5 月 18 日收的执行费又是怎么回事？记者请来了国土局负责办理此案的张克林科长。

记者：“是不是你们为了李凤龙案的强制执行，交过预交执行费了？”

河南省原阳县国土资源局监察科科长张克林：“不是有这个票吗？”

记者：“嗯，是交过钱吗？”

张克林：“交过钱。”

记者：“交过钱是为李凤龙案强制执行交的吗？再次明确，为李凤龙案的强制执行交过费了？”

张克林：“这票不是在吗？”

河南省原阳县法院行政审判庭庭长韩守霞：“这是原来你交的，这 12 个案件的票据，你看看正好 12 个，你交了 2400 元，一个案件预交 200 元，刚好是这 12 个案件的票据。你再看看，你好好看看。这是原来 12 个案件的票据。”

记者：“这 12 个案件包括李凤龙案吗？”

韩守霞：“不包括，这个案件现在还没有立案呢。”

记者："张冠李戴，这是另外的12个别的执行案件里的收据，把它复印了，贴到了李凤龙的案卷里，这是怎么回事？"

张克林："他这个，确实是交了。"

记者："通过法院审查、行政庭审查之后，要求你去立案，为什么不立？"

张克林："这个问题我印象不深了。"

国土局的办案人员为什么要上演这一出偷梁换柱，耐人寻味。随即传来的消息是，张科长当天下午被双规。这也隐约透露出了为什么黑砖窑在这就没人管。李凤龙开黑砖窑不但没有人管，在原阳县47家黑砖窑里，他的违法情节最突出，令人瞠目的是，黑砖窑窑主李凤龙在2008年的12月还被评为新乡市优秀农村党支部书记。

记者："是谁推荐他的？"

河南省原阳县韩董庄乡党委书记马好军："乡党委。"

记者："是你推荐的？"

马好军："乡党委。"

记者："你是负责人吗？"

马好军："嗯。"

记者："组织部知道不知道，他要评的优秀党支部书记是开黑砖窑的窑主？"

马好军："不清楚。"

记者："组织部不清楚这件事？"

马好军："嗯。"

记者："你也没向组织部说过，他开着一个非法砖窑吧？"

马好军："没有。"

在原阳县，治理黑砖窑之难可能是人们想象不到的。就在记者结束采访后准备离开时，发现已经断了电、停了产的黑砖窑用柴油机发上电，又干了起来。

昨天，原阳县委县政府来函，表示诚恳接受批评和监督，并立即采取措施，开展治理整顿工作。来函介绍，至 8 月 9 日，黄河滩区内的 129 座违规砖瓦窑厂已经全部断电停产，其中 49 座已拆除；黄河双井控导改建工程已全面恢复施工，目前已经合龙。对监管不力，负有重要责任的县、乡、村干部给予了纪律处分；对韩屋村党支部书记、韩屋村窑厂主李凤龙实施刑事拘留；对群众所反映的公职人员入股等有关问题，纪委监察机关正在做深入调查。

（《焦点访谈》2009 年 8 月 10 日）

威县大学生就业“被捐款”

大学毕业以后，如果能走上中小学老师的岗位，对于现在就业压力这么大的毕业生来说，应该是个挺好的选择。前不久，河北省威县就给了应届往届大学毕业生这样一个机会。公开招聘，层层考试，500多名高校毕业生择优录用了191位，充实到全县中小学的教学一线。可是让这191位选拔胜出者没有想到的是，10月中旬，就在他们刚刚上班没多久就被告知要捐款，专科毕业生捐5万，本科毕业生捐3万，名目是“捐资助教”。

10月19日上午，记者在威县采访时，有教师反映，一些已经在银行交了款的教师，正在威县教育局用银行的存单换领教育局开具的收据，记者随即赶到这里。

记者：“这是在工商银行交的，这是建设银行。这是什么钱?”

河北省威县教育局财务股工作人员韩能文：“这是捐资助教款。”

记者：“干什么用的?”

韩能文：“那我就说不清了。”

记者：“是自愿的吗?”

韩能文：“应该是。”

记者从交款单上看到，捐款的收款单位是威县教育局教育集中支付中心。经现场清点，共有交款单82张，也就是说截止到10月19日上午，至少有82人捐了款。

据教育局工作人员介绍，82位捐款者全都是今年通过考试被录用的年轻教师。记者发现，虽然这些教师参加工作才一个多月，但是他们每个人的捐款数额却高得惊人，不是五万元就是三万元。

记者：“五万元，五万元，五万元……这是三万元。这三万元是怎么回事儿？”

河北省威县教育局财务股工作人员韩能文：“一个专科，一个本科。”

记者：“专科五万元，本科三万元。”

韩能文：“专接本三万元。”

记者：“这个标准是怎么来的？”

韩能文：“上面领导定的，咱说不清。”

记者：“哪个领导定的？”

韩能文：“教育局领导叫我收我就收。”

既然通过了考试被正式录用，那这些年轻的教师为何还要捐出数万元呢？在威县教育局，记者采访了张宏局长。张局长承认，在这次募捐之前，局里确曾进行过动员和号召。

记者：“通过什么方式来号召？”

河北省威县教育局局长张宏：“通过教师节大会的时候，说了一下。”

记者：“跟哪些人说？”

张宏：“跟一些校长。”

记者：“当时跟校长是怎么说的？”

张宏：“就是说可以自愿捐助教育，可以宣传宣传，可以动员动员，但是不要硬性规定。我说咱们威县再穷，也不能从这上面刮，我是这样说的。”

记者：“这次捐资助教的活动，在多大范围内开展？”

张宏：“这次只能从这次招录的老师中开展，本着自愿，愿捐就捐，不愿捐就拉倒。”

张局长一再强调，教育局只是进行过宣传和动员，捐款则完全是老师们自发和自愿的行为。

河北省威县教育局局长张宏：“县上也没有明文规定，教育局也没有明文规定，我们光是把账户给他们，捐款的账户，自愿捐。”

记者：“专科五万元，专接本三万元，这个标准是怎么定下来的？”

张宏：“这个标准是没有硬性规定，就是说三万也可以，五万也行，他们听到这个了，多多益善，三万也行，五万也行，都是这么说的。”

为了证实自己的说法，张局长还带着记者跑了两所学校，找到几位新录用的老师，让他们接受记者的采访。

记者：“这次捐款活动是哪个机构发起的？是学校发起的，还是县里面发起的？”

河北省威县牛寨小学教师陈永夫：“这个不知道，没有说这个，都是自愿交的。”

记者：“自愿的？”

陈永云：“嗯。”

记者：“自己突然想起来了？”

陈永云：“对，对，对。”

这位老师捐了五万元，照他的说法，自己捐款纯属自愿。

记者：“为什么会想起来这样捐款呢？”

河北省威县枣园中学教师魏艳华：“赶上机会了。”

记者：“赶上什么机会了？”

魏艳华：“招聘嘛。”

记者：“招聘跟捐款有什么关系呢？”

魏艳华：“为成为真正的老师而感到自豪。”

这位老师则将捐款的原因归结为赶上了好时候，是成为一名真正的教师的自豪感，促使她做出了捐出五万元巨款的举动。那么，这些老师们又是如何筹措这笔钱的呢？在征得对方同意后，记者来到了一位老师的家里。

记者：“家里面几亩地？”

河北省威县牛寨小学教师陈永夫：“有十来亩地。”

记者：“全部种的棉花？”

陈永夫：“一般都是棉花。”

记者："一年收入情况怎么样呢？"

陈永夫的妻子："差不多，今年光下雨。"

记者："今年收成不太好？"

陈永夫的妻子："嗯，涝了不少。"

陈永夫是个普通的农家子弟，上大专的几年里就花去了不少钱。2004 年毕业后，由于没有找到正式工作，他一直在一家私立学校临时代课，加上妻子务农的收入，全家年收入也就一万多元，而这次陈永夫一捐就是五万元。

记者："这个钱怎么筹呢？"

河北省威县牛寨小学教师陈永夫："都是这几年攒的，在私立学校干了几年。"

记者："在那个学校工资多少？"

陈永夫："就是千把块。"

记者："一千元左右？"

陈永夫："对。"

记者："那你这五万元相当于把你这几年不吃不喝的工资全交了。"

听到这句话，陈永夫冲着记者干笑了两声。

采访中记者了解到，威县是个贫困县，经济发展相对滞后，几万元对于一个当地普通家庭来讲，绝对不是个小数目，而这些参加工作才一个多月，还没有领到工资的年轻教师，要拿出三万元或五万元的捐款，压力可想而知。

记者："到今天为止，82 位老师交了捐款，他们的经济情况，能交得起这些捐款吗？"

河北省威县教育局局长张宏："这个实事求是地说，不太清楚。"

那么，这些教师究竟是怎样自发自愿地捐出了三万元和五万元捐款的呢？在威县采访期间，一位刚刚交完捐款的教师，向记者反映了这样的情况。

知情人："10 月 13 日星期二的时候，校区校长把我们叫到一起，开了个小会，就说每人交五万元，然后就立马入正式编制，不交的就开除，就不能再教书了。"

记者："这个话是你猜测的，还是在现场听到的？"

知情人：“现场听到的，校长亲自这样讲的，还跟我们说不要对外面说，谁要是上访，去投诉这个事情，也就是开除。”

这位教师对记者说，捐资助教本来是件高尚的事情，但是现在的这种做法，既违背了老师们的意愿，也玷污了捐资助教的纯洁性。

记者：“收这个你自己也认为不合理，但是为什么还去交呢？”

知情人：“没办法，你不交就没有这个工作了，现在社会就业压力太大，有这个机会就考了，既然考上了就想珍惜这份工作，这份工作毕竟还比较稳定。”

就这样，从10月14日开始，短短几天时间，80多位老师交上了捐款，几百万元装进了威县教育局的钱袋子。

记者：“这笔钱有没有什么安排，怎么用？”

河北省威县教育局局长张宏：“现在计划安排还没有，将来这部分款怎么办，还得正儿八经开会研究。”

记者采访以后，河北威县县委和县政府给《焦点访谈》发来信函说：“在新招录教师中开展自愿捐资助教活动的做法是不妥当的，决定予以彻底纠正，退回已捐资金。”钱虽然拿回来了，但心里还是不踏实，因为不交钱就得走人，向上级告状也得走人，实在是让这些新教师们担心辛辛苦苦考来的工作会不会因此而丢掉。现在就业压力这么大，国家已经出台了一系列政策措施促进大学毕业生就业，而威县教育局之所以敢于让就职者“被捐款”，正是基于目前严峻的就业形势——求职的毕业生众多，不怕招不来人。真的希望这种“被捐款”的事情，别再让求职若渴的大学毕业生们遇到了。

（《焦点访谈》2009年10月27日）

危机四伏中巴车

在每年发生的恶性交通事故里，有不少是由于车辆破旧、机件失灵造成的。这样的车辆上路本身就是隐形的马路杀手，如果再让它运营载客，那更是拿生命当儿戏了。而前不久《焦点访谈》记者在湖北省利川市就看到了这样一批载客车。

湖北省利川市地处山区，山道险峻，应该说对车辆的要求远远高于平原。但当地群众反映，这里跑在山路上的客车实在是太烂了，坐在上面提心吊胆。记者来到了利川市的长途车站，想先从直观上看看这山路上跑的都是什么样的车。

记者："你这里头都这模样了？"

客车司机甲："你看这都烂得一塌糊涂了。"

记者："这根本不可能通过检测啊。你们一个公司像这样的车有多少？"

客车售票员："10 台。"

客车司机乙："这是金木水火土，全靠泥巴补。"

记者："金木水火土？"

客车司机乙："嗯，全靠泥巴补嘛，这全部是泥巴糊起来的。"

记者："这都是泥巴糊的。"

客车司机乙："我这个就是尿不湿。"

记者："尿不湿？"

客车司机乙："就是，外面多大雨，里面有多大水，就用尿不湿粘着。"

再仔细一了解，这里的客车不只是外边破，它的机件更是危险。

记者："方向盘掉下来了？"

客车司机乙："嗯。"

记者："在什么地方掉的啊？"

客车司机乙："在车场啊，在车场掉头，突然方向盘没了。"

记者："要在山路上怎么办？"

客车司机乙："那就麻烦了。"

客车司机丙："有几次我们那个前轮跑掉了，还有两次轮子掉下来了，我亲自看到的。"

记者："两次轮子掉下来了？"

客车司机丙："嗯，前面破掉了。"

记者："方向盘掉下来一回？"

客车司机丙："嗯。"

记者："从什么时候开始你就觉得这车该报废了？"

客车司机乙："早就该报废了。"

记者："早就该报废了，队长也知道早就该报废了？"

客车司机乙："早就该报废了。"

记者："这是最破的一辆车？"

客车司机乙："这还算是好的。"

看到这样的车况，真不敢去想象它是怎么满载老乡，驶上崎岖山路的。这车就这样上路没人管吗？常识告诉我们，汽车是必须要过年检这一关的。这样的车是怎么过的年检关呢？

记者："这个车能经过年检吗？"

客车司机丁："都是用人际关系。"

记者："人际关系？"

客车司机丁："没上检测台。"

记者："没上检测台就给你一个年检证？"

客车司机丁："嗯，就是。"

记者："都这么过的？"

客车司机丁："嗯，根本检测不过去的。"

按说司机是最了解这车况的。这样的烂车长期上路运营就没人管吗？司机就不向上面反映吗？

记者："你开车出去，开这车上路担心不担心？"

客车司机丁："担心。"

记者："那这个跟公司反映，公司怎么说呀？"

客车司机丁："公司说翻了车都不关他的事。"

记者："换车他不管？"

客车司机丁："翻了。"

记者："翻了都不管？"

客车司机丁："不关他的事。"

记者："为这事找了市政府多少次了？"

客车司机丁："找了不下十次。"

记者："市政府每次都怎么答复？"

客车司机丁："嗯，我们给你办。"

记者："都说办，就是到现在还没办。"

客车司机丁："就是。"

记者："一直还在拖着开？"

客车司机丁："嗯，对。"

记者在车站看到，这里还有管安全的工作人员，他们天天目送满载的客车离去，他们心里就不为这样的烂车捏把汗吗？

车站管理员："三证不齐全，我们就不准他们发车。"

记者："听懂了，就是这些车是报废的，但是交警和运管都给了手续了？"

车站管理员："给了手续我们才准发车，他不给手续我们就不准发车，我们也没办法。"

记者："听懂了。"

面对这样的烂车，凭什么盖章放行？负责车辆检测和安全的利川市交警大队和运管所都说，这些烂车在2009年的9月和11月都还做了检测，检测的结果是全都合格。

记者："大家都看到了这两辆车，在交警部门看来，到9月检测的时候，交警队认为它合格？"

湖北省利川市交警大队副大队长刘英杰："对。"

记者："发了这个合格证？"

刘英杰："嗯，我们发了合格证的。"

记者："是不是还在上路运营？"

刘英杰："在上路运营。"

记者："对于民兴公司的车辆检测，你印象里有没有不合格的？"

湖北省利川市道路运输管理所原所长、湖北省利川市交通局副局长穆方梦："没有，如果是不合格的话，我们汽车综合性能检测站不会给他出具检测合格的证明。不合格的我们这里是不给他办手续的。"

在这两个主管部门认为检测合格，可以安全载客上路的车里，我们随机抽取了两辆，陪同他们上了检测线，想目睹一下它们的检测结果。

腾龙车辆检测站检测人员："那肯定不合格，它第一步检测都不合格。这个都松了，肯定不合格，这个方向机不合格，侧滑系统都不行。"

记者："不行啊？"

腾龙车辆检测站检测人员："这儿都松垮了。"

记者："你把最影响安全的几个地方说一说。"

腾龙车辆检测站检测人员："那就是这里嘛，转向系统。"

记者："最影响安全的。"

腾龙车辆检测站检测人员："侧滑系统、转向系统。"

记者："嗯。"

腾龙车辆检测站检测人员："漏油、漏水。"

记者："哦，漏油、漏水。"

腾龙车辆检测站检测人员："它这个应该属于下线的汽车。"

记者："大灯在哪儿呢？这个车的大灯在哪儿呢？"

腾龙车辆检测站检测人员："这个就是大灯。"

记者："大灯就是这个？"

腾龙车辆检测站检测人员："这个就是大灯。"

记者："哦，这是大灯，我都没找到。"

腾龙车辆检测站检测人员："这个灯。"

记者："两个大灯，一个没有。"

腾龙车辆检测站检测人员："嗯。"

记者："转向灯呢？有转向灯吗？"

腾龙车辆检测站检测人员："转向灯也看不着啊。"

记者："也没有？"

腾龙车辆检测站检测人员："用胶布封起来了。"

上线检测的结果是所有项目全不合格。验过车的都知道，第一关是外观检测，这一关至关重要。车辆的灯光、仪表是否齐全有效，车体结构是否安全，都是从外观上能看得出来的，所以这一检查要由交警来做，这一关过不去，根本不能继续上线检测。

记者："这车肉眼检测，通过肉眼看它的外观，这个符合要求吗？"

湖北省利川市交警大队副大队长刘英杰："这个按他们的规定了。"

记者："他是司机。不是外观检测归交警吗？"

刘英杰："不是外观，我们外观就这几样。"

记者："只是外面的。你看这辆外观怎么样？"

刘英杰："这肯定不合格。"

记者："怎么不合格？"

刘英杰："也就是外面不整洁吧。"

记者："这跟整洁有什么关系？"

刘英杰："这个肯定是。"

记者："这个算有灯光还是没有灯光啊？"

刘英杰："这个肯定算没有。"

记者："但是现在我们特别注意到一个事啊，刘队，这上面所有车管所验车标志一个不少，我们就不知道它是怎么来的？"

刘英杰："这样看一下好不好？看它是几月检的。"

记者："好，你上去看一眼，看它几月检的。"

刘英杰："这个是检验有效至2009年9月有效。"

记者在后来发现，交警队验车的交警在现场写下这样的记录：本车外观检验未合格，按照大队的指示"不严格要求查验"，准予该车通过查验。这些烂车是怎么通过检测的，这才明了。面对眼前的事实，运管所和交警大队做了这样的表示。

记者："就是此时此刻，它仍然安然进站，安然出站。就是你说的源头监管，也变成无人监管了。"

湖北省利川市道路运输管理所任顺书："是，从这个角度来讲，我不得不承认这就是我们监管上的一个漏洞，也是我们失职的一个问题，我不得不承认。"

记者："您觉得交警部门，作为道路交通安全法的执法的第一责任部门，自己的监管责任尽到了吗？"

湖北省利川市交警大队副大队长刘英杰："就这几辆车，我们工作已经做到位了。"

我们再看看这坐车的和开车的是什么心态。

记者："坐在这车上心里踏实吗？"

乘客："踏实什么啊，那路上到处是沟，路又烂，又是山路。"

记者："怕掉到沟里去？"

乘客："就是。"

客车司机丁："我们要养活一家人，明知有危险，我一天不工作，一家人都要饿肚子，我要就业啊。"

看到这样的客车在运营，实在是让人提心吊胆。眼下一年一度的春运高峰又要到来，在全国各地，尤其是边远地区，还有多少这样的带病车在运营？它们能不能受到有效监管？怎么确保乘客安全？能不能让人们彼此说“一路平安”的时候，心里多一份踏实呢？

（《焦点访谈》2009 年 12 月 15 日）

“毒奶粉”流出始末

自从2008年的毒奶粉事件发生后，食品安全监管部门、地方政府和乳制品行业对相关产品进行了严格排查和监管，严禁任何有问题的乳制品再流入市场。可令人惊讶的是，不久前有关部门在福建省漳州市查获了三聚氰胺严重超标的奶粉，而这批早在2008年就该被销毁的毒奶粉又是如何流入市场的呢？记者对此进行了深入调查。

2010年1月，福建省漳州市质监部门在对当地的漳州芗城南方食品公司做抽检时，发现他们用来生产奶糖的“三彩牌”奶粉三聚氰胺严重超标。从包装上看，这批“三彩牌”奶粉是陕西省渭南市乐康乳业有限公司生产的，进货数量有25吨之多。在查扣问题奶粉和追查已出售的奶糖的同时，福建省质监部门向陕西省质监部门发函，请他们协查。

陕西省渭南市质量技术监督检验局副局长杨占利：“接到这个事以后，我们局里面局长亲自带队，临渭区质监局很快奔赴乐康公司，对乐康工作提出要求，一个要求是责令乐康公司召回发出去的问题奶粉，另一个要求是乐康公司停止所有的生产和经营。”

据渭南市乐康乳业有限公司的法人代表、总经理张文学讲，这批奶粉之所以出现问题，是他们在生产加工时掺混了马双林卖给他们的10吨奶粉。

马双林在当地人眼里是个能人。他承认，他确实卖给乐康乳业10吨奶粉，不过不是他生产的。而经渭南市质监部门检测确认，这批奶粉正是上述流往福建漳州的问题奶粉的毒源。

“荔华乳业在我这儿抵押我和别人给它货的款，它用奶粉抵押给我。”犯罪嫌疑人马双林说。

据介绍，荔华乳业欠马双林 41 万多元的债务，2008 年 4 月到 8 月分 4 次抵给马双林 20 吨奶粉做抵押，这其中的 10 吨后来卖给了渭南乐康乳业。

记者来到荔华乳业，并试图与该公司的负责人取得联系，但是经过多方努力，最终都没有成功。

据了解，山西大荔县荔华乳业公司是一家合法的乳制品生产企业。据当地质监部门讲，2008 年三鹿奶粉事件爆发后，当年 9 月至 11 月，大荔县质监部门曾驻厂监管。当时这 20 吨问题奶粉刚刚从大荔县荔华乳业公司抵押给了马双林，理应都有销售记录，很容易查获和追回。那么，为什么当时没有发现和销毁，漏洞出在哪儿呢？

陕西省渭南市质量技术监督检验局副局长杨占利：“就是这些奶粉还没有上台账。”

记者：“没有上台账是个什么概念？”

杨占利：“这个概念是很严重的，我们所有食品生产企业按照国家的要求，进的原料要上台账，销售的产品卖给张三、李四，他的联系地址（也要上台账）。销售必须有台账，一旦有什么问题了，能追溯源头，这是法律规定的。”

由于 2008 年工作的疏漏，造成马双林手中的 20 吨问题奶粉处于失控状态，以致后来再次流向社会，危及人民群众的生命安全。

让人不解的是，“三鹿”奶粉事件爆发后，乳制品行业的监管是非常严格的。按道理说，马双林手中的这批奶粉没有三聚氰胺检测合格证明，应该是寸步难行，可为什么这批毒奶粉却畅通无阻地再次流入了市场呢？

记者：“你听到三聚氰胺以后，有没有怀疑过自己手里面的奶粉有三聚氰胺呢？”

犯罪嫌疑人马双林：“我问了，他说保证没有问题。当时王建平总经理跟我说，奶粉有问题是他负责任。”

据马双林交代，他手中的20吨奶粉在“三鹿”奶粉事件爆发前已经零售出去了3.44吨。那10吨，他是在“三鹿”奶粉事件爆发一年后，于2009年9月、10月期间卖给了渭南市乐康乳业，剩下的6.55吨奶粉在这次事发之后被质监部门查封并销毁。记者注意到，质监部门出具的检测报告中，有些奶粉三聚氰胺的含量达到了每公斤96毫克，比国家标准超了将近40倍。

渭南市乐康乳业有限公司是一家正规的乳品企业，张文学作为总经理应该非常清楚：不能提供三聚氰胺检测合格证明的奶粉，按规定企业是万万不能接收的。可他为什么还是接收了呢？

记者：“当时你有没有向马双林要未检测出三聚氰胺的合格证书呢？”

陕西省渭南市乐康乳业有限公司总经理、犯罪嫌疑人张文学：“马双林说，他盖房子把检验报告丢了，报告丢了以后，你回头再检验一下，所以我们就检验了。”

陕西省渭南市公安局临渭分局治安大队副大队长谢卓鹏：“他在购买的时候问马双林奶粉怎么样，马双林说，我的奶粉没有问题，都是人家荔华公司正规厂生产的，质量绝对没有问题。他从马双林处购买奶粉的时候一吨一万五千元，当时的市场价已经是一万七千多元了，下来一吨能赚两千元左右。”

记者了解到，这一批奶粉的有效期是一年，张文学购买奶粉的时候，知道这批奶粉已经过期，按说已经不能再使用了。可是张文学并没有这么做，而是授意手下把这批奶粉按照1∶2.5的比例，与本厂的乳粉掺杂在一起，生产成奶粉。

就这样，他们把马双林提供的“毒”奶粉和自己的奶粉掺杂在一起，生产了32.5吨的“三彩牌”奶粉。可是，没有检验合格报告，这批奶粉还是不能进入市场销售。奇怪的是，福建省漳州市在调查时，竟然发现这批“毒”奶粉有渭南市质监部门出具的检验合格报告。这又是怎么回事呢？

记者：“我们这里检测的结果是合格的，而到了漳州，怎么又从咱们检测合格的产品里面发现了三聚氰胺呢？”

陕西省渭南市质量技术监督检验局副局长杨占利：“他是委托检验的，不是我们取样。作为检验机构，对来的这些样品负责，对样品检测的数据结果负责，对样品那个批次的质量是否合格，这个检验机构不承担责任。”

记者：“实际上就是说按照这种产品可以委托送检的规定，而且目前大部分产品都是委托送检的情况下，一个黑心老板想把自己不合格的产品变成合格的产品，应该说是很容易的。”

杨占利：“很容易。”

质监部门拿企业自己送来的样品作为检测依据，这样的结果当然可想而知。于是，一批本应在 2008 年“三鹿”奶粉事件爆发后追缴销毁的毒奶粉在当地多次流通和生产，而且最后跨省流通。

据了解，渭南市乐康乳业生产的 32.5 吨问题奶粉，除了事发后被渭南市质监部门就地销毁的 4.5 吨之外，其余 28 吨都带着质监部门发放的合格证，已经销售给了广东龙信食品有限公司；龙信公司又将 25 吨转销给福建漳州芗城南方食品公司，还有 3 吨转销给了广东潮安县真美公司。

目前，这些问题奶粉以及以此为原料生产的奶糖已经全部被追回并销毁。而马双林此前已经销售出去的 3.44 吨毒奶粉，相关部门正全力追缴。

陕西省渭南市公安局临渭分局治安大队副大队长谢卓鹏：“荔华公司抵押给马双林的 20 吨奶粉中，还有 3 吨左右的奶粉去向不明。马双林说出售时间太长，记不清。当然，对我们来说，我们下一步还要加大工作力度，尽全力将奶粉流向问题一查到底。”

“三鹿”奶粉事件发生后，国家出台了许多食品安全监管措施，其中对乳制品行业的监管更加严密。但是，为什么三聚氰胺超标奶粉还能通过重重监管，流向社会？人们会问，相关部门在严查毒奶粉的过程中，真的做到了制度落实、措施到位、严格排查、不留死角吗？为什么这批毒奶粉能够披着合法的外衣流到外省？

（《焦点访谈》2010 年 3 月 15 日）

神秘的“农业园”

山西省的平定县有个张庄村，在张庄村的路边竖着一块介绍这里的高效农业园的招牌。从招牌上看，这个高效农业园专门生产和推广无公害蔬菜，但是据当地村民反映，自从2009年年底这块招牌竖起来之后，就没有看见一棵蔬菜从这里出来过，那么这个高效农业园里究竟在生产什么呢？

记者看到招牌上写着，这个高效农业园以节地、节水、高投入、高产出的农业栽培为重点，专门推广销售优良蔬菜和苗种。

记者看到，一辆接一辆罩着苫布的卡车从这里经过，那么这些卡车装运的是不是这个高效农业园生产的蔬菜呢？顺着卡车开来的方向，记者继续往前走，不料被几个人拦住了去路。

工作人员甲：“有证没有？”

记者：“没证。”

工作人员甲：“进来坐吧，来来来，进来坐，不用拍了，进来坐，到我这里面坐吧。”

一个农业项目为什么对来访者如此警觉呢？正当记者感到疑惑的时候，一位老板模样的人走了过来。

阳泉市新晋商房地产开发有限公司总经理洪平：“你好。”

记者：“你好，你是老板吗？”

洪平：“对。”

记者：“什么地方来的？”

洪平："福建。"

记者："这个是做什么工程啊？"

洪平："这是农业园，高效农业园。"

这位老板自称，他来自福建省福清市。据他介绍，他们原先在平定县从事房地产开发，2009年下半年，公司投资600多万元新建了这座高效农业园。

记者："应该是什么样的一个打算，什么样的一个项目？"

阳泉市新晋商房地产开发有限公司总经理洪平："种大棚蔬菜，以这个项目为主。"

记者："现在大棚蔬菜在什么地方？"

洪平："现在还没开始，现在正在整地。"

高效农业园去年就开始兴建，怎么现在还在整地呢？记者决定去整地现场看一看。赶到现场后，记者发现，所谓的高效农业园其实就是眼前方圆二三百亩的大坑。

记者："下面有多深呢？"

阳泉市新晋商房地产开发有限公司总经理洪平："有四五十米。"

记者："挖这么深的一个坑搞大棚蔬菜？"

洪平："因为它原先是一个煤矿，但是下面可能采了几十年，有很多采空区。就是说，你在上面建设大棚蔬菜，没有处理过不能建。"

建蔬菜大棚需要挖四五十米深的大坑，这到底是什么样的高科技项目呢？既然蔬菜大棚还没有开始兴建，那这些载重卡车向外运的又是什么呢？带着这些疑问，记者走访了高效农业园所在的张庄村村民。

记者："刚才我们在村口看到一个牌子，牌子上写着高效农业园。"

平定县张庄镇张庄村村民甲："这都是做戏的。"

记者："做戏？"

村民甲："他们这是做戏嘛。"

记者："打个幌子？"

村民甲："对，打幌子，实际就是为了地下那宝。"

据张庄村村民介绍，高效农业园所在的地方，原先大部分是村民的承包地，其中有一个村办煤矿，几年前因为国家整顿小煤矿而被关闭。2010年年初，村委会要求大家签订一个三年的土地占用协议，补偿标准是每年每亩平均700元，当时占用这几百亩地说是搞高效农业园，后来村民发现，实际上这是卖给福建老板开煤矿。

平定县张庄镇张庄村村民乙：“他现在就是偷煤、抢煤，不是挖煤。”

记者：“以这个名义，以这个幌子？”

村民乙：“对。”

我国《矿产资源法》规定，矿产资源属国家所有，禁止任何组织或者个人用任何手段侵占或者破坏矿产资源。私挖滥采、盗采矿产资源是国家打击的重点。那么这个高效农业园是否就是村民所说的打着农业开发的旗号，盗采国家矿产资源呢？记者决定进行进一步的调查。

在当地村民的带领下，记者绕了很长的一段路，悄然来到了这个高效农业园的外围。

记者：“那底下是干什么的？在最底下挖的黑的东西。”

平定县张庄镇张庄村村民丙：“挖煤。”

记者：“怎么确定是煤呢？”

村民丙：“我去下面看过，因为现在不让你下去了。”

记者：“您确定那是煤？”

村民丙：“确定。”

记者：“什么煤？”

村民丙：“无烟煤。”

记者：“现在这个多少钱一吨？”

村民丙：“他们卖的价格是500元。”

记者：“500元一吨？”

村民丙：“一吨。因为咱们这边，想买煤的都问过他，所以这个价钱咱都知道，他们这个是偷挖、私挖。”

记者：“偷采国家资源。”

那么对于这种大规模的盗采国家煤炭资源的行为，当地监管部门是否知情呢？在拍到盗采违法事实之后，记者来到平定县煤炭工业局和国土资源局。

对于记者反映的问题，当地煤炭局和国土局的相关负责人做出了几乎一致的回答。

记者："大规模地私采滥挖这个情况，你们有没有发现？"

山西省平定县国土资源局纪检组长："现在没有。"

记者："到目前为止，有没有发现私采滥挖的情况？"

山西省平定县煤炭工业局纠察队队长苗安平："没有。"

记者："没有，从来没有发现过？"

苗安平："没有。"

记者："有没有接到过老百姓的举报？"

苗安平："没有。"

对于这种暴露于光天化日之下的盗采行为，主管部门居然毫无察觉，这可能吗？据张庄村村民反映，今年以来，自从发现这家企业占用村里的耕地偷采煤炭之后，他们已经向平定县的各级部门反映过多次。

村民丙："县委书记、副书记、县长，还有镇委书记、大队书记、大队主任、镇长都找过。"

记者："有没有告诉过他，这个地方的煤炭资源正在被偷采？"

村民丙："告诉了，他们不管。"

记者："不管，为什么不管？"

村民丙："他说我们不敢管，我们管不了。镇政府、村政府说，这不是我们旗下的工程，我们管不了。是人家在领导我，我还得受县里领导，我们管不了，他们是这样说的。"

照这种说法，非法盗采煤炭的行为，得到了县上的默许和支持。为核实张庄村村民反映的情况，第二天上午，记者再次前往这个所谓的高效农业园。快到的时候，记者特意把行踪告知平定县政府办公室。结果赶到现场，就看到了戏剧性的一幕，许多大型机械在纷纷撤离。

面对着空空的采掘现场，记者又一次采访了平定县煤炭局和国土局的相关负责人。

记者："从这个现场看，它应该是什么样的东西？"

山西省平定县煤炭工业局纠察队队长苗安平：“煤层。”

记者：“肯定在开采？”

苗安平：“嗯。”

记者：“那这个露天矿的话，你们有没有给它发证？”

苗安平：“没有，没有，真的没有。”

记者：“那就属于无证开采？”

苗安平：“没有，没有发。咱也搞不清他挖这个是干啥呢。”

记者：“那从土地管理的角度来看，哪个方面搞高效农业需要挖大坑呢？”

山西省平定县国土资源局纪检组长：“说的就是剩下的残留资源，来补填一些他们其他的用处。”

记者：“目的还是采煤？”

山西省平定县国土资源局纪检组长：“不能完全说采煤，不能叫采煤了。”

记者：“那叫什么？”

山西省平定县国土资源局纪检组长：“那叫什么？你看，咱们不好说这个东西。比方说有一大块东西，已经剩下这么一小块了，再把这一小块利用起来，就是这样一个道理。”

说是搞高效农业，实际上还是在挖煤。对于这种以农业开发为名，进行无证开采，盗取国家矿产资源的违法行为，监管部门不仅不予查处，而且还美其名曰资源利用，其中的原因究竟是什么呢？

在对这位福建老板进行了深入的采访之后，记者了解到其中的隐情。

阳泉市新晋商房地产开发有限公司总经理洪平：“这个我们都已经付了钱。”

记者：“付给谁了？”

洪平：“付给村里，我现在给村里的钱是1600多万。”

据福建老板介绍，这1600多万元是以占地补偿款、新农村建设援建资金等名目，交给了张庄村村委会。此外，为了得到这里的煤炭开采权，他们还向平定县晋东商贸物流园区开发建设指挥部交了2000万元，而这个指挥部是平定县政府的一个直属机构。

记者：“这2000万是什么钱？”

阳泉市新晋商房地产开发有限公司总经理洪平："什么钱我也说不清楚，肯定是关于开采这个煤的费用。"

记者："那等于说你们在这儿开采，县政府不光知道，而且允许你们开采？"

洪平："那肯定知道，政府肯定知道。"

记者："这是非法开采，你知道吗？"

洪平："非法开采？不会吧。可能就是说不合法但合理吧，只能这样说吧。"

交了几千万，盗采国家煤炭资源的非法行为就成了一些人眼里的合理行为。私采滥挖者、村委会、政府部门就这样结成了一个利益链条，而国家的利益、村民的权益统统被抛到了脑后。眼看着几百亩土地变成了如此惨状，张庄村的村民说，他们非常痛心。

平定县张庄镇张庄村村民丁："留下了这么大的坑，这究竟能恢复还是恢复不了？他们说能恢复，但是群众都在担心。"

平定县张庄镇张庄村村民戊："土地没了，地下的资源没了，最后老百姓在这个地方还咋生存？"

2009 年，国家安监总局等十四部委联合下发了《关于深化煤矿整顿关闭工作的指导意见》，其中再次强调，要加强煤炭资源开采管理，继续保持打击非法、违法开采的高压态势。但是如果某些地方政府和监管部门出于利益驱动，搞错了身份，站错了位置，与非法开采者结了盟，那么国家政策岂不成了一纸空文？

（《焦点访谈》2010 年 9 月 30 日）

平安保险电话推销频频扰民

您有过这样的经历吗？手头正忙着，就接到电话说：我是保险公司的。有的人甚至一天能接到好几个这样的电话，有的时候正在照看孩子，有的时候正在开着车，有的时候正在办公室开会，有的时候正在护理病人，而推销保险的电话不请自来，接二连三。不管人家的需求，不顾人家的感受，这样不尊重人的营销让人非常反感。有人说，推销保险的电话，怎么躲也躲不开，这简直是一种骚扰。

最近一年来，《焦点访谈》栏目多次接到观众反映，说他们经常接到保险公司打来的莫名其妙的电话。

公司职员王小建："很频繁，就是让人很烦。"

王小建是一家公司的销售人员，他说这类电话已经对他的工作和生活都造成了影响。

公司职员王小建："有的时候在工作，有的时候在参加会议，冷不丁冒出一个陌生电话，你也不知道。因为我们是做销售的嘛，这个电话也不知道是怎么回事，没办法，也得赶紧接呗。"

记者："然后最紧张的时候接到一个电话，你要保险吗？"

王小建："是。"

在王小建所在的公司，几乎每个人都接到过类似的电话。

公司职员甲："中美大都会打得比较多一些，还有就是平安保险的，可能约着去听课。"

公司职员乙："每周都会有，不同的公司，一上班的时候就给你打电话，那个时候我也很忙。"

公司职员丙："我说我不需要，然后他一而再、再而三地推销。"

一次又一次的电话推销，引起了很多人的反感，但近几年来这种现象不但没有随着时间的推移而慢慢消失，反而愈演愈烈。为此，我们对这种现象进行了调查采访。在网上可以看到很多保险公司招聘电话员的信息，我们与其中一个招聘者取得了联系。

按照招聘者的要求，第二天一大早，记者来到北京寰太大厦平安保险公司的一处办公地点，发现来应聘的人还真不少，绝大多数是20多岁的年轻人。公司首先对这些年轻人进行了一番统一的激励和动员。

保险代理人孙月超："实际就是电话邀约客户的一些工作，会给你配备电话，电话语术、电话号段都会有人告诉你，然后给陌生的客户打电话，就是问是不是平安的客户，原来是不是。是不是曾经在平安投过保，投过保的话，然后邀约过来参加一些活动，参加这种理财讲座，然后讲座期间有一些产品，服务方面的一些东西，会跟这个客户直接说。"

这位名叫孙月超的业务主管告诉记者，目前他的所有业务几乎都是打电话约来的，先是揽人来保险公司听讲座，进而动员他们购买保险产品。

保险代理人孙月超："我当初打了两个月电话。"

记者："约成功的有多少个？"

孙月超："我一个月平均约到20个客户，有可能你干两天未必能约过来一个人，但是你要有这种心理准备。"

记者："都在哪打呀？"

孙月超："有的是在这个职场，我自己租的职场是在天作大厦，旁边的那个大厦。"

在业务主管孙月超的带领下，我们来到寰太大厦旁边的另一座写字楼，孙月超在这里租了一个房间。这套80平方米左右的单元房被分成两间，里间是孙月超自己的办公室。晚上他也住在这里，外间就是电话员工作的地方，现在孙月超已经有多个电话助理。他告诉我们，他希望能再招几个，这样打的电话更多，机会也就更多。

孙月超的电话助理甲："您好，我这里是中国平安，之前和您联系过。"

孙月超的电话助理乙："您好，我是中国平安的。"

孙月超的电话助理丙："免费回馈给老客户，一个家庭意外险的。"

我们数了一下，在这样一间小屋已经预设了16个电话员的座位，每个电话员的工作空间不足半平方米，桌面上除了放一个电话、一个小本子之外，几乎放不下其他的东西，他们的工作就是不停地打电话。

保险代理人孙月超："比如说6210、6218这些号段，从0000打到9999。"

在《焦点访谈》征集线索的QQ群上，两名网友称，他们曾在青岛和西安的平安保险公司做过同样方式的电话推销。

王龙生（曾在当地平安保险公司工作）："像移动公司可能批了一个号段，从000到222，后面四个数你可以随便编，1235、1236、1237，挨个都得打。"

张烨（曾在当地平安保险公司工作）："187，后头4个数，然后编出来，101、102，就这样一个一个往后打。"

记者："这是你记的笔记吗？"

孙月超的电话助理："对。"

记者："你每打一个人的电话，都做笔记吗？"

孙月超的电话助理："客户有意向来就做笔记。"

记者："不来就白打了。"

孙月超："比如说他有意向来，但是他没有来，然后再问一下，这回为什么没来。"

在寰太营业部，究竟有多少人在做这样的工作呢？

保险代理人孙月超："在册的人就四五百人，有可能每一个人还要有一个电话助理，一到三个电话助理，不是400人吗，就是400个在册的人，有的是他自己打电话，有的是他雇人打电话，所以打电话的人远远不止400人，有七八百人在打电话。”

仅仅是平安保险北京分公司下属的一个营业部，每天就有这么多人在打电话，这也就难怪我们身边推销保险的电话会这么多。那么为什么有的人已经明确拒绝了推销，电话还是一遍又一遍地打过来呢？

保险代理人孙月超：“约访的这个东西已经很多人在投诉，说平安保险公司一直在约。比如说我的组的这个电话员约访助理，他一直在打这个号段。过一段时间，有可能其他的组在打，问您是不是平安的客户，我都说了多少遍不是了，造成一种扰民了。”

近年来，电话推销保险已经多次受到社会公众及媒体的质疑，网上各大论坛批评的帖子也比比皆是，甚至还出现了专门对付保险电话营销员的攻略。那么电话营销保险到底是不是被允许？对于保险推销中的电话扰民现象又应该怎样处理呢？为此，记者来到中国保监会进行了采访。

据了解，电话营销是从国外引进的一种营销方式，近几年来因其方便快捷、成本低廉，很快被各家保险公司所采用，但是由于电话营销的特点，操作不慎，很容易发生扰民现象。

中国保监会财产保险监管部产品处副处长宣明：“我们是2007年的时候下发了一个32号文件，就是要求保险公司，经营电话营销专用产品必须报批。”

按照规定，保险公司进行电话营销，必须向所在地保监局备案，应设有电话营销专用呼出号码，并在全国性媒体上公示。电话中心应配备电脑系统、通话系统、录音系统、客户信息管理系统、实时监听系统等运营基础设施。应严格管理电话呼出时间，并设置专门人员定期核查销售过程、电话记录，并对拒保客户做记录，避免对客户再次造成滋扰。

我们在平安保险寰太营销服务部看到的情况，显然不属于正规的电话营销，他们拨打出的电话没有专用呼出号码，没有预定的目标客户群，更没有客户信息管理系统。同时，这类电话和正规的保险电话营销在内容上也有着明显的区别。保险电话营销可以通过电话直接签约，客户信息直接进入保险公司系统，非正规的电话推销保险往往是业务员的个人行为，他们不能在电话里签约，只能用听讲座、送礼品这样的名义，把客户请到自己的办公地点，然后寻找机会，兜售各种各样的保险产品。

中国保监会人身保险监管部制度处副处长商敬国："其实就是拉客户，然后再卖他的个人保险，它和电话营销是完全不同的一种销售方式。个人代理人借电话营销的名义开展营销活动，我们是绝对禁止的。"

记者在中国保监会看到，因为推销保险被电话用户投诉最多的要数平安保险公司，在网络上我们搜索电话营销扰民的帖子，被点名最多的也是这家企业。在过去几年中，虽然这家企业的保险代理人因为电话扰民被广泛批评，但是迄今为止以平安保险的名义打出的电话丝毫不见减少。

中国保监会人身保险监管部制度处副处长商敬国："我们要从根源上监管，他可能投诉的只是一个人，但是可能有类似的人，可能会有一个相对的群体，在从事这种借用电话营销的名义进行营销保险产品的行为。"

在北京寰太大厦平安保险公司的营销服务部里，我们看到很多业务员都在招聘自己的电话助理，招聘活动统一组织，还有专人为应聘新人讲课。保险代理人雇人打电话推销保险，这种不正常的行为在这家公司已经成为一种风气，而导致电话扰民屡禁不止的原因显然不仅仅在这些电话员身上。

张烨（曾在当地平安保险公司工作）："我们干的是中国平安人寿保险，它这个提成最低是18%，最高的话是45%，客户一年保单交1万元，一年交1万块钱的话，平均有5000元，我们就抽走了，就这样子。还有我们的上层，那这个就是一层一层抽了，就是这样子，上层也会抽，上层的领导也会抽。"

每天都有很多急于找工作的年轻人来到保险公司应聘，他们在狭小、昏暗的环境里不断拨打着人们的电话，忍耐着电话那边一次次的拒绝，甚至怒斥。每天也有无数人不断地接到他们打来的推销电话，如此推销，对打电话的人和接电话的人都称得上是一种折磨。

王龙生（曾在当地平安保险公司工作）：“有的人就告诉我说，你们别给我打电话，我已经接到你的电话好几遍了。”

公司职员甲：“他还会继续说，还是要继续讲。”

公司职员乙：“就是比较执着。”

公司职员王小建：“刚挂掉一个电话，接着马上又来一个。”

王龙生：“应该是忍无可忍了，像是侵犯人隐私的那种感觉似的。”

张烨（曾在当地平安保险公司工作）：“要成功先发疯，头脑简单向前冲嘛。”

王小建：“控制不住会冲他吼两句。”

张烨：“越挫越勇，再打一个，再打一个。”

公司职员乙：“没办法我只能挂电话了。”

王龙生：“没有办法再做下去了，我太让人讨厌了。”

如果遇到这样的骚扰，您怎么办呢？监管部门态度明确，保监会要求，在客户明确拒绝投保的情况下，销售人员不得继续向客户推销，干扰客户的正常工作和生活。如果遇到销售人员在保险销售过程中存在误导销售行为，或者认为自身权益受到侵犯，可以直接向当地保监局举报投诉。

依法合规经营是保险企业最基本、最重要的原则，保险公司用如此手段开展营销，这不仅是对客户的骚扰，也损害了企业自身的形象。

（《焦点访谈》2010 年 10 月 22 日）

拉闸限电为哪般

2010年是“十一五”的最后一年，随着年底临近，各地都在为完成节能减排指标而努力。国家发改委、工信部对节能减排也提出了具体的要求，要求各地不能靠拉闸限电的突击行动来完成任务，更不能停限居民生活用电和公共设施用电。但是在不久前，安徽省滁州市全椒县的居民向我们反映，当地为了完成节能减排的指标拉闸限电，甚至连居民用电也被停了。

记者于10月底在安徽省全椒县滁全路、儒林路、江海小区附近拍到了几个停电瞬间。

10月29日凌晨1点多钟，在全椒县万丽小区，张女士正借着微弱的烛光照顾生病的孩子。

张女士：“小孩晚上喝奶粉、喝水、上厕所都不方便。”

记者：“你们晚上起来多少次？”

张女士：“小孩一夜最起码起来三次。”

记者：“那都是每天摸着黑去点蜡烛？”

张女士：“对，有时候用手机照明。”

10月30日凌晨5点钟，全椒县南平慈济敬老院，整个院子里一片漆黑，习惯早起的老人们摸黑起床，工作人员正打着手电做早餐。

记者：“您在做饭呢？现在每天都怎么做饭？你怎么干活？就拿手电筒啊？”

敬老院工作人员："瞧不见，那也没有办法。"

这个敬老院一共住着22位老人，年龄最大的已经93岁，一些老人身体不好，停电给他们的起居带来了很大的不便。

记者："那您晚上靠什么照明？"

敬老院老人："没有照明。"

记者："也没有手电筒啊？"

敬老院老人："没有。"

记者："那您晚上怎么办？全是摸黑啊？"

敬老院老人："全是摸黑。"

10月19日，全椒县委县政府发布了一封《致全县人民的公开信》。信中称，为完成"十一五"节能减排任务，在全县范围内实行限电和断电措施，对居民生活用电实行分时停电，白天和晚上分三个时段停电，不仅仅是居民区，甚至连全椒县中医院这样的医疗机构也不例外。

记者："病人住的病房晚上也停（电）？"

全椒县中医院医生："停，供电局停电，我们这里也停电了。"

这位医生告诉记者，现在医院白天和晚上都分时段停电，遇到需要做手术等紧急情况，他们只能用发电机发电。同样受到停电困扰的还有全椒县境内大大小小的商店和宾馆等。从外地出差来全椒县的王先生，就因为停电遭遇了惊险一幕。

王先生："当时坐电梯快到三楼了，一下子停电，我整个人都腾空了，一下从三楼摔到二楼。全都灭了，电梯也打不开了，叫人也没有人应答，手机也没有信号。整个人被困在里面，很无助。"

停电也让一些政府机构的日常工作变得不正常了。11月1日上午9点半，记者来到全椒县行政服务中心，偌大的办公大厅，前来办事的人寥寥无几，工作人员也显得十分悠闲。

行政大厅工作人员："查不了，不上网哪能查到？"

记者："必须上网查？那所有上网查的这儿都查不了？"

行政大厅工作人员："那没办法，我不是不愿意帮你查，没电。"

由于停电，全椒县的路灯、红绿灯等公共设施也无法发挥作用。每天晚上 11 点之前，路灯只开一半，而 11 点之后则全部熄灭，整个县城漆黑一片。

10 月 31 日，接近晚上 12 点，记者来到全椒县最繁忙的吴敬梓路和儒林路交叉路口，看到这里的交通依然繁忙，而没有了红绿灯，没有了现场疏导，卡车、轿车、三轮车、摩托车在随意行驶。

居民甲："没有信号灯，车往哪边走？"

居民乙："车子太多了，人横穿马路，你看都看不到。"

记者在采访时正好看到了一辆事故车被拖走。

国家发改委和工信部相继在 2010 年 9 月和 10 月发出通知，明确要求各地在推进节能减排工作中，避免采取停限居民和公共服务单位用电等错误做法，而全椒县为什么公开违反规定，对居民和公共服务单位用电实行限制呢？

安徽电力全椒供电公司副总经理周银璋："这个是政府决定的，以政府令形式下达给我们供电企业的，让我们供电企业要执行政府的调度令。"

记者随后采访了全椒县政府负责人。

记者："国家发改委和工信部已经明文禁止为了实现节能减排而限制居民的生活用电，这个您知道吗？"

安徽省全椒县代县长曹付中："这个我看到了。"

记者："那你们现在还在做着同样的事情。"

曹付中："这个是站在不同的角度，上级的要求我觉得是完全正确的，但是实现这样一个目标也是上级的要求，所以作为地方政府，我们都要贯彻落实。"

曹县长所说的必须要实现的目标就是滁州市规定的节约用电指标。

安徽省全椒县节能办主任唐陈："我们的用电量从 10 月开始，每天不能突破 72 万度，还要保一些比较重要的企业能够继续生产，这样就是对我们节电任务的完成，从工业的这个角度来说，调控的余地，达不到我们这个节能任务，完不成这个目标，所以在居民用电上进行了一些调整。"

记者："如果完不成任务会怎么样？"

唐陈："完不成任务作为节能不合格，就被节能一票否决。"

这位主任所说的每天 72 万度的用电指标是怎么来的呢？全椒县节能办出示了一份滁州市 10 月 9 日下发的文件，该文件列出了滁州市各县用电调控指标，全椒县今年 10 月，每天的可用电量是 72 万度。

安徽省滁州市经济委员会副主任胡中友："这个指标它是根据'十一五'节能能耗和电耗算出来，它应该是多少能完成任务，多少它不能完成任务。"

全椒县有关人员说，因为 2010 年 9 月，上级才把用电量纳入节能减排考核，而上级下达的这个节电指标，年底前根本无法完成，所以只能全县拉闸限电。

安徽省滁州市经济委员会副主任胡中友："这个说法当然不对，这个指标不是现在定的，这个指标是上一级政府给下一级政府，每个季度公布一次，年初总指标，季度分指标。至于全椒（县）不拉老百姓的电，就完不成任务，完不成指标，这更是错误的。这就反映出它平时在产业结构当中，在这个方面存在不足。特别是新上的企业，应该看菜吃饭，量力而行。你有多少能耗，你就上什么性质的企业。"

记者："那他们今年上马了这种高耗能的企业了吗？"

胡中友："现在有一家水泥企业。"

这位负责人所说的水泥企业是全椒海螺水泥项目，2010 年 5 月初，一期 5000 吨熟料线，两台模机正式投产。水泥属于高耗能行业，全椒海螺水泥每天耗电量高达 20 多万度，占全县总用电量的 1/4。

安徽电力全椒供电公司副总经理周银璋："耗电量最大的应该是海螺，海螺水泥制造。”

全椒的工业原来以机械制造、农副产品加工等为主，大多属于低耗能产业。2010年以来，黑色金属冶炼、水泥等高耗能行业增长较快，导致全椒县工业用电量较快增长。要想完成年初滁州市下达的指标，全椒县2010年用电增速不能超过13.5%。但是由于海螺水泥等项目的上马，1月到10月，全椒县工业用电量同比增长达到17.8%，年底前，只靠限制企业用电显然无法完成节电指标，所以全椒县采取了拉闸限电的措施。

记者："难道完成这些节能减排的任务，就必须牺牲老百姓的利益吗?"

安徽省全椒县代县长曹付中："我想节能减排工作根本上是为了全社会的利益，短期内的、局部的利益受损失和受影响，有的时候也是难以两全。"

而对于全椒县的这种说法，滁州市相关负责人显然并不认同。

安徽省滁州市经济委员会副主任胡中友："从省委、省政府，还有我们市政府，我们一致要求下面要确保居民用电，拉闸限电这个东西我们是反对的。"

然而在全椒县看来，国家的规定，上级政府的反对，以至全县百姓的切身利益，显然都没有迫在眉睫的政绩考核和县里的经济利益来得重要。记者了解到，目前全椒县采取的拉闸限电措施还将继续进行下去，而且停电的时间可能还会延长。

安徽省全椒县节能办主任唐陈："我们停居民的（用电），主要就是为了提前实现我们的目标，让工业尽快恢复，就是这个目的。我说停到（11月）20号，如果影响不大的话，停到（11月）30号无所谓的。这个（工厂）停一天，工厂做出多大的牺牲？我们停一天心里都是非常着急的。（如果用电量还）降不下来，你们走了，我马上要建议晚上（居民）停电（时间）提前一点儿。"

国家制定节能减排指标，是为了加大淘汰落后产能力度，严控高耗能、高排放行业过快增长，促进发展方式的转变。像全椒县这样不从根本上解决问题，而是靠全县拉闸限电来完成指标，不仅让环境保护规划失去了本来的意义，还严重干扰和影响了社会的正常秩序，损害了公众利益。

（《焦点访谈》2010 年 11 月 15 日）

假酒真相

如果问葡萄酒多少钱一瓶？您可能会说：几十元的也有，成千上万的也有，那要看品牌、品质和产地了。那您听说过五元、十元就能买一瓶的葡萄酒吗？这样的酒属于什么品牌？它具有什么样的品质？它的产地在哪儿？这样的酒是怎么造出来的？记者在北京市的酒类批发市场看到，这里就有这样的葡萄酒。

城北回龙观交易市场是北京市主要的酒类批发市场之一，这里有几十家摊位批发各种葡萄酒。记者发现这里销售的葡萄酒价格悬殊。贵的五六百元一瓶，便宜的一瓶还不到十元。

记者："一瓶 30 多（元）？"

摊主甲："一箱（6 瓶）。"

记者："一箱 30 多（元）？"

摊主甲："对。"

至于这些酒为什么这么便宜，摊主们往往都闪烁其词。

摊主乙："其实让我说，我也说不清楚。"

记者："什么地方生产的？"

摊主乙："都是昌黎的。"

据了解，北京市场上很多低价葡萄酒都来自河北秦皇岛市昌黎县。记者前往那里进行了调查。

一进昌黎县，就看到这里密集分布着众多葡萄酒生产企业，大大小小加起来有近百家。在昌黎县更好酒业公司，记者看到了这种出厂价才 5 元一瓶的葡萄酒。

昌黎更好酒业有限公司销售经理王敬宇：“我这是 30 元一件。”

记者：“合 5 元一瓶。”

在秦皇岛丘比特葡萄酿酒公司和昌黎韩愈酒业公司，记者也发现了几元一瓶的低价葡萄酒。

秦皇岛丘比特葡萄酿酒有限公司总经理马剑飞：“合 5 元（一瓶）吧。”

昌黎韩愈酒业有限公司销售经理阎中雨：“6 元的质量，争取让它能够合格。”

在记者的追问下，更好酒业公司的销售经理终于透露了葡萄酒如此便宜的秘密。

记者：“是不是全汁啊？”

昌黎更好酒业有限公司销售经理王敬宇：“最低档的不是全汁。我们灌的汁是水多酒少。酒汁少，这个酒汁啊……”

记者：“占 50%？”

王敬宇：“占不到。”

记者：“大概能占百分之多少？”

王敬宇：“差不多占 20%。20%的汁。”

记者：“其他的是啥呢？”

王敬宇：“其他的是水呗。”

他告诉记者，酒汁里面酒少水多，自然便宜，但要当真酒卖，仅仅掺水还不够，从外观到口感还要用特殊的原料调制。

记者：“那颜色怎么弄呢？颜色不是淡了吗？”

昌黎更好酒业有限公司销售经理王敬宇：“颜色用色素嘛。”

记者："那味道怎么弄？"

王敬宇："味道嘛，要加辅料。全靠辅料调呗。"

记者："啥叫辅料呢？"

王敬宇："就是往里面加酒的成分，调酸、调色的往里加。"

按照我国2003年公布的《中国葡萄酿酒技术规范》规定：葡萄酒必须用100%的葡萄原汁，经过发酵酿造而成。像这种用少量葡萄原汁加水和各种添加剂勾兑出来的葡萄酒说白了就是假酒。

而记者在进一步采访中，又有了惊人的发现，原来居然还有比这些掺水的假酒成本更低的假酒。

昌黎嘉华葡萄酿酒公司对外没有挂牌子，车间里的大红标语里写着，这个酒厂里采用的是同行业最先进的酿酒工艺。而就在调酒车间的角落里有一个小屋，里面堆满了各种包装袋和塑料盒。厂里的技术员说这里面的东西都是勾兑葡萄酒用的原料。柠檬酸用来调酒的酸度，而苋菜红色素则是用来调酒的颜色。在所有这些用来生产葡萄酒的五花八门的原料中，唯独没有造葡萄酒必须具备的葡萄原汁。

记者："就是一点（葡萄）原汁都没有？"

昌黎嘉华葡萄酿酒有限公司技术员："没有。"

那么，这些用水、酒精、香精、色素调制出来，甚至不含一点葡萄原汁的假葡萄酒对消费者的健康会带来什么影响呢？

中国酿酒工业协会葡萄酒技术委员会教授黄卫东："由于这种不规范的生产，那么就更容易造成一些有害微生物的污染，甚至一些有害物质的进入。它会引起我们头疼、心率不正常，甚至致癌。"

随着当地葡萄酒造假生意越做越大，一些看似与葡萄酒完全无关的企业，生意也随之火爆起来。

邻近昌黎县城的秦皇岛龙山泉酒业公司的主要产品是白酒和食用酒精。让人意想不到的是，这个白酒厂的主要客户居然是昌黎县的一些葡萄酒厂。

记者："昌黎的话，有多少家葡萄酒厂在你这儿进酒精？"

秦皇岛龙山泉酒业有限公司总经理杨洪玉："反正有个七八家，都是从我这儿进。有时候我也忙得送不过来。"

记者："你一年卖葡萄酒厂的酒精能卖多少吨？"

杨洪玉："卖四五百吨。"

原来，酒精正是许多葡萄酒厂用来勾兑假酒的原料之一。

被造假葡萄酒带火的不仅是白酒厂，还有当地的食品添加剂买卖。

在昌黎县城汽车站附近的鑫亿食品添加剂店，老板告诉记者，由于不少葡萄酒厂从她这儿进货，卖的时间长了，连她都知道造假葡萄酒的主要配方了。

鑫亿食品添加剂经销处经理："低档的用我的东西多，像这个色素、酒石酸、柠檬酸、柠檬酸钠、丹宁、香精。"

假酒调制好了，要想卖得出、卖得火，还需要一个重要的环节。

在嘉华酒厂，销售经理从一个立柜里搬出一个纸箱，里面全是假冒的各种国内外名牌葡萄酒标签。

昌黎嘉华葡萄酿酒有限公司销售经理程和明："（仿真度）95%以上。一模一样不可能，咱没人家的真软件，谁说要做得一模一样，我跟你说，那是谁也做不出来的。"

记者："一般的消费者……"

程和明："消费者看不出来。"

假酒贴上假标签，摇身一变成了名酒，销量自然不成问题。

记者："你这儿一年大概能走多少酒？"

昌黎嘉华葡萄酿酒有限公司销售经理程和明："40 万箱。"

记者："40 万箱啊？都是贴标的吗？"

程和明："对。"

按照一箱6瓶计算，仅嘉华这一个小酒厂一年就能销售240万瓶假冒的名牌葡萄酒。

那么，这些假商标又是从哪里来的呢？

在离昌黎县城不到5公里的抚宁县留守营镇凡南彩色包装公司，车间里机器轰鸣，正在印刷假冒的名牌葡萄酒包装和标签。

记者：“你印这些大牌的标没事吗？”

秦皇岛凡南彩色包装有限公司业务员常磊：“没事。现在拉菲、长城、张裕啊，都能做。”

记者：“这事会不会有风险？”

常磊：“有呗。现在查得相当严。”

公司业务员告诉记者，他们生产的假酒标在当地供不应求。虽说查得严，但公司做这种生意已经十几年了，没有出过什么大事。

从各种勾兑原料，到假商标假包装，昌黎县及周边已经形成了一个造假酒一条龙的完整链条。经过这样的产业链最终出炉的假葡萄酒经过批发，再销售到零售市场，利润相当惊人。

知情人：“它的原汁成本不会超过1元，但到市场之后就不一样了。如果采取贴牌、傍名牌或者纯造假的情况下，它的利润的比例就会在几倍、几十倍，甚至上百倍。”

据调查，这些生产假酒的工厂一般都有正规的生产许可证，但是要找到它们却不是一件容易的事。

野力葡萄酿酒公司是当地一家知名的葡萄酒企业。绕过野力公司的两个大车间，又经过一道小门，最后进入一个院子，制造假酒的更好酒业公司的生产车间就设在这个院子的深处。

那么，作为一家当地著名，在全国也小有名气的公司，野力怎么会允许一家造假企业在自己的厂子里生产呢？

记者：“你这个更好和野力具体是什么关系？”

昌黎更好酒业有限公司销售经理王敬宇：“它们是什么关系呢，我说了嘛，就是一个公司注册了三条生产线，野力是做品牌的，卡斯特（公司）和这更好（公司）是做贴牌的。”

记者：“是一个老板吗？”

王敬宇：“其实老板就是同一个人。”

原来，更好公司和野力公司本来就是一家。用野力公司的名义来生产真酒，用更好公司来做假酒，谋取更大的利润。

知情人：“就是一个工厂有几个名称，私自注册的公司是看不到的，又没有牌子，所以这就是规避打击的一种办法。”

对于制造假酒的行为，当地有关部门并不是没有监管措施。在不少葡萄酒厂的车间里，都安装着监控摄像头。

昌黎更好酒业有限公司销售经理王敬宇：“是昌黎县技术监督局安装的，它监视你啥呢，就是监视你做假货。”

记者：“它能 24 小时监控吗？”

王敬宇：“能 24 小时监控。”

据了解，这些摄像头都连通到了当地质监部门，还设有专人监控。但记者在不少酒厂里看到，工人们就在这些摄像头底下毫无顾忌地灌装着假冒的名牌葡萄酒。在嘉华酒厂，成批的假冒长城牌葡萄酒就直接堆放在监控摄像头下面。

记者：“那监控的话，在这贴标不都看得一清二楚吗？”

昌黎嘉华葡萄酿酒有限公司销售经理程和明：“没事，没事。我都不怕你怕啥呢。”

在昌黎县，一些葡萄酒厂的老板造起假来似乎已经没什么顾忌了。您听这话：“我都不怕你怕啥呢。”表面看起来，是那些安装在造酒车间里的探头成了摆设，可实际上是当地各个部门的监管成了摆设，成了空壳。这就纵容甚至催生了一条造假酒产业链，大量假葡萄酒就这样源源不断地被制造，被销售，坑害着消费者。

那么，造假者为什么不害怕？监管体现在哪？昌黎县的监管部门面对着这样的问号。

（《焦点访谈》2010 年 12 月 23 日）

假酒真相再追踪

昨天《焦点访谈》播出了假酒真相，记录了河北省昌黎县及周边地区的一条龙假酒产业链。看到这种肆无忌惮的造假行为，人们在问，造假者为什么不怕监管？那些假酒流向了何方？监管部门的失职又该如何追究？真相被披露以后，造假者有什么样的反应？就在昨天晚上《焦点访谈》节目播出的同时，记者再一次来到了昌黎。

在此前的暗访中，记者看到昌黎嘉华酒厂里生产的各种所谓的名牌葡萄酒，一点葡萄原汁都没有。

(同期) 12 月 23 日《焦点访谈》节目片段

记者："就是一点（葡萄）原汁都没有？"

昌黎嘉华葡萄酿酒有限公司技术员："没有。"

昨天（12 月 23 日）晚上 8 点，也就是《焦点访谈》节目刚刚播出之后，我们赶到了嘉华酒厂。记者看到，嘉华酒厂已乱成了一团，叉车来回穿梭，不停地搬运着东西，还有人在现场跑来跑去大声催促，工人们更是手忙脚乱地烧着什么，似乎焚烧东西成了整个厂子最急切的事情，整个现场火光冲天。

那么他们急着焚烧的是什么呢？半小时之后，记者设法进入了厂区。

记者："这里就是半个小时之前，我们在厂的围墙外面拍到的焚烧现场，现在可以看到还是有火苗的。那么烧的具体是什么东西呢？在这里，长城干红葡萄酒，都是崭新的，没有贴过的标签，像这个瓶子还没有碎呢，长城干红葡萄酒。”

除了没烧完的商标和假酒，在不远处一堆匆忙盖上的木板下面，记者看到了这样的景象。

记者：“除了在焚烧，还有很多东西，他们堆在一起，并且盖起来。我们掀开看看到底是什么东西。可以看到，这是整沓整沓的崭新的标签，都是长城干红葡萄酒。”

除了这些假商标，记者在围墙的砖垛后面又看到了很多使用过的色素空桶。

记者：“我们可以看到，这上面写的是红米红色素，像这样的色素非常多，不光是这儿，还有那边也有，仅仅这一堆，我估计看数量，至少有上百个。”

中国农业大学食品科学与营养工程学院研究生张倏翰：“用水来酿葡萄酒的话，然后葡萄酒的颜色又不足，所以他们要添加红色素，任何色素放在酒里面，只需要一点就能呈现出非常红的颜色，所以说，如果它（色素）有这样大一个量的话，它至少可以生产1000吨（假酒）。”

在此前记者的暗访中，和昌黎野力葡萄酒公司实为一家的更好酿酒公司的销售经理明确告诉记者，他们生产的各种所谓的名牌葡萄酒，原汁只占20%。

23日晚上8点，记者注意到，野力葡萄酒公司的正门口还算安静。但当记者来到野力葡萄酒公司的后门，看到了一辆侧翻的大货车。

记者：“我们发现一辆车侧翻在了野力干红葡萄酒厂的南门。师傅，这车里装的是什么东西？”

卡车司机：“什么都没有。”

记者：“什么东西都没有吗？”

卡车司机故意躲开了记者的采访。也许是在转移这些假酒的时候，跑得太匆忙了，这辆车发生了侧翻。

记者："在葡萄酒厂后门的旁边，我们先打开车看一看，车里面装的到底是什么东西？我们可以看到车里面装满了长城老树干红葡萄酒，还有华夏 95 金装葡萄酒、华夏典藏解百纳干红葡萄酒，而现在葡萄酒装满了整整一辆大卡车。"

长城和华夏葡萄酒正规生产企业的工作人员随记者来到了现场，对车上的酒进行了检查。

中粮酒业有限公司工作人员："这些包装物，包括葡萄酒瓶使用的正标，后面贴的背标，这个瓶塞，还有这个胶帽，涉嫌假冒我们中粮集团长城葡萄酒的。"

记者："现在是 23 日晚上的 10 点 50 分，我们和当地的执法人员终于进入了野力酿酒公司的后院。那么野力公司到底制造了多少涉嫌假冒伪劣的产品？我们可以看到，虽然经过一段时间的外运和销毁，这里依然堆满了类似的产品。"

此前，记者暗访发现，对于一些酒厂制造假酒的行为，当地有关部门并不是没有监管措施。不少葡萄酒厂的储酒和罐装车间里都安装了监控摄像头，但这些都成了摆设。

(12 月 23 日《焦点访谈》节目片段)

记者："那监控的话，在这贴标不都看得一清二楚吗？"

昌黎嘉华葡萄酿酒有限公司销售经理程和明："我都不怕你怕啥呢。"

在《焦点访谈》节目播出之后，记者看到昌平县质监、工商等部门连夜查封了嘉华酒厂。

记者："这个企业的手续齐全吗？"

河北省昌黎县质量技术监督局稽查一队队长赵立文："手续齐全。"

记者："在这里有什么发现没有，比如说有没有发现假冒的酒？"

赵立文："今天没有。"

记者："今天没有。"

记者带着这位质监工作人员来到了刚才发现假商标的地方。

记者："我们看到这上面写着长城葡萄酒有限公司，底下还写着长城。"

河北省昌黎县质量技术监督局稽查一队队长赵立文："还写着长城，我们再做进一步调查吧，我们待会儿都拿回去。"

记者："之前我们的记者拍到，在这个厂子里是有监控镜头的，都是连接到质监局的，是吧？"

赵立文："对。"

记者："那你们通过这个镜头，以前发现过他们生产假冒酒的这种情况吗？"

赵立文："生产假冒酒？我们单位只能看出它在生产，因为这个摄像头不能看出它生产的真假，这个看不出来。"

记者："要是不能看出真假的话，装这个摄像头的目的是什么？"

赵立文："这个你问我们领导，行吧？"

当地为了防止造假，在2009年6月，就为所有葡萄酒生产企业安装了摄像头，进行实时监控，但在装了摄像头的嘉华酒厂却发现不了造假行为。为了搞清楚摄像头到底是怎么对企业监控的，记者来到了昌黎县打假办的电子监控室。

当时，正值生产时间，电脑屏幕上本来应该可以实时显示企业的生产情况，但记者看到多家酒厂的监控画面根本无法显示出来。

记者："这是什么原因呢？看不到图像呢？"

工作人员："这是网络原因或者断电，现在有监控画面了。"

记者："企业如果自己把这个电源给关了，显示出来的也还是同样的画面吗？"

工作人员："这个我们局长可以给你答复。"

记者："采取了这个监控摄像头以后，因为这个监控摄像头给我们提供了这种证据或者相关的线索而查处制售假酒的案子有多少例了？"

河北省昌黎县质量技术监督局局长纪孝庆："由它而产生的直接（查处）的造假酒的，目前还没有。"

装了一年的监控设备，却没能发现一起制假行为。那么这些不能被当地监管部门发现的假酒都流向了哪里呢？

记者："这是他们的出货单，每个出货单前面都写着客户，像这是 2 月，上面写着：7 日，北京二哥，北京苏，李永，7 日，这边也是北京苏，以北京的偏多，这里还有合肥的。"

这些出货单中的假酒数量又有多少呢？

记者："这一共有 4 张出货单，我们初步算了一下，差不多是 1300 件，每件是 6 瓶，也就是说有近 8000 瓶，而这 8000 瓶，集中在这一天的 8000 瓶还仅仅是供给北京苏这个客户的，那么可想而知它的生产量应该非常大。"

这些源源不断流出的假酒为何如此受欢迎呢？记者在一张出库单上发现了其中的秘密。

记者："我们可以从这个出库单上看出来，上面标明了一种叫欧盛的葡萄酒，单价 21 元，指的是一件的单价，一件是 6 瓶，也就是说，它每瓶的出厂价在 3. 5 元左右，这个价格还真是相当低。"

对于当地出现的葡萄酒制假问题，河北省和秦皇岛市有关部门都高度重视。

目前昌黎有关部门已对节目中涉及的 5 家问题企业给予查封，同时查封了 1. 1 万件干红酒、3. 7 万件假商标和 4. 4 万件各类包装。

河北省昌黎县县长苏景文："涉嫌违法的企业负责人和相关人员，我们将依法严肃处理。下一步我们将以这次《焦点访谈》节目为契机，加大对昌黎干红酒产业市场秩序的整治力度，坚决打击害群之马，保证我们昌黎干红酒产业能有一个健康、良好的发展环境。"

假冒为劣的葡萄酒出自昌黎，让人痛心，因为我们知道，昌黎是著名的中国干红葡萄酒之乡。在这样的地方造假酒，既坑害消费者，也砸了自己的牌子，还毁了地方的形象。

国家质检总局和河北省政府已经迅速采取措施，要求对造假企业吊销生产许可证，一律停止生产，立即召回和销毁问题产品，对涉嫌犯罪的一律移交公安机关，对监管不力的部门和人员严肃处理。

（《焦点访谈》2010 年 12 月 24 日）

假蛋真相

先有鸡，还是先有蛋，这是一个问题，是一个让人纠结的问题，但是说鸡蛋是鸡下的，这一点恐怕不会有人怀疑。如果有人告诉你，现在有一种技术可以做出和真鸡蛋一模一样的人造鸡蛋，掌握了这门技术，母鸡都可以下岗了。这说法您信吗？假如母鸡都下岗了，那么上岗的又是谁呢？

在网络上进行搜索，我们发现，有许多公司在公开传授所谓“假鸡蛋”的制作技术。广告声称：“该产品造价低廉，工艺简单，口感丰润，在市场出售可以‘以假乱真’。”据称，每个人造鸡蛋，成本只要五分至八分，学会这门技术，鸡也可以下岗了。真的有这样的假鸡蛋在市场上销售吗？

市民甲：“没错，有假的，我好像买过。”

市民乙：“这真鸡蛋都不是一个颜色，那假鸡蛋全是一个颜色。”

市民甲：“而且那颜色都是灰的。”

记者：“见过吗？”

市民丙：“没见过。”

记者：“那你相信吗？”

市民丙：“相信。”

社会上传得有鼻子有眼的假鸡蛋难道真的存在吗？为了调查真相，记者按照假鸡蛋广告与一家公司取得了联系。这家所谓的公司只有几张桌子、两台电脑，外加三名工作人员。

某公司工作人员：“这会儿原料不齐，没法做。”

工作人员对当面教学推三阻四，却一个劲儿地推荐记者买张光盘回去学，说这样不但方便，而且实惠。

某公司工作人员："你还省了200元，你把光盘资料拿回去，先看看。"

而这样两张私刻的光盘就要价500元。

按照光盘中教授制造假鸡蛋的方法，终于做出了没有壳的鸡蛋。这个鸡蛋怎么看都和真鸡蛋相差甚远，我们再次找到了传授技术的公司。

某公司工作人员甲："肯定有一点点区别。"

某公司工作人员乙："不一样，告诉他就是这种鸡蛋。"

记者又联系了另外一家公司。看起来这家公司比上一家上了些档次。

为了证明他们传授的技术多么神奇，工作人员先拿出了两个鸡蛋让记者看。

某公司工作人员："你自己瞧瞧哪个真哪个假?"

记者看来看去，这两个鸡蛋没有什么区别。然而，那个工作人员说，这其中的一个就是假鸡蛋。

记者："这就是真鸡蛋。"

某公司工作人员："你打开看看，看能不能溶解到一起去。"

记者："这个看不出来。"

某公司工作人员："你要是能看出来，那还能叫技术吗?"

工作人员声称，正是因为这个技术如此神奇，所以收费也比较高，要1200元。

记者："1200元是不是太多了?"

某公司工作人员："你这样，1150元行吗?算了，给1000元得了。"

最终，工作人员勉强同意900元把这门技术传授给我们。这份资料显示，人造鸡蛋的主要原料是海藻酸钠、氯化钙、硬脂酸、食用色素、食用石蜡和氧化钙。终于要开始制造传说中的假鸡蛋了。

工作人员先在一个盛满水的烧杯里加入海藻酸钠，让记者不停地搅拌。随后，他又在一个塑料盆里倒入一些白色粉末。

某公司工作人员："这是氯化钙，得使氯化钙、蛋黄素。"

把调成蛋黄颜色的海藻酸钠倒入半个乒乓球中，在氯化钙水中来回晃动。很快，海藻酸钠就变成了一个球形。

记者："像乒乓球一样。"

某公司工作人员："你别老拿着，放下吧。"

然后，他用无色的海藻酸钠溶液包裹住一个刚才做好的"蛋黄"，在水中继续晃动。几分钟后，一个没有壳的假鸡蛋就出现在我们面前，和剥了皮的松花蛋倒有几分相似。接下来的步骤，就是完成假鸡蛋制作的最后一个环节：给鸡蛋包壳。

某公司工作人员："这是氧化钙、硬脂酸、食用石蜡，三种都是放在里头的。放完了就不要动了，就不管它了。"

就在我们满腹狐疑，想拿一个回去观察的时候，工作人员突然发起脾气来。

某公司工作人员："你拿它干吗？"

记者："我看 24 小时以后是不是变出壳来。"

某公司工作人员："你早说啊。"

记者："这个不行啊？"

某公司工作人员："这肯定不行，不是跟你说了不要动吗？"

假鸡蛋既然不能动，当然也就不能带走，只能第二天来看，这就意味着，我们无法目睹假鸡蛋完成的全过程，也就无从验证这项技术的真假。

记者："我觉得这个晃一下不要紧吧？"

某公司工作人员："我培训这个可不是培训你一个了，知道吗？如果都那样，我就不用教这个技术了。"

记者："不是，大哥你别生气。"

好说歹说，这名工作人员终于勉强同意我们带回一个假鸡蛋。但他声称，这些蛋如果变不成真蛋的样子，他一概不负责任。

这次的学习总共两个小时，花费 900 元。对于带回来的这枚假鸡蛋，我们仔细观察记录了它的变化过程，几天后它变成了干瘪的模样。

记者带着这个奇怪的鸡蛋来到北京化工大学，请专家来看一看，它为什么会变成这个样子？

张军营教授是北京化工大学专门研究胶结材料和固化技术的专家。他告诉我们，因为假鸡蛋的蛋清和蛋黄都是化学物质的水溶液做成的，只要外壳稍有破裂，里面的东西就会因为水分蒸发而萎缩。就算外壳不破裂，按照这种套壳工艺，也不可能做出逼真的假鸡蛋。

记者："（壳）已经化掉了，滴下来了。"

北京化工大学材料科学与工程学院教授张军营："对对对，在手上又会凝固。"

记者："如果是外面卖的一个鸡蛋，也是这样的壳？"

张军营："我相信一般老百姓能看出来，太假了，我估计如果几个鸡蛋一挤就都碎了。"

既然用这种方法根本造不出鸡蛋的样子来，那么在暗访之初，工作人员给我们看到的一真一假、无法分辨的两个鸡蛋又是怎么回事呢？一位观众向我们讲述了他的亲身经历。

朱宝利，曾任湖南省会同县食品药品监督管理局副局长，为了调查假鸡蛋，他曾赴湖北暗访。学了好几个小时，那家公司的技术人员也没能做出鸡蛋壳来。其间，朱宝利下楼去吃了趟饭，回来的时候，就看到盆里已经有一个长出壳的鸡蛋了。在交了 600 元的培训费之后，朱宝利请技术人员吃了一顿饭。

湖南省会同县食品药品监督管理局原副局长朱宝利："技术人员说我看你

是实在人，我给你说实话，这个（假）鸡蛋培训是骗人的，它本来骗的就是培训费，那是等你下去吃饭的时候，我放了一个真鸡蛋。”

看来，记者调查到的这种制作技术根本做不成假鸡蛋。那么，是否还存在其他更高超的造假技术呢？我们了解到，山东一带流传着一种技术，是先造鸡蛋壳，后灌蛋黄。当时，造假者先用硅胶做了一个模具，又用模具做了一个蛋壳，最后再用针管把假的蛋清和蛋黄打进去。那么这种方式可能做出大批可以乱真的人造鸡蛋吗？

北京化工大学材料科学与工程学院教授张军营：“你想想，一个模具做完这个之后必须把里面的取出来，所以一般情况下，都会有一个接缝。比如这个塑料瓶上面就有一个接缝，他必须花很大的功夫，才能把这个接缝去掉。但我相信，如果是成批生产的话，这个成本就高了，应该会比较麻烦的。”

记者：“人工成本又上去了。”

张军营：“对。”

所有制造假鸡蛋广告中提到的人造鸡蛋的主要原料都是海藻酸钠。用这种东西究竟能不能造出足以乱真的鸡蛋呢？我们就此请教了专家。

中国保健协会食物营养与安全专业委员会会长孙树侠：“（海藻酸钠）基本上属于果冻的配方，那么做出来的东西也就像果冻那一类的东西。”

专家专门做了一个实验，当一枚用海藻酸钠做成的假鸡蛋打入锅里时会看到这样的情形。

记者：“什么都没有了。”

如果海藻酸钠里加入少量氯化钙，可以做出类似松花蛋的东西，但是它不可能具有和真鸡蛋一样的口感。

记者：“这个皮咬起来是非常脆的，有点像蜇皮。”

北京化工大学材料科学与工程学院教授张军营：“人造一个假鸡蛋，跟真鸡蛋特别像的那种，比自然鸡生下一个鸡蛋，要难得多。”

至于社会上流传的“能弹跳的鸡蛋，打出来散黄的鸡蛋，能把蛋黄拎起来的鸡蛋，发臭的鸡蛋”等所谓假鸡蛋的特征，在真鸡蛋上都有可能存在，大家不必过于恐慌。

一些人打着所谓“人造鸡蛋技术”的幌子骗取培训费，同时，假鸡蛋的传闻也引起了很多市民的焦虑和担心，在社会上造成不良影响。那么，这种不法行为应该由谁来查处呢？记者与多家部门联系进行了举报。

北京市工商局丰台分局工作人员：“我们无权认定的，我觉得是不是由技术监督局来认定。”

12365质量技术监督系统投诉举报热线：“农业局（管），鸡蛋属于农产品。”

记者：“可那是假鸡蛋。”

12365质量技术监督系统投诉举报热线：“对啊，假鸡蛋也由农业局管。”

农业部畜禽产品质量安全检测中心工作人员：“农业部门不管人造鸡蛋，它已经不是从鸡体内产出来的东西了，这完完全全是属于工商部门管的事。”

这真是：假对假，骗中骗。骗子造鸡蛋是假，骗钱才是真。而那些想学技术的人目的也是去骗人赚钱，自己见不得光。所以虽然落得个鸡飞蛋打，却有苦难言，无人举报。这也是骗子们肆无忌惮的一个原因。而对于这种几乎公开进行，而且长期存在的对社会造成不良影响的不法行为，到底该由谁管？该怎么管？无论如何，都不应该成为另一个让人纠结的问题了。

（《焦点访谈》2010年12月26日）

考研作弊调查

这两天正在进行 2011 年的硕士研究生入学考试，全国共有 151 万人参考。而在考试前记者就得到消息，有人声称可以帮助考生作弊，还能保证通过分数线。他们可以提供全套的作弊工具，其中作弊的耳机非常小，已经非常专业，放到耳朵里基本上发现不了，还很难掏出来。作弊的接收工具也很小，放在兜里内侧，或者是夹在皮带上也很不容易被发现。真的有人在这次考试中利用这种方式作弊吗？我们来看记者调查。

2011 年的研究生全国统考从 1 月 15 日开始。考试前夕，在吉林省四平市的吉林师范大学内，图书馆和食堂边的信息栏上就出现了各种出售考研答案的小广告。广告上写着“考研保过”，还提供设备，并且考后付款。不仅大学的信息栏里贴上了这些考试作弊的小广告，一些考生的手机上也收到了类似的短信。那么，公开叫卖考试答案和作弊工具的到底是些什么人？背后的真相又是什么呢？我们决定进行暗访调查。记者首先拨通了广告上的一个电话。

记者：“我看到上面写着保过。”

卖家：“对。”

记者：“怎么保过？”

卖家：“我们有器材，到考试的时候你带着这个器材进去，然后我们发给你考试答案，到时候你用器材就可以收到答案。”

通过电话联系，记者约好和一个卖家见面。他把见面地点选在了四平一中附近。四平一中正是今年四平市研究生入学考试唯一的考点。卖家是个戴着眼镜的小伙子，他提着一个包裹严实的纸箱子，把记者带到了附近居民楼里的一个空房间。一进房间，卖家就打开箱子，开始熟练组装无线发射设备。

卖家："天线，把这个放窗口。"

记者："这个能发射多少米？"

卖家："1000 米。"

随后，卖家又拿出一块手表，告诉记者这是接收设备。考试时从场外发射答案，考生戴上这块特殊的手表，在一中考场内就能收到答案。为了展示这套作弊设备的功效，卖家让记者戴着作弊用的手表来到 400 米开外的四平一中的大门旁边，而卖家则在房间里传送信息。

卖家："我给你念：这个设备很管用。"

记者看见，手表屏幕上果然显示出卖家发送的信息。看来，这是一套通过远距离发送文字信息作弊的工具。

在随后的调查中记者了解到，除了通过发送文字信息作弊外，还有卖家声称有更先进的作弊方式。根据信息栏上留下的电话号码，记者又联系到了一个卖家，他自称可以在考试中利用无线耳机给考生传答案。几经周折，记者在吉林师范大学的宿舍区见到了这位卖家。他把记者带到了校园里的一个便利店里，拿出了一个只有黄豆大小的耳机，向记者展示这套先进的作弊设备。

卖家："这个你拿一下，你就往那个衣服里边塞，然后用透明胶缠在手腕这儿，你就捋着这个线，把这个粘上放到这儿，离耳朵越近声音越大，藏在衣服里边。它是碳棒，金属探测器探不出来。为什么让你放在这儿呢？往往是这样的，他说进屋检查，检查完了你这么一举手，他就照这儿过去了。"

随后，记者又联系了一个卖家，他约记者在四平市加州旅馆见面。来到约定的房间，记者发现，有好几个人进进出出，似乎有不同的分工。

一个女孩拿出一套无线耳机设备，指导记者戴上。在这里，记者意外地看到了传送答案的发射设备，是类似电台的东西。体积并不大，看上去携带很方便，在窗台上还连着一根天线，卖家正是利用这个设备给耳机发信息的。

记者：“穿过这个墙壁能收得到吗？”

卖家：“肯定能。”

卖家（女）：“就是穿过好几个楼都能听见。”

卖家：“你放心吧，14 号咱们还要测试。”

1 月 14 日是正式考试的前一天，也是四平一中对外开放、考生来看考场的日子，卖家们都利用这个机会调试作弊设备。这一天，卖家让记者也戴着一个作弊耳机来到了四平一中，按照约定的时间下午 3 点，耳机里果真传来了声音。

如果真有考生试图用这种耳机来作弊的话，他们势必也会在这个时候来考场试设备。于是记者注意观察身边的考生，发现一名女生手里正在摆弄着一个作弊耳机。

记者：“你那个是啥样的？你这个花了多少钱？”

考生：“4000 元。”

记者：“你这 4000 元包括答案吗？”

考生：“嗯。”

记者：“两科？”

考生：“嗯。我上考场去了。”

看来，还真的有人买这种耳机准备参加第二天的考试。刚出校门，记者和一名男生擦肩而过时，发现他的耳朵里似乎也有东西，仔细一看，也是一个作弊耳机。

记者：“你听见什么了？”

考生：“唱歌呢。”

记者：“我这个怎么没有呢？”

考生：“下面开关开了没？”

记者：“我开了。你这个多少钱买的？”

考生："1 万。"

1 月 15 日是研究生考试的第一天，上午考政治，下午考英语，这两门是全国统考，也就是作弊者声称可以提供答案的考试。15 日一早，记者来到了四平一中的围墙旁边。

记者："离这辆车不到 20 米的地方就是四平市一中的教学楼，这儿也是四平市唯一的研究生入学考试的考点。按照考场的要求，考试期间这里将启动无线电屏蔽和干扰设备。我现在手上拿着的是两套作弊工具，现在是 1 月 15 日早晨的 8 点 40 分，政治科目的考试已经开始了，那么我们现在就来试试看，这些作弊工具真的如卖家所言那么有效吗？"

上午八点半考试开始，记者在耳机里听到的只是一些杂音，这些声音应该是考场里无线电屏蔽器发出的声音。按照卖家的约定，答案会在开考后一个小时左右开始传送。九点二十分，考试开始后还不到一个小时，记者听见作弊耳机里的杂音消失了，转而传来清晰的念答案的声音。

作弊耳机接收的声音："6 至 10 题，2、3、1、2、2，2、3、1、2、2；11 至 16 题，1、3、3、1、4、1，1、3、3、1、4、1。"

过了一会儿，另一个作弊耳机里也传来了一个男声，念的是论述题："鞍钢，鞍山钢铁厂的鞍钢，革命的革，右侧安全的安。齐大山，齐天大圣的齐，齐大山，大小的大，山峰的山。38 题一共 4 点，第一点，当今世界总体和平，但局部冲突和战争仍此起彼伏 ……"

记者的位置在考场旁边，虽然受到了一些屏蔽，但仍然可以清晰地听到答案。那么，在屏蔽和干扰信号更强的考场内，答案能够传送进去吗？

上午的政治考试结束后，记者来到了考场门口，一群群考生正在往外走。记者注意到，一名女生一出考场就在掏耳朵，从她耳朵里掏出来的正是一个作弊耳机。

记者："对，对，对，就是这样的耳机，你的答案肯定听得清楚吗？"

考生："非常清楚。"

记者："肯定能听清楚？"

考生："有干扰声，但听得非常清楚，还能听到别人念答案的声音，非常清楚。"

看来，还真的有考生利用作弊工具参加了这次研究生考试，而考场里也确实能收到卖家传来的答案。1 月 15 日下午是英语科目的考试，记者又在作弊耳机里听到了念答案的声音："各位考生请注意，下面我开始念小作文。开头顶格写大写 D、M、Y，空，F、Y、R、I、E、N、D，逗号，重复。"

卖家传送完了所有的答案，耳机里传来了这样的声音："所有的题都念完了，36 题，为了保证没有雷同卷，我们把 36 题简单地给你念了一下，你能蒙就蒙点。现在所有的题已经超过 70 分了，听清楚了就涂卡，然后就完事了。"

今天，一些教育机构在网上公布了 2011 年研究生全国统考政治和英语的参考答案，记者将作弊者提供的答案和网上公布的参考答案进行了对比，发现不仅这两门课的论述题和作文题的答案内容和题目都对得上，而且选择题的答案准确率相当高，能达到百分之七八十。

面对作弊者提供的答案，真是让人疑问重重：这些试题是如何泄露出来的？答案是哪些人做的？这些作弊的工具又从何而来？考场内启动了屏蔽设备，却为何阻挡不了作弊的信息？考试前，几乎公开发布的各种作弊小广告为什么没有人管？对于这些问号，四平市的教育、公安、通信等监管部门，又当如何回答呢？

（《焦点访谈》2011 年 1 月 16 日）

联合检查与猫鼠游戏

军装式样威武庄重，美观大方，是军威的体现。身着军服的军人，也会让普通百姓心生敬意。我国的《军服管理条例》明确规定：非军人不能穿着军服、市场上严禁销售军服、未经军队授权不能生产军服，但是，一段时间以来，几乎可以乱真的假军服在一些服装市场可以随意买到，假军服甚至成为一些骗子行骗的道具。

近年来，非法生产销售和穿着军服的案例屡禁不止。一些所谓的高级将校军官，都是近两年被抓获的穿着假军服的犯罪分子，甚至还有用假军装武装出来的假部队、假军校。

假军服的泛滥严重损害了军人的形象。那么，这么多的假军服又是从哪里流入社会的？成都军区相关部门通过多起案件的排查，发现线索大多指向了长江中游的一些服装批发市场。

成都军区军需物资油料部被装处处长黄强："我们了解到，涉案假军服主要来源于全国几个大型服装专业市场。"

调查发现，有大量的假军服来自湖北省武汉市的两个劳保用品批发市场。记者随同有关人员前往武汉对这两家市场进行了暗访，发现在市场内的多家商店里，几乎什么样的假军服都可以买到。

记者："这个 07 款的，最新款的。"

服装经营户："最新款的。去年夏天，刚配发部队。"

记者："刚配发部队，你们就搞过来了，跟部队是一模一样的？"

服装经营户："一模一样的。"

在这些劳保用品市场，不仅可以买到最新式的军服，而且多大的数量都可以满足。

服装经营户："几千套都有。"

记者："你们是怎么搞到的？"

服装经营户："我们做得蛮大的，放到仓库里面多少，一回就做几万套。"

除了假军服，这里还可以买到假警服。

记者："你那个警服全套有没有，多少钱？"

服装经营户："你需要西服类型还是夹克类型的？"

记者："西服、夹克，你都报个价嘛。"

服装经营户："前天刚走一批货，是西服形状的，好一点的要卖 130 元。"

记者："130 元，那个肩章、徽章能配上吗？"

服装经营户："可以配上。"

各种军服、警服随便买，严重违反了法律法规。大量假军服、警服流入社会，危害无穷。为了尽快打击这种违法行为，解放军总后勤部联合公安部、国家工商总局等七部委，组织了联合调查组赶赴武汉，与当地工商等部门共同研究突击检查的行动方案。

然而，武汉市工商局公平交易分局的负责人，却否认了本地市场上存在卖假军服的现象。

武汉市工商局公平交易分局副局长魏红："07 式军服这块，应该说是比较明显，也比较容易辨识，我们在这两个市场里面，可以说在这个方面，基本上应该说是杜绝了。我们在检查过程当中没有发现。"

这到底是怎么回事儿呢？会议的第二天，在武汉市相关部门的带领下，调查组来到了劳保用品市场。令人意想不到的是，同一个劳保用品市场，和一天前记者暗访时相比却大变了模样。大部分的商铺都关上门，拉上了铁栅栏，原先繁荣的景象，现在都看不到了。

记者："平常都关门吗？"

武汉市工商局公平交易分局副局长魏红："平常因为可能是节后，节后的话可能有的时候（就关门），看到穿制服的，可能也有这样的情况，没见过这样的架势，可能就关了门。"

市场的管理方也一再向检查组保证，他们管理的劳保用品市场里面没有卖假军服的现象。

武汉市劳保用品市场经理赵文化："我们每天都在跟他们说，不允许卖这个东西，都不能卖。"

记者："有没有发现卖的？"

赵文化："我们没有发现过。"

这些店铺昨天还人来人往，今天怎么就突然关了门？让我们通过记者在检查组到来的头一天所拍到的镜头，看看这里究竟发生了什么。当时市场上开来了一辆工商标志的小车，小车上下来一个人，正和市场管理人员在交代着什么。这人是武汉市龟山工商所副所长。

武汉市劳保用品市场经理赵文化："是上午还是下午？"

武汉市龟山工商所副所长："上午。"

赵文化："明天上午是吧？"

武汉市龟山工商所副所长："你们停一天。（明天）上午来。国家工商总局和总后勤部。挨家挨户都跟他们说，都收了，（要来）查了，都收了，以后不好，吃亏的还是你们自己。"

工商标志的车开走了，一个穿棕色毛衣的人开始挨家挨户地向商户详细地交代起来。这人是武汉市被装商会会长。

武汉市被装商会会长李晓明："这个东西坚决不能说是拿出来卖的，（要说）是别人放在这里的，能够换就换，不能换掉，不能卖掉，坚决（要说）不是卖的，绝对不是卖的，你明白不明白？"

服装经营户："要得，坚决执行，坚决执行。"

经过这样一番细致的工作之后，当联合检查组第二天来到劳保用品市场时，当然就只能看到人去店空的景象了。

工商所的副所长、劳保市场的经理、行业商会的会长，他们本来都是负责查处打击假军服销售的管理人员，而对于市场上的违法现象，不仅不去严格管理，反而事先透露检查组到来的消息，并教唆商户如何应付检查，对于这些行为他们将做何解释呢？

记者："你为什么事先对商户做这些工作？"

武汉市被装商会会长李晓明："没有，我都是说，凡是这一类不法的东西都不能经营，我是这样跟他们讲的。"

记者："我听到的好像不是这样。"

李晓明："我想你肯定听错了。"

武汉市龟山工商所副所长："我没说过。"

记者："你没说过？"

武汉市龟山工商所副所长："我就是说，我们今天还要来检查。"

记者："你睁着眼就敢这样说？"

武汉市龟山工商所副所长："对，对。"

记者："说过的都不承认？"

武汉市龟山工商所副所长："我没有说过这个话。"

在检查组的一再要求下，市场管理方终于找来了几家商户，每一家商铺的门被打开之后，检查人员都在里面发现了假军服、假警服。

检查人员："07 式的。"

记者："这是 07 式的。"

检查人员："数码迷彩。"

记者："这是最新式的吧？不应该在市场销售的。"

检查人员：“应该是夏季作训军服。”

公安部装备财务局被装处处长孙莉：“这个颜色，整个制式，你看它的服装结构，它的款式，它的面料颜色，像我们制服的，应该说是满足几个条件，它的配饰都是。”

这样的检查结果，让那位事先通风报信的协会会长颇有感慨。

武汉市被装商会会长李晓明：“说明工作还需要深入，对吧？”

工作应该朝哪个方向深入，我们很难揣摩这位服装协会会长意味深长的感慨，然而一个事实是，因为他们事先的工作，这次七部委全国性的联合大检查效果被大打了折扣。

解放军总后勤部军需物资油料部被装局副局长佟相阳：“通过今天的工作，我们打开了 4 家商店，整个商场据了解，两个大的市场，一共是 400 多家市场，打开 4 家商店，全部有违规违法的销售行为。从这次检查情况看，不知道这么多商场有多少（假军服、警服）流入其他市场。”

据了解，武汉这两家批发市场，每天都会有大量的假军服、警服从这里流向全国各地。

造假、售假一条龙，大家都知道，比如制售假军服、假警服，从生产面料到生产服装配饰，再到市场销售，已经形成了一个完整的产业链条，而在我们的节目中，居然还看到了造假者和打假者的一条龙。假货在市场上公然销售，一有风吹草动，售假者马上就可以得到工商所、行业商会、市场管理者等各方人员的及时通报警示，这些本应担负打假职责的人，甚至亲临现场精心布置，耐心指导非法商户如何应对上边的执法检查。而这些细致周到的服务当然不会白给，背后的权钱交易可想而知。在这样的一条龙保护之下，造假售假者当然有恃无恐，假货自然也就屡打不绝。看来，打击造假售假一条龙，首先要打击的是保护假货的一条龙，而这恐怕也需要一揽子的严厉措施才能奏效。

（《焦点访谈》2011 年 4 月 4 日）

茅台镇上的强迁之痛

假如您在街上开着一个店铺，经营得好好的，突然被要求立即搬迁，两天搬走，没商量；经济损失，没人管；自己不搬，有人动手，你是不是得要一个说法？假如一条街上的多家店铺都遇上了这样的麻烦，谁该给出一个说法呢？这样的事就发生在贵州仁怀的茅台镇。对，就是出茅台酒的茅台镇。

环茅南路坐落于贵州省仁怀市的茅台镇，是一条已有多年历史的繁华的商业街。街上一百多家商铺中有三四十家经营当地的白酒，还有五六十家分别经营着百货、五金、药品和餐饮等。2011 年 5 月 1 日，许多商户都收到了一则通知，要求他们立即搬迁。通知来得十分突然，大家全然没有准备。

商户甲："通知叫我们搬迁，说要规划成白酒一条街。"

商户乙："全部都要搬走，全部都做酒。"

商户丙："反正就是强行叫你搬走，什么也不说，不说什么政策，反正就说搞成一条白酒街，叫你搬你就要搬。"

茅台镇是一个造酒古镇，近年来又发展起了一批生产白酒的企业。茅台镇政府文件显示，为了打造"中国第一酒镇"的品牌，镇政府决定把环茅南路建成白酒品牌展示一条街，街上所有商铺都必须卖当地产的白酒，不卖酒的商铺则要立即搬走。

4 月 26 日，镇政府派出工作人员到各家商铺了解情况，而商户们没想到，5 月 1 日镇政府就正式下发了通知，要求 5 月 3 日完成搬迁，也就是说，商户从接到通知到迁出此地只有短短两天的时间。

商户："即使要我们搬，但是我们也需要一段时间，尽量想办法找到门面，把它搬走以后才行。你今天跟我们说明天搬，我们没有这个能力，实在没有办法。"

事先既没有征求这些商户的意见，也没有给他们安置新的门面，只有这样一个简单的通知，不卖酒的商铺就得在两天内全部搬走。面对这一突如其来的变故，商户们感到非常诧异。

记者："那你们有没有问过镇上的政府工作人员，说让你们搬到哪儿去呢？"

商户甲："问过了。他说不管你搬到什么地方。"

商户乙："他们不管这些，就说这是政府行为，叫你们搬就搬。"

商户丙："这是我们的营业执照，是工商部门发给我们的营业执照，有效期是 2014 年 8 月 17 日。现在政府要我们搬就搬，我们能搬到什么地方？"

据记者了解，这条街上的商户都有合法经营手续，并与房东签了具有法律效力的租赁合同，已支付了至少一年的租金，现在搬走就意味着这些钱将白白扔掉。一家通讯营业厅的老板去年刚花了十几万元装修店面，现在眼看着大笔的装修费和租金都要白白打了水漂，他非常心疼。

通讯营业厅老板："装修、买设备花了十多万，我去年为了保住这家店花了十多万，整栋楼都租下来，跟那个房东签了五年的合同，钱也付了。你说现在我该怎么办呢？"

记者："他们有拿出补偿安置的方案吗？"

通讯营业厅老板："没有，就说叫你走就走。"

不仅租金赔了，辛苦经营的店铺也没了，店里面积压的存货也无处可销，都砸在了手里。

商户甲："我们在一个星期以前进了 20 吨货，全部是贷款进的。我们这些损失谁来赔？损失太大了。"

商户乙："我家有 15 万以上，其他有几十万、有上百万的。我们一家老小就靠这个店维持生活，就像一个饭碗一样，你们把饭碗给我们端了、踢了，我们到哪里生活？"

由于不接受这种突然袭击式的做法，也没有能力马上搬走，许多商户没有按时搬迁，于是镇政府派出了由城管、公安、工商等部门组成的联合执法队，每天在街上巡查，阻止这些店铺正常营业。

近几天，执法队甚至开始强行扣留店铺里的货物。商户们只好都关起大门，等到中午和晚上执法队下班以后，才敢偷偷开门营业。然而一旦被执法队撞上，后果便相当严重。

商户甲："一来就几十个，有些还拿着棍、锤砸东西。"

商户乙："他把我们这里的门都敲坏了，又把我的报警器敲坏了。"

商户丙："来了很多人，几十个，就像抢东西一样。还有其他的什么冰箱、水果，什么他们都往车上拉。我们说现在是法制社会，他却说我们不懂法律。"

5 月 9 日，记者在环茅南路暗访，正巧遇上执法队再次来强行执法，这次带队的是茅台镇的两名副镇长。

贵州省仁怀市茅台镇副镇长袁仁涛："打乱老子的规划，拖延我们好长的时间了，要求你们 5 月 3 日搬，今天已经 5 月 9 日了。"

商户："你们又没有通知我们开过会。"

执法队："来，大家动手。"

袁仁涛："你不要影响我的执法，影响了我执法，所有我们的行政成本肯定都算在你的头上，你还跟我讲。我跟你讲，再次跟你打招呼，再来影响，涉及犯法的马上带走。"

在这一幕发生的第二天，记者来到茅台镇政府，采访了带队执法的茅台镇副镇长，他向我们介绍了规划建设这条白酒一条街的初衷。

贵州省仁怀市茅台镇副镇长袁仁涛："我们相应的很多企业要求，品牌企业要求，就是要集中地在我们核心区域的这条街上，把代表我们茅台镇酒文化、酒的品牌、酱香白酒品牌，再集中地在这条街上展示出来，营造我们的酒文化氛围，提升我们茅台镇作为‘中国国酒之心’对外的整体形象，是这么一个基本的考虑。”

建设酒文化，打造茅台镇“中国国酒之心”的对外形象，这原本是个好事。但在这个过程中，当地政府能否坚持依法行政，保障商户的权益，这是不是也事关茅台镇的形象呢？

记者：“政府在进行这样一个建设和搬迁的计划之前，有没有先征求群众的意见，然后制定一个合理的补偿安置方案呢？”

贵州省仁怀市茅台镇副镇长袁仁涛：“这个如果补偿安置方案，我们这个肯定不可能，刚才我都说了，如果每一家提出来30万、50万怎么办？政府哪里有资金来买这个单？”

记者：“政府搞这样一个统一的规划建设，但是这些个人的损失要让这些商户们承担，这样一个安排合理吗？”

袁仁涛：“如果说这个肯定暂时有一定的影响，短时间之内，相当于渡过难关嘛，当前的这个难关，我相信一年以后，这一块的问题不大。”

根据《中华人民共和国城乡规划法》第二十六条规定：城乡规划草案在报送审批前，应当予以公告，并采取论证会、听证会等方式征求专家和公众的意见。第五十条规定：因依法修改城乡规划给被许可人合法权益造成损失的，应当依法给予补偿。

显然茅台镇政府为了整体规划建设，而让商户们自己承担损失的做法，既不合理也不合法，而对于政府工作人员强行扣留货物的行为，茅台镇政府又是怎样解释的呢？

记者：“被城管和公安扣留的商品是这些商户的合法财产，这样做的依据是什么呢？”

贵州省仁怀市茅台镇副镇长袁仁涛：“我们的城市管理，并不是说每一条街、每一个经营户都能够说自身经营哪一种，当然他们有自主权，但是也要符合我们地方的规划。我们规划出来以后，我建议你搬到哪里去，按照我们城市管理并不存在违法，我们的政府现在很多都提倡依法行政。”

记者：“你觉得这样强行搬走公民的个人合法财产是依法行政吗？”

袁仁涛：“就是暂扣，这个措施就是希望您，希望他配合我们的工作，而且不要因为个人的利益，影响到我们整体的利益。”

记者：“那这些商户的个人利益谁来保障呢？”

袁仁涛：“应该说是一项行政行为，实际上维护的是我们绝大部分人的利益，当然个别的肯定有影响，今后有什么困难，政府想办法，包括我们的干部，想办法，帮助你们渡过难关。”

现在茅台镇政府的强行执法行动还在继续，而环茅南路的群众也盼望着事情能合理地解决，以保护自己的合法权益。

商户甲：“不公平在哪里？就算你要叫我们搬家，起码要有一个过程，要怎么解决，你肯定要跟每一户协议、商量，不是这样强行来拆，是不是？”

商户乙：“只叫我们搬，又不给我们指定搬到哪里，还有损失也不给我们解决，我们支持你们政府的工作，但是你们要理解我们老百姓的苦头，多多少少给我们解决一下。”

商户们的遭遇在人们心里留下了一个个问号，挥之不去。地方政府搞特色建设提升形象，要不要同时坚持“以人为本”的原则？而相关群众的切身利益又被放在什么样的位置上呢？茅台镇要求一些商户在两天内搬迁，却不考虑实际情况、不解决搬迁损失、不考虑生活补偿，如果提出异议，就采取强行措施，随意叫停商户合法经营，扣押合法财产，茅台镇政府负责人竟然说这是在依法行政，这依的究竟是什么法呢？

（《焦点访谈》2011 年 5 月 15 日）

血燕的神话与真相（一）

燕窝一直被视为高档滋补品，尤其是血燕，更是珍品中的珍品。但是前段时间工商部门的抽检却使血燕成为社会关注的新闻热点，先是查出了血燕的亚硝酸盐含量严重超标，不合格率高达100%，接着血燕的身份和来源也遭到了质疑，市场上的血燕下架停售。

一个多月过去了，围绕着血燕的是是非非好像已经慢慢平息。但是血燕事件是否真的结束了呢？我们的记者在国内市场和血燕原产地进一步调查的时候，又有了新的发现。

让我们先回顾一下几个月以来有关血燕的事态发展过程。从2011年6月开始，浙江省工商局连续三个月对市场上销售的产自马来西亚和印尼的血燕产品进行抽检。结果，抽检的537批次3万多件血燕产品百分之百不合格，部分血燕亚硝酸盐含量高达每千克11000毫克，超标350倍。

亚硝酸盐也被称作工业盐，在食品生产中被用作着色剂和防腐剂，摄入过量会引起中毒甚至死亡，长期食用含有亚硝酸盐的食品会增加患癌风险。

7月26日，一场新闻发布会在浙江杭州召开，两名自称马来西亚进出口卫生部出口检验局总监和马来西亚濒危物种进出口管理局局长的人在会上声明，尽管血燕的亚硝酸盐超标，但亚硝酸盐能完全溶于水，清洗后食用对人体无害。然而人们发现作为部长级的高官，其中一人护照上显示的年龄还不到30岁。两名境外人员的身份很可疑。而经过查证，马来西亚也没有进出口卫生部和濒危物种进出口管理局这两个部门。

8月中旬，国家工商总局在全国范围内部署燕窝专项检查，“燕之屋”等因为销售问题血燕被工商部门立案查处。国内市场上所有的血燕陆续停售下架。

8月27日，马来西亚农业及农基工业部官员专门在上海召开新闻发布会，声明杭州新闻发布会上的两名马来西亚官员是假冒的。经调查，组织那场假新闻发布会的是在国内经营燕窝的广东佛山合盈药业有限公司。合盈公司总经理李岱华承认，发布会是他们主办的，但两名假冒官员是合盈公司的供货方马来西亚凤凰集团（燕窝）贸易公司具体组织的。对于这次事件和两名假冒官员的具体身份，马来西亚警方已经展开了调查。

马来西亚农业及农基工业部兽医局总监阿布德·阿都阿兹：“在这份警方的报告当中，我们对假冒政府官员的两个马来西亚人进行了指控。包括对组织这次假新闻发布会的马来西亚公司进行了指控。”

至此，血燕事件似乎已经告一段落。然而在血燕下架后不久，记者在暗访中发现，在一些销售场所，血燕的身影又悄然出现了。燕之屋是此次被查处的燕窝企业，而在北京的一家燕之屋加盟店仍然有血燕销售。

燕之屋销售人员：“血燕还有，就是现在很少。只能是有顾客订了，我们才去进。”

记者：“订了才有，是吗？”

燕之屋销售人员：“对。”

记者：“那要是我们订的话，你还会进货的，是吗？”

燕之屋销售人员：“嗯。”

在一些高档饭店，血燕也依然在卖。

记者：“血燕不是都报了，不让吃了吗？”

饭店工作人员：“那就是前段时间新闻报道查出一批血燕是亚硝酸盐超标，就是那一批。我们这儿没事。我们直接从香港拿的货。我们老板是香港人，从印尼直接发的货到香港。我们不会因为报道血燕就卖不动了。”

记者："血燕卖得还是很好？"

饭店工作人员："对。还是一样。"

（北京某酒楼）

记者："它们两个相比是血燕的质量更好？以前你们卖的也是血燕？卖得好吧？"

酒楼工作人员："对。就是血燕卖得好。血燕含矿物质比较多，像铁什么的，营养价值比较丰富。过了这段时间估计血燕还得重新上市。"

血燕销售禁而不止的原因之一，就是很多人依然相信血燕比白燕更珍贵的说法，那么这个说法真的成立吗？所谓经过严格把关的血燕真的就没有问题吗？为了澄清这些谜团，记者在血燕的原产地马来西亚和印尼展开进一步调查。

凤凰集团（燕窝）贸易公司是向中国大陆销售燕窝的公司之一，也是那场假新闻发布会的参与者，我们的调查首先从这里开始。

庄琳光是凤凰集团（燕窝）贸易公司的负责人之一，根据查到的地址，我们来到了这家公司。

记者："我现在在槟城的永义兴参茸药行，据有关部门调查，这家药行的主人庄琳光在 7 月组织了浙江的假新闻发布会。"

记者："庄琳光在吗？"

店员："这里没有庄琳光。"

记者："这是他的公司吗？"

店员："这哪里是他的公司？"

记者询问了周边几家店铺，得到的都是肯定的答复，这就是庄琳光的店铺。接下来，记者继续寻找，终于找到了庄琳光的家。

记者："这是庄琳光的家吗？他现在在哪里？"

家人："在店里。"

店里和家里都找不到人，对方显然是在回避。记者转而向马来西亚农业及农基工业部反映此事。通过斡旋，记者终于见到了庄琳光。而和他在一起的两个人，看起来似曾相识。

原来，他们就是出席新闻发布会的两名马来西亚人。一位是出席那场新闻发布会的所谓马来西亚进出口卫生部出口检验局总监拿督凯孺哈兴，另一位是所谓的马来西亚濒危物种进出口管理局局长拿督珉阿膜。

记者："这两个人的真实身份是什么？"

马来西亚凤凰集团（燕窝）贸易公司总经理庄琳光："是我手下。他们给我申报燕窝那些东西。我是为了提高这两个人的身份，中国朋友问我，这两个人是什么身份，就说这两个人是官员。"

至此，这场山寨新闻发布会的炮制过程真相大白了。它由广东佛山合盈药业有限公司出面组织，马来西亚凤凰集团（燕窝）贸易公司参与实施，而假冒政府官员的就是凤凰集团的两名员工。这场假冒新闻发布会的目的就是想扭转血燕在中国市场销售不利的局面，保住他们的商业利益。

据了解，马来西亚的燕窝90%销往中国，中国市场关系到这些燕窝生产公司的兴衰存亡。中国人有食用燕窝的习惯，而关于血燕还有一个美丽的传说，那就是血燕是金丝燕临死时吐血而成的，所以红色的燕窝一直被认为比白色的燕窝更为珍贵，因而在中国大陆市场备受推崇。

那么，血燕的真相到底是什么呢？我们在进一步的调查中得到的答案令人吃惊。

马来西亚燕窝商联合会秘书长骆翠莲："有一个关于血燕的传说，流传已久。传说是这样的，燕窝是由金丝燕吐唾液结成的，血燕是金丝燕一直不停地吐唾液，直到吐血，所以燕窝是红色的。正因为这个传说，血燕的价格远远高于白燕。但实际上根本没有这回事。这只是一个传说，根本没有血燕这种东西。"

据骆翠莲介绍，在马来西亚，燕窝分为洞燕和屋燕两种。在山洞里生成的天然燕窝叫作洞燕，筑巢在燕农人工搭建的屋子里形成的燕窝叫作屋燕。

屋燕只有白色一种，而洞燕绝大多数呈白色，只有绝少部分因为被岩壁的矿物质和水滴渗透，燕窝呈现出不规则的晕染状红色，叫作红燕。但是这种天然形成的红燕，颜色并不是血燕那样的血红色，它与血燕也没有丝毫关系。那些销往中国市场的所谓血燕，完全是人工制作出来的。

骆翠莲：“血燕是人造的，是把白燕窝经过染色变成红的，这也是为什么你看到所谓的血燕的颜色非常非常红，那种红色是不自然的，是把白燕窝人工染色的结果。”

黄裕仁是马来西亚沙捞越燕窝进出口商会的前任主席，他做燕窝生意已经20多年了。

记者：“最早是怎么想到做血燕的呢？”

黄裕仁：“其实血燕是一个医生研究出来的，他做出来然后人家可能好卖，他里面的员工有的觉得，我老板都做得很好，我出去搞，去教人教课，一直传一直传。那些要赚钱的中介专门推这个血燕的，就讲血燕很好、很补啊什么的。”

马来西亚和印尼的相关人士坦言，血燕其实就是为中国大陆人量身订做的。

印度尼西亚燕窝商IDA：“因为一些人相信血燕是好的，我们不能改变他们的想法，所以他们想要红色的，我们就生产红色的，如果他们想要黄色的，我们就生产黄色的。我认为白色的燕窝更健康，我不知道他们为什么做成红色的。实际上我原来不生产血燕，直到中国大陆那边下订单，我才生产血燕。”

印度尼西亚燕窝商BUDI：“我们红色的血燕都销到中国大陆。马来西亚不要，新加坡不要，台湾不要，主要是香港买红色的，而且我知道香港红色的燕窝都销往大陆，到大陆的每个地方。”

就这样，原本子虚乌有的血燕经过人为炒作，精心包装，登上了大雅之堂，成为所谓的滋补极品，而且，这号称纯天然的血燕，竟然是为中国大陆量身订做的。那么这所谓的血燕，究竟是如何加工做出来的，又是怎么进入中国大陆的呢？请关注我们的后续调查。

（《焦点访谈》2011 年 10 月 10 日）

血燕的神话与真相（二）

在之前的节目当中，记者调查发现，昂贵的血燕只不过是染了色的劣质白燕，还是对人体有害的毒燕，而且这样的赝品居然就是为中国大陆市场量身订做的。

极品竟然是劣品，神话原来是谎话。事实的真相令人震惊。那么这所谓的血燕究竟是如何加工出来的，充斥中国大陆市场的大量血燕又是通过什么样的渠道进来的呢？

在马来西亚的沙捞越州，记者见到了经营燕窝多年的黄裕仁先生。当被问及血燕是如何加工出来的时候，黄先生笑答，对许多中国的消费者来说，血燕的加工过程或许还是个秘密，而在马来西亚和印尼燕窝业内，这早已经是公开的事情。

马来西亚燕窝商黄裕仁：“血燕有很多种做法，讲也讲不完的。人家有比较好的做法，每一家都会跟着做。”

记者：“有多少种做法呢？”

黄裕仁：“它的做法只要求你使它颜色漂亮，可能掺的东西不一样。”

血燕的制作方法有多种，但最传统、最常见的方法就是用燕子的粪便进行熏蒸。

在印度尼西亚的泗水市，当地的一位燕窝商把记者带到他家里，讲了他制作血燕的方法。记者看到，在二楼的房间里，有一个用木板隔出的小间，燕窝商强调这里是不会轻易让人看的。

印度尼西亚燕窝商甲："现在都会做红色的。"

在这个隔出来的小间里，有三个用木桶和铁皮做成的箱子，箱子有盖，可以打开，侧面有一个小门可以填充原料，每个箱子内部都堆满了塑料袋。燕窝商告诉记者，里面装的就是燕子的粪便。

印度尼西亚燕窝商甲："这个都是那个燕子的大便。"

记者："粪便是吧？"

印度尼西亚燕窝商甲："用来做红色的燕窝。"

记者："这是燕子粪便？就放在这儿？"

印度尼西亚燕窝商甲："放在里面。"

记者："就是掀开这个盖子，是吗？"

印度尼西亚燕窝商甲："对。"

记者："然后呢？"

印度尼西亚燕窝商甲："把这个盖子开起来。"

记者："把这个装有燕子粪便的塑料袋拆开？然后放在那里面？"

印度尼西亚燕窝商甲："对。我们老家有七个这样的。"

就这样，将普通的白燕窝放在装满燕子粪便的箱子中，大约 10 天之后，燕窝就被熏成了红色，变成了血燕。

雅加达的一位燕窝商说，各家制作血燕的方法和过程略有不同，他自己就有一些独家的技术要领。

印度尼西亚燕窝商乙："它要用火烘、烘红，懂不懂？做个土池，就跟柜子一样。做个大土池，把燕窝放进去。完了再放个网，把鸟粪盖上去。"

记者："那个鸟粪不会沾染到那个燕窝上面吗？"

印度尼西亚燕窝商乙："不会。没有事情的，高温情况下四天就变红。"

记者："怎么来的高温呢？"

印度尼西亚燕窝商乙："要烘，用火烘。"

记者："用火烘？"

印度尼西亚燕窝商乙："对。稍微用火烘一下。然后再盖住，时间久了它就红了。燕窝脏，又不好洗，懂不懂，发霉了不好洗，把它弄成红色就看不出来了嘛。"

燕窝一旦被染成血燕那样的赤红色，它原有的异色和杂质就会被遮盖起来，显得纯净而漂亮。正因为如此，那些杂质多、成色差的燕窝往往被用来制作血燕。

另一位印尼燕窝商告诉我们，他就有 200 公斤的燕窝因为太脏无法清洗干净，所以才要做成血燕。

在他家楼顶的平台上有七个水泥池子，里面装的是燕子的粪便。

印度尼西亚燕窝商丙："燕窝放在这边，鸟粪盖在上面，这个关掉，闷红，要闷，就在里面闷十天，开了，就是红色的。"

为什么用燕粪熏蒸的血燕含有大量亚硝酸盐？亚硝酸盐能否完全溶于水？中国农业大学食品科学学院的一位专家给出了这样的解释。

中国农业大学食品科学与营养学院副教授朱毅："因为鸟粪里面含有吲哚、粪氮源，这些东西都是含氮的物质比较多，然后在发酵的过程当中、腐败的过程当中，它生成了亚硝酸盐，大量的亚硝酸盐。我们做实验做出来，浸泡十多个小时以后它大概能够消除 50%，最后到 300~400 毫克每千克，对咸肉、腌肉，最高的残留标准是 70 毫克每千克，这个数字远远高出了咸肉、腌肉。通过浸泡的话很难达到 3~5 毫克每千克这个标准。"

也有一些人觉得用燕子粪便熏蒸的办法去做血燕耗时太长，于是还会添加其他成分，以这种方法缩短燕窝变红的时间。至于添加的到底是什么物质，这位经销商始终也没有透露给记者。

黄裕仁："添加那些比较厉害的东西。"

记者："是什么？"

黄裕仁："添加那个，可能三四天就出来了。"

记者："添加什么？"

黄裕仁："经过检验才会知道那个东西。不是每一家都是这样做的。可能是最近销售比较快，他们要加快速度，这样才有钱赚。"

作为出口方，马来西亚和印尼的生产商和经销商都对所谓的血燕制作过程心知肚明，那么中国国内的经销商是否也清楚这一点呢？

黄裕仁："生意人就是真的为了金钱。卖的人，这个加工应该会知道，你也来工厂看过，怎么你还卖这个血燕？你应该不可以讲（血燕）好，应该讲不要吃。但每个人做生意都是为了赚钱。"

国内燕窝商甲："血燕是染的、熏的，也不是一年两年，一直这样说下来，只不过没有一个很高的曝光力度，它就这样一直被掩盖下来，其实血燕做假，反正这个行业的人应该都知道。"

在这场炮制出来的血燕闹剧中，唯一被蒙在鼓里的是消费者。普通燕窝甚至劣质燕窝经过一番肮脏不堪的制作，再加上华丽精美的包装，就摇身变成了传说中的血燕，燕窝中的极品，受到中国消费者的追捧，而且越昂贵越有市场。

消费者甲："因为物以稀为贵，价格高的肯定好，有面子，有档次。"

消费者乙："现在中国人很多都追捧这种东西，越贵的东西越追求。"

消费者丙："我们身边的这些朋友都认为要买东西，买那个送礼，要吃吃血燕，要送礼送血燕，说这个东西是好东西。很稀少，很稀有，认为稀有的东西就是好的。"

消费者丁："在某种程度上是一个符号，是奢侈品的一个符号。"

经销商编织神话，消费者盲目崇拜，使血燕的市场销售长盛不衰。中国是全球最大的燕窝消费地，据有关人士估算，每年的燕窝消费超过200亿元人民币，这其中血燕占了很大的比例。由于中国国内很少生产燕窝，充斥国内市场的血燕基本上产自马来西亚和印尼，而这些燕窝除了极少部分是通过正常渠道进口的，其余绝大部分是走私的所谓水货。走私的燕窝偷逃了25%的关税，利润更加丰厚。

印度尼西亚燕窝商 BUDI："通常情况下，都是通过中国香港。我们有很多中国大陆的客户，但我们不能直接销售到中国大陆，也许一公斤还行，多于一公斤的就空运到中国香港，我们送到香港的公司，大陆的客户一般在香港都有办公室。从香港怎么运到大陆，我就不知道了。"

国内燕窝商乙："中国香港是个自由港，印尼或者马来西亚的燕窝通过邮包的形式、或者用飞机快运的形式运到中国香港，然后通过水客带到中国大陆。现在海关可能允许每个人合法带两公斤进来，就是他们在上水那一带招来一些香港的老头老太太，然后通过蚂蚁搬家这种形式，化整为零地运入大陆，这样就可以免去关税。"

燕窝被水客带入内地，又由专人发往全国各地。这样在原产地每克 6~10 元的血燕、经过层层转手，最终到了消费者手里，达到了每克 50 元至数百元。饭店酒楼销售的血燕菜肴更是贵得惊人，而血燕往往比白燕贵 20%。

消费者："我们花了那么多的钱去买它，而且吃了以后呢，这些东西是化学制品制造出来的，我们的身体又受伤害了，我觉得就是一种悲哀。"

血燕的神话流行了多年，人们花高价买到的不过是假冒伪劣产品，荒唐的闹剧留给我们深刻的反思。

浙江省工商局局长："这次血燕的监管实践，其实更多地给我们带来了一些监管上的警示。在市场开放的条件下面，监管部门应该要有所作为。"

由于绝大部分血燕是通过不正常的渠道走私进来的，逃避了海关的检验环节，也加大了对血燕监管的难度。所以如何建立更加科学、更加完善的监管体系，在日常工作中对此类产品进行更加严格、更加有效的监督和管理，这给各个有关部门提出了新的课题。

劣质燕窝经过鸟粪熏蒸，摇身变成了滋补极品，让中国大陆的消费者不仅破了财还损害了健康。血燕的真相在国内外的商家那里早已是公开的秘密，但是在我们这儿却迟迟没有被发现。一方面，我们需要加强对进口流通等环节的监督检查和对行业的规范，另一方面，我们也应该反思，造假者为什么瞄准了中国大陆市场。

宣传夸张、价格昂贵的血燕为什么会受到追捧？有的人消费，为什么只买贵的，不买对的？有需求就有市场，如果不消除这种畸形消费的动力，那么类似于血燕的笑话就还会重演。

（《焦点访谈》2011 年 10 月 11 日）

免费农网改造　凭啥农民买单

农村电网改造，是为了更换农村地区陈旧老化的输电设施，保障农民生产生活用电。2011 年，贵州省遵义县西坪镇进行农村电网改造。按规定，这次改造由国家出资，农民不用掏一分钱。这本来是件大好事，可西坪镇的村民们为了这件事却很闹心，究竟是为什么？

黄兴志家住西坪镇大同村一个半山腰上，这里通电已经有 20 年了，可不久前家里突然断了电，这户人家只好又过上了点蜡烛的生活。

记者："现在家里怎么还点蜡烛呢？"

西坪镇大同村村民黄兴志："因为这个农网改造，旧电杆拆了，新电杆还没有安。"

记者："像这种情况已经持续多久了？"

黄兴志："到今天（11 月 29 日）正好 50 天了。"

过去大同村里用的都是木电杆，安全隐患大，生产生活用电也得不到保障。2011 年年初，遵义县供电部门准备对大同村进行电网改造，木电杆要换成水泥电杆，这可是村民们一直期盼的大好事。

在老黄家门前，记者看到为了立新电杆，有些树已经被砍伐了，坑洞也挖完了，木电杆上的线也被拆除了，可是新电杆却迟迟立不起来。

黄兴志："因为没有交钱，他们就不给我们插电杆。"

记者："一共要交多少钱？"

黄兴志："一共 5700 多元。"

据老黄介绍，村里把新电杆的数量分摊到各家各户，他们家一共分到了 8 根电杆。由于每家距离变压器的位置不同，每根电杆搬运、安装的费用也就不同。老黄家门口的电杆因为距离变压器较远，费用就高，要 1000 元一根，稍近一点的也要 900 元，其他电杆还有 800 元、700 元、600 元、500 元，费用不等。老黄一家三口靠种粮、种辣椒讨生活，一年收入还不到 1000 元，怎么也交不上这 5700 多元的费用。

住在对面的黄文刚家，也遇到了同样的情况。记者来到他们家时，他们刚刚用上电没几天。

记者："你们家的电是什么时候来的？"

黄文刚妻子蔡萍会："10 多天前，之前没电，给我们停了。"

记者："多长时间没有电？"

蔡萍会："30 多天。"

记者："怎么会停电？"

蔡萍会："他们就说我们不交施工的电杆费，就不给我们来电。"

记者："那你们家交了多少钱？"

蔡萍会："4750 元。"

因为凑够了钱，黄文刚家分摊到的 9 根新电杆才立起来，家里才用上电。

大同村里，还有些村民因为没有交钱不能进行电网改造，仍在使用旧电杆。在村子的路边，记者随处可见沿路堆放的水泥电杆。村民们只有交了钱，这些电杆才能被抬到指定地点替换旧电杆。

通过调查，记者发现除了大同村，周边其他村也存在着只有交钱才能进行电网改造的现象。村民说，这钱不交不行。

西坪镇大同村村民唐振山："不掏钱他就不安电杆，你交不了钱也要想办法。”

记者：“想什么办法？”

唐振山：“不管什么办法，你是借呀还是其他什么的，反正你自己想办法。”

据了解，西坪镇电网改造项目属于2010年遵义县农网升级改造工程的续建工程，凡是在涉及范围内的线路都应该进行改造，不讲条件，资金来源全部是国债资金。也就是说，这次农村电网改造全部是国家投入，不需要农民掏钱。那么西坪镇的村民为什么还要自己掏钱呢？

记者：“知道这收的是什么钱吗？”

黄兴志：“他们这个人工费。”

记者：“干什么的人工费？”

黄兴志：“栽电杆的人工费。”

村民所说的人工费，是指在农村电网改造中，挖坑、运杆、立杆、放线等所需普通工的费用。根据国家能源局2009年颁布的《20kV及以下配电网工程预算定额》规定，电网改造中各种人工费已经纳入了工程预算。也就是说，人工费全部由施工单位承担，与当地村民没有任何关系。可为什么大同村的村民们还要承担这么一大笔人工费呢？

据了解，大同村农网改造工程的施工单位是广州城市电力工程有限公司。2011年年初，该公司经过招投标承包了遵义县5个乡镇的农网改造工程。工程开始后，施工单位并没有按照施工合同要求，自己开展挖坑、运杆、立杆、放线等工程，而是来找大同村村委会商量此事。

在广州城市电力工程有限公司的要求下，大同村村委会和他们签订了一份劳务分包合同，挖坑、运杆、立杆、放线等工作由村里组织、村民自己干，完工后施工单位按每根电杆140元的价格给村里结算。

记者拿着这份劳务分包合同，找到遵义县供电局询问。

记者："广州城市电力工程有限公司遵义项目部能不能进行劳务分包？"

遵义县供电局计划建设部主任何德鹏："不允许分包。"

记者："不允许，那也就是说只能自己雇用劳动力？"

何德鹏："对。"

作为施工单位的广州城市电力工程有限公司，为什么不自己雇人干而要将劳务违规分包给大同村村委会呢？

广州城市电力工程有限公司遵义地区项目部联络人张和平："我们主要是考虑到直接和老百姓面对面谈价不容易谈拢，老百姓很可能漫天要价。"

记者："那你们是有节约成本方面的考虑？"

张和平："反正有那一层意思。"

看来，广州城市电力工程有限公司是为了降低工程成本支出、获得更大利润，所以采用了向村委会进行劳务分包的办法。那么，每根电杆支付 140 元这样的费用是否符合当地实际情况？

记者："这项工作能不能干得下来？"

西坪镇大同村委会副主任刘弟勇："干不下来。"

记者："为什么？"

刘弟勇："因为我们这里是山区，远。"

记者："那干不下来，为什么要跟施工单位签这么一个合同？"

刘弟勇："整个西坪镇（施工单位）都是补贴 140 元。因为到处都改了，我们村没有改，所以一直动员村民尽量改。"

大同村地处山区，村民们居住比较分散。在这里运杆、立杆，平均人工费也要每根电杆五六百元，显然 140 元的人工费还远远不够。

据了解，农网改造工程在结算时，作为业主的供电部门会根据工程具体地形情况，按照相应的定额要求给施工单位支付人工费，也就是说能够保证施工单位在地势复杂的地区施工的人工费支出。看来，广州城市电力工程有限公司不仅违规进行劳务分包，还压低了本应由自己承担的人工费，让当地群众不得不自己想办法完成挖坑、运杆、立杆、放线等工程。

由于当地外出打工的人比较多，缺少劳动力，因此村民们不得不出钱雇人干这些活。据统计，大同村每家每户至少要出四五百元，有的甚至高达七八千元的人工费用。

记者：“这笔钱你们愿意交吗?”

西坪镇大同村村民黄文刚：“不愿意交，谁家都不愿意。”

记者：“为什么?”

黄文刚：“因为国家有这个政策，什么都不要我们农民负担。让我们这些农民掏钱，太不合理了。”

在农村电网改造过程中，以任何方式向群众收费都是不正确的。这种乱收费的做法该由谁来监管？据了解，负责西坪镇农网改造工程的业主单位是遵义县供电局下属的团溪供电所。

“这个我们肯定不可能管，作为供电所今年（2011 年）几千万的工程量，这些都管？肯定管不了。”面对记者的问题，团溪供电所所长吴延刚是这么回答的。

按照职责要求，供电所在负责农网改造工程施工安全质量的同时，也要监管施工单位向群众乱收费的问题，但当地供电所却没有履行职责。

遵义县供电局又是如何看待这一现象的呢？据施工单位介绍，他们曾将这份劳务分包合同上报遵义县供电局，尽管遵义县供电局认定签署这样的劳务分包合同是违规的，但他们在知晓后并没有制止这一行为。

正是由于遵义县供电局默许了这一做法，使得广州城市电力工程有限公司顺利与西坪镇多个村违规签署了劳务分包合同，造成本该由施工单位全部承担的农网改造人工费，大部分被分摊到了村民身上，最终出现让村民自己出钱搞农网改造的现象。

遵义县已经采取了相关措施进行整改，要求全县农网改造当中有集资行为的立即清退、有投劳行为的立即结算工钱，并且成立联合工作组展开调查，对负有责任的团溪供电所所长吴延刚做出停职检查处理。遵义县供电局也要求各供电所做好辖区农网改造施工单位的监管工作，发现无偿用工和集资摊派现象，坚决制止。

国家投入巨资进行农网改造是为了惠农利农，却由于中间环节监管不力，好事到了下边走了样。国家的好政策，想要落在实处，必须层层落实到位、执行有力，百姓才能真正受益。

（《焦点访谈》2011 年 12 月 21 日）

酒色陷阱

说到“托儿”这个词，大家并不陌生，房托、医托、车托、学托……形形色色的托儿，靠的是忽悠蒙人，为的是骗人钱财。有一种托儿，他们在网络和现实中神出鬼没，他们的姓名、性别、身份变幻莫测，他们布下诱饵等愿者上钩，受骗者上了当却忍气吞声……这到底是些什么托儿呢？

小王大学毕业后，只身一人在天津工作。一天，他在网上遇到了一个网名叫作“一夜情”的女孩。女孩热情主动，言语也十分大胆，她说自己一个人在家，要求见面。

小王把手机号码给了对方，没过多久，女孩打来电话，约他在天津市滨江道附近的滨江商厦见面，小王如约前往。见面后，女孩自称叫林丽丽，她提议找个地方聊聊。正巧附近有一家名叫“红白蓝”的咖啡吧，她带小王走了进去。

“她点了一杯红酒、一个干果、一个水果沙拉，好像当时第一笔就消费了1000多元。”小王回忆说，咖啡吧要求客人每次点餐后立即结账。尽管他觉得价格贵得有些离谱，可当着新结识的女友的面，他还是爽快地买了单。没想到，单买了，东西吃了，女孩却丝毫没有要走的意思。

小王：“她说红酒不好喝，然后又要了一瓶红酒。”

记者：“第二瓶红酒是多少钱？”

小王：“1200元、1300元左右。”

记者：“那瓶红酒是什么牌子的？”

小王：“没有牌子，一个瓶子里面装了一些自己调制的红酒。没有任何的厂家标识，也没有任何一个正规的商标名称。”

小王第二次结账，又是 1000 多元。见他出手大方，这个林丽丽又点了几瓶香槟，第三次结账，又是 4000 多元，小王硬着头皮买了单。而此时，女孩的电话响了，说公司有急事，她站起来，出门打了个车就走了。

这时，小王突然感到自己可能被骗了。果然，他回家以后再给林丽丽打电话，就没人接了，同时他的 QQ 号码也被对方拉入了黑名单。

记者：“一共被骗了多少钱？”

小王：“应该是 6700 元、6800 元左右。最后说实话也没有这个消费能力了，已经被骗得差不多了。”

记者：“你为什么一而再、再而三地愿意为她买单呢？”

小王：“说实话，就是比较有想法吧。”

拿着小王提供的地址，记者找到了这家“红白蓝”咖啡吧。此时，咖啡吧中没什么客人，服务员在闲聊。记者进了门，想点单，没想到服务员对送上门来的生意似乎并没有兴趣。

咖啡吧服务员：“我们这包场了。”

记者：“果汁都喝不了啊？”

咖啡吧服务员：“都包出去了。”

服务员不接待，记者便守候在咖啡吧附近观察。不一会儿，就见到一男一女走了进去，10 多分钟后，他们从里面出来，很快分了手。看到那名男青年不停地拍打着自己的头，记者便走了过去。

男青年姓刘，他告诉记者，那个女孩是在网上结识的，对方提议在这家咖啡吧坐坐，点完单没多久人就走了。

小刘：“她点了两个红酒、一个奶茶，还有一个果盘。”

记者：“一共花了多少钱？”

小刘：“总共加起来花了 1900 多元吧。”

记者：“你是不是怕被家人知道？”

小刘：“你说呢？记一次教训得了。”

小刘的经历听起来与小王十分相似。记者上网查询有关这家“红白蓝”咖啡吧的信息，赫然发现很多网友都在诉说在这家咖啡吧被骗的经历，有的被骗数百元，有的则多达上万元。这家咖啡吧到底隐藏着什么秘密？

根据网友提供的信息，记者以应聘者的名义，通过QQ辗转联系到了咖啡吧负责人。为了拉记者入伙，他把近日的流水单传过来，用来说明他们生意红火的程度。

流水单上显示了每天客人的数量和消费金额。记者随机选取了几个客人的手机号码拨了过去，果然这几个人都有在“红白蓝”被骗的经历，有一位花了1万多元，另一位记得自己花了7070元，后悔自己当时抱着占便宜的心理。

在一张流水单上，记者注意到除了电话号码和消费金额，还有两列人名，这又是什么意思？随着与咖啡吧负责人交谈更深入，记者搞清了其中的奥秘。

其中一列是咖啡吧雇用的人员，俗称“键盘手”，“抓抓”“元少”“涛少”等，是这些键盘手的网名，他们专门负责在网上装扮成女孩寻找男性聊天，骗取对方的联系方式。而另外一列，“张琪”“张萍”“林丽丽”等，其实是虚拟的女孩名字，用来实施下一步的骗术。

为进一步调查，记者向咖啡吧负责人表示可以应聘为键盘手，并说已经按照他的要求，用“乔若溪”这个名字在网上钓到了一个客人。记者提供的所谓客人的电话，其实是记者自己的手机号码。半小时之后，记者接到了一个女孩的电话，这个女孩自称“乔若溪”，这正是记者告诉咖啡吧负责人的，看来骗局已经开始了。

酒托女：“我是乔若溪。你在哪里？你什么时候过来找我？”

记者：“你现在在哪里？”

酒托女：“我现在在北京啊，你是在北京吗？”

可能因为记者提供的是北京的手机号码，这个自称乔若溪的女孩的电话也是北京的，她约记者在北京见面。由于当时记者的调查重点是天津“红白蓝”咖啡吧，所以没有赴约。

随后，记者重复上一次的做法，告诉咖啡吧负责人，自己又用“臧丽芳”的名字在网上钓到了一个人，这一次留下的客人电话是记者在天津的临时手机号码。果不其然，3 小时后，一个自称“臧丽芳”的女孩打来电话，约记者见面。之后不出所料，她把记者带到了“红白蓝”咖啡吧。

落座后，记者想看看酒水单价，女孩却把菜单抢了过去，非常熟练地点了干果、茶水和果汁，服务员随即过来要求结账。

记者：“这一共多少钱？”

咖啡吧服务员：“450 元，谢谢。”

记者：“就这点东西 450 元？”

酒托女：“钱带得不够啊？”

记者：“这也太贵了吧？”

酒托女：“我在北京喝壶茶还五六百元呢。”

咖啡吧服务员：“麻烦您先买一下单，现金、刷卡都行……收您 500 元，稍等一下，给您找零。”

记者交了 500 元，对方却不找钱。刚喝了两口饮料，这位臧丽芳又要点酒水。

酒托女：“有啥酒啊？”

咖啡吧服务员：“现在只有红酒。”

酒托女：“你给我个瓦莱。”

记者：“什么？瓦莱？”

酒托女：“你没喝过红酒啊？瓦莱，法国产的。”

记者：“多少钱？”

咖啡吧服务员：“840 元。”

酒托女：“这么便宜啊。”

记者：“我跟你说，这酒是假的。”

酒托女：“哎呀，你怎么那么多事。”

记者：“这不是红酒。”

酒托女："那这是什么啊，饮料啊？喝还是不喝啊？"

记者说自己曾做过葡萄酒生意，很懂行。听到这话，服务员便上来把酒收走了，女孩立刻面露不悦之色。

记者："把你们经理叫过来。"

酒托女："你给我闭嘴，咱俩是出来玩来的，不是跟你惹事来了，听明白了吗？"

几分钟之后，号称臧丽芳的女孩声称有别的事，起身离开。

至此，记者通过体验，终于搞清了这个骗局的全过程。首先，咖啡吧雇用键盘手以女孩的名字在网上物色行骗对象，然后把上钩者的联系方式告诉咖啡吧负责人，该负责人派专门的酒托以女网友的身份约对方见面，最后把他们带到"红白蓝"咖啡吧强制消费。

那么，这里的经营规模如何？以下是记者以键盘手的身份与咖啡吧负责人在网上的对话。

记者："你店在哪？有几家？"

咖啡吧负责人："天津滨江道、北京朝阳，干好几年了。"

记者："北京的店流水怎么样？"

咖啡吧负责人："还可以吧，平均一天五六万。"

记者："比天津好？"

咖啡吧负责人："天津比北京好。明天周五，争取干到10万流水。"

酒托近年来遭到各地公安、工商等部门屡次打击，但由于其操作手法隐蔽，取证困难，所以屡打不绝、难以根除。有的酒托头竟然在一些贴吧论坛上发广告，公然招聘酒托女、键盘手，组织团伙行骗。对于这样的违法行为，需要多方联手，抓住要害，采取更有针对性、更有力度的措施加以遏制。

（《焦点访谈》2012年8月5日）

这里的冬天有点儿渴

2012 年到 2013 年的冬季特别寒冷，人们称为“极寒”。生活在这么冷的气候下，东北人有个传统说法——“猫冬”，就是要尽量躲在屋子里，减少户外活动。可是《焦点访谈》记者却在黑龙江双城的一个社区里见到了一些反常的场面。

朱于坤，一位胃癌晚期患者，总要到相隔一里地远的亲戚家去打水；杨运泽，一位残疾人，轮椅本来是他行走的工具，现在却变成了他运水的工具；两位 80 多岁的老人，拖着两个空水桶行走在冰天雪地，却不知道究竟能到谁家去打水……

他们都是黑龙江省双城市磷肥厂家属区的居民，在寒冷的冬季四处奔波，只为能找到生活所必需的水。

记者：“你也是取水的？”

双城市磷肥厂家属区居民甲：“那你看看，没水呀！”

记者：“你们这里没水多长时间了？”

居民甲：“8 个多月了。”

居民乙：“都是找水去了，我们不找水吃啥啊？”

居民们为什么会没有水吃呢？

记者了解到，这一片统称为工农社区，地处双城市建工村。过去这里有磷肥厂、洗涤剂厂、亚麻厂、化肥厂等很多老厂子，由于基础设施不到位，吃水问题各厂都是靠自己打井解决，多年来居民们也一直延续着靠吃井水生活的状况。

彻底断水的磷肥厂家属区，有大约300户人家，他们过去曾经有过一口井，但因年久失修，井已经不能用了。2011年9月，当地政府又打了一口井来解决居民的饮水问题，但令人费解的是，这口井却打在了垃圾堆上。

双城市磷肥厂家属区居民张树山："四五十年的垃圾堆，在上面打的井，水臭，还黄，还有油。"

记者："井打在这个地方的时候，老乡有没有意见？"

张树山："有意见！太有意见了！不让打，人家说没地方，强制在这垃圾堆上打的井。"

记者："2011年打的这口井用到了什么时候？"

张树山："用了不到一年。"

按说打井选址应该经过科学论证和严格把关，怎么会把井口直接开在垃圾堆上呢？而且原本规划上百米的深层井只打了58米，抽上来的地表水水质极差，居民们勉强用了一段时间，就开始向市里不断反映。但这口井打得再不是地方，水质再差，那段时间他们至少还有水用，从2012年5月开始，这里就彻底断水了。

原来，当地政府要在这里进行自来水工程建设，给每家每户都通自来水。2012年5月25日，这一工程开始破土动工。刚一开工，居民家里的井水管就被剪断了。

水一断就是整整8个月，夏天还过得去，可偏偏赶上了近28年来最冷的一个冬天。做饭、洗衣、拖地等，哪一样也离不开用水，居民们只能各自想办法。有人到别的厂的亲戚朋友那里去讨水，有人下班从单位打了水驮回家，有人则在自家小院里打井取水。不过周边厂区的水质状况也不太好，自家打的浅水井抽出来的都是地表水，水质更是堪忧。

在一户自己打井的居民家里，记者看到打上来的井水又黑又黄，混浊不堪。

记者："这个水现在这么黄？"

双城市磷肥厂家属区居民："对，这都是放了3天的了。"

记者："这水你们用来吃还是洗衣服？"

居民："用来吃的。"

记者："哎哟，这水……"

不过，能够自己打井取水的毕竟是少数，更多的人是像老朱一样到处去讨水。

一天，老朱又准备去亲戚家里打水，记者决定和他共同体验一次取水过程。

记者："他经常来，是吧？"

朱于坤亲戚："对，这是亲戚没招了。"

记者："这一桶水能有多少？"

朱于坤："这是70斤的，两个水桶一挑。"

70斤左右的一桶水，记者提了一下感到很吃力，身患癌症的老朱，却不得不忍着病痛去拎。

取水当天气温低至零下27度，老朱说当年最冷的时候有零下34度，但他每隔三四天就要这样来取一趟水，一公里多的路，在这个寒冷的冬季显得格外漫长。8个月里，老朱在这条路上来来回回走了100多趟。跟随老朱走了这一趟，记者也真正体会到了居民们取水的艰辛。

吃水难，如果发生在干旱的西北或者是偏远的山区，我们也许还能够理解。可一个紧靠城市几十年的老社区，为何会出现吃水难的问题？据居民们说，他们多次就吃水问题找相关部门反映，但问题始终没有得到解决。于是，记者决定跟居民们一起再去找找相关部门。

大家先是给市长热线打了电话。

朱于坤："我是工农社区的，我打听打听，（2012年）12月25日给我说元旦必须吃上水，到现在也没有来啊……我上哪去问？"

市长热线工作人员："信访局。"

记者跟着居民们又来到双城市信访办。

朱于坤："你说我来多少趟了？"

双城市信访办工作人员："一会儿自来水公司来领导，我们领导也参加，你们也参加，共同商量你的水咋整。"

信访办的工作人员做了登记，也通过电话联系了相关部门。等了两个多小时，经过再三催问，终于等来了双城市自来水集团技术室主任汪振富，他说管网已经铺设完成，2013 年 5 月 15 日之前能让居民吃上水。

这位领导一竿子就将通水时间支到了 5 月 15 日，也就是说，这里的居民至少还要再等四个多月才能有水吃。那眼下吃水的问题谁来解决？对这样的答复居民们并不满意，他们想让信访办往市长那里反映反映，快一点解决问题。

朱于坤："我要见市长，能不能让我见见市长？"

信访办工作人员："我们给你往上反映。"

朱于坤："我们等不到 5 月 15 日吃水，我们的水，生命之源！"

信访办工作人员："那你换位思考，你说怎么办？"

朱于坤："现在我们吃水这个问题怎么解决？"

信访办工作人员："你打 58124814，该找哪个部门就去找哪个部门。"

朱于坤："你来回支使，刚才那个老总都来了，他说他们办不了。"

信访办工作人员："现在你让人怎么办？"

还是没能得到满意的答复。居民们想起过去为打井的事曾找过市政府，当时有位副市长接待了他们，他们想再去找找看，但这次却没能找到人。

朱于坤："我来过 30 多次了。"

记者："信访办也去了好多次？"

朱于坤："我去过得有 20 次。"

这一天，老朱等人从早晨8点钟出门，一直到下午1点多钟，来回跑了几个部门，吃水问题依然没能得到解决，他和几个居民只能各回各家继续等待。

每次回到家，他都要宽慰老伴："吃吧，没事，过几天就来水了，你不用心疼我，累不着，我没问题。"

但面对记者，老朱道出了一肚子苦水："多次去找也不行，说施工有困难。我就纳了闷，我说中国科技这么发达，'神九'能上天，人都能上太空、上月球去，俺们老百姓吃点水就比登天还难？"

吃水肯定不会比登天还难，可300户居民的确有8个多月没有用上水了，原因到底是什么？真的没办法解决吗？

记者梳理了一下，居民没水吃的第一个原因，是政府出资两万元打井，却打在了垃圾堆上，井水水质极差，不能饮用。

记者："比方说夏天下雨，污水会渗到地表以下去，你们当时是怎么考虑选址在这个地方的？"

双城市水务局局长刘业彬："主要是考虑当时应急供水，如果长期供水肯定不会选择到这来，肯定要考虑周边有没有垃圾，老百姓吃水安不安全，污不污染，这我们得考虑。"

居民没水吃的第二个原因，是2012年5月底政府决定给各户安装自来水时，将原来通井水的管线剪断了。

记者："还没改造，怎么就把水给断了？而且断了8个月。"

双城市水务局副主任王新东："全部8个月吗……我现在不了解这个情况。"

有关部门解释，没能及时给居民供水的第三个原因，是自来水工程要穿越铁路，但是铁路部门批复和施工晚了，整个工程没有完工。

记者："当时你们知不知道这个工程要穿过铁路？"

王新东："知道。"

记者："那当时是怎么考虑的？"

王新东："当时预测我这边能接上，市政这边也应该可以接上。"

记者："那你在批复没有走完的时候就开始施工，显然存在很大的风险，后续这些问题怎么解决？"

王新东："具体他们这边为什么现在还没接上，我说不清楚。"

记者走访了相关部门，他们解释说市政管网的建设因为冬季无法施工，所以不得不等到春暖花开。

耐人寻味的是，就在记者公开身份采访的第二天，工地上响起了鞭炮声，之前"无法施工"的工程突然开工了。

记者："好像你是说，冬天不好施工，是吧？"

双城市自来水集团技术室主任汪振富："对……因为这管材……"

记者："那现在这样进行施工可以吗？"

汪振富："我们针对这次工程，采取了一种特殊的方式方法，没看我们那边是暖棚吗？我们把管材全搁那里头取暖，温度达到了才能把它熔接上。"

记者："就是说技术上有难度，但是可以克服？"

汪振富："必须得克服，因为市委市政府高度重视这个事，无论如何也得克服困难，保证居民吃水。"

记者结束采访回京后，收到当地居民发来的信息，说市政府已经用消防车给他们送水了。

"没想到""欠考虑""有困难""没办法"，这样的托词让居民们等水等了8个多月。而记者公开身份采访之后不过一天，在上级领导的高度重视下，所有困难都迎刃而解，居民的吃水问题立刻解决了。一慢一快天壤之别，不得不让人琢磨当地一些干部重视的是什么，忽视的又是什么？

全心全意为人民服务，是党的根本宗旨；为群众办好事、办实事，是各级政府和干部职责所在。如果有人摆错了自己的位置，忘记了自己的职责，百姓的事情当然就想不到、办不好。这样的干部，一句话：不称职。

（《焦点访谈》2013年1月20日）

禁令出　扩建急

一出现雾霾天气，很多人就大呼“受不了”。可在河南东部的一座小城，有几个村落因为某种特殊原因，连续 3 年都不能驱散身边的烟霾！到底怎么回事？

河南省永城市，是国家级园林城市，地处国家粮食主产区，小麦生产、加工能力巨大，虽然只是县级市，却有着“中国面粉城”的美誉。按说既是园林城市，又是粮食产地，永城的生态环境应该特别好，但事实让人吃惊。

在距离永城新区 5 公里的陈集镇郭庄村，记者看到塑料大棚上覆盖着厚厚的黑色粉尘，让大棚几乎丧失了采光功能，蔬菜生长缓慢。可这些蔬菜起码还有大棚挡着灰，露天生长的同类蔬菜和它们一比较，差别显而易见。

村民甲：“全是黑灰，你看看这个菠菜。”

记者：“塑料布底下的蔬菜看着还挺绿。”

村民甲：“盖上了好一点，跟露天的菜比比，你看这个菜黑的，洗不掉。”

因为没有任何保护，露天生长的绿叶菜简直成了“灰叶菜”“黑叶菜”。

不仅粉尘污染严重，村民还必须忍受另外一种污染——噪声。村民向记者抱怨说：“响得要死，受不了。气得想站墙上去骂他们。”一位大妈原本耳朵不背，但噪声出现后，她的听力开始下降：“都震聋了，震聋了。”

这到底是怎么回事？为什么生活在园林城市附近的老百姓会遭遇到粉尘挥之不去、噪声震耳欲聋的窘境？

村民告诉记者，罪魁祸首就是村边的一家钢厂。这家钢厂其实开了有几年了，原本规模不大，小打小闹，扰民也算有限。但不知什么原因，钢厂从2009年秋天开始突然扩张起来，连夜竖起围墙、大片圈占土地，好多村民一觉醒来，自家的承包地就在墙里面了。

记者："那你想种地，还能进院墙里头去种吗？"

村民乙："那进不去啊，他堵了能让你过吗？肯定不让你过。"

记者："当时圈进去的，也是像这样的菜地？"

村民乙："对，是的，我全部的菜地。"

记者："这个地你还没卖呢，怎么就圈到院墙里了？"

村民丙："强迫你签，你如果不卖的话，他就打你。"

记者："村里头还有人像这种情况吗？"

村民丙："有，多得很。"

记者看到了这样的怪现象：厂区是个"凹"字形，凹进去的地方是居民区。厂区半包围着居民区，怎么看都像一张血盆大口，紧紧咬住了居民区。居民房屋离工厂院墙只有两三米，粉尘、噪声的危害可想而知。

村民告诉记者，钢厂原本只占了村子边上很小一块地，但在2009年钢厂急速扩张，一口口地吞掉了农民的土地。

钢厂扩建，而且是在2009年秋天，这实在是件蹊跷的事。因为2009年9月26日，国务院曾正式下发《关于抑制部分行业产能过剩和重复建设引导产业健康发展的若干意见的通知》，也称2009年38号文件，其中明确规定：不再核准和支持单纯新建、扩建产能的钢铁项目。

这家钢厂却是在国家颁布禁令之后急速扩张的，而且扩张工程延续了一年多。陈集镇副镇长陈峰的一番话，多少道出了些玄机："当初招商引资时它是很大的项目，我们也想留住这个项目。在审批土地程序、有关程序没下来之前跟群众发生了一些冲突。"

原来，因为投资很大，镇里想留住这个项目，而国务院明令禁止扩建甚至要淘汰这种产能落后的企业。上有政策，一个小小的陈集镇，又是怎么扛下来的呢？

陈峰："现在我们土地手续这一块办齐了。"

记者："什么时候办齐的？"

陈峰："应该是在 2009 年……嗯……大概是 2009 年的下半年。"

2009 年下半年钢厂的土地问题就解决了，那就意味着土地的规划、审批、征用、安置全部得到了妥善处理，真是这样吗？

记者通过调查发现，钢厂的征地手续并非如镇干部所说，早在 2009 年就已经履行完成。事实上，这个项目的土地征用手续是陆陆续续办理的，直到 2012 年才最后办完。虽然永城市国土资源部门的资料显示，项目最终占地达 112 公顷，远远超出了必须上报国务院的标准，但它的审批却从来没有出过河南，全部在省内消化了。其中的奥妙就在于这 112 公顷的用地，分为 11 次报批，这样每次征地的面积就控制在了省级批准权限之内。

不过关于占地面积，镇干部和村民都有不同的说法。陈峰说占了 700 多亩，村民却说占了 1800 多亩。

村民说的一个样，镇里说的一个样，市里文件展示的又是一个样，这家钢厂到底占了多少地，看来要成为一个谜了。

能否解开这个谜团并不重要，因为《国务院关于进一步加强淘汰落后产能工作的通知》中已明确规定：向产能严重过剩的钢铁企业提供土地属严禁范围。"严禁"就是说一寸也不许给，所以钢厂新占土地是 700 亩、1000 亩还是 2000 亩就不再重要了，因为不管数字是多少，性质都一样——违法。

真正重要的问题是，谁批准了这些占地请求？如果有依据，依据是什么？如果没依据，那为什么敢置国务院的规定于不顾？

按照立项先行的原则，记者首先向永城市发改委进行了解。得到的回答是永城市发改委没有批过这个项目。

没有立项就能征地、扩建？这事真是奇怪。可围绕这家企业发生的怪事还不只如此。

正如前文所述，企业生产污染严重，那这家钢厂有没有经过环境评估？这是工业项目建设的前置条件。

记者来到钢厂想问一问，却目睹了意想不到的奇异场面——本来生产情况应由企业负责人介绍，结果永城市委宣传部干部王杰正在一字一句地教企业负责人怎么说："通过综合整治，不需要环评，知道吧？整治合格以后发一个意见，合格意见就可以了，就这么简单。"

那现学现卖的效果怎么样？

记者："从 30 万吨增加到 300 万吨，增加的这个量有没有正式向环保局报过？"

永城市振兴钢厂党支部书记王毅："报了。"

记者："向你们环保局报过申请吗？"

永城市环保局监察大队工作人员："我也不清楚……你报没报？"

王毅："报了，肯定报了。"

永城市环保局监察大队工作人员："你不是委托省里给你办理的吗？"

王毅："不是跟你说了吗？报了。"

记者："你报给谁了？他们不知道？"

王毅："报给环保局了。"

这家钢厂到底做没做环评，环保局的人本应脱口而出。没想到记者追问之后，环保局和企业的人居然凑到一起商量起来了。看来，钢厂和环保局的关系真不一般。最后好像没有商量妥，他们竟一起走开了。

记者追了过去："我就问问你。"

永城市环保局监察大队工作人员："我害怕。"

通过反复动员，宣传干部又一字一句地教了半天，环保局的监察大队工作人员才又站到了摄像机前。

永城市环保局监察大队工作人员："我们监察大队平时监管，看它的污染设施是否正常运转，排放是否达标。市控企业，一般监管，一月一次，都是很正常的。"

记者："生产过程中，你们发现有什么问题吗？"

永城市环保局监察大队工作人员："一般没有检查出来有啥问题。"

记者："像这个大气排放，有在线监测设备吗？"

永城市环保局监察大队工作人员："没有。"

记者："我看 2006 年的时候，就要求要建设这个在线监测设备。"

永城市环保局监察大队工作人员："2006 年？这个……我问问。"

这一问，又商量去了，然后就没了下文。

记者发现，想了解的都是干部们不爱说的，那当地干部到底想说什么呢？以下是这次调查中最为顺畅的一段采访。

陈峰："发展我们这个大型企业，我们的发展比原来可以说是翻了一番。"

记者："3 年时间，翻一番？"

陈峰："对，3 年时间。"

财政收入高，干部有政绩。而陈集镇产值增加、收入翻番的转折点，恰好就是钢厂扩建。这就不难理解这里为什么不惜违规、千方百计也要扩建这个企业了。

当地干部反复强调钢厂的合法手续是在 2009 年就办好的，为什么？因为 2009 年国务院出台了淘汰落后钢铁产能的决定，而钢厂的两台炉子都在淘汰之列。不过一番运作之后，它不仅没有被关停，产能反而更大了。

国家限产的同时，地方上拼命扩建，这是时间上的巧合，还是上有政策、下有对策？实在需要有人给出合理的解释。

（《焦点访谈》2013 年 1 月 26 日）

报废车“还魂记”

2010年至2011年，北京、河北、浙江等地发生多起触目惊心的车祸，几起车祸发生的地点不同、情节各异，但有一个共同点，那就是肇事的都是已经报废的车辆。完全没有安全保障的报废车辆上路行驶，怎么会不出事呢？

对于机动车报废，我国有十分明确的规定，报废车辆只能够被切割、拆解、回炉冶炼。但是为什么还会有这么多报废车在路上行驶？这背后隐藏着什么秘密？

记者来到位于西安市的鼎合报废汽车回收公司，陕西省共有两家获得国家批准的报废汽车回收拆解企业，这是其中一家。

走进大门，有一个面积很大的院子，里面摆满了废旧汽车配件和一些破损的报废车。发动机、车架、车轮等各种汽车配件成堆地放着，上面蒙着厚厚的污垢，大部分已经生锈。汽车配件堆里不时可以看到破烂不堪的各种类型的机动车，放眼望去就是一个大的废品收购站。

国家规定，报废车回收企业必须对报废车进行拆解、切割，然后交售给钢铁企业回炉冶炼。然而记者发现，在这里这些废品又被派上了新用场。

经营户甲：“发动机好的，电喷的。”

记者：“多少钱？”

经营户甲：“卖就1200元。”

在鼎合公司的院子里，一些从报废车上拆卸下来的部件，诸如发动机、车架、前后桥，也就是汽车的五大总成都可以买卖。

这家公司的大门口挂着醒目的红色条幅，上面写着“严厉打击报废和拼装车上路行驶”，然而从这里卖出去的报废车部件都将组成拼装车重新上路。

记者又来到几公里之外的金辉报废汽车回收拆解有限公司。这家公司规模更大，占地上百亩，院子里也摆满了拆卸下来的汽车配件和报废车。与前一家公司不同的是，这里可以看到更多的完整的报废车，别克、桑塔纳、红旗、凌志、三菱等轿车、越野车，各种品牌、各种型号都有，排列得很整齐。

按说报废车回收公司只能对报废车进行拆解、切割，可奇怪的是，记者看到进出这里的人络绎不绝，他们三三两两地围着报废车挑选、查看，还在讨价还价。

记者：“这车值多少钱？”

经营户乙：“这车 1 万多元，如果发动机齐了，1.8 万左右。”

记者：“桑塔纳呢，这车便宜吧？”

经营户乙：“2000 元吧。”

记者：“凌志多少钱？”

经营户乙：“2 万多。”

这里俨然是一个巨大的二手车交易市场，生意还很红火！

报废车要拆解，就是因为这些车的机件已经老化，根本无法安全行驶，所以报废车进入回收拆解公司后严禁流出。可是在这里，报废车却在公然叫卖。

记者：“这是哪年的车？”

经营户乙：“这是 2002 年、2003 年的。”

记者：“能打开看看吗？”

经营户乙：“你现在就可以打开看。”

这辆报废的嘉宝车售价 4800 元，又脏又破，车壳有几处烂了，车座弹簧裸露着，没有刹车，挂不上挡，插上钥匙后根本打不着火。工作人员反复鼓捣了一阵，总算打着了，但发动机却发出了刺耳的噪声。

工作人员：“排气管坏了。”

经营户乙：“马上换一个，你看是哪一节断了？”

工作人员：“等一下拆下来看。”

经营户乙：“排气管坏了，帮你换一个新的。”

车试完了，价格谈好了，经营户说车不能直接运走，必须把发动机和车轮拆下来，用拖车拖出院子。

记者：“不拆发动机不行？”

工作人员：“不拆发动机，就不让出去。”

记者：“轮胎也拆下来？都得这么出去？”

工作人员：“你就再好的车，再有档次的车，都得这么出去。”

经营户叫来一个工人，让他把发动机拆了下来，这名工人磨掉了发动机上的号码。另一个工人拿来一台砂轮机，磨掉了汽车玻璃上的编号。他们说万一以后车辆出了事，追查到公司也查无对证。

经过简单拆卸的嘉宝车，连同被拆下来的发动机和车轮，被装在了一辆拖车上，车门上赫然印着“金辉救援”。

记者：“这样就能出去了，门口也不看吧？”

经营户乙：“绝对要看。”

记者：“一看发动机没了，就能出去了？”

经营户乙：“嗯，对，对，这是必须的。”

记者：“形式必须要走？”

记者注意到，拆发动机的工人也进了拖车驾驶室。转眼间车开到了金辉公司门口。

《报废汽车回收管理办法》规定，经济贸易管理部门、公安机关和工商行政管理部门，对报废车回收企业负有监督管理和检查的职责，报废车不能从回收公司运出。但所有规定在这里形同虚设，只见门卫走到拖车边，向上面瞄了一眼，并没有检查就抬杆放行了。

拖车开到了几公里外的一家修车店，那个拆发动机的工人跳下车来，原来他是这家修车店的工人。发动机和轮子又被装回到了车上，这辆原本应该永远消失的报废车就这样起死回生了。

记者："连拆带装，给你多少钱？"

修车店工人："700元或800元。"

记者："一天能装一辆吗？"

修车店工人："不能。"

记者："几天装一辆？"

修车店工人："那个说不准，他们销量好，我们生意就好。"

装好的嘉宝车开出了修车店，然而刹车还是不灵，挂挡还是挂不上。

金辉公司附近有许多这样的修车店，既拆车又拼车。报废车回收公司的经营户都有自己固定的汽车修理店，负责拼装报废车，经营户报废车卖得多，拼装的生意就好。

像这样的报废车，每天有多少流回到社会上呢？

记者："一天能卖出去一辆吗？"

经营户甲："一天有时候卖三辆。"

经营户乙："隔壁生意好得很。咱一个月出两三辆车，人家一个月最少出二十辆，那天一天出了六辆，卖了十几万。"

报废车真的如此畅销？观察了两天时间，记者发现来看车、买车的人还真不少。

记者向经营户打听到，报废车既没有身份，又没有牌照。那买主买回去之后，怎么上路呢？报废车的经营户们自有一套招数。

经营户乙："到时候我帮忙弄套手续。"

记者："能弄吗？"

经营户乙："能，有专门弄证的人。"

记者："行驶证也能弄吗？"

经营户乙："那一套都有。"

记者：“一套多少钱？”

经营户乙：“价格不等。”

经营户说这种假牌、假证，是按照仿真程度确定价格的。

记者：“高仿的呢？”

经营户乙：“高仿的，如果让他们弄最低得800元。到时候你在外面看一个号。”

记者：“套一个？”

经营户乙：“套一个是最好的。”

为了消除买家的疑虑，经营户还炫耀，他们可以按照假牌照、假证件上的号码，重新为买主伪造发动机号和车架号，这样即使被交警查到也能蒙混过关。

至此，记者基本上弄清楚了报废车起死回生的过程：车辆报废进入回收公司，在回收公司拆掉发动机和车轮，然后乔装运出回收公司，在修车店重装发动机和车轮，制作假车牌和证件，最后重新上路。就这样，原本应该回炉冶炼的报废车，又改头换面回到了马路上，成为危害社会的“马路杀手”。

由于事关安全，我国对报废车回收行业实行的是特许经营管理，必须取得相应资质才能经营。据了解，金辉公司和鼎合公司是陕西省目前仅有的两家具有资质的公司。既然企业有资质，而且显眼的横幅就拉在大门口，说明他们对于法律法规其实一清二楚，那为什么在光天化日之下，报废车就能起死回生，还形成了产业链？为什么国家的法律法规就像门口的横幅一样，成了摆设？

据知情人透露，在金辉公司和鼎合公司院内经营的，实际上是十几家个体商户，都是这两家公司私下招来的。这些商户打着金辉公司和鼎合公司的旗号，从事报废车辆的回收。

这种做法实际上是把特许经营业务，私下分包给了没有资质的个体户。

为了进一步核实相关情况，记者致电陕西省商务厅。

记者：“按照国家规定，是不能够承包给这种个体商户的吧？”

陕西省商务厅工作人员："这是企业这一级的组织管理模式，这不好讲。但是对这个特种行业管理来说是不合适的。"

记者："是不合适的，还是不允许的？"

所谓"不合适"是指企业方面存在的问题，而"不允许"则是指国家有关部门的相关规定。这位工作人员将出现此类问题的责任归咎于企业，而闭口不谈监管方面的责任。

记者："不合适和不允许是两个概念，像这种情况允不允许存在？"

陕西省商务厅工作人员："应该是不允许的。这两家内部都是搞承包的，承包以后为了获取更大利润，肯定把一些东西卖出去，（报废车）销毁的价格跟卖出的价格差异很大，有这方面的漏洞。"

不过记者再次来到金辉公司和鼎合公司的时候，发现两家公司大门紧闭，还贴上了"停业整顿"的字条。

记者："为什么停业整顿？"

金辉公司门卫："行业整顿。"

记者："什么时候停的？"

金辉公司门卫："俩礼拜了。"

经营了十几年的两家报废车回收企业，为什么突然同时被停业整顿了呢？

记者："为什么要停业整顿？"

陕西省商务厅工作人员："他们违规操作，企业在经营过程中，有可能倒卖一些五大总成之类的不允许销售的东西。我们也查了一下，没有什么证据，只是说有这方面的可能性。"

据了解，自 2002 年金辉和鼎合两家公司成立以来，非法买卖报废车五大总成和整车的现象一直存在，查证并不难，可为什么有关部门一直没有发现问题、掌握证据呢？

陕西省商务厅工作人员："这两家企业原来也被反映过问题，他们就整改过，但是没有完全整改，还是在承包。"

记者：“以前也进行过停业整顿吗？”

陕西省商务厅工作人员：“嗯，前两年也出现过类似的问题，整顿过。”

记者：“但是没有解决问题？”

陕西省商务厅工作人员：“所以这次我们比较重视，让它停业了。”

媒体介入了，主管部门重视了，停业整顿开始了，这事值得肯定。但问题是，违法行为就在眼皮底下存在了这么长时间，也不是不好查，怎么就成管理的盲区了？对于违法企业，停业整顿还只是第一步，整顿结果什么时候能公布呢？只有公开，才能让全社会监督，只有对不法者做到让其伤筋动骨，才能保证他以后不敢再犯。

车辆不合格，要报废；不合格的报废车公司，更该让它报废。其实这件事带来的启示还有很多，企业经营者长期违法，到底应该付出什么样的代价？监管者的缺位应该如何问责？又如何补位？公众期待答案。

（《焦点访谈》2013 年 1 月 30 日）

千米之堤　毁于什么？

辽宁省阜新市，细河穿城而过，细河大堤被阜新人看作城市的屏障。不过却有观众向《焦点访谈》反映，这条大堤有很长一段被推倒，还盖上了楼！毁堤伤堤这样的事，让阜新人非常不安，因为这里的洪水曾经漫过大桥，冲走公共汽车，造成人员伤亡，这成为城市之痛，让人记忆犹新。那么细河大堤上到底发生了什么？记者前往调查。

来到阜新市解放大桥，记者也被眼前的一幕镇住了：细河岸边的沿河带状公园被一人多高的挡板圈了起来，挡板内是一个巨大的坑，原先一大段的细河河堤没了踪影。

市民们说，看到有人进进出出拉东西、运钢筋，好像是要建楼。

顺着大堤的走向往北看，记者赫然发现，除了眼前这个 150 多米长的大坑，往北 1000 多米的大堤上竟然还盖着十几座连体两层小楼。

据了解，不管是按照《中华人民共和国水法》还是《中华人民共和国河道管理条例》的规定，在河堤上擅自挖土都是非法的。而且《阜新市河道管理办法》更明文规定，细河大堤从堤脚往外延伸 15 米都属于河道保护区，整个区域里不能建任何建筑物。可为什么记者在现场看到，细河大堤上不仅早已盖上了楼，而且挖河堤的工程还在继续进行。

正在施工的究竟是一个什么项目？经过一番打听，记者找到了这块地的开发商，阜新柏晟房地产开发有限公司。公司一楼售楼处的销售人员告诉记者，现在挖的这个大坑上，将要建两栋阜新市最高档的商住两用楼，名字叫“金水湾悦府”。

阜新柏晟房地产公司工作人员：“总共两栋，然后下面做网点，准备引进3D电影院、大型商超。”

记者：“住宅是多少层？”

阜新柏晟房地产公司工作人员：“24层。”

销售人员还告诉记者，这个项目由于地处阜新市中心地带，又紧靠河边，风景独秀，所以价格比阜新市的许多楼盘要高上一些。

开发商似乎满心欢喜，可对于这个毁了带状公园、拆了细河大堤，就要盖起来的房地产项目，市民们却忧心忡忡：“不合理不合法。堤坝给毁掉了，将来发大水的时候怎么办？”据市民描述，细河正好从市中心穿过，如果发生洪水，整个细河南北两岸人民的生命财产安全就都没了保障。

这个房地产项目到底合不合理、合不合法？根据城市房地产开发的程序，一个房地产项目首先要符合城市发展规划，其次要到国土部门缴纳土地出让金，得到土地使用许可，最后在住建部门拿到施工许可才可以开工。而如果涉及水利设施，在这一系列程序之前还必须加上一个前提，就是不能危害水利设施的安全，需要河道管理部门批准。

这个项目这么大的动静，这些程序都走完了吗？相关部门都批准了吗？记者决定一个环节一个环节地去调查。

记者首先来到阜新市规划局。

阜新市规划局局长张戈栋：“我就告诉你，没有经过任何部门审批，没有手续。”

记者：“那围着在建楼了，他们还要建高层。”

张戈栋：“我不跟你说了吗，没有经过审批。”

记者：“必须得经过咱们（审批）吗？”

张戈栋：“那当然了，你要合法的话必须得经过，除非违法的。”

规划部门没有审批，国土部门就不可能给办土地使用手续。果不其然，记者的推测在阜新市国土局得到了证实。没有规划、没有土地使用手续，这个房地产项目显然就是一个非法工程，那为什么还能顺利开工？

记者又来到阜新市住房和城乡规划建设委员会，住建委是对工程建设进行管理、发施工许可证的地方，住建委如果不同意，任何项目都没法开工。

在市住建委办公室，记者的疑问得到了解答。正在挖坑的这个项目真是他们同意干的，因为这是一个“延续性工程”。

记者：“如果要是按照你说的‘延续性工程’，它开始的工程在哪？从哪开始延续呢？”

阜新市住建委办公室主任盖世杰：“这个跟水利部门相关的比较多，就包括原来在堤坝上盖的那些，都是一个工程。包括金水街的改造，因为它改造不可能只在堤坝上盖个楼就完事了。”

记者：“以前就已经建了金水街？”

盖世杰：“2006年还是2007年的项目，那时候建的。”

这个所谓的“延续性工程”，到底是怎么个延续法？记者找到了3张阜新市的卫星照片。在2004年的照片上可以看到，当时的细河大堤还很完整。2006年的照片里，大堤不见了，取而代之的是一条大沟。再看2010年的照片，大堤位置上已经盖起了一长溜的房子。

其实，早在2005年，阜新柏晟房地产开发公司就干了一件轰动全市的大事，他们将细河北岸近千米长的大堤整个推倒，直接就在大堤上盖起了十几栋连体两层小楼。原来的大堤除了迎水坡和堤顶还在，背水坡是一点也看不出来了，取而代之的是这些小楼的门面房。

对此，市民表示害怕，也相当气愤，因为提供人民生命财产安全屏障的堤坝就这么被毁了，“简直无法无天”！

市民的担心不无道理。据记者现场测量，细河大堤原来宽度应该在50米左右，坡度较缓、底线稍长的背水坡大约占30米，可盖在大堤里的这些小楼，一楼进深 14 米，二楼 12 米，实际上已经将大堤的背水坡完全掏空切掉，梯形的大堤已经变成了一个土台子。

防洪大堤用这种结构能抵御多大洪水压力，都是经过精心计算和设计的，现在大堤成了土台子，明摆着它的结构已经遭到了彻底破坏。此时如果细河发生洪水，没有背水坡保护的细河大堤，极有可能无法承受洪水压力而不堪一击。

市民向记者透露，因为大堤涉及阜新人民命脉，人们对这个事反应很强烈，也惊动了不少领导，可最后这些建在大堤里的房子，不仅七八年来安然无恙，据传 2012 年年初还可以办房产证了。

记者找到阜新市房地产管理局，监理处副处长沙勇明确告诉记者，这些盖在大堤里的房子的确已经有房本了。

沙勇："办了一部分，不多。"

记者："不是说当时水利部门没批吗？"

沙勇："说白了到我们这来履行这些手续的时候，人家要件已经全了，所以说水利部门跟它有没有关系，与我们办房产证不发生关系，我们办房产证不能跟人家说，你水利局没批。"

拆大堤盖的房子竟然有产权，还能办房本，这生意实在太有诱惑力了。于是，阜新柏晟房地产公司索性将剩下的 150 米大堤全部拆除，大张旗鼓地干了起来，而这就是盖世杰所说的"延续性工程"：金水湾悦府。

至于阜新市为什么要拆除细河大堤，弄出这样一个工程，盖世杰在接待群众来访时说得很清楚："在 2007 年提供了一个有关河道改造的计划，在某次会议上我们有领导同意了。还有一点就是（住建委）付主任说这个楼要盖，不是和老百姓作对，也不是为开发商牟利，是为了咱们整个城市建设、城市形象。"

而对于这件事，时任阜新市住建委主任的付志宏则说得更明白，那就是当初在确定细河大堤改造项目以后，市政府就把大堤拿去换了钱了。

付志宏："卖了，这不是住建委卖的，是国土局卖的。这两块地都卖了。我跟你讲，都是卖给柏晟公司了。"

记者："什么时候卖的？"

付志宏："几年前那个金水街就建上了，你没有看到吗？"

细河大堤是洪水面前能够保护阜新人民生命财产的屏障，却被卖给房地产商搞开发，作为大堤管理方的水利局是什么态度？

据了解，2012 年柏晟公司拆大堤盖楼事件发生以后，阜新市水利局也曾经采取了一些措施，当时水利局的一位负责人在接待群众来访时说："2012 年 3 月 23 日，我局接到群众举报，反映阜新柏晟房地产开发有限公司毁坏细河城市段北岸河堤。经现场勘察，细河城市段北岸、滨河大厦对面河堤遭到毁坏，长度达到 150 米，已经失去防洪功能。该公司称正在开展该段落的堤脚抬高工程，但没有水利行政主管部门的审批手续。处理结果是这样的，我局发出责令改正通知书，'阜凌改字 2012 年 D00001 号'，下达对象是阜新柏晟房地产开发有限公司，'经调查你单位未经批准，毁坏细河城市段北岸堤防，违反《中华人民共和国水法》第 72 条第 1 款规定，责令你单位立即停止违法行为，并于 2012 年 5 月 25 日前采取补救措施，恢复堤防达到原设计的防洪标准，阜新市凌河保护区管理局，2012 年 3 月 21 日'。"

然而让人百思不得其解的是，阜新市水利局的整改通知虽然已经下发了整整一年，但那个巨大的坑还是一年前的模样！

记者来到阜新市水利局凌河分局，想看一看那份"阜凌改字 2012 年 D00001 号"通知究竟是什么样。

记者："文件不能看一下吗？"

阜新市水利局凌河分局水政监察科科长李宏伟："不能。"

记者："为什么？"

李宏伟："为什么？这是我的职责。"

记者："不是公开的文件吗？"

李宏伟："不公开，对你们不公开。"

记者：“为什么对我们不公开？”

李宏伟：“不公开。”

记者：“拆坝请示过咱们（水利部门）吗？”

李宏伟：“不知道，不知道。”

记者：“它拆了你不知道吗？”

李宏伟：“不知道。”

记者：“大坝拆了几个月了？”

李宏伟：“不知道，不清楚。”

记者：“都不知道？”

李宏伟：“不知道。”

处理违法工程的整改通知成了保密文件，大堤被人家拆了却一问三不知，阜新市水利部门讳莫如深的背后，显然有不能说的秘密。

不过，面对当地群众的质疑，阜新市住建委的两位领导倒是给出了这样的解释。

盖世杰说：“不是说我们住建委支持盖，是这个城市规划，规划部门想到那盖楼，开发商去通过市场化运作，建设这个楼盘。”

付志宏说：“这个项目我们没有进行审批，他们只不过是在平整场地，在做这个施工前的准备工作。不管咋说，那块地不得搞建设吗？现在场地围上了，得咱正式批了，它才能干。”

柏晟公司这项工程，是不是真的只是在平整土地呢？在售楼现场，销售人员告诉记者，现在只要拿钱来，随时可以买他们拆大堤盖的房子。

记者：“啥时候开盘？”

阜新柏晟房地产工作人员：“2012 年年底。”

记者：“大概什么时候入住？”

阜新柏晟房地产工作人员：“入住的话，2014 年。”

一个又一个环节调查下来，记者心里的问号一点都没有少。一家房地产公司居然能堂而皇之地毁大堤、盖大楼，相关职能部门明知工程违法却没人管，主管的水利部门发过整改令，后来又不敢承认。这家公司的胆量和底气来自哪里，大家应该有答案了。

权力应该为民所用，而不是为己所用，不管哪级政府、哪个人，都得服党纪国法的管！

（《焦点访谈》2013 年 4 月 12 日）

管不住的“神农丹”

农产品种植，少不了要用农药，但如果不按规范使用，就会使产品农药残留过高，危害健康。《焦点访谈》记者在山东潍坊采访时却发现，有人置国家法律和人民健康于不顾，明目张胆地滥用剧毒农药。

记者来到山东省潍坊市峡山区王家庄街道农村时，正是种植生姜的时节，路边随处可见一片片的生姜田。盖上塑料薄膜的是已经播种的生姜田，还有大量的生姜田已经开好沟等待播种。

在西波浪泉村附近的生姜田里，记者看到一个农户正拿着一个蓝色袋子往地里撒东西。记者在田边找到农户丢弃的蓝色包装袋，发现这是一种叫“神农丹”的农药。这种农药每包 1 公斤，包装袋正面印有“严禁用于蔬菜、瓜果”的大字，背面一个骷髅标志和红色“剧毒”字样引人注目。

记者看到，种姜时，农户直接把“神农丹”和化肥一起撒在了已经发芽的种姜边上。

记者：“你们每年都是买这个吗?”

姜农甲：“是啊。”

记者：“这块地种姜种了多少年了?”

姜农甲：“4 年了。”

记者：“4 年了，用了 4 年‘神农丹’?”

姜农甲：“是啊。”

据专家介绍，“神农丹”的主要成分是一种叫涕灭威的剧毒农药，50 毫克就可导致一个 50 公斤重的人死亡，所以不能直接用于蔬菜瓜果。2010 年就有媒体报道说在安徽灵璧，使用过“神农丹”的黄瓜导致 13 人急性中毒。

记者走访了峡山区王家庄街道管辖的 10 多个村庄，发现这里违规使用剧毒农药“神农丹”的情况比较普遍。田间地头随处可以看到丢弃的“神农丹”包装袋。

记者：“这个东西用了几年了？”

姜农乙：“20 来年了，一造出来就用。”

记者：“用那么长时间？”

姜农丙：“哪个不打药？不打药它就长虫子，不打药收入能保证吗？俺的收成不得减一半。”

记者发现，这里不仅违规使用“神农丹”，更为严重的是滥用“神农丹”。

按照农业部的农药登记，“神农丹”只能用在棉花、烟草、月季、花生、甘薯上。在“神农丹”的使用说明书中，还特别规定：在甘薯地里使用，仅限河北、山东、河南春天发生严重线虫病时使用；在花生地里使用，仅限于春播花生。甘薯和花生有限制地被批准使用，一个重要原因是这两个作物的生长期较长，实验证明能保证安全。即使在这些作物上使用，用药量、用药次数、用药方法也有严格限制。就拿跟生姜比较接近的甘薯来说，按规定每亩使用剂量是 2 公斤到 3 公斤，但当地农民在种生姜时是怎么使用的呢？

记者：“这药好使吗？”

姜农：“没问题，没问题。”

记者：“一亩地用几箱？”

姜农：“一亩地就得用 2 箱。”

“神农丹”产品一般每箱 10 袋，每袋 1 公斤，这里的农民每亩地要用 8 公斤到 20 公斤，是规定用药量的 3 倍到 6 倍以上。

中国农业大学理学院院长、中国植保学会农药委员会主任周志强和记者谈起滥用农药的危害时说：“随意用药，虫害的抗药性会随着药量的加大而增加，你得不断再用更大的量来做病虫害防治。”

按照使用规定，即使在批准的作物上，在其生长周期里也最多准许使用一次。那么这里的农民要用几次呢？

记者：“你们一年用几次？”

姜农：“2 次。”

记者：“下次什么时候用？”

姜农：“培姜的时候用。”

记者：“几月？”

姜农：“七八月。”

在“神农丹”的使用说明中还标明：在甘薯地里使用时，安全间隔期是 150 天。“安全间隔期”是指从最后一次施药到作物中农药残留量降到最大允许残留量所需的时间，这是保证农产品质量安全的重要指标。而这里的农民不仅在 4 月播种时超量使用“神农丹”，到 8 月立秋时还要超量使用一次，这时距离 10 月收获新姜只有 60 天左右的间隔期，远远少于参照甘薯的 150 天安全间隔期。

超量使用，又大大缩短间隔期，这必然带来农药残留超标的风险。而“神农丹”所含的涕灭威农药，特点就是能够被植物全身吸收。“它是水溶性（内吸）的，会顺着植株根系到茎部、叶部，也就是整个生姜的植株上都会有涕灭威分布。”周志强说。

滥用“神农丹”，除了会造成生姜中农药残留超标外，还会对地下水造成污染。“有数据说，一旦进入地下水，它的残留期要几个月到一两年。如果在一个水位比较高的地方，在水源附近，大量且长时间使用涕灭威，它的代谢物和母体药随着下雨、灌溉，扩散、渗透到地下水当中，会造成很大的水污染隐患。”周志强分析说。

潍坊市峡山区因境内有山东省最大的水库——峡山水库而得名，记者走访的 10 多个村庄，都分布在水库的西岸。对于像峡山水库这样的国家一级水源保护区，国家规定水位线以上200米的陆地都属于保护区范围，不得从事农牧活动，更不能使用高毒农药。

但就在水库边上的董家套村附近的生姜地里，几位农民正准备用“神农丹”播种生姜。记者目测，离这块地不到100米的地方就是峡山水库。

其实当地农民对“神农丹”的危害性都心知肚明，因为使用过这种剧毒农药的姜他们自己根本不吃。

记者：“你自己吃的姜，用什么药呢？”

姜农：“自己吃的不打药，这个药挺厉害的。”

潍坊市作为主要蔬菜生产区，是禁止销售、使用高毒农药的。那么这些生姜地里的“神农丹”到底是从哪里来的？

记者：“你的‘神农丹’从哪买的？”

姜农：“从果树医院。”

记者：“你们到店里买还是送上门？”

姜农：“到店里买。完全是偷着卖。”

记者：“有没有政府来人到地里管？”

姜农：“有管的。但下面使开了，他也不大下来查。”

记者：“政府也不查？农业局也不查？”

姜农：“不查。”

在附近的赵戈镇上，记者找到了这家名为赵戈果树医院的农资店，按照店门口留下的销售手机号码，拨通了电话。

记者：“你那还有‘神农丹’吧？”

赵戈果树医院负责人：“你是哪个？”

记者：“我是东邵村的。”

赵戈果树医院负责人：“有。”

记者：“我想弄5箱，还有是吧？”

赵戈果树医院负责人：“有啊。”

据了解，在峡山区仅王家庄街道 107 个村，种植生姜的面积就有 3 万多亩，每年产量超过 10 万吨。“神农丹”年年使用，用了药的生姜农民也不吃，那每年收获的生姜都卖到什么地方去了？

潍坊安丘市大黑埠村里，有中国北方最大的姜蒜批发市场。峡山区紧挨着安丘市，峡山区生产的生姜最后都汇集到这里交易。尽管是淡季，记者还是看到有 20 多辆货车拉着生姜等待出售。

记者：“你们这是哪来的姜，是潍坊的吗？峡山、安丘？”

姜农：“对，就是当地的。”

记者：“我们想要（农药残留）检测报告。”

姜农：“没有。”

记者：“你们卖这个没有检测报告吗？”

姜农：“没有。出口（姜）就有了。”

看到记者要农药残留检测报告，一位自称做加工出口姜生意的老板告诉记者，这并不难，因为检测都是自己送样品，只要找几斤合格的姜去检验，就可以拿到农药残留合格的检测报告。

记者：“那检测的人不说什么？”

安丘市某食品公司总经理：“他不管，只要你出钱就行。”

记者意外发现，在峡山，滥用高毒农药的现象很普遍，但在同属潍坊的安丘，却几乎看不到滥用高毒农药的现象。

据了解，潍坊当地出产的生姜分出口姜和内销姜两种，因为外商对农药残留检测非常严格，所以出口基地的姜都不使用高毒农药。

安丘市生姜种植面积有 15 万亩左右，其中大多数供出口。安丘市对高毒农药管理非常严格，每个镇、每个街道、每个社区、每个村都设有农药监管员和信息员，对农药经营和使用实现无缝隙监管，对违规行为实行有奖举报。

记者：“假如用了，查不查得出来？”

安丘市姜农：“能查出来，厂里不让用，来收姜的也不让用。”

记者：“收姜的不让用？”

安丘市姜农："要不收了他也卖不了，发不出去。"

与出口姜的严格管理不同，潍坊其他地区生产的内销姜对农药残留实行的是抽查制度，一年抽查不了几次。无论是做内销姜生意的姜贩还是农户，对这种抽查都不太担心。

滥用高毒农药的作物自己不吃，只供出售，这说明用药人对其中的危害一清二楚，明知故犯；滥用高毒农药的作物不供出口，只供内销，这说明我们的市场监管有问题，漏洞明显。同样的地方，同样的人，为什么外销管得住，内销管不住？说明不同的态度和力度会导致不同的结果。

民以食为天，食以安为先，食品安全能不能管住管好，最关键的是管理者是否把它当成了天大的事。

（《焦点访谈》2013 年 5 月 4 日）

农田里的白色污染

农田里的地膜，是一种塑料薄膜，铺上它可以增温、保湿、保土、保肥、防虫等，尤其对那些干旱贫瘠的土地有明显的增产效果。近二三十年来，我国地膜覆盖面积和使用量一直位居世界第一，每年差不多要用 100 万吨以上，覆盖面积超过 2 亿亩。但也许很多人想不到，可以增产的地膜，也会带来不可估量的严重危害。

从陕西西安出发，一路向北，公路两旁的农田里到处可以看见一些白花花的东西，都是使用过的地膜。

记者走访了陕西旬邑、甘肃正宁、宁夏固原、新疆石河子等地，随风飘舞、随处可见的地膜，已经成为西北农村标志性的景观。

在甘肃省正宁县南邑村，村民陈文军和女儿陈苗苗正在地里收捡地膜，这是一项又脏又累并且极其考验耐心的差事。

甘肃省正宁县南邑村村民陈文军："基本上这是一亩半地，我们现在收了五六天了。"

记者："五六天了还没有收完？"

陈文军："还没有，难干得很。"

根据记者沿途所见，像陈文军父女俩这么认真收捡地膜的人，其实并不多，大部分人只是在翻地前用耙子在地里简单清理一下，把地膜堆在路边。

村民甲："就一直在这堆着。"

记者："堆了多长时间了？几年了？"
村民甲："盖了几年地膜，就堆了几年。"

很多农民对满地的残膜并不在意。
记者："会影响收成不？"
村民乙："现在说不好。"
记者："不知道是吧？"
村民乙："嗯。"
村民丙："影响可能也不大吧。"

不过，清理残膜也有比较快捷的方式。在马兰镇清水沟村，旋耕机正在田地里马不停蹄地作业，刚才还铺满地的残膜很快就被打到地里看不见了。
村民丁："50 元一亩。"
记者："然后就给你全打到地里面去了？"
村民丁："嗯，打到地里面去了。"
记者："那你愿意让他把那地膜打到地里面去吗？"
村民丁："哎呀，忙得很，每年都这样。"

旋耕机翻过的地，土壤非常松软，之后农民就会开始播种，也会覆盖上新的地膜。年复一年，土壤中的地膜到底累积了多少？记者在一片田地里做了个试验。

在地里画出一平方米的面积，下挖 25 公分，这就是所谓的耕层，大概有 1/4 立方米。花了大约 2 小时的时间，记者把土都过了一遍筛子。最后，一平方米的耕层里面，筛出来的地膜残留差不多有一脸盆那么多。

专家分析，这里的地膜残留量，每公顷土地 100 多公斤，在全国大概属于中等。

目前我国地膜污染最严重的地方要属新疆的棉花种植区。2008 年公布的一份研究报告显示，新疆地区棉田中地膜残留量平均每公顷 265.3 公斤，并且随着覆盖年限越长，污染越严重。在新疆连续覆膜10年、15年和20年的棉田，地膜残留量分别为每公顷262公斤、350公斤和430公斤，最严重的地方地膜残留量高达每公顷597公斤。这是什么概念？一般情况下，如果要给一公顷土地铺上地膜，使用量约为60公斤，597公斤的地膜残留量相当于地里已经储存了10层地膜。而这些地膜埋在土里上百年也不会降解，这对我们的耕地乃至我们的环境会产生哪些影响？

中国农科院环境与可持续发展研究所研究员严昌荣告诉记者，如果种子在播种之后刚好处在残膜碎片上，发芽就会受影响，会出现缺苗现象，导致减产。此外，如果有大面积残膜，会极大地影响到土地里水分、养分的运移，对农作物根系生长有巨大影响。

据测定，残膜污染严重的土壤会使小麦产量下降2%至3%，玉米产量下降10%左右，棉花产量则下降10%至23%。

大量的地膜残留将影响到我国农业可持续发展的能力。更令人担忧的是，除了对农业的影响之外，土壤中裹含着大量白色污染，会不会对环境、水土造成危害，产生更加深远的影响？

据严昌荣介绍，相关研究工作还未深入展开，但一些无法预见的问题可能会出现，“因为这个地膜污染，是不是会分泌一些塑化剂，会不会造成整个区域水分循环和过去不一样了？但这种水分循环的改变，对整个区域生态系统有怎样的影响，是没有人能说得清楚的。”

中国人多地少，要解决十几亿人的穿衣吃饭，每一寸土地都需要做到能效最大化。正因为如此，我们更需要善待现有耕地，对地膜污染需要尽早防治。

怎么治？无外乎两条路，一是把地里的塑料膜都拣出来，进行回收。二是使用可降解的生物地膜，让它来源于自然，再回归自然。实际上，过去几年已经有人做过这方面的尝试了，不过现在看来，不论是回收还是降解，做起来都不容易。

在陕西铜川的一家废品收购站，从业人员一听“废旧地膜”几个字，就一口回绝。

据说，早些年也有人做过废旧地膜加工的生意。但这几年，那些厂子几乎都不干了，收了地膜也没处卖。

陈文军：“（回收）一斤 2 分吧。”

记者：“那你们这一亩半地能卖多少钱？”

陈文军：“没多少钱。还得把柴草捡净，不要有土，光要地膜，一斤 2 分。”

工作累又不挣钱，这样的事情没人会干。回收地膜就不能简单点吗？

记者：“不能一下把它们都拽起来吗？”

村民：“那不行，2013 年这都是薄膜，都是超薄的膜，太薄了。”

记者：“多薄啊？”

村民：“0. 005 毫米的。”

0. 005 毫米到底有多薄，举个例子就能明白。2008 年，我国实行限塑令，规定全国范围内禁止生产、销售、使用厚度小于 0. 025 毫米的塑料购物袋，原因是这些超薄塑料袋容易破碎、难以回收，会造成严重的白色污染。但是，被许多人忽视的是，我国广泛使用的地膜厚度比这种已经被禁止的超薄塑料袋还要薄 2/3。国家标准规定，我国生产使用的地膜厚度为 0. 008 毫米（正负 0. 003 毫米），0. 005 毫米正是标准的下限。

一不留神就能扯破，碎成指甲盖大小，上百年也不会降解，这种超薄膜，正是农村应用最广泛的地膜。

村民告诉记者，厚一点的膜，价格也高，用的人不多。农资商店经营者也是这样告诉记者的。

农资商店经营者：“就比如说，现在人家一亩地地膜投资 30 元，你用那种厚的，你就投下四五十元了，代价就大了。原来卖过 0. 006 毫米、0. 007 毫米的，最后都不行。”

记者：“不如这个 0. 005 毫米的生意好？”

农资商店经营者："嗯，现在卖的都是0.005毫米的。"

地膜回收的方便性与地膜厚度有着直接的关系——地膜越厚就越结实，越好回收；地膜越薄就越容易破碎，越难回收。

据了解，发达国家对地膜回收有强制性规定，因此地膜标准也比较高。"比如说日本，地膜都是在0.015毫米，我们是0.008毫米，基本上差了一倍。欧洲也有用地膜的，但是地膜厚度都远远高于我国，基本上是我们国家的两倍。"严昌荣介绍说。

我国的地膜厚度国家标准是20世纪90年代制定的，应该说当时污染状况还没有显现，0.008毫米的地膜可以在增温、保墒的同时，最大限度地降低造价，利于增收和推广。但是原本就比较低的标准，再允许正负0.003毫米的浮动范围，这为日后超薄膜泛滥留下了隐患。

专家认为，超薄膜应该被驱逐出市场，否则后患无穷。

其实，一些地方已经感受到了地膜污染的巨大压力。虽然国标并没有修改，但在我国一些地膜污染严重的地区，已经禁止使用超薄膜了。

甘肃正宁就推出了这样的规定，各个农资商店禁止销售0.008毫米以下的地膜，工商部门定期检查，如果超薄膜流向市场，厂家就会受到处罚。这是一个很好的举措，可实施起来难度却不小。

在正宁县的一块菜地里，记者看到亮晃晃的地膜铺了一地，一位农民正在收拾菜地。

记者："这都是那个好的厚膜吧？"

村民："是，这是应付检查的。"

记者："很有劲，还能拉很长。"

村民："往后一抻，3尺能抻成4尺。"

当记者想到远处的另一片菜地看看时，农民着了急。

村民："那边的不敢抻，一抻就破了。"

记者："这个厚膜扯不破，那个一扯就破了？"

村民："我不敢扯。"

记者："是哪的膜？"

村民："（厚膜）是国家给的，这里头的都是自己买的。"

记者："里头的就是薄的膜吧？"

村民："这你问了我还不敢跟你说，说了一会儿会惹麻烦。"

超薄膜在正宁县已经被禁止，农民又是怎么买到的呢？

农资商店经营者："老百姓要越薄越好，不要厚的。可是工商部门检查，要求我供应厚的，它不标0.008毫米就罚款，把搞地膜批发的整得没办法。你从包装上看是0.008毫米，实际上是0.005毫米。"

记者："你一拉开，一看就知道是0.005毫米的了？"

农资商店经营者："对。"

原来，所谓的薄膜厚度都是圆珠笔写上去的，检查也只是查包装而不查内容。看来，没有足够的监管力度和全面的配套措施，不可能管住超薄膜。

地膜回收难，那么无须回收的降解地膜，是不是减少白色污染的另一条出路？

在广东东莞一家企业里，总经理祝光富给记者展示了生物降解地膜，这是一种用淀粉和纤维素等原料制作出的地膜，价格是普通塑料地膜的2倍至3倍。在祝光富看来，这种地膜是为后代服务的，它环保，功在当代，利在千秋。

不过，就在祝光富阐述他的环保理念的同一天，在陕西省马兰镇一家农资经销部，人们却是这样谈论可降解地膜的："同样的东西，这个价格低的我能用，我为啥要用价格高的？"

如果说回收地膜推广起来"很难"的话，推广可降解地膜在目前来说，只能用"更难"来形容。

记者："可降解地膜在中国销售情况怎么样？"

祝光富："价格比较贵，所以基本上就没效果。"

记者："有没有补贴，或者有没有政策扶持？"

祝光富："好像我还没发现。"

记者："你这个企业怎么生存呢？"

祝光富："百分之八九十都是外销。"

可降解地膜难以推广的原因就是"贵"。农民们的日子并不宽裕，不愿意从自己腰包里多花这个钱，这与超薄膜难以禁绝的原因其实是一样的。

在环保理念还没有完全普及的地方，如果没有法律法规的强制措施和经济手段的引导，对大部分农民来说，地膜无论是薄还是厚，无论是塑料的还是可降解的，统统没有意义，反正最后都会被扔在田地里。

我国的地膜技术最初是从国外引进的，那国外是怎么做的？在一些国家，普通地膜是用一斤就得交回来一斤，强制回收，这事有专业公司来做，但要付费。农民也可以选择用生物降解地膜，虽然价格贵一些，但是可以省掉回收地膜的钱，算下来成本差不多。不论用哪种，都不能留下白色污染，这有严格的法律规定。而那些生产可降解地膜的企业，还可以享受政府的补贴。

在国内，甘肃一些地方已经开始试点地膜的科学使用和回收了，但是还处在摸索经验的阶段，而且单靠一个地方、一个局部的力量，控制效果很难保证。

看来，用好地膜，存利去害，从国家层面上急需加快脚步。污染，治理，再污染，再治理，这样反复循环、无法根治的老路，一定不能再走了。

（《焦点访谈》2013 年 5 月 8 日）

延安城管打人事件调查

2013 年 5 月 31 日，陕西延安发生了一起城管野蛮粗暴执法的新闻事件，引起公众持续关注。在一段流传于网络的视频中，延安城管队员与自行车店店主互相撕扯打斗，而城管跳起来踩踩自行车店店主头部的画面，让人们难以接受。为什么会出现这样的行为？这段视频背后，真相究竟如何？《焦点访谈》记者赶赴当地展开调查。

记者走访了多方当事人。

据自行车店店员介绍，5 月 31 日，城管队员曾先后两次到店里执法，网络上的视频只是第二次城管执法的片断。

在延安市城市管理监察支队，记者找到了当时带队的中队长张琦，他向记者解释了为什么要到自行车店执法。

延安市城市管理监察支队凤凰大队稽查中队原中队长张琦："（自行车店）店外经营，占道维修自行车。"

记者："影响了行人通行？"

张琦："对。"

据城管介绍，自行车店所在的位置是延安杨家岭风景区内一条主干道，道路两边禁止摆摊、禁止占道停放车辆。这家自行车店可能因为店铺环境窄小，经常在店外占道维修、停放自行车。城管说他们曾在 4 月、5 月先后两次下达过整改通知书，可是没有起到效果。

城管所说的是否符合实际情况呢？记者在自行车店附近找到了一段事发当天监控探头拍到的视频。视频显示，当时的确有一些自行车放在店外人行道上，而此时恰好城管的执法车开了过来。按照视频上的时间测算，有一分多钟的时间，双方在交谈着什么，并没有动手。

记者："你们当时站在那沟通什么呢？"

张琦："（让他）往里面搬这个自行车，搬回店里。"

记者："店主当时的态度呢？"

张琦："他就好像有点挑衅我们的态度，不往回搬这些东西。"

自行车店店主刘国锋："我也在解释，我说这不是自己的车，也不是商品车，然后他说他不管这些。"

当时店方不愿意将自行车搬回去，城管也没有履行出示证件、开具暂扣单据等执法程序，双方僵持中言语逐渐升级，最后在中队长张琦的指令下，城管队员准备扣押在人行道上的几辆自行车，此时一名女城管队员郑媛媛与刘国锋发生了冲突。

据目击者称，郑媛媛当时身着黄色外套，并没有穿制服，店主可能并不知道这是城管在执法，而且郑媛媛的方式有些激烈。

自行车店顾客小高："指着（店）里面又是推，又是骂的。然后（店主）就说'碎女子，你不要给我在这瞎起哄'，然后她就跳起来了，'你骂谁呢？老子今天就收你自行车，你以后想不想做这个生意了？'"

记者："老板怎么说的？"

小高："当时骂她了，我也记不清楚了，反正特别难听，用延安话骂。"

记者："双方都很难听？"

小高："对。"

推推搡搡中，火药味越来越浓，但双方很快被各自的人员拉开，城管队员扣押了自行车店占道停放的 3 辆自行车后开车离去。可是仅仅过去十几分钟，城管又折返回来。接下来的事情，就是人们在网上视频中所看到的那些了。

原来，城管走后，自行车店就把自行车都搬回了店里，而顾客小高、小张来维修自行车，也没有在意，就把自己的自行车停靠在了店门外，恰好被折返回来的城管看到了。

小高："车开得那么快，急刹车停在那，直接冲这个店来的。"

记者："直接冲过来就抢这两辆车？"

小高："直接冲过来就抢嘛。"

记者："二次折返的时候，是谁下命令要去把那两辆车继续罚没？"

张琦："我。我觉得这个人有点挑衅，挑衅我们的执法。我就觉得说了也不管事，扣了（自行车）也不行，所以才下了车。"

城管不由分说，下车就要推走两辆车，小张和小高就和他们抢夺起来。

小张："开始在那拽的时候，我还跟他讲呢，我说这是我自己的车子，不是店里的，我到这来修车呢。然后城管使劲，'你给我拿过来，我想扣谁的就扣谁的！'我说没有王法了，为啥扣我自己的车？我在那路上一直追他，估计嫌我声音大了，把我车子抓起来一下子砸到地上。"

记者："当时为什么不放手去解释？"

张琦："可能有点不理智吧。"

记者："也就是说第一次罚没时那个情绪在第二次还存在？"

张琦："存在着。"

此时，店主刘国锋也赶了过来，恰好遇到与他发生过言语冲突的城管队队员郑媛媛。

张琦："他辱骂我们，土匪什么的，乱七八糟，什么难听骂什么。"

记者："你不愿意别人称呼你'土匪'这两个字？"

张琦："嗯……这个时候郑媛媛就下车了。"

郑媛媛："你骂我什么呢？"

刘国锋："去你××什么的……我就那样骂了。她直接扑上来了，因为我怕打架，怕他们打人，所以我也一直在往外推，但是时间很短，可能就两三秒的时间吧，其他城管直接一群人上来，开始围殴我。"

此时，围观的群众开始呼喊："打人了，城管打人了。"小高说，城管执法他理解，可是下手太狠让人吃惊。

后来，刘国锋和郑媛媛双双倒在了地上。因为角度关系，这则流传于网络的视频没有记录下来两人之间究竟发生了什么。

据说当时现场有很多人围观，拍摄视频的也不只一人。多方寻找后，记者终于在一位路人那里得到了另一段视频，不仅更清楚地拍摄了城管攻击踩踩刘国锋的经过，也拍到了鲜为人知的一幕。

刘国锋："我挣扎着爬起来，我可能出手了，拍了一巴掌到她脸上。"

郑媛媛喊道："爆他的头。"

刘国锋出手攻击郑媛媛，被城管队员二次暴打。这时候 110 接到报案赶到现场，而刘国锋和郑媛媛已经双双倒地。

事件发生以后，延安市做出处理决定，对违纪的 8 名执法人员，分别予以记过、撤职、辞退处分，涉嫌犯罪的景鼎文被刑事拘留，违法严重的刘兆瑞被行政拘留。据城管局介绍说，被拘留的打人者都是临时聘用人员，这再次引起了人们的议论。

临时工被处理，人们不是第一次听到，为什么出问题的总是临时工？为什么城管执法队伍中总有那么多临时工？为此，记者也展开了进一步调查。

事发现场的 8 名队员，属于延安市城市管理监察支队凤凰大队。据城管介绍，凤凰大队共有 3 个中队，负责在街道上开展巡查、稽查等工作，每个中队都是由 2 个具有执法资格的正式员工和 6 名协管员组成，协管员也就是延安城管事发后面对媒体所说的"临时工"。

据介绍，协管员每个月 1000 元工资，由政府统一定编，地方财政定额发放。这一工资水平甚至比餐馆服务员还要低，所以协管员队伍人员流动性很大。协管员招聘基本上没有门坎，经过简短培训就可以上岗。

记者："在经过培训以后，这些协管员就可以跟着正式的执法人员上街，参与协助执法？"

延安市城市管理监察支队副支队长段玉亭："协助执法。"

记者："我说的是参与或者协助。"

段玉亭："协助。"

记者："你强调是协助？"

段玉亭："嗯，因为他没有执法权。"

记者："协助是什么意思？"

段玉亭："协助就是正式执法人员做出行政处罚意见之后，配合正式执法人员开展工作。"

那么在实际执行过程中，协管员是参与执法，还是协助执法？从 5 月 31 日这起事件中可以看出，当具有执法资格的张琦做出暂扣自行车的决定后，都是协管员在现场执行强行暂扣的任务，在店家、顾客不同意的情况下还实施抢夺。

记者："协管员在执行决定的时候，有强制暂扣对方物品的权力吗？"

段玉亭："没有。"

记者："比如在这个事件里、被执法对象不情愿、出现拉扯的情况下，协管员应有上前拉扯或者抢夺这样的行为吗？"

段玉亭："不应当有。"

记者："在这个过程当中，一个非执法资格的人参与了执法，或者说协助执法，他很有可能会发生违法行为或者说行为不当？"

段玉亭："有可能。"

记者："协管员能做什么、不能做什么，你们有明确的界限划分吗？"

张琦："没有，我只是想着他们是协助我们。"

记者："你认为是协助，但具体行动当中，这种界限就混淆了。"

张琦："可能吧。"

早在 2007 年，陕西省政府就意识到，临时人员可能在城管执法过程中出现违法问题，做出了加快清查临时聘用人员的决定，可时至今日，协管员队伍不仅没有减少，反而有逐渐扩大的趋势。

记者："你们曾经试图逐渐清理这个协管员吗？"

段玉亭："我们一直有一个想法，就是让执法力量得到补充。如果有正式执法权的人员能到位，我们也不愿意用协管员。”

那么对于这些协管员，又是怎样管理的呢？“5·31”事件中，郑媛媛几次成为冲突的导火索，记者在医院见到了她。

郑媛媛初中文化，在卫校上了一年学，但中途退学，18岁应聘做了城管协管员，经过一周培训就开始上街协助巡查、稽查等工作。郑媛媛每天所面对的都是无照经营、占道经营的商贩，总有一些商贩不管怎么规劝就是不愿意离开，渐渐地，矛盾就多了起来。在郑媛媛记忆中，第一次发生激烈冲突是一个商贩在被暂扣物品后破口大骂，并抓伤了她的脸。

记者：“你是一个情绪容易激动的人吗？”

郑媛媛：“嗯，我一直就脾气不好。他们骂人，爸爸怎么样，老子怎么样，养了你这种人怎么样，一骂我这些，我就生气了。”

这件事发生在4年前，刚参加工作的郑媛媛感觉受到了伤害，满腹委屈。可对于这种事情，队里似乎习以为常，并没有对事件进行调查和善后处理。此后几年中，郑媛媛与商贩的冲突逐渐多了起来。

5月31日，在城管先后两次对自行车店进行执法过程中，郑媛媛控制不住自己的情绪与刘国峰互相辱骂，甚至厮打，终于引起更激烈的打斗。

对于执法过程中出现的暴力执法、暴力抗法情况，段玉亭坦言，这一方面说明在队伍管理上还需不断加强，从严治队，另一方面也说明老百姓可能没有真正理解城管的职责。

这起事件已经处理完毕了，但还有一些问题值得继续思考。我们听到过城管打人的消息，也听到过城管被打的消息，这类问题频繁出现的根源到底是什么？城市发展日新月异，环境在不断改变，人们的要求也在日益提高，我们的城市管理模式能不能跟上发展的节奏，能不能适应发展的要求？我们的管理方式如何改变才能更加先进，管理队伍怎样建设才更满足要求？

（《焦点访谈》2013年6月13日）

钟祥高考点为何遭围堵

高考刚刚结束以后，有这样一条消息引起了大家的关注。有网友发微博说，湖北钟祥高考考生作弊被抓，数百人围攻监考老师。很快现场的视频也被传到了网上，那么事情因何而起，真相到底如何呢？记者赶赴当地进行了详细调查。

在一段视频画面上可以看到，当时的确有大量学生和家长围堵在学校门口，现场也出动了很多警察维持秩序，场面看起来很混乱。考生围攻老师，对此网友们都表示实在让人不可思议。记者在湖北高考语文评卷员的 QQ 群里，找到了一位老师在现场发出的求救信息，时间是6 月8 日下午6 点多。这位老师写道：下午考完试后刚下楼被几百名学生围攻，我们所有监考老师正在考点办公室躲着等待救援，试卷就在我们脚底下，我们誓死保护试卷。为了解更多的情况，记者找到了几位当时在现场的老师，他们向记者讲述了当时的场景。

监考老师甲：“学生有扔水瓶的，有拿小石子在丢的。”

监考老师乙：“他们（学生）就围在考点办公室外面，大吵大闹的，突然间丢了一个像板凳一样的东西，把玻璃砸碎了。老师们在里面很恐慌，就往台子上面躲。”

原本应该是严肃而有序的高考，怎么会演变成这样一场考生和监考老师之间的冲突呢？在高考期间，这里到底发生了什么？事发考点钟祥市第三中学在2013年高考中是艺术和体育类考生的一个专门考点，全校共设27个考场，796名考生。根据湖北省考试院的要求，2013年荆门市作为试点，对艺体类考生实行异地监考，也就是从外地调老师来，对本地学生实行监考。钟祥市作为荆门市的下属县级市，也执行这一规定。2013年，在钟祥三中监考的老师共有54名，都来自临近的荆门市区和京山县。这些外地来的监考老师发现，从考试第一天起，这个考点就有些不平静了。

记者："这是个什么东西？"

监考老师甲："这是作弊的器材，这里面含有答案。"

记者："您是在哪儿发现的？"

监考老师甲："安检的时候发现的。"

记者："大概一共搜出来多少呢？"

监考老师甲："连手机的话，光我经手的有十多个吧。"

记者："你们在安检的时候，检出来一些什么样的作弊设备呢？"

监考老师乙："手机最多，还有像橡皮擦一样的作弊工具。"

记者："他们都藏在哪儿呢？"

监考老师乙："有的把手机藏在鞋子里面或鞋垫下面，有的藏到裤兜里面，有的女同学藏到内衣里面，还有的男同学缝在内裤里面，在上面专门缝了一个小兜装在里面。就我监考的几个考场来看，每场都可以搜十几个出来。"

记者："十几个？每场一共检查多少名学生？"

监考老师乙："三十名。"

记者："三十名学生就能有十几个带作弊设备的？"

监考老师乙："对。"

据监考老师反映，钟祥三中考点在安检过程中，查出了很多手机和其他违规设备，还有一些安检中没有被检查出来、进入考场以后被发现的，也被监考老师没收。说不清这一天这些违规携带的设备到底有多少，而就在第一天考试结束以后，考生家长殴打监考老师的事件就发生了。

监考老师甲："我已经到我们住的宾馆了，后面有一个女老师非常气愤，就进来说我们的老师被打了。后来等了大概两分钟时间，被打的老师进来了，他的脸被打肿了，在流血。"

记者："当时您看到他受伤了，有没有问他，跟他聊这个事儿？"

监考老师："问过，他不说话。他当时很气愤、很伤心的样子，我们老师都很气愤。"

这位监考老师为什么会被打呢？记者来到钟祥市公安局，拿到了当天的询问笔录。原来 6 月 7 日下午，这位监考老师没收了该考生带进考场的手机，引起家长的不满，于是遭到了殴打。对于自己的行为，笔录中这位家长是这样解释的：因为我希望孩子能考好，这名监考老师的行为影响了我儿子的高考，我很气愤。

据几位监考老师反映，为了保护自己，避免冲突，在这个考点，他们没收了考生的手机后，一般不会给考生记舞弊或者给处分，等考试结束后也会把手机还给他们。然而即使这样，由于监考严格，考生和监考老师之间的矛盾还是在不断升级，高考第二天又一起家长殴打威胁监考老师的事件发生了。其中一位被打的老师向记者讲述了当时的情景。

监考老师乙："他突然间冲出来抓住我的衣领，右手向我这里挥了一拳，我才反应过来，原来是学生家长，他的儿子也在旁边，应该是他的儿子指认的我。"

这起冲突依然是因为没收了考生带进考场的手机。在公安局的笔录中记者看到，这位家长是这样说的："我儿子已经进入考场里面，一位监考老师过来对我儿子搜身，将我儿子的手机从内裤里搜出来，我听后很恼火，就让我儿子带我回校园去找监考老师了。"

而这位考生的笔录，则记述了他和家长一起计划作弊的过程。警察问："你为什么要将手机放在内裤里？"考生答："高考第一天结束后，我跟父亲说了监考很严，手机带不进考场去，我与父亲商量后，决定将手机放在我的内裤里，躲过仪器检查后带入考场。"警察问："你带手机到考场干什么？"考生答："是准备作弊的。"

这两起冲突之后，考点的气氛更加紧张，一些监考老师提出了加强保卫的要求。6月8日下午是最后一科考试，钟祥三中的每层楼都有两名警察值守，然而考试结束后，老师们担心的情况还是发生了。监考老师们走出教室时，一些学生聚集到一起，领头的几个学生开始围攻老师。记者联系到一位在现场目睹事件发生的考生。

高考考生："当时校门一开我就出去了，出来后就看到里面大部分学生都没出来，老师一出来以后他们就追着老师，老师就跑到办公室里面去了。"

记者："有几个学生在前面带头？"

高考考生："这个我不知道，反正后来就一窝蜂地冲过去了，拿着考完试的笔和笔袋文具就往那边甩。"

监考老师们迅速进了考点办公室，这是一间阶梯形的教室，安装有防盗门，每场考试结束之后，监考老师都必须将试卷交回此处清点。然而老师们很快发现，这里也被学生围堵了。

监考老师甲："声音很大，在砸，在外面吼叫。我把试卷整理好交到前面，然后就在这个主席台上躲着，主席台周围都没有窗户，那个地方安全一点，我们都在上面待着。"

监考老师被困在考点办公室一个多小时之后，当地警方派出了多辆警车，护送监考老师返回了各自的县市。

事件发生以后，钟祥市纪委已经介入，就可能存在的高考舞弊情况展开调查。记者找到了一位把手机带进考场的考生，向他了解相关的情况。

记者："简单回顾一下整个过程，你如何进去（考场）的？"

高考考生："就是（将手机）放在裆部。"

记者："你在家里就已经将手机放在裆部了吗？"

高考考生："嗯。"

记者："这次考试你带进去了吗？"

高考考生："带进去了，但是没有信号。"

记者："报警器没有响吗？"

高考考生："它有时候响一下，响了我就给他（监考老师）了，有时候我们考场比较松，他就没怎么翻。"

记者："你买答案花了多少钱？你父母花了多少钱？"

高考考生："一万五千元……两万元吧。"

记者："是你父母替你买的吗？"

高考考生："嗯。"

记者："你父母具体向什么样的人买的呢？"

高考考生："这我不知道。"

一位网友 6 月 8 日在钟祥三中门口拍摄到的一段视频，也记录下了考生们关于作弊的一段对话。

视频中一名考生说："我和两个同学站在一起，他们昨天买的（答案）也没收到，他们两个的家长也在这里。今天下午他们（卖答案的）要是不露面，我们就打 110 了。他发了我没有抄到不要他退钱，可他发都没有发你晓得不？每场我都带进去了，他发都没有发。而且我还跑出去了，跟老师说我要上厕所，专门跑出去上厕所，都没有收到。你给那个人打电话，就说我要退钱。"

据了解，2011 年钟祥市的艺体考点就曾发现雷同试卷，被湖北省考试院给予了黄牌警告，之后钟祥市针对高考考风考纪进行整改。2012 年，钟祥市高考考场全部安装了视频监控和巡查系统，每个考场派三名监考员。但是，在 2012 年高考阅卷中，钟祥市艺体考点依然出现了疑似雷同试卷 99 人次，被湖北省考试院口头通报批评。2013 年，钟祥市各考点启用了全新的金属探测器、手机信号屏蔽仪等设备，防止考生作弊。可是，从目前记者的调查来看，还是有相当数量的考生和家长抱着侥幸心理，为了作弊不惜铤而走险。

钟祥市副市长王艳娟："应该说每年我们对考纪考风这一块都是非常严格的，我想他（学生和家长）情绪激动，第一个（原因）可能是今年我们上了新的技术手段，采取新的设备以后可能屏蔽（信号）的效果更好，所以他们失去了这样的一些机会；再一个（原因）就是今年安检这一块，比如老师有搜出来（作弊设备）的，我想可能主要在于家长和学生自己期望值的落差吧。”

而记者在调查中也发现，钟祥三中考点还存在着考务人员帮助考生贿赂监考老师的情况。在 6 月 7 日被打老师的笔录中，记者看到了这样的细节。这位老师说，那场考试结束后，自己回到考点办公室，考点的一位女复核员过来说，不好意思忘记了，应该事先就给你的。说完她就将写着该考生考号的两卷钱往我手上塞，反复几回后，当时因为办公室的老师很多，大庭广众之下，我也顾及她的面子就没有再推了，准备事后再找领导反映这个事情。而记者采访到的一位监考老师也讲述了类似的事情。

监考老师甲：“我认识的（一个老师），他说他在清理试卷袋，里面有一层露出这么多红色的百元钞票，上面写着考号，那个老师就举手，他说我试卷袋里面怎么有其他东西，有个发考务袋的（女考务员）就走到他身边来了，监考老师问她怎么回事。然后老师又说，这个东西是你发的，连续说了两声，这个东西是你发的。那个女考务员就把东西拿走了。”

6 月 13 日上午，湖北省钟祥市政府召开了新闻发布会，通报了钟祥三中艺体高考考点围堵监考老师事件的有关情况，表示对该事件进行了调查和分析，并加强整改。

发布会还通报，钟祥市公安局已经依法对两名殴打威胁监考老师的考生家长，处以行政拘留 5 日的处罚。考场工作人员为考生家长递钱，贿赂监考老师的行为已经构成违纪，给予其降低岗位等级处分。

其实发生在钟祥三中的围攻事件并不是个例，比如 2009 年的高考中，吉林省农安县就有学生和家长围攻殴打外地的监考老师，而在吉林九台甚至连公安局的信号屏蔽车，也遭到了家长的围攻。这样的情景为什么会一再上演？监考老师正常履行职责，做的是本来就应该做的事情，却引起了考生和家长如此过激的反应。

值得注意的是，钟祥艺体考点以前的舞弊行为就很普遍，这次严格监考，无疑是打破了一些人的如意算盘，所以引起了部分考生和家长的抵触，这就不足为怪了。考试考的不仅仅是知识，还有诚信，而在这个无形的考试中，很多考生和家长还没有进考场就已经不合格了。执行考场纪律就是得严格严格再严格，以正压邪，让遵纪守法形成风气，才有可能让舞弊行为绝迹。严查是对规则的尊重，更是对所有考生的公平。

（《焦点访谈》2013 年 6 月 15 日）

高尔夫别墅变脸记

看着修剪整齐的草坪，郁郁葱葱的绿色，风景真是不错。另一边的洋房，一栋挨着一栋，也挺漂亮。但更加值得我们注意的是，这些都是正在销售中的高尔夫球场和别墅。而为了保护土地资源，国家这几年已经三令五申，严禁建设高尓夫球场和别墅项目。那为什么在这里还会高尔夫照打、别墅照建呢？记者调查发现，这里让人吃惊的事儿可不光一件。

云南省腾冲县是个环境优美、气候适宜的地方。近几年，到腾冲旅游的人会发现，他们入住的酒店大堂，有很多的房地产项目在销售，其中最引人注目的是腾冲世纪金源高尔夫别墅项目。

云南腾冲世纪金源高尔夫别墅项目销售经理：“建设面积是155万平方米，从这一块以后全部是别墅，独栋别墅和双拼别墅。”

记者：“这边都是别墅？”

销售经理：“对。”

记者：“这有多少栋？”

销售经理：“这里可能有1000多栋。”

1000多栋别墅，每栋的面积从200多平方米到1000多平方米，蔚为壮观，在腾冲县这里的价格不算低。

记者：“什么价格啊？”

销售经理：“价格，差不多9000元一平方米。”

记者："这边是什么价格?"

销售经理："这里差不多均价 8500 元。"

腾冲县在云南的地理位置相对偏僻，临近国境线。在偏远的地方，这里的房子能卖到近万元一平方米的价格，除了是别墅外，最主要的卖点是别墅都是围绕着一个巨大的高尔夫球场建起来的，景色宜人，所以价高。

记者："三个球场?"

销售经理："嗯。"

记者："一个球场 18 个洞?"

销售经理："对，每个球场 18 个洞，总共是 54 个洞。（面向）会员的，我们不对外销售，现在买我们别墅的话，像高尔夫别墅 300 平方米以下，送两张高尔夫球卡，300 平方米以上就送三张。"

大家知道，一个标准的高尔夫球场是 18 个球洞，占地近 3000 亩，而这里的高尔夫球场，相当于三个普通的高尔夫球场，占地面积更加惊人。

记者："球场的总面积是多少?"

销售经理："球场面积 6000 亩，总项目将近 1 万亩吧。"

买别墅送高尔夫球场球卡，这里的别墅销售当然好。可问题是，像这样的高尔夫球场和别墅项目，2004 年早有明确规定，不再报批。在国土资源部的网站上可以看到，这个项目在 2010 年已经被叫停，原因就是高尔夫项目为禁止用地项目，是典型的违法批地。但这里的销售人员却不以为然。

云南腾冲世纪金源高尔夫别墅工作人员："那也不是我们一家，全国都是这样的，这是全国性的一种严打时期，对不对?"

记者："查完了以后也没有处理?"

工作人员："没有。"

记者："没让你们停业什么的?"

工作人员："没有。"

据了解，由于球场和别墅占用了林地和耕地，被国土资源部通报后，腾冲县已经撤销了高尔夫项目的用地，收回了项目的土地使用权，注销了有关行政许可证。按照2004年国务院关于暂停新建高尔夫球场的通知，这类高尔夫球场一经发现，所占耕地和林地必须全部退出，尽快进行复耕和恢复森林植被，别墅也必须整改后才能销售。然而，这里的高尔夫球场，球照样打，别墅也原封未动。

记者："国土资源部让你们整改的是这个项目吗?"

销售经理："是这个项目。"

记者："是这个?"

销售经理："对，容积率只有0.27。"

记者："说你容积率低了，是吧?"

销售经理："嗯。"

记者："你之后改了吗?"

销售经理："后来没有。"

不仅如此，这个非法的项目，好像还办齐了手续。

云南腾冲世纪金源高尔夫别墅工作人员："现在都放心了，所有手续都齐了。"

记者："高尔夫球场的手续也都齐了，是吧?"

工作人员："都齐了。"

国土资源部督办的土地违法违规案件，没有经过任何取缔整改，怎么又拿到了合法手续呢？记者首先来到了腾冲县规划局。

记者："它是高尔夫项目吗?"

云南省腾冲县住房与建设局城乡规划局副局长余再恒："没有提高尔夫项目。"

记者："别墅项目呢，是不是别墅?"

余再恒："也不是别墅，规划手续是有，但不是别墅。"

看来国土资源部通报之后，腾冲县根本就没有立项什么高尔夫或者别墅，这也就意味着，世纪金源的高尔夫别墅项目，并没有什么合法手续。然而，开发商却拿出了当地政府办理的房产和土地证书。

销售经理："70年，你看看70年私有房屋，你看这个名字，周成云。这就是上面高尔夫旅游度假村恒福苑，就是刚才我说的那个比较高的在卖的96号楼，登记时间2012年10月16日，私有住宅。"

记者："腾冲住房城乡建设局。"

销售经理："嗯。"

明明连合法规划都没有，竟然能拿到合法的房地产手续，按说这是不可能的事情，难道是房地产商在欺骗顾客，做假手续吗？当记者来到负责办理房地产证的腾冲县城建局后，还真是大吃一惊。

记者："我在网上看了看，上面说2010年被国土资源部列为违章建设？"

云南省腾冲县住房与建设局城乡规划局房产科工作人员："它曾经被列为违章，但现在还是做下来了，你看这是2012年批下来的。"

记者："手续都齐了吗？"

工作人员："齐了，都齐了。"

记者："土地手续齐吗？"

工作人员："顶多就是他们那边被罚款，跟这边没有关系的，跟咱们业主是没有关系的。"

记者："就是办完以后，这些东西是有法律效力的？"

工作人员："对，你们的个人土地证、个人房产证都可以拿到。"

这事儿可真是越来越奇怪了，明明是国土资源部公开督办查处的违法项目，明明没有依法整改，当地也声称根本就没有审批过高尔夫球场和别墅项目，那么他们怎么能够顺利建成，而且还拿到了土地证、房产证呢？到底用的是什么样的高招，又是如何运作的呢？

看来开发商并不是在用假手续欺骗客户。那么，没有规划的高尔夫和别墅是怎么办下土地手续的呢？在高尔夫别墅销售部，记者看到这些土地手续，手续是真的，但这里面的土地用途一栏，不是什么高尔夫别墅，而是写着体育休闲公园。

记者："建设用地规划许可证……这个行不行啊？他说休闲公园，将来会不会给你们翻了？"

工作人员："不会，不会。"

原来世纪金源高尔夫别墅项目经国土资源部查处后，的确补办了手续，但是拿到的所谓手续，实际上是一个体育旅游项目。这样的名称，看上去就和高尔夫别墅没有什么关系了。就这样，腾冲世纪金源高尔夫别墅项目摇身一变，用体育旅游项目拿到了规划和土地等手续，继续高尔夫球场和别墅的建设和销售。开发商这样做其实并不高明，近万亩的球场和别墅，即使是最外行的人都能分辨出这不是旅游设施。然而，奇怪的是当地政府部门从征地的环节开始就没有制止。

记者："征完地以后，你们当时没想到是盖这个东西吧？"

村民："清楚的。"

记者："知道？"

村民："我们清楚又有什么办法？镇长、副镇长这些人都来了，再有意见也不可能和政府拗上。"

就这样，原本是农民的耕地和林地，在政府的牵头下变成了高尔夫球场和别墅。如今，这个已经被国土资源部督办查处的项目，未经整改在继续销售，当地政府就是视而不见。

余再恒："说是别墅，他以这种方式宣传。他盖的都是别墅，买不买是你们的事儿，卖不卖是他们的事儿，我们只管手续的事。"

卖不卖是开发商的事儿，买不买是顾客的事儿，为非法高尔夫别墅办理合法房产证的理由，腾冲县似乎也找到了合理的解释。

云南省腾冲县国土资源局副局长："房子卖了就是个房子。"

记者："关键它是别墅？"

云南省腾冲县国土资源局副局长："因为别墅是人家的一种叫法，我们土地征收各方面，没有别墅这个概念，好像就是品位上的一个叫法。"

就这样，被国土资源部通告查处不合法的项目，没有经过任何整改就冠冕堂皇地在腾冲披上了合法的外衣。

记者：“别到时候买了以后，给我们这房子拆了，球场给关了。”

工作人员：“你不用担心，它是腾冲现在新建的，谁都没有权力关它的。”

记者：“为啥？”

工作人员：“因为我们老板跟领导关系比较好……”

不仅世纪金源高尔夫别墅项目顶着国家的政策建设销售，在腾冲，这样的大项目还在继续上马。

记者：“现在腾冲县周围，有多少个高尔夫球场在建或者要建的？”

村民：“加起来有三四个了，108 洞，准备要建的还有两三个。我好像听别人议论说，要把腾冲建为亚洲最大的一个高尔夫球场。”

真是“上有政策，下有对策”，国家禁止建，只需要把高尔夫球场和别墅改个名，叫作体育休闲公园，一切就可以照旧进行了。可是这简单的把戏蒙外人行，绝不可能骗过有关的管理部门，那为什么在他们那里又会一路亮绿灯呢？记者在采访时不止一次听到这样的话：老板和什么人关系好，有实力。那我们倒是要问了，为什么国家的法律法规，总是硬不过关系？他们到底和什么人关系好，这个关系又是靠什么实力来维持的呢？说到底，背后的利益链条不斩断，违法行为就无法遏制。近几年借所谓的体育休闲之名，建高尔夫球场和别墅的事情，在全国各地多有发生，对于这种借名占地的新动向，我们也希望看到监管部门有新的办法和新的举措。

（《焦点访谈》2013 年 7 月 9 日）

这税收得真奇怪

税收和我们每个人都有关系，有了税收国家才有钱给百姓做更多的事，也就是税收取之于民、用之于民。经商做买卖，依法纳税是义务，也是责任，没什么可说的。但是最近河北省河间市一些乡镇的个体工商户却为缴税发起了愁，因为这次要缴的税不仅名目不清不楚，而且数额也大得吓人，如果不缴的话，后果更吓人。

宋金廷在河间老家的村里开了一个家庭作坊，生产工艺酒瓶，小作坊不大，车间只有四五十平方米，三四个工人加上几个叔伯兄弟，弄好了一年能有几万元的收入。就在前两天，宋金廷接到当地乡政府的通知，说像他这样的个体工商户要缴纳一笔税款。

河北省河间市黎民居乡个体户宋金廷："让我去乡里，然后我就去了，跟我说按我这边的规模，让我缴六万。"

村子里和宋金廷一样做工艺酒瓶的有几十家，他们也都收到了缴纳税款的通知，有的要缴纳十几万，还有的需要缴纳二十几万。

个体户们告诉记者，他们都是小规模的家庭作坊，有订单开始干活，没订单就停业休息。因为收入不稳定，河间市国资局以往都是让个体户按月定额纳税，一旦长时间没有订单，只要在国税局申请报停就不用缴税。

记者："你一个月定额（缴纳）多少？"

河北省河间市黎民居乡个体户甲："国税是 600 元，地税是 133 元。"

河北省河间市黎民居乡个体户乙："我以前每个月的定额是 600 元。"

有个体户给记者拿出了每月定额缴纳税款的存折，上面可以清楚地看到，账户上每月都会被划走 600 元的税款。

记者：“这个是你们家每个月缴国税在这上面扣的？”

个体户甲：“嗯，一般钱扣没了，他们就打电话（让）往里面存钱去。”

本来该缴的税都已经缴了，可现在还要继续缴。那么，乡政府让个体户们缴的到底是什么钱呢？

宋金廷：“我问缴的什么钱？他说就是补缴税款。”

个体户甲：“他说叫临时经营税。”

记者：“什么叫临时经营税？”

个体户甲：“那咱哪儿知道，税务都让缴，咱就过去缴了呗。”

个体户乙：“他说是补缴，说你用电多，拿多少多少钱。”

记者：“不缴行不行？”

个体户乙：“不缴就停电，干不了了。”

记者在走访中发现，虽然各家各户都要缴钱，但缴的名目却各不相同，数额也不一样，虽然乡政府对这笔税款要得很急，但是数额上却允许讨价还价。

宋金廷：“（我们）一开始也是（要缴）六万，我们村书记就过去讲情，讲到一万二。”

河北省河间市黎民居乡个体户丙：“后来有人给讲到十万，又找来找去讲到五万，五万肯定还是不行，后来又讲到两万。”

个体户乙：“就强制要，要六万。咱们缴不起，后来我说给一万，一万不行给两万，不缴就停电了。”

记者：“这两万给谁了？”

个体户乙：“两万给政府了，政府说统一开票。”

记者：“哪个政府？”

个体户乙：“黎民居乡政府。”

如果是政府合法征收的费用，怎么会有这么大的商量余地呢？可即便价格从最开始一折再折，对他们来说仍不算小数目。

个体户甲："一年缴一次定额才六千块，这次又缴五千块，等于是翻了一番。"

个体户乙："咱没赚到钱，咱拿什么缴？咱如果一年赚十万，两万三万给他没事，可咱没挣着。"

让个体户们很难理解的是，这笔钱早补和晚补还不一样。早补的个体户已经把钱缴到了河间市国税大厅，一般都是补五千元，给开完税证。让人奇怪的是，即便在国税局缴了税，开完税证时还不能用本人的名字。

个体户甲："我父亲缴的（税），拿着我的身份证缴的。"

记者："他为什么不拿他的身份证缴？"

个体户甲："他（国税局）不让，说让拿别人的身份证缴，不能用户主的身份证。"

记者："李志强，你是做什么的呢？"

个体户甲："我在我父亲的厂子里，在这儿打工。"

原来李志强缴的这笔税款是以个人名义上缴国税局的，从法律上讲，和他父亲的家庭作坊没有任何关系。

记者："就是说你父亲缴了一份税，你又缴了一份税，你个人就缴了五千元的税。"

这怪事不仅是李志强一家，早期在国税大厅缴纳税费的个体户都不能用自己的名字。

记者："这个黄玉芹是你什么人？"

河北省河间市黎民居乡个体户乙："我老伴。"

记者："那你这个厂子是谁的？"

个体户乙："是我的。"

记者："你的厂子，那为什么用她的名字缴税呢？"

个体户乙："不能用个人的名字缴税，法人代表是你，不能用个人的名字就这意思。"

记者："个体户的户主是你，是吧？"
河北省河间市黎民居乡个体户丙："对。"
记者："税务登记也是你的名字吧？"
个体户丙："税务登记都是我的名字。"
记者："那怎么你的税是你儿子去缴的？"
个体户丙："那我也说不明白了。"

其实这事并不难理解，因为个体户每个月都已经缴纳了税款，河间市税务局想再多征一笔，自然要用一个新的名目，换上一个人名才行。

缴税是光明正大的事，为什么要遮遮掩掩，而且不能用商户本人的名义来缴呢？不仅这税来得不明不白，而且缴的数目也是不清不楚，这不就是大家常说的过头税吗？正因为收过头税不合法，所以不能用本人的名字，必须要用不同的人头来分担它，好让账面上看不出问题来。这税收得不合法，可你还得抓紧缴，因为如果没有在税务局缴就更麻烦了。

早补税的补到国税局，基本上是每人五千元，而晚补税的税务局还不收了，只能缴到乡政府，不过这数目可就更大了。

宋金廷因为要给患了癌症的老母亲看病，家庭作坊早在一年前就在河间市国税局报停了，最近一个月才开工，按说最多补一两个月的定额税款，可黎民居乡政府现在给他定的是一万两千元。他想不通为什么会这么多，于是他来到了河间市税务大厅，想看看自己应该补多少钱。

河北省河间市国税局工作人员："你这个连征收方式都没有了，都不能征收。你跟他说，我们这的（税务）大厅都不能征收。"

国税局的工作人员告诉宋金廷，他现在还处于报停状态，要重新申请开通才能缴税。那么，乡政府按什么标准给他定的这么多税钱呢？他来到了河间市黎民居乡政府，找到了负责收税的李稳通书记。

宋金廷："我（应该）缴多少钱？"

河北省河间市黎民居乡副书记李稳通："七千两百元加五千元。"

宋金廷："一万两千二百元？"

李稳通："缴了定额，然后额外再多拿五千元，你不知道吗？"

宋金廷："那五千元是怎么回事？"

李稳通："五千元那是税收任务重，给你加五千元，怎么了？你有意见啊？"

原来乡政府给他定的是补缴一年的定额七千两百元，再加上因为政府税收任务重，多负担五千元，总数是一万两千二百元。那么，不缴这笔钱会怎么样呢？

宋金廷："不缴这个怎么着？抄家什？"

李稳通："不抄家，抄家干吗？家招谁惹谁了。"

宋金廷："有证的也能抄？"

李稳通："你以为呢？不缴税那不是抗税法吗？"

虽然李书记扬言要抄家什，可宋金廷还是不想缴钱，这可惹火了李书记。

李稳通："你今天缴得上还是缴不上？"

宋金廷："今天缴不上就封呗。"

李稳通："你以为呢？"

宋金廷："别这么着。"

李稳通："我也不愿意这么着，你这个玩意儿纯粹是逗我，你那么有钱，你没钱去借去，你装蛋儿玩你？"

宋金廷："你们领导别老骂人。"

李稳通："我就骂了，说你不对啊？你是装蛋儿玩不？"

这位李书记不仅语气凶，对付宋金廷这样不肯缴费的个体户手段也够硬。无故被骂一顿，还被威胁要封了厂门，宋金廷只好带着一肚子委屈回了家。第二天他又来到了乡政府，想要再争取一下，可没想到这一次缴费数额又变了。

李稳通："(缴)六万是没商量了。"

宋金廷："怎么又六万了，你不是说一万两千二百元吗？"

李稳通："谁说的一万两千二百元？"

宋金廷："不是李书记你昨天说的吗？"

李稳通："我说昨天缴一万两千二百元，可是你昨天不缴。"

宋金廷："一天涨这么些钱？"

李稳通："明天更多。"

一夜之间税钱就从一万两千二百元涨到了六万，听李书记的意思，今天不缴明天还要涨。让宋金廷没想到的是，第三天一大早，李书记带着人就把他的家庭作坊给封了。

李稳通："你环评不合格，厂子不规范，得整顿。"

宋金廷："整顿？"

李稳通："知道吧？"

宋金廷："整顿也用不着贴封条。"

李稳通："必须得贴，不贴不行。停业整顿，不停业怎么整顿，你一边干活一边整顿啊？"

宋金廷："你告诉我停业，我立马停业，可你也不能贴封条，你们就是法律吗？现在得讲法律。"

李稳通："我们不是法律，你是法律，行吧？"

宋金廷："我不是法律。"

李稳通："是呀，哪轮得到你说三道四了？"

宋金廷："你们不能想封就封啊。"

看来这不缴税的后果真是非常严重。

宋金廷："就是为了缴税呗。"

李稳通："谁说了？谁管你要了？"

宋金廷："你们管我要了。"

李稳通："我们管你要，你缴了吗？"

宋金廷："没有呢。"

李稳通："没缴就没缴呗，没缴干啥来呀？我怎么你了？"

宋金廷："我就怀疑你们要的是什么税，我都不知道你们要的是什么税。"

李稳通："要的国税，给国家缴税，怎么了？"

宋金廷："给国家缴税有条文不？"

李稳通："有条文，自己上税务局查，当然有条文。"

虽然李书记没拿出收费的条文与标准，还是以环评不合格的名义查封了宋金廷的作坊，不过李书记也留下了一句活话。

李稳通："你早找我啊，我让你少花点钱，就把这事给办了嘛。"

几天后，李书记把宋金廷的税款减到了五千元，缴税之后，他的家庭作坊又重新开工了。

不缴税是抗税法，逼征税款的时候，这位李书记没有忘了抬出国家法律，但他显然忘了，依法纳税所对应的是依法征税。征税缴税都得依法行事，该缴的税不缴那是抗税法，不该征的税强征，税法又放到哪里去了呢？

其实最近一段时间里，河间地区多个乡镇都在征税，花样各有不同。米各庄镇是华北地区最大的汽车零部件批发市场，受益于外地客户多，这里的物流货站林立，前店后厂的商店比比皆是。上午10点钟，按说正是商户们开门营业的好时间，可记者随便在街上走走就看到了大量关门闭店的商户。

记者："他们人呢？"

河北省河间市米各庄镇商户甲："藏着呢，都藏起来了。"

记者："藏起来干吗呀？"

商户甲："要钱，都要缴税，打电话，一打电话就出来了。"

河北省河间市米各庄镇商户乙："都跑啦，都不敢开门。"

记者："为什么不敢开门？"

商户乙："这个地方收税太厉害了。"

记者："要缴税，缴多少钱？"

商户乙："上万。"

记者："你们也上万吗？"

商户乙："那不上万怎么可能！"

记者："你缴没缴呢？"

商户乙："我在家缴了，这儿没敢开门，刚才有人开了一会儿。"

商户们告诉记者，之所以不敢开门，是因为米各庄镇政府给不少商户送发了一纸白条，上面写着一个秦俭的人名与开户银行卡号，并标注要在 11 月 6 日前，向卡里补缴税款两万元，右下角的落款是米各庄镇综合治税办公室。白条上并没有任何公章加印，还是手写与打印相结合，看上去多少有一些不伦不类。可就是这样的一张白条标注的钱却不缴不行。

河北省河间市米各庄镇商户穆向波："你不缴就给你关门。"

记者："他们有关的吗？"

穆向波："有封门的，好几家了，就是抵抗不缴的。"

商户们都弄不清缴的是什么钱，所谓的综合治税办公室更是没听说过，大家对这笔钱都很有意见。

穆向波："你要说清楚是什么税，我们肯定缴，连个公章、收条都没有，啥都没有就平白无故让我给你钱，这叫缴税吗？"

记者："你平时缴没缴过税？"

穆向波："缴过啊。"

记者："你每个月都缴？"

穆向波："每个月都缴定额。以前是定的 120 元，现在定的可能是 130 多元，每个月都在账户里面往下扒（钱）。"

梁庆宇是所有物流货站中最早缴税的一批，他按米各庄镇政府的要求打了一万元到秦俭的账户上，虽然政府再没找过他的麻烦，可也没有人对他缴的一万元给出说法。现如今，他最想知道的就是他把这一万元到底打给谁了，这位秦俭到底是什么人？记者带着信用社的汇款证明，跟随梁庆宇来到了米各庄镇政府，找到了相关的工作人员。

河北省河间市米各庄镇政府工作人员："你缴了一万，是吧？"

梁庆宇："是。"

工作人员："没事儿。"

梁庆宇："这个秦俭是谁？俺都不知道。"

工作人员："他是财政所的所长。"

梁庆宇："财政所所长是吧？"

工作人员："对。"

税收是国家和地方政府财政的主要来源，税费按规定只能缴到税务部门或者每个月定期从银行转账，无论如何也不允许汇入私人账户。那么，米各庄镇政府为什么让商户们把钱汇到私人账户呢？这个综合治税办公室又是怎么回事呢？记者在河间市政府的官方网站上看到，米各庄镇开展的综合治税工作源于 2013 年河间市下达的追缴税款任务，对米各庄辖区内的保温、汽配、物流等行业进行综合治税。按说整治偷税漏税应该公开、透明、合理、合法，那么这次整治偷税漏税的行动为什么会有这么多让人不理解的地方呢？

河间收税就是一个字——"乱"。到税务所缴税得冒名顶替，乡政府代收还能漫天要价、坐地还钱，有些税钱还缴到个人账户上，难怪老百姓会问，这到底收的是什么税？依据的又是什么法？其实国家税务总局 2013 年 7 月就针对下半年税收工作明确提出过要求，完成任务必须依法，针对小微企业的税收优惠必须落实，收过头税害人、害己、害长远，坚决不能允许。而河间这种乱收税的做法显然与国家规定不同，应该有人给老百姓一个说法。

（《焦点访谈》2013 年 12 月 11 日）

讨薪的遭遇

每到年底的时候，农民工能不能顺利地拿到工资，都会成为大家关注的热门话题。这几年，通过社会的共同努力，情况有了很大改善，可还是有些地方留有死角，还会传来我们不愿意听到的消息。

张正友的老家在陕西安康农村。2012 年，张正友带着家乡 70 多位乡亲，到山东省莱芜市一家私人铁矿——耿公清铁矿，干挖矿石的工作。本来与矿上签订的合同是按照矿石的产量定时结算工资，一开始合同执行得还算顺利，可是不知道怎么回事，从 2012 年 10 月开始，矿上停止给他们发工钱，欠薪的总额将近两百万元。

记者："平均每个人欠了多少薪水呢？"

矿工："从（2012 年）农历九月到腊月，欠了每个人有一两万块钱。"

记者："一两万块钱？"

矿工："嗯。"

记者："到现在一直没有要来？"

矿工："现在没给，矿上不给。"

矿工在井下挖一年的矿石，工资也就四五万元，每人欠薪一两万元，对农民出身的矿工来说，不是个小数目。

矿工："两万块钱对我们来说真的不容易，我们都是提着生命下井的，不要钱咋行啊。"

耿公清铁矿的老板叫齐二丑，常年不在矿上。2013 年春节前，矿工们打通了他的电话，齐二丑表示，付工资没问题，但是时间上要缓一缓。

（2013 年春节前：张正友与耿公清铁矿老板齐二丑通话）

齐二丑："回来咱们一块儿把这个事捋一捋，把这个事两三个月内给你解决了，（钱）都是你们辛辛苦苦挣的。我怎么跟你说的，你要有录音可以把我的话录下来，我让矿上先生产两个月，就把你们的工资算清。"

然而事情并没那么简单。

张正友："我就要求他们算账，他说这个没问题，绝对正月十五（之前结清）。我是正月初九到的，初十他就说（再等）四五天，你那多大一点账，几天就给你算完了，（正月）十四以前给你算清。结果就这几天我天天找，一找没有人。给老板打电话，他推给矿长，给矿长打电话，他今天在肥乡、明天在济南，就来回这么跑，在这儿在那儿的，你见不到人。"

对拖欠的工钱，老板推三阻四一直不给，直到过了老板许诺的期限，不仅钱没有拿到，人也找不到了。张正友和工友们听说，莱芜市劳动监察大队可以解决农民工的欠薪问题，就找到了莱芜市劳动监察部门。

山东省莱芜市劳动监察大队工作人员："他不给清算，这是你们工程的问题，劳动部门能给你解决工程的问题吗？"

张正友："咱们给他干了活，四个月不清算。"

工作人员："那你们要解决工程结算的问题，劳动部门不管工程，你找建委部门给你协调这个问题。"

张正友："找建委？"

工作人员："建委。"

张正友按照劳动部门的要求，找到了莱芜市建委。

张正友："我是陕西的。"

山东省莱芜市建设局负责人："怎么了？"

张正友："我们在方下镇一个铁矿里上班，2012 年 9 月到 2013 年元月，不给咱们算工资。"

负责人："铁矿不是我们管。"
张正友："不是你们管？"
负责人："我们是建设部门，是盖楼的。"
张正友："劳动局说这事是你们（管）的。"
负责人："铁矿属于劳动部门，我们是建设局，我们是建委。"
张正友："我去劳动局，他们说你们管。"
负责人："他们是推卸责任，你去找他们就是。"

无奈之下，张正友找到了莱芜市信访部门。
山东省莱芜市信访局工作人员："那（你找矿上）清算去啊。"
张正友："找谁清算啊？"
工作人员："他（矿上）不和你清算，咱有什么办法？信访有什么（用）呢？"
张正友："就是请领导给我们想办法，给咱们指条道，真是没办法了。"
工作人员："你给党委书记打电话。"
张正友："谁？"
工作人员："给党委书记，我把电话号码给你。"
张正友："给镇书记打电话？"
工作人员："嗯。"
张正友："他能办这个事吗？"
工作人员："当官不为民做主，不如回家卖什么呢？卖红薯。"

这方下镇党委书记的电话还的确打通了。
(张正友与莱芜市方下镇党委书记通话)
党委书记："你好。"
张正友："你好，书记。"
党委书记："你是谁啊？"
张正友："我陕西姓张的，我在耿公清铁矿打工的，以前找你求助过。"
党委书记："你打错了。"
……

就这样，找政府主管部门投诉，钱还是没有要回来。2013 年春节过后，矿上找了另外一批矿工来接替他们，工钱没有结算清楚，张正友和工友们拒绝离开矿山。没想到，他们的被褥从房间里被扔了出来。

矿工：“工资不给我们，反而把我们撵出来，明摆着不想给工资。他就是不想给，那也是不可能的事，所以我们就发生冲突，打起来了。”

于是，张正友和几个工友因为打架斗殴，被镇里的派出所拘留了。

虽然被拘留，但张正友还是惦记着 70 多名工友的两百多万元薪水。在拘留所，他给铁矿老板齐二丑打通了电话，老板齐二丑的一番话让张正友不寒而栗。

张正友：“我那个时候打电话，还把老板叫二哥，我说二哥你这样做有点太过了。后面他就生气了，说你这是啥意思？你要知道你想守是守不住的，这是第一；第二，你想让工人在政府部门闹，不管你在哪个地方闹，你闹一分钱都拿不到；第三，你想顺利地出来，不容易的……我在拘留所住了 12 天的时候，被直接送到了看守所，送到看守所之后又被关了 38 天。”

记者：“有没有移交检察院？”

张正友：“移交检察院，检察院过来提审过，检察院说的是不予批捕。”

张正友出来以后，找到主办案件的警官想要讨个说法。

(张正友与山东省莱芜市公安局莱城分局办案民警通话)

张正友：“那个咱们以前拘留的，看守所和拘留所加起来 50 天，算不算时间超长这样的？”

莱城分局办案民警：“判刑时法院会决定的。”

张正友：“判刑的时候法院会减出来，对不对？”

莱城分局办案民警：“对，会少执行 50 天的。”

张正友：“咱们还得判刑，是这样的意思？”

莱城分局办案民警：“对，对，对。”

被拘留了 50 天不说，判刑根本就是法院的事，检察院没有批捕，警官怎么一开口就说到判刑的事了呢？不过，张正友出来以后还是首先想着讨回矿上拖欠工友们的薪水，没想到矿上开始抵赖了。

（张正友与莱芜市耿公清铁矿矿长通话）

张正友："王矿长。"

王矿长："干啥呢？"

张正友："咱们把话说完，说两句。"

王矿长："跟你还有啥话说？"

张正友："跟我没话说？就是问一下这四个月结没结工资，你不知道啊？"

王矿长："你去死吧。"

张正友："王矿长你怎么这么说话呢？矿上欠钱，咱说欠钱的事，你怎么骂人呢？"

王矿长："谁欠你钱了？"

张正友："去年 10 月以后的钱，什么时候结的？"

王矿长："你放屁吧。"

张正友："怎么了？"

王矿长："你放屁吧，欠你钱。"

2013 年 8 月，事情又发生了让张正友意想不到的变化。莱芜市公安局再次找到了张正友，出示了四张有他签字的收条复印件。这四张收条显示，张正友已经从矿上领取了那两百万元的欠薪。

张正友："当时我就否认了，我就说这个东西纯粹是伪造的。警方说这个东西不要紧，我们会公正办案的，我们给你做司法鉴定。"

记者："警方这样说的？"

张正友："他说我们会公正办事，给你做司法鉴定。我说我们律师也说了，那个必须要做司法鉴定，要不这样太冤了。"

张正友以前领取工资都是从矿上一个姓吴的会计手里领取的，因为不会打字，收条都是手写的。而公安局提供的这四张收条复印件，看上去都是机打的，于是张正友拨通了矿上吴会计的电话，询问那四张机打收条是怎么回事。

(张正友与莱芜市耿公清铁矿会计通话)

张正友："是吴总管吗?"

吴会计："你是谁啊?"

张正友："我张正友啊，你好，在哪里呢?"

吴会计："我在外边呢，干啥?"

张正友："我就说说咱们工资的事儿，和你了解了解。我看矿上提供了四张条子，四张条子是机器打的。"

吴会计："什么条子?"

张正友："就是矿上机打的四张条子，咱们俩有机打的条子没有?就是收条，我俩在一块儿做交易，都是用手写的吧?"

吴会计："是啊，收条是手写的呀。行了，有时间我给你打电话，现在我在医院里。"

张正友："你在什么医院呢?我就问一下，我问两句话，就是四张条子的事……喂?"

……

电话里，矿上的吴会计证实了以前的收条都是手写的，对于这几张机打收条，矿上的吴会计不置可否。因为警方表示过收条可以通过司法鉴定辨真伪，张正友之后一直等待警方的鉴定结果。没想到事情又发生了新变化。

张正友："应该就在 10 月吧，10 月检察院他们又通知我们，让我们过来，过来之后又叫到检察院。然后在 11 月，我们律师打电话说卷宗里面怎么还有四张机打的收条?你到底收到这个款没有?咱们的确没有收到这个款。"

张正友得知，那四张他已经当面否认的收条，没有做任何司法鉴定，就被警方塞进了送到检察院的卷宗内。凭借这个卷宗，莱芜市公安局再次要求莱芜市检察院以寻衅滋事罪批捕张正友。而这四张收条就是为了证明张正友早就收到了矿上支付的工资，却故意赖在矿上不走，与新来的矿工发生摩擦。警方由此认为，这些行为是无理取闹，应当以寻衅滋事罪批捕入刑。

记者："第一，从你的角度来说，如果这四张收条成立，检察院认可的话，是你收了钱，你知道这意味着什么吗？”

张正友：“意味着要追究我的刑事责任，我真正寻衅滋事。”

记者：“第二，企业欠您的钱再也拿不回来了。”

张正友：“我拿不回来了……”

虽然莱芜市检察院再次退回了莱芜市公安局的卷宗，没有批捕张正友，但是在没有做任何司法鉴定的情况下，办案单位为什么把收条塞进卷宗，并且作为主要的法律依据要求检察院批捕张正友呢？记者随着张正友来到了办案单位——莱芜市莱城区方下派出所。

记者：“这是你们放到卷宗里的几张收条，说是张正友，也就是他收到了这些工程款……你收到了没有，这些钱？”

张正友：“这哪收到了？”

记者：“你当时有没有向沈警官说这四张收条不是真的？”

张正友：“当时说了。”

记者：“沈警官，你还记不记得？”

山东省莱芜市公安局方下派出所办案民警沈小远：“忘了。”

记者：“这个案件是您办的吗？”

沈小远：“是我办的，因为里面的具体细节我不可能记得那么清楚。”

记者：“这是个主要证据，你要判他寻衅滋事，要判他刑事责任，你记不起来这是你办的吗？”

沈小远：“……”

记者：“沈警官，您是一个老民警了，您知道办这个案子的后果吗？对张正友意味着什么，您明白吗？这收条是谁给您的，请您再回忆一下。”

沈小远：“你给过我吗？”

张正友：“这不是我给的，这是我们律师在检察院取的证据。”

记者：“这是你（派出所）放到档案里边，到检察院要求判他刑，这是你提供的证据。这个证据是谁给你的，你塞到档案里？这个案子是你办的。”

沈小远：“不是我提供的假证据，我回忆回忆吧……”

直到这期节目播出时，这位办案的沈警官也没有回忆起四张收条的来龙去脉。张正友又多次找到了方下派出所的上级单位，要求鉴定那四张收条的真伪。但他们却认为暂时还没有必要非去做这个鉴定。

张正友只能自己鉴定那四张收条的真伪，而鉴定真伪需要收条的原件。张正友又多次找到矿上的财务负责人，然而直到今天，矿上也拒绝拿出四张收条的原件，鉴定也就自然无法进行了。

矿工："他们欠薪的现在逍遥法外，我们农民工没要到钱，反而像通缉犯一样。我们希望辛辛苦苦挣下来的血汗钱能要到，我还是相信这个社会是有正义的……"

矿上出示的四张收条是真是假，没有人能说得清楚，收条的原件到现在也没有提供出来。其实这起事件当中到底谁在说谎应该不难查清，但是直到现在，也没有一个令人信服的说法。农民工讨薪难，到底难在哪儿呢？他们在劳动争议当中往往处于一个弱势地位，而本应该为他们提供支持和保护的职能部门，如果再相互推诿不履行职责，无疑更会增加他们的维权难度。此外，是不是还有个别部门包庇企业、刁难农民工，这也应该调查清楚。一起讨薪事件背后暴露出来的问题，不仅是劳资纠纷这么简单。

（《焦点访谈》2013 年 12 月 13 日）

“掺假管”真得管

自来水和千家万户都有关系，它在日常生活中必不可少，它最重要的就是卫生和安全。要保证这一点，水厂净化是首要环节，却不是唯一的环节。干净的自来水到了用户家里，也有可能再次变得不干净，要保障用水的安全，还有一个不可缺少的重要环节，就是输送自来水的管道。那么，市场上的水管质量如何呢？最近我们的记者进行了调查。

记者走访了上海、北京等地的建材市场，以一种直径200毫米的自来水水管进行询价。其中有三个商家分别报价：69.58元一米、80元一米和79.52元一米。

按照这样的价格计算，这些自来水管是九千多元至一万多元一吨。但是生产这种自来水管的原料聚乙烯，目前的价格却要一万三千元左右一吨。水管从原料到商品，中间要加入加工费、税收、运输、销售等不少的成本，怎么销售价格会比原料还便宜呢？

商家：“这个我不会去研究的，这是厂里的问题。”

为了搞清楚塑料自来水管市场这种不正常的现象，记者前往管道比较集中的产地之一——苏州市吴江区七都镇进行调查。我国目前自来水管网主要由水泥管、铸铁管、钢管和塑料管构成，其中塑料自来水管占总量的三分之一左右。在2012年新增的自来水管道当中，塑料管占据了其中的一半。七都镇生产塑料管的历史由来已久，镇上现在有上百家大大小小的管子厂，走进七都镇，车上拉着、路边堆着各种各样的塑料管，生产厂商的广告随处可见。记者走进了一家没有挂牌子的工厂，一袋子原料刚被放进料斗当中，走近一看，料斗里的原料五颜六色，经过搅拌被加工成自来水管。

记者：“这里有好几种料，是吧？”

自来水管厂工人：“五种料。”

自来水管直接接触饮用水，国家对此有严格的质量标准。按照规定，生产自来水管的原料，是这些白色的高等级聚乙烯或聚丙烯颗粒，而这个厂家的原料怎么会是五颜六色的呢？

自来水管厂工人：“这些都是好的回料拼出来的。”

记者：“全是拼出来的？”

自来水管厂工人：“有的是增加拉力的，这个要用配方才行。”

据厂家介绍，这些所谓的回料其实就是回收塑料。按照相关规定，回收塑料是不能拿来做自来水管的。但是七都镇用回收塑料做自来水管的还不止这一家，记者又来到另一家叫作明月管业的厂家。

明月管业经理：“一半新料一半回料放在里面做，绝对没有问题，一点儿也看不出来，全部是新（料）的也都是黑色的。”

记者：“这个是排水管还是上水管？”

明月管业经理：“都是上水（管）。”

据老板介绍，厂子的销量还不错。

明月管业经理：“现在福州、苏州、安庆、杭州，全部到我厂里拿货。明天就要有四千吨发出去，每天发货的。”

在另外一家规模庞大、号称中国管业十大名牌的大型管道企业联洲管业，厂家也承诺，可以按照客户需要，量身定制新料与回料的比例。

联洲管业经理：“108 元一米，这个是百分之百纯新料，不能掺回料的。但是我跟你实话实说，我也掺二八的，价格可以再便宜一点。”

记者：“二八是什么？”

联洲管业经理：“二八就是八成新料掺二成回料。我做管子的时候通知你，你过来看，我们多少新料多少回料，给你放进去做。多少管子，然后一算，新料多少价格，回料多少价格，再稍加一个加工费。”

这位经理还带记者参观了颇具规模的工厂，厂里面堆放着各种规格的塑料水管。直径 500 毫米左右的上水管，一般用来做市政自来水管网的主支线管，200 毫米左右的，是接入普通居民小区的次支线管。自来水管网是一个相互连通的封闭网络，只要其中一段出现问题，就可能影响一片区域的水质。而在七都镇使用回收塑料生产自来水管，已经是行业里面公开的秘密了。

记者：“白的是新料？”

自来水管厂工人：“白的也不是新料，是回料。这个全是回料做的。”

自来水管厂工人：“这个是掺有新料做的，两包回料掺一包新料。”

为什么这些厂家都用回料做管子呢？业内人士是这么说的。

自来水管业内人士：“做管子全部用新料怎么行呢？肯定要用回料的。我们这里 200 多家管子厂，都是用的回料，用新料做的很少。这么大的管子，全部用新料还吃得消吗？怎么跟人家竞争呢？”

在记者随机走访的十几家自来水管厂，各家用的回料都不一样，种类纷杂，回料的价格也从五六千元到一万元不等。其中五颜六色的被称为粉碎料，黑色的被称为拉皮料，而一种发青的被称为青桶料。粉碎料是回收塑料水管粉碎而成，比较容易辨别。那么，其他的这些回料又是从哪里来的？到底是用什么东西做出来的呢？记者首先找到这种被称为拉皮料的回料来源。

在当地一家回收市场，工人们正在装车，地上散落的是废旧电缆剥下来的皮。

记者：“你这个弄完之后干什么（用）的？”

工作人员甲：“造粒子。”

工作人员乙：“你脚下的是坏料。”

记者：“这个是生产拉皮料的？”

工作人员乙：“嗯。”

这些电线被拉到这里，用机器先进行粉碎，然后再卖到造粒厂，这些堆成小山似的袋子里，装的都是被粉碎后的电线。这家工厂的车间里脏乱不堪，水池上面覆着厚厚的污垢，通过这些机器，塑料粉末被加工成了拉皮料粒子。

拉皮料造粒厂老板：“我告诉你，做上水管是百分之百可以做的。这个料加进去，表面的光洁度很高，看起来很漂亮的，人家都在用，这肯定赚钱的，百分之六七十的利润呢。”

记者：“每年能供应多少吨？”

老板：“你需要多少？我们三个机器呢，你要多少有多少，现在过年了，要是在平时供不应求，你要货，钱打过来之后才有货。”

记者：“你们做多少年了？”

老板：“时间长了，从2008年开始做的。”

在镇上的另一个加工厂，正在生产的是这种被称为青桶料的回料粒子，机器里正冒着刺鼻的气味。

青桶料造粒厂老板：“这个是（做）青桶料，（用的）塑料桶。”

记者：“我怕装有化学品的（桶）……”

老板：“装化学品的桶肯定是有的。”

记者：“这个东西有没有毒啊？”

老板：“那就看你用在哪里了？”

记者：“我们就是生产给水管。”

老板：“给水管的话，这个肯定不能多放。”

为什么不能多放呢？记者又找到了一家给青桶料粒子厂提供原料的供货商，院子里堆满了各种盛过化工原料的青色塑料桶。

青桶料原料供应商：“做上水管，这个料是最好的了。”

记者：“以前这个桶都是装什么的啊？”

供应商：“桶一般都是（装）化工原料的。”

记者：“有没有毒啊？”

供应商：“这个不要紧的，放双氧水里把油漆搞搞，把这里洗一下就可以了。我那个邻居都做了十几年了，他是做黑料的，卖给浙江有名的厂家，他专门做这个的。”

在这个院子里，除了大量的化工桶，记者还发现了成袋的医疗垃圾，这些都是医院里用过的输液瓶和输液管。

供应商："这个是聚丙烯，专门有人打电话要这个，要的都是七八吨、十多吨。"

记者："卖多少钱一吨？"

供应商："针管料要六千多元。"

这些化工桶和医疗垃圾，经过简单的清洗粉碎后送到回料厂，最终被生产成人们天天都要接触到的自来水水管。

青桶料造粒厂老板："我现在有三家厂在供应，也是给水管和排水管。联洲管业的货都是我供的，用的都是我们这种回料。"

那么，这些所谓回料掺到自来水管里，会给人们的健康带来什么样的危害呢？

中国塑料加工工业协会管道专委会秘书长王占杰："第一个，(这些回料)来源不清，化工还有医院回收的一些医材废料，可能有些病菌还在里面，这样的东西如果混到管道里面用于给水，那对我们的生活会造成极大的伤害。还有一点，就是各种原料混在一起之后，要把它重新利用，可能会加入一些添加剂，这些添加剂，有的品种可能会对人体有害，有的品种的量如果超过了标准规定，也会对人体造成伤害。还有的可能会加入塑化剂。"

就是这样所谓的回料，被一些企业加入了人们饮用水的水管里，而且用回料来生产自来水水管已经成了气候，竟然还影响了整个自来水管行业的定价，占据了很大的市场份额，这到底是怎么造成的呢？

记者在七都镇随机走访了十几家企业，除了一家以外，其他几家都在公开使用回料生产自来水管。这些企业为什么能够大量长期存在呢？其中一个工厂的老板是这么说的。

自来水管厂老板："别说其他地方，这种厂子在苏州也不能开的。在这里怎么能行呢？最主要的就是地方保护主义，为了地方经济发达，开一家厂，对村里有贡献，对乡里有贡献。有关部门过来查也就是过过形式，只要你缴税，税一定要缴，赖税不行。"

记者随后将了解到的这些情况反映到了吴江区的相关部门。

吴江区工商局工作人员：“不只你们掌握这些情况，我们掌握的情况其实更多，但是这个责任不光在我们工商这边。”

记者：“这个东西的危害特别大，因为它直接和食品安全有关。”

工作人员：“这个涉及上水管，又牵扯到另外一些部门，所以不是一个部门包打天下。”

记者：“这个上水管牵涉的不是质量好坏、合格不合格的问题，而是牵扯到有毒没毒的问题。”

吴江区质监局工作人员：“如果真的发现这种问题，我们肯定会和公安一起从重处罚的。”

吴江区卫生局工作人员：“如果你们举报有几百家，你写一下就行了。”

……

截至目前，七都镇的这些自来水管厂并没有受到相关部门的查处，依然在正常生产。除了七都镇，市场上还有很多其他地区生产的自来水管，价格也比标准原料还便宜。我国每年的塑料管道产量达到一千两百万吨，居世界第一。而塑管行业的产能却达到了两千五百万吨，而且每年还以超过10%的速度增长，巨大的市场需求和产能过剩并存，再加上进入门槛低等原因，行业竞争非常激烈。

王占杰：“我们行业的一个悲哀是塑料管道的购买者，往往并不一定是使用者。”

购买自来水管的消费主体是工程承包商，一些承包商最关心的不是质量而是价格，只要工程验收能够合格，价格是越低越好。

商家：“除非工地上有指定，（不然）人家都拿这个中档的，能赚到钱就好了。”

明月管业经理：“人家双包工程都用回料，用新料赚不到钱的，就是赚这里面的钱。”

自来水水管埋在地底下，一旦安装就很难检测。一般自来水水管的使用寿命是 50 年，劣质水管将会造成巨大的危害，而且很难被人们察觉。在这样的背景下，职能部门的监管显得尤为重要，但是在现行质量检测机制下，一些掺杂使假的自来水管，要拿到合格证却并不难。

联洲管业经理："你把五万块钱放在这里（质检单位），一年都能通过，都合格。检测报告不好办，一定要送礼的，不送礼那不行，我那里有一个单子，哪个哪个送多少（礼）。"

水管掺杂使假已经成为行业内公开的秘密，买卖双方其实就是联手行骗。他们这么干首先是受暴利的驱使，同时水管埋在地下，掺假也不易露馅。但是不易露馅，并非不会露馅。对于监管部门来说，发现这个问题并不困难，生产和使用环节都有规章约束，也都有方法检验，查处是否有力，关键要看是否有心。每条管都连着千家万户，能不能管住这些管，关系到人们的健康和安全。

（《焦点访谈》2014 年 1 月 21 日）

扶不起来的梨苗

贫困地区要想脱贫致富，需要个人的努力，也需要政府的帮扶。近些年，国家推出了一类新的扶贫项目，就是从资金上支持农业产业结构调整的连片开发，这类项目让很多贫困地区改变了模样。可是，在四川省的乐至县，扶贫连片开发却遇到了问题。

四川省乐至县蟠龙乡的新子沟村有位张老汉，当地开展扶贫连片开发项目后，他家的农田里栽上了一排排的梨树苗。

记者："对你们来说，那不是大好事来了吗？"

四川省乐至县蟠龙乡新子沟村村民张学仁："大好事倒是大好事。品种纯，卖得到钱是大好事，万一你这个品种不纯，挂起果子烂到土里都没人要。"

俗话说，栽什么树苗结什么果，农民的担心也不无道理。当地这次提供的梨树苗品种叫作中梨一号，可从地里的树苗看，苗与苗之间的外观差异很大。

记者找到了曾经参与这个项目竞标的一名高级果技师，进行了鉴别。

四川省高级果技师裴忠富："这是翠冠梨。"

记者："这个呢？"

裴忠富："这棵是黄金梨，那棵也是黄金梨。"

按当地供苗的要求，中梨一号果苗应该占到95%，剩下的5%是为授粉需要栽种的其他梨树品种。那么，实际栽种情况又是怎样的呢？

记者带着疑问，跟随果技师在农田里走了一圈。整个察看下来，果技师告诉记者，在这里他只看见了 8 棵中梨一号。

原来本该是主要品种的中梨一号在这里却成了凤毛麟角、少得可怜的稀缺品种，为什么会出现这样的怪事呢？

裴忠富："正宗中梨一号的价格，就是五元一棵也比较正常。但是翠冠梨，在我们四川很多地方都有这个老品种的苗子，价格六毛五、七毛，不超过八毛一棵。"

记者："从苗木上应该也差了好几倍？"

裴忠富："这个差价从苗木上应该差了五倍以上。"

明明引种的主要品种是价格贵的中梨一号，可察看的结果显示，大量栽种的却是品种差的便宜货，问题到底出在什么地方呢？记者找到了当地负责扶贫连片开发工作的乐至县扶贫办。

记者："2013 年这个项目总体是多大？"

四川省乐至县扶贫办副主任詹约林："那是申请了千万资金的。"

记者："千万资金？那现在完成到一种什么样的状况了？"

詹约林："基础设施已经基本结束了。"

这次扶贫连片开发的梨树苗都是通过政府公开招标采购的。但是，知情人告诉我们，这次连片扶贫开发项目的中标单位，其实连参与招投标的资格都没有。

按照规定，果树苗木经营在我国实行的是特殊许可证制度。恒江园林绿化工程有限公司是中标单位，这家公司的资质情况如何？记者驱车四个小时，赶到四川泸县寻找公司注册地，在一所民房的二楼找到了这家外面没有任何招牌的公司，电话联系到了据称在外地出差的公司负责人。记者询问公司是否具有果木生产经营许可，得到的却是含混不清的回答。

四川省恒江园林绿化有限公司负责人曾健："我们公司是这样的，以前我们这个……还没有单独果苗这一块……"

从这家公司的经营执照上看，没有果树苗木经营的内容，也没有经营果树苗木的许可证，可公司却成了扶贫连片开发的果树苗木供应商。

对于真苗假苗品种的问题，乐至县政府也组织了当地专家进行调查。

四川省乐至县副县长唐猛："至于品种问题，专家调查后给出的意见是，从目前来讲，肉眼要确定它是什么品种和信息有一定难度。"

记者："专家们提出来什么时候才能够比较明确地鉴定出来呢？"

唐猛："从专家说，如果肉眼看，就是要结果。"

记者："也就是说按照专家现在这个意见，应该是最起码三年以后？三年以后挂果。"

唐猛："对。"

其实，鉴定所栽的梨树苗是不是中梨一号方法很简单，在乐至县的劳动镇，早在几年前就栽种了成片的中梨一号。

记者："这个是什么品种？"

四川省乐至县劳动镇果木种植户冯泽亮："当地叫绿宝石，按照书名叫中梨一号。"

记者："中梨一号？"

冯泽亮："对。"

记者："这种果树，它的效益怎么样？"

冯泽亮："一般来说，要比一般的梨好得多。"

记者从这里采集了中梨一号的枝条和叶子，与新栽种的果树树苗进行了对比。果技师告诉记者，中梨一号的叶面上有一定量的绒毛，而且叶片边缘呈锯齿状，与其他品种的梨树叶子不一样。从叶片上的明显差别能够清楚地表明，新栽种的果苗根本不是中梨一号，如果还要等上三年才能鉴定出品种结果来，那么不仅农民这几年没有土地收益，即使三年后果树挂了果，由于品种差，卖不上价钱，农民脱贫致富的希望也可能落空。

石佛镇荣家坝村 2014 年 2 月也栽种了梨树苗，面积是 603 亩，记者来到这里了解情况。

记者："这片也是栽的梨树苗，主要是什么品种？"

果木经营业内人士郑万清："这个主要是水晶梨和黄金梨。"

记者："像这种根系这么少，是不是很难成活？"

郑万清："如果苗子达到这种状态几乎就栽不活，根都没有。"

在荣家坝村栽种的梨树苗不仅同样不是需要的品种，而且死苗很多。这样的梨树苗究竟是出了什么问题？能不能及早改种或补苗以减少农民的损失呢？记者又找到了位于泸县大山里的恒江园林绿化公司的基地。

记者："我看这里全是这种园林绿化的树苗？"

四川省恒江园林绿化有限公司员工："都是园林绿化的树苗。"

记者："有梨苗吗？"

公司员工："没有梨苗，没有种。"

按照招投标的要求，供应商的苗木基地必须在四川省内，可这家公司根本没有果树苗木基地。那么，这些来路不明的梨树苗究竟是从哪里来的呢？记者再次打通这家公司负责人的电话，询问这些果苗是从哪里来的，得到的回答竟然是这些果苗都是在外面采购来的。

这家公司并没有提供问题果苗的详细信息。问题果苗究竟是如何进入扶贫项目的？当地政府是如何监管、如何验收的？诸多问题还要进一步调查。

问题果苗事件被披露之后，当地政府进行了调查处理，经初步查明，这是乐至县扶贫办主任和县采购招标中心主任为了私利与供应商勾结，让没有资质的公司违规中标。

扶贫连片开发有规定、有制度，可是在乐至县的这个项目当中，却是审查不严、监督不力、验收缺位。查漏补缺、认真监管，扶贫开发才能够真扶贫、真开发。

（《焦点访谈》2014 年 4 月 23 日）

“瘦”了钢筋“肥”了谁

钢筋好比建筑的筋骨，骨骼结不结实关系到建筑健康不健康、安全不安全。“瘦身”钢筋大家都听说过，就是为了多卖钱把正常的钢筋人为拉细拉长。使用这样的“瘦身”钢筋会给建筑留下致命隐患，也是造成许多豆腐渣工程的原因之一。“瘦身”钢筋人人喊打，然而记者最近在河南南阳的一些建筑工地上仍看到了这样的情景。

在河南省南阳市高新区一个规模不小、名为三杰盛世城的楼盘，第四期开发的住宅楼正在施工。记者进入工地，在钢筋制作区看到工人正在用钢筋调直机加工钢筋。

记者：“（直径）10毫米最多能拉到几个（毫米）？”

现场工人：“8毫米多一点。”

记者：“（直径）6毫米的呢？”

现场工人：“光圆钢筋轻轻轧出来就不到5毫米。”

记者：“不到5毫米……那直径8毫米能轧到吗？”

现场工人：“6个（毫米）多一点，5.7毫米。”

据了解，现在建筑上大量使用的（直径）6毫米、8毫米和10毫米规格的钢筋，出厂时都是盘条状态，使用前必须要经过调直机进行机械调直这道工序，让钢筋由弯曲状态调成直条状态，然后再切断加工成各种尺寸、规格的构件钢筋。

被机械“瘦身”的钢筋主要是直径 6 毫米、8 毫米、10 毫米规格的钢筋，一般用作建筑物立柱和横梁里的箍筋以及楼板里的受力主筋。

在现场，记者发现其中一台调直机有些不一样。经过与普通的调直机对比，记者发现在工地使用的调直机，右侧部分和普通调直机是一样的，但在左侧多出了一部分，包括五组小转轮和一个大转轮。那么，这两种机器到底有什么不同呢？普通调直机调直加工钢筋时，弯曲的钢筋会直接通过定位轮进入机器，进行调直加工，而另外这台加长版的调直机，是如何加工钢筋的呢？现场工人告诉记者诀窍就在于一个按钮，并向记者进行了演示。

原来这台机器前部的五组小转轮是可以控制的，当它们处于垂直状态时，从转轮之间穿过的钢筋成一条直线，这就是一台普通的调直机。而当工人按了一下控制按钮，五组小转轮开始由垂直状态向顺时针方向倾斜的时候，从转轮之间穿过的钢筋就由一条直线变成了水波纹线，这时机器就在加力均匀拉伸钢筋，倾斜角度越大，钢筋受力越大，也就拉得越细。

记者在现场看到工人正在加工的是 10 毫米规格的三级螺纹钢，通过五组转轮的拉伸，最后内径变成多少呢？记者决定用专业卡尺现场随机测量一下。

经过测量，记者发现三级螺纹钢筋经过拉伸，8 毫米规格的钢筋，直径变成了 7. 16 毫米；10 毫米规格的钢筋，直径变成了 8. 84 毫米。

记者大致估算了一下，这意味着平均每米合格的钢筋被拉长了 24 厘米以上，加工后的钢筋平均每米在重量上至少要缩水 20%。

记者：“这个（机器）用了多长时间了？”

现场工人：“三年多，三四年。”

记者：“三四年就这样了。”

现场工人：“嗯。”

记者：“一天能加工多少吨？”

现场工人：“八九吨吧。”

国家标准规定，盘条钢筋由弯曲状态调直加工成直条状态时，由于机械外力的作用，允许有极小的物理延伸变化。具体指标是光圆钢筋的冷拉率不得大于4%，螺纹钢筋的冷拉率不得大于1%。也就是说，调直后的光圆钢筋每米最多允许伸长4厘米，螺纹钢筋每米最多允许伸长1厘米。

而记者在三杰盛世城工地测量到的10毫米规格的螺纹钢筋，可以大致估算出，平均每米合格的钢筋被拉长了28厘米，这大大超过了钢筋被拉伸的安全极限，钢筋的延伸性遭到破坏。

专家告诉记者，这样的钢筋用在建筑中非常危险。

中国建筑科学研究院建筑结构研究所教授陈瑜：“（螺纹钢筋伸长率）超过1%就不安全了，你要超过20%，那这个东西就很危险了。超过这个（标准）以后，钢筋就很脆了，如果地震来了以后它就晃动得比较大。在这种情况下完全靠钢筋，因为混凝土是不能受拉的，完全靠钢筋（里的应力）来增强它的抗震能力。那么这时候，如果钢筋已经到了变形的极限，再让它变形，它就会马上垮掉。”

陈教授告诉记者，“瘦身”钢筋带来的危害除了抗震性下降，房子的承重力也会下降，越高的楼，危害越严重。记者注意到，近年来媒体曝光的“瘦身”钢筋案例大多是黑加工厂在外面偷偷加工，再送到工地使用。因此国家有关部门三令五申强调，为了加强钢筋加工质量的管理，只要施工现场满足条件，钢筋加工必须由施工方在施工现场进行，一般不允许外加工。三杰盛世城工地的工人告诉记者，机器是项目部自已买的。然而，让记者没有想到的是，三杰盛世城的建设施工方在施工现场加工钢筋，不是为了保证加工质量，而是为了偷工减料。那么，到底是哪个建筑公司的项目部敢这么明目张胆地在现场加工“瘦身”钢筋呢？

记者：“四期谁建的？”

三杰盛世城售楼处工作人员：“四期，中建七局。”

记者：“这边都是中建七局盖的？”

工作人员：“对。”

记者：“一梯几户？”

工作人员：“有的两梯6户，有的两梯5户。”

记者：“一栋楼多少户？”

工作人员：“一栋楼32层，你算算。”

记者："近 200 户了。"

工作人员："对。"

目前市场上一吨钢筋的平均价格至少是 3500 元，如果按记者随机测量的数值估算，经过加工方这样的"瘦身"，加工后的钢筋平均每米在重量上至少要缩水 20%，一吨钢筋加工方就可以赚取至少 700 元的暴利。

像三杰盛世城这样 30 层左右的高层住宅楼，平均每平方米需要使用的直径 6 毫米、8 毫米、10 毫米规格的钢筋 25 公斤左右。如果一栋楼按建筑面积 3 万平方米来计算，使用"瘦身"钢筋就可以赚取 52 万多元的利润，而三杰盛世城盖了四年，包括十几栋高层住宅楼。

除了三杰盛世城工地，在南阳市中心地带的凯悦国际工地，记者也发现了同样的机器。凯悦国际总建筑面积近 6 万平方米，由 4 层底商和 2 栋 27 层的写字楼组成，由江苏盐城二建集团承建。进入工地，记者打开了机器前部的盖子，五组转轮倾斜着，还处在加工"瘦身"钢筋的状态，机器的后面堆着加工好的钢筋构件。记者现场随机测量了一根 8 毫米规格的光圆钢筋构件，加工后直径只有 6. 85 毫米，可以大致估算出平均每米合格的钢筋被拉长了 36 厘米，加工后的钢筋平均每米在重量上"瘦身"接近 27%。

工地上正处在工作状态中的机器，牌子显示为乐工牌，由乐工机械有限公司制造。这种乐工牌的特殊调直机是哪里生产的呢？在南阳市郊区，记者首先找到了乐工机械的经销商明扬建筑机械。

记者："有没有调直组合机？"

明扬建筑机械刘经理："没现货。"

记者："没现货？"

刘经理："都没现货。"

记者："就是想看一下样机，到底什么样。有的说 10 个（毫米）能拉下来，但是拉 8 个（毫米）、6 个（毫米）效果不太好。"

刘经理："现在行了，刚开始那时候是一代机，现在是四代机，单机的现在都更新到第七代了。现在的标准你要是拉 10 毫米（的钢筋），可以拉到 8. 8

毫米，6 毫米的最多可以拉到 4.7 毫米。”

记者在网上查询乐工，确实有乐工机械有限公司，厂家宣传页中也确实有这种型号的调直机。一台机器刘经理开出的价格是 4.7 万元，如果想买的话，他可以带我们去一个工地看看机器。刘经理带着记者来到位于卧龙区一个名为金岭秀水的高层住宅楼盘，因为下雨机器没有开工，刘经理说平时盖子盖着看不见转轮，可以掩人耳目、躲避检查。现场工人告诉记者，这台机器是负责施工的南阳市住宅建筑工程有限公司项目部买来的。

记者：“报废之前，一般机器能拉多少？”

现场工人：“这个说不好，这都四五栋楼了。”

在返回的路上，刘经理告诉记者，他在南阳卖这种机器已经七年，每年能卖出十几台。

刘经理：“（销售的）量多了，2013 年我排中国销售第三名，销售了 41 台。”

刘经理还向记者透露了一个更惊人的信息，在南阳不但高端住宅楼、写字楼工地使用他经销的机器，有的安置房工地也在用他经销的机器。

在宛城区的某安置小区，2012 年南阳市承办全国农运会，因为场馆建设，有大量的拆迁户需要安置。这个安置小区一期早已建成入住，现在还在施工的四栋高楼是二期工程。

记者进入工地，看到一台乐工牌机器正在工作。记者现场随机测量了一段刚刚加工过的（直径）10 毫米规格的螺纹钢筋，内径只有 8.49 毫米。可以大致估算出，平均每米合格的钢筋被拉长了 38 厘米，加工后的钢筋平均每米在重量上“瘦身”接近 28%。

记者：“8 个（毫米）能拉到几个（毫米）？”

工人甲：“我跟你说你量这个没有用，你要多少就给你拉多少。”

工人乙：“那不行，它也有下限。”

记者：“6.99（毫米），这个没有拉多少。”

工人甲：“拉一个点。”

现场操作的工人告诉记者，他并不是这个工地上的工人，而是加工厂老板派到施工现场的，机器是加工厂老板买的。国家有关部门一直强调，只要施工现场满足加工条件，一般不允许钢筋外加工。让记者没有想到的是，施工方竟然和加工厂老板相互勾结，直接把加工“瘦身”钢筋的机械搬到了工地现场。听说有钢筋加工业务想外包，这位工人马上打电话叫来了老板。这位老板姓赵，为了方便谈生意，他把记者带到了工地马路对面的加工厂。

记者：“你有几个工地？”

加工厂赵老板：“四五个工地，南阳四五个工地。”

记者：“下面县里还有呢？”

赵老板：“对，叶县还有。邓州马上还有，邓州一个 25 万平方米的。”

赵老板告诉记者，钢筋加工外包给他，不但不要加工费，反过来每吨钢筋他还倒找 100 元，赵老板的利润就是加工后剩余的钢筋。如果按加工一吨钢筋剩余 200 公斤计算，可以获得毛利润 700 元，扣去返给项目经理的 100 元和其他开销，赵老板每吨钢筋至少可以赚取 500 多元。而与赵老板合作的项目经理个人每吨钢筋至少获得 100 元好处，还省了每吨几十元的加工费，双方一拍即合。

赵老板：“东西拉到现场干，我一吨给你 100 块钱，现场我就是你的班组，我就以他班组的名义出现，这个谁都不知道，只有项目经理知道、我知道，其他任何人都不知道。你看四季花城项目经理，（他说）人家甲方不想叫我干，他自己去做甲方的工作叫我干。后来他说大哥，我为啥不叫你干？我在家里种一年地，一亩地弄不了几百块钱，我这给你一栋楼，十万八万就到手了，你说我为啥不叫你干？”

国家一直三令五申禁止使用“瘦身”钢筋，但为什么南阳还有这么多工地明目张胆地加工使用“瘦身”钢筋，难道没有人管吗？赵老板对记者道出了内情。

赵老板：“看外部环境，外部环境无非就是质监站、监理、甲方，其实监理管不着，为啥呢？监理是咱聘的监理，他得听咱的。”

记者：“质监站呢？”

赵老板：“质监站一般不问，只要监理不管那个，质监站一般不问。”

记者：“质监站他们来抽查吗？”

赵老板：“抽查现在你也知道，抽查无所谓，不怕他抽查，来了就是请他吃饭送个礼。来了他也不上去抽查，还是监理去抽查的，这都是看咱关系处的。”

南阳还有多少楼盘使用过“瘦身”钢筋？又有多少楼盘正在使用？对这样的楼盘该怎么办？这些问题涉及百姓的切身安全。而明目张胆地违规加工使用“瘦身”钢筋，为什么就管不了？这里都有谁在谋取私利？今后到底应该怎么管？这些问题如果查不明白、办不明白，“瘦身”钢筋就不可能绝迹，更会贻害无穷。

（《焦点访谈》2014 年 6 月 25 日）

不该发生的非正常死亡

2014年12月13日在太原市的一个建筑工地发生了一起非正常死亡事件，在这一事件发生的7天以后，也就是12月20日，一段视频被发到网上，称警察打死讨薪女民工，这个事件迅速引起了社会的关注。

12月26日，太原当地将此事定性为非正常死亡事件，之后在2015年的1月17日，太原市有关部门公布调查结论，称案件系“治安纠纷”所致，而非讨薪引发。那么这起事件的真实情况究竟是怎么样的，《焦点访谈》的记者进行了调查。

太原龙瑞苑建筑工地，也就是2014年12月13日发生非正常死亡案件的案发地。当时，曾在这个工地打工的年轻人王奎林和几位工友外出购物回来，想穿过工地回住地时，被值班保安小马阻拦下来。

保安小马：“我说你干啥呢？人家说我在里面住着呢，我说你（在里面）住着没有（戴）安全帽不能随便进。”

王奎林：“我说现在都放假了谁还戴安全帽？他说那也不能进。”

龙瑞苑是一家国有建筑企业的工地，管理比较规范，工地有三个门，小马当时值守的北门通常是大型货车进料的入口，工地东侧是工人的生活区，通过东门与工地相连。通常工人如果佩戴安全帽就可以从北门穿行工地进入生活区，如果没有佩戴安全帽则应该多走一些路，绕行工地外围。王奎林和工友都在工地打工，就住在工地生活区，从北门穿越可以少走一些路。

王奎林："我说完以后又进去了，进去后他又把我拉回来，这次拉得比较用力吧，把我拉退好几步。"

一方坚持要走，另一方坚持不让，一起小小的纠纷，演变成一场冲突。

小马："（他）骂了我一句，还打了我一拳，后面又跑过来两三个人，把我挤到这儿，又踢又打。"

看见发生了冲突，小马的一位同事从值班室出来，平息了事态。僵持中小马给保安队长打了电话。

而王奎林也给住在东门生活区的父亲王友志打了电话。

双方各执一词，都说对方打了自己。很快，保安队长、王奎林父母以及他们的十多个工友相继跑到了事发的北门。一帮人挤在保安值班室的门里门外，现场只有王奎林母亲周秀云一位女性。

保安队长说，周秀云进来的时候不分青红皂白，也不问为什么，直接过去就要打小马，嘴里还说着为什么打我儿子。而他就在一边护着小马。

原本是一个很容易解决的口角，但由于众人参与，火药味越来越浓。不过直到这时，冲突双方争论的依然是穿越工地是不是非得戴安全帽，与讨薪毫无关系。

保安队长："绝对不会让你们进的。不戴安全帽，绝对不会。"

周秀云："那你自己刚才为什么不戴？"

工友："你自己不戴就可以进，是吧？"

周秀云："你不戴就可以进，为啥？"

从现场当事者的表述可以看出，周秀云认为自己的儿子王奎林吃了亏，是来为儿子王奎林讨说法的。

周秀云："三句话不说要弄死我呢，我弄死你。"

工友："俺就是不戴安全帽，俺照样进。因为你都可以随便进出，俺凭啥不能进，对不对？"

这时，在关于戴不戴安全帽的激烈争辩中，王友志提出了穿越工地是去要工钱的说法。

王友志："施工不施工，只要是这里面的工人都可以进，（我们是）进去要钱的。”

工友：“要钱又不下工地，是去办公室。”

王友志：“有了钱，你让我待这儿我都不待这儿。”

那么，工地是否拖欠王友志他们的工钱呢？记者找到了负责管理王友志班组的工头周理品。据他介绍，龙瑞苑工地是在 12 月 10 日停工放假的，王友志木工班组总的工钱大约为 4.6 万元，之前已经给付了 1.3 万元。由于 13 日、14 日是周末，周理品担心取款不方便，所以承诺在 15 日周一全部兑付剩余款项。13 日事发当天上午，周理品还又给了王友志 6000 元，为的是能让工人先买好返程车票。

周理品：“那个老王（王友志）也说，礼拜一吧，礼拜一咱们把它清算好，就好了。”

记者：“他们没有因为这个钱有过情绪激动的时候？”

周理品：“没有。”

在一份王友志事后亲笔签名的情况说明中，他自己也承认当时是未戴安全帽与保安发生争执。显然，讨薪这种说法只是当时王友志在与保安争执过程中，为不戴安全帽穿行工地寻找的说辞，但事后，去工地讨薪却被演绎成冲突的原因。

当时现场争执不断，保安队长眼见局势难以控制，做出了允许进入的妥协。但是在现场的周秀云并不接受，还是咬住一开始不让进的说法不放。保安队长眼看现场局面无法控制，于是就报了警。

如果双方真的都耐心等待警方的话，这点纠纷也不难解决，但在等待警方出警的过程中，现场的冲突仍没有平息。

周秀云：“这是保安牛，不是人家公司的事，看个门就不知道东西南北了。”

由于周秀云言辞比较激烈，保安队长二次报警。记者得到了一段记录整个警方执法过程的监控视频。视频显示，当天下午 17 点 05 分，太原市公安局龙城派出所的警车来到现场，下来 4 名警察。按理说，警察到了，一场纠纷应该就此结束，可是，更加意想不到的冲突发生了。

保安队长："警察下了车先问谁报的警，我说我报的。他问我要身份证，我给了身份证以后他们就登记了。"

记者通过多方寻找，得到了警方的执法视频。视频中显示，警察了解完基本的报案原因后，让保安小马到现场指认是谁打了他，小马指认了其中一位身材较高大的男子。这名男子名叫李康，是王友志的工友。随后，警察向其索要身份证，可李康并不配合，表示警察的态度不好。

警察："你要啥态度呢？对待犯罪嫌疑人还要态度好呢？"

李康："我哪里犯法了？我没有动手，我哪里犯法了？"

李康显然不愿意配合警方的执法，而警方简单草率的认定又使双方的情绪对立起来。

争吵中，警察说要拿手铐过来，一旁的工友们情绪都很激动，王友志父子和李康又不配合警方，现场局面十分混乱。就在这时，其中一名警察挥手扫中了王奎林的面部。

围观工友："打人了，派出所打人了。"

此时，警方的执法视频中断了。

现场的监控视频显示，一开始，警察并没有理会王友志、王奎林父子，而是准备把李康带上警车。这时，王友志阻挡警察带人，被其他民警挡住。当李康被带到警车门边准备上车的时候，周秀云又冲上去抓住李康，不让警察带人。王友志的工友有的也加入了阻拦的行列，有的拿出手机拍照，现场一片混乱。混乱中，有警察强行收走了一部拍视频的手机。

另一段视频画面中，几名工友和警察动手争抢被收走的手机，双方撕扯在一起。

在冲突中，龙城派出所的民警王文军给王友志戴上了手铐，这时现场的混乱局面得到了暂时的平息。被保安小马指认的三个人以及王友志陆续被带上警车。事件发展至此，尽管中间出现了很多不该出现的事情，但仍然不过是一起治安案件。此时，如果回到派出所，警察文明执法、秉公办案，当事人配合警方说明情况，事态仍不至于恶化。遗憾的是，双方都已经失去了理智。

记者找到一位现场围观的过路人，他向记者描述了当时所看到的情景：

“他（王友志）上车以后，周秀云就坐到警车开门的底板上，就是阻挠不让警察走。警察过去让她下车，她一直不下车，最后警察拽了一下她的胳膊。”

记者：“周秀云是被警察从那个脚踏板上拽下来的？”

目击者：“对，拽下来以后，她又带头去撕扯那个警察。”

视频显示，周秀云下车后，直接冲向其中一名警察，撕打对方，而另一名警察王文军看到后，赶过来夹在了二人中间。紧接着，周秀云与王文军撕扯在一起，并持续了很长时间。记者找到的第二段警方执法视频片断，只记录了后面的部分情景。

警察郭铁伟：“(你)再骂一句？警察执法咋了？”

围观工友：“警察打人啦，打人啦。”

郭铁伟：“她打人啦，还是谁打人啦？”

警察王文军：“谁把警察挠得……放手，放开，放开。”

围观工友：“快看，警察打人啦，警察打人啦……”

王文军：“把执法仪始终打开，把所有的人录上，把过程全录上。警察打人啦？你们怎么打警察的呢？警察打人啦？全部录上。”

现场，警察与周秀云以及工友，几乎所有当事人的言行都在促使事态继续恶化。监控视频显示，长达6分多钟的时间里，二人一直保持撕扯的姿态，互相抓扯着对方，没有分开。6分多钟后，王文军突然用一个动作，致使周秀云躺倒在地上。警方的执法视频只记录下一个片段。

王文军：“放（手）不放？”

周秀云：“不放，就是不放。”

在倒地的时候，周秀云试图反抗，但很快被王文军踩住头发，失去了抵抗能力。当天下午17点19分，天空还亮着，到17点41分，天已经黑了，路灯早已亮起。在长达23分钟的时间里，王文军一直踩着周秀云的头发没有离开原地。冬天的傍晚，气温很低，周秀云一直躺在冰冷的地面，没有人去关心她的生死。在这23分钟的时间里，警察已经控制了局势，完全可以把人带回派出所，可是，警察没有这样做。

如果周秀云此时生命体征出现问题，路对面就是医院，但是警察也没有把人送往医院的打算。为什么四名警察在这段时间里除了不断拨打请求增援电话外，几乎没有做出任何处置？为什么王文军一直踩着周秀云的头发？他们究竟要做什么？通过警方执法视频的几个片段，记者找到了答案。

警察："跟上那个拿白手机的，等会儿咱们的人一到，就拽住他。那几个人也是（他们的人）？"

另一名警察："都是，他们一伙的。"

从整个经过来看，警方一直待在原地不走的目的，是想等待增援来到之后，把他们认为阻挠过警察执法的人都带走。可是，增援力量迟迟没到，而现场的人已经走光了。周秀云躺在地上 20 多分钟后，被抬上警车，当时还与丈夫王友志有过一句含混不清的对话。

当晚 6 点左右，王友志等人被带到派出所，这场冲突本来还有合理公正解决的机会。可是，根据太原市有关部门通报，令人难以接受的是，几名警察出于恶意的报复心理，知法犯法，对带回派出所的王友志、李康等人进行殴打。

据王友志回忆，有警察当胸踹了他一脚，事后医疗病历显示，6 根肋骨不同程度损伤。而对于周秀云的处置，除了派出所民警外，旁人已经无人知晓。我们所能知道的，只有急救记录记载了周秀云最后的生命轨迹：当晚 18 点 27 分，意识不清十余分钟；18 点 37 分，意识丧失，双侧瞳孔放大，心电图呈直线；之后被送往附近的荣军医院进一步抢救；19 点 50 分，医生宣布周秀云临床死亡。

目前，涉案警察和协勤已被逮捕或拘留，周秀云的死亡原因还在调查中。对于这起事件的认定和结果，法律会做出裁判。一次纠纷演变成剧烈的冲突，之后不断升级，最终由治安案件演变成一起生命的悲剧，这留给我们很多思考。

在这个事件中，不论哪个环节，如果各方能够有效沟通，依法行事，都不会出现这样的结果。如果工人进入工地时能遵守规定，如果纠纷发生的时候双方能多些冷静理智，如果警察在现场时能文明审慎地处理，在派出所时能依法依规办案，都可以避免悲剧的发生。公民如何守法，警察如何执法，这起事件是一个深刻的警示。

（《焦点访谈》2015年1月29日）

“空头支票”难过年

今天已经是农历的腊月二十七。老理儿说：二十七宰公鸡，二十八把面发。都临近除夕了，在这样的时候，谁不想留在家里热热闹闹地准备过年？谁不想拿着一年挣来的辛苦钱，急急忙忙地往家赶？可就在云南省昆明市，却有这样一群人，他们既没有回家，也不敢回家。

2015 年春节前夕，众多的农民工已经踏上回乡的路程，然而在云南昆明市距离石林风景区不远处的一个工棚里，老胡和几个工友仍然没有回家的意思。

记者：“你们这是煮面呢？”

农民工胡志刚：“嗯，方便面。”

记者：“该过年了，怎么都没回去啊？”

工友：“没钱嘛，老板没有发工资。”

记者：“多长时间没有给你们发工资了？”

工友：“几个月了。”

记者：“欠你们俩多少钱？”

胡志刚：“欠了（我）6 万多一点吧。”

记者：“6 万多？你呢？”

农民工李志：“5 万多。”

记者：“这个钱对你们家庭是一个什么概念？”

李志：“很重要吧。我家里有（位）80 多岁的老母亲，还有三个小孩在读初中，我们就等着这个钱回家过年。”

这些工友所在的工地，叫御云林综合开发项目，项目占地一万多亩，有商业、别墅等设施。工友们为这个项目铺设消防管道，辛苦了一年，管道铺设完毕，眼看就要过年了，可他们就是无法拿到薪水。工友们决定再次找他们的包工头理论。

农民工甲："我们等了很长时间了，一天拖一天，一天拖一天的。现在我们全部都要回家过年了，把我逼得没办法了。"

包工头何兴德："现在我也在找甲方要钱，我们现在马上也要去找甲方要钱，没有办法了。"

农民工乙："你什么时候能找得着？"

何兴德："等一下我们就能找得着。"

农民工乙："我们等了那么久了，等了几个月还在等。我们不回家，你也不要回家了。"

带领工人为御云林项目铺设消防设备的工头叫何兴德，按说，农民工的工钱应该由他来支付。

记者："工资欠多少钱？"

何兴德："他们的总工资是390多万，但是欠他们的工资，昨天我总的可能支付他们接近有100万了。"

记者："100万？"

何兴德："100万左右，还差他们290多万。"

记者："为什么还差呢？"

何兴德："因为我所有的工程款，（和甲方）合同签订的是（2014年）12月31日付到我百分之九十五，但至今百分之十还不到。"

农民工甲："我们跟甲方没啥关系，就说不管你怎么整法，当时我们干的时候加班加点地干，（你说）没有事，干完就拿钱。干完一个多月了，一月干完的，现在二月了，二月十多号了。"

无奈之下，何兴德决定和农民工一起去找甲方，也就是御云林项目的业主方讨要合同规定的款项。半路上，他们遇到了一辆熟人的面包车。

何兴德：“停，停，停。”

老何遇到的熟人，和他一样也是承包御云林项目其他工程的工头。

记者：“你是做什么项目的？”

包工头王周全：“我做道路管网。”

记者：“管网，那你呢？”

包工头曾伟光：“我是做这些园林绿化的。”

记者：“这些树都是你们种的？”

曾伟光：“对，还有那边的道路，都是这一块的。”

记者：“就是现在这个甲方也没给你们钱？”

曾伟光：“没有，没有。”

王周全：“没有，我们是两年到三年了。”

记者：“你们那么长时间了？”

王周全：“嗯。”

记者：“你呢？”

曾伟光：“我也有两年了。”

记者：“两年都没给了？”

曾伟光：“给了一点点。”

看来，拿不到工程款的不只老何一个工程队。不过，这次偶遇的两个人给老何和工友们带来一个好消息。原来，就在前两天，项目业主通知各个项目的工头去领款，每个工程队可以领到100万，而且他们已经拿到了100万一张的转账支票。老何也可以领取这样的支票。

记者：“2015年2月12日可以兑付，是吧？”

王周全：“对。”

虽然100万远远不够工程和工资欠款的总额，但是，这笔钱至少可以先解决一部分农民工的工资。听说自己也能领取支票，为了看看支票能否取出现金，老何跟随这两个包工头一起来到银行，然而，两分钟没到，他们就出来了。

记者："银行怎么说？"

王周全："没钱，他（银行）跟我们说了没有钱，不要让他们老是开这个空头支票。"

失望之余，三人介绍，收到开发商的空头支票，这已经不是第一次了。

王周全："2014年因为也给我开了一张同样的支票，后来拿回去没有钱，（到了）年二十八了，没有办法回去了，只能在昆明。（过去）四个多月了，我们从十月开始要到现在，一直骗我们骗到现在，没看到一分钱。"

记者："就反反复复说要给但就是不给？"

王周全："对，反反复复说给，一直没给。"

曾伟光："对，包括政府对他们下的这些东西（通知书），他们企业都对这个置之不理。"

从老何和两个工程承包人出示的各种文件上看，为了业主方欠款的事情，昆明市石林县风景区派出所早在2013年9月9日就召开过欠薪问题协调会。协调会上，业主方明确表示会在2013年年底前归还全部欠款。就在2014年7月4日，石林县劳动监察大队又对业主方发出责令付款通知书，责令业主方在2014年7月9日之前足额付清农民工工资，过期不付，将根据中华人民共和国刑法修正案规定，追究其拒不支付劳动报酬罪。但是，这一切似乎对这个御云林项目的业主都没有什么制约作用。

曾伟光："没用，企业就是说话不算数，搞得我们对农民工拖欠这些东西，我们也对不起这些农民工兄弟，都是些血汗钱。"

看到又一次受到业主的欺骗，老何他们决定联合起来，一起再去业主方那里讨个说法。

御云林项目的开发商叫万方投资控股集团有限公司，这个集团是一家上市公司。从设在项目周边的巨大广告栏里的公司自我介绍来看，这不是一家小公司，万方投资控股集团在石林的项目办公室就在石林风景区的大门口。

曾伟光："你说支付拿这个支付，就拿空头支票来支付啊？"

记者："曾总，这个是刚才他们说你们曾经给开的这些支票，结果到银行发现是空头支票，这是怎么回事？这是你们公司开具的吧？"

万方集团云南石林御云林项目负责人曾开华：“这是什么时候（开）的?”

曾伟光：“十二号嘛，昨天。”

曾开华：“等两天，春节前（这笔钱）肯定要到的。”

记者：“我想问一下，这个支票是不是你们公司开的?”

曾开华：“对。这个就是上次，我们就是按照计划，计划就是根据我们上次和大家协商，跟政府承诺的，我们年前对农民工工资的安排，就是这个数字。就是（二月）十二号之前执行到位，可能资金这两天有一些情况，就是往后延了一点，但是春节前这个资金肯定能给。”

记者：“但是这个（支票）上面已经写得很清楚了，要十二号支付，你这个支票给人开了，这不是空头支票吗?”

曾开华：“也不能说是空头支票吧。”

虽说对支票不能兑现，这位经理并没有做出满意的答复，不过，他承认了公司拖欠工程款和农民工工资的事实。

记者：“问一下总共欠了你们多少钱?”

曾伟光：“如果按合同支付，应该欠我们600多万。”

记者：“你们呢?”

王周全：“欠我2000多万。”

记者：“你呢?”

何兴德：“按合同还有1100万左右。”

记者：“这些是事实吧?”

曾开华：“对，这个基本上属实。”

记者：“这个款政府都已经强令你们支付了，为什么不支付啊？这些工程队有没有未完成合同（内容）的?”

曾开华：“这倒没有。”

记者：“那为什么一而再、再而三地不给钱呢？政府方面也要求了，你们公司也答应给，为什么不付呢?”

曾开华：“公司也不是不付，确实是因为资金有点紧张。”

记者：“紧张是什么概念？到底是有钱还是没有钱?”

曾开华："这个怎么说呢，公司里面的资金不是有钱没钱的问题，就是可能按合同支付到位，资金不够。但是我们正在筹集，而且我们董事长也多次到石林来，跟政府一起来协商，怎么来解决这些问题。"

记者："我们国家这两年一而再、再而三地说不允许拖欠农民工的工资，你们知道这个情况吗？"

曾开华："元月三十日，我们的董事长到这边来以后，也跟当地政府开会的时候当面承诺的，今年春节前肯定把这些外面拖欠农民工工资的问题解决好。"

从表面看，万方集团还款的态度还不错，似乎欠薪的风波很快就能解决。然而，现场突然出现的一个新情况让众人吃了一惊。

万方集团云南石林御云林项目部员工："那曾总，农民工的工资帮助解决了，管理人员这一块……因为我们管理人员的工资已经差了十八个月。"

曾开华："管理人员的工资也安排了。"

记者："你是什么人员？"

员工："我们是这边的管理人员。"

曾开华："我们自己的员工。"

记者："你们自己的员工？自己的员工怎么了？"

员工："差了十八个月的工资。"

记者："你自己（公司）的工资也欠薪？"

这个出来说话的人，居然是业主方——万方投资控股集团云南石林项目管理公司的雇员。原来，万方集团不仅拖欠工地上农民工的薪水，连自己公司员工的工资也久拖不付。

记者："曾总你这是怎么回事？"

曾开华："资金有点紧张。但是自己的员工我们计划也是，我们已经做了安排，春节前给大家可能也是分步解决，在春节前，估计能够解决一部分吧。"

欠薪欠到这样的地步，万方集团是不是真的没钱了？经过进一步了解，大家发现，情况并非如此。

曾伟光从手机上找到一条2015年1月27日有关万方集团最新的一条资讯：公司募集了22个亿，用于一个项目开发。

曾伟光：“现在他们有钱，这么大的一笔钱，20多个亿的投入，难道就没有钱给农民工？给这些员工发薪水吗？完全是一个恶意的行为。事实上已经证明了，这么多的钱不用于这里一分钱，拿到其他项目去做，这种行为难道还不能说明问题吗？不能证明他们有钱吗？不能证明他们是恶意的行为吗？”

有能力进行几十亿元的大规模投资，却没有能力付清拖欠工资。不仅如此，万方公司的员工还发现，就在前几天，他们公司在上市公司的一个信息平台上，对外发布了这样一则信息：2014年公司盈利，管理费用有所下降。这样的信息让内部员工都难以理解。

万方集团云南石林御云林项目部员工告诉记者，2015年公司的财务报表都显示已经扭亏为盈了，但公司就是不解决员工们的工资问题，大家都很不理解。

有钱投资，没钱发薪。靠欠薪来达到管理费用下降，为自己的股票提供利好的消息，面对这样的公司，那位总经理年底一定发薪的承诺，谁又知道会不会是另一张空头支票呢？因为离年三十毕竟只有两天了。

曾伟光：“马上就要过年了，他们还这样一而再、再而三地欺骗我们，我们怎么相信他们呢？”

农民工乙：“非常困难，（家中）老父、老母还有家属，他们都在等着我拿钱回家过年。”

有钱投资置产、圈地扩张，敢把业绩说得天花乱坠，却长期无理拖欠工程款和农民工工资，还居然用“空头支票”糊弄人，甚至对执法部门做出的处理决定都视若无睹、置若罔闻。这样的企业还是上市公司，它怎么能经得起公众的检验？对这样的企业，政府更不能明里硬、暗里软。依法做出的处理决定、法律赋予的强制手段，可不能成为空头支票，它什么时候才能兑现呢？

《焦点访谈》2015年2月15日

“农转城”变“假转城”

这几年很多地方都在推进城镇化，不少进城务工的农民也希望把农村户口转成城市户口，“农转城”变成城市人了，就可以享受和城市居民一样的养老、医疗、教育等各方面的待遇。这本来应该是一件好事，可是在云南的一些地方，记者却发现，当地一些农民提起“农转城”有说不完的烦恼。

近日，记者在云南省墨江县路水村小组看到一个奇怪的现象，很多家庭这两年都把一个户口本换成了两个，原本一直生活在一起的家人为啥要弄出两个户口本呢？这还要从当地这几年正在进行的“农转城”说起。

墨江县联珠镇路水村村民：“我们已经农转城了，家里有两个户口本。”

从2011年9月开始，“农转城”作为云南省推进新型城镇化的重要举措，促进农业转移人口转变为城镇居民，当地各级政府都在积极推行。国家新型城镇化规划中明确规定，有序推进农业转移人口市民化，落户城镇要以合法稳定就业和合法稳定住所（含租赁）等为前置条件。也就是说，要把有能力、有意愿并长期在城镇务工经商的农民工及其家属，逐步转为城镇居民。

然而，在云南不少地方，一些一直在农村并且靠土地生活的农民，却成了“农转城”的对象。对此，这些农民既不理解，又很担心。

墨江县联珠镇路水村村民：“（村里）每个人都是靠土地吃饭的，转了以后土地没有了还是个麻烦，又不是城里人有工作的那种。”

农民们的担心并不是没有原因的。云南省“加大城乡统筹力度，促进农业转移人口转变为城镇居民的实施办法”第二十五条规定，云南籍农村居民整户转户为城镇居民的，可保留其土地承包经营权至本轮承包期满，承包期满后，其承包土地由发包方收回。记者在采访过的几个地方了解到，各地的承包期不一样，剩余期限大都10年到20年不等。

墨江县联珠镇路水村村民：“变成城镇居民以后，可能不能再种这个土地，我们就无法生活了，像我们文化低也出不去。”

国家新型城镇化规划中特别强调，农业转移人口市民化，要按照尊重意愿、自主选择、因地制宜的原则有序推进。也正因为如此，推行“农转城”工作的基本原则和前提就是“农民自愿”。

云南省墨江县路水村小组地处山区，非常偏僻，距离镇上和县城30多公里，沿途山路崎岖，当地村民主要以种烤烟、茶叶和传统的养殖业为生。由于村民们担心失去土地并不愿意“农转城”，于是本来是自愿的原则，在这里成了强制。

当地村民反映，村干部强制叫转，说这是国家政策，每家最少要转一个人。

对村民而言，村干部要求他们必须转就只能听从，无奈之下他们只好将家中七八十岁的老人“农转城”。

墨江县联珠镇路水村村民：“因为年轻人转掉了，就（等于）放弃土地了，作为老人（反正）也不能做（干不动）土地了。”

就这样，老年人的农村户口被取消后，派出所写上了“农转城”字样，但转户后的老年人依然生活在农村，这种原地不动的做法，户籍民警称为“建制镇转户”。

墨江县联珠镇派出所户籍民警李忠良：“建制镇城镇转户主要是就地农转城，就是他户籍不迁移，在原来户籍上转了一个农转城。”

记者：“就是由大菁组一号迁入大菁组一号。”

李忠良：“对，就地‘农转城’了。”

根据国家相关政策，建制镇城镇转户应该是通过落户到建制镇镇区的方式，而不是在镇辖的农村地区完成“农转城”的身份变化。像墨江当地的就地“农转城”只是打着建制镇城镇转户的幌子，强行将山里村民“农转城”。那么，普洱的村、镇、县、市各级组织，为什么要违背村民意愿将不符合转户条件的村民“农转城”了呢？

墨江县联珠镇路水村村委会主任赵永林：“这是镇上分给我们的任务。”

墨江县联珠镇副镇长李瑾：“这个也是一项任务，就像我们各项考核指标一样。”

记者：“原地不动来回转，这么操作的意义是什么？”

墨江县城乡统筹办副主任胡照媛：“应该是完成任务，为了完成这个转户的任务。”

像墨江县这样强制村民转户来完成指标的做法，在有些地方还是难以推行的，于是就用上了新招。

云峰村东坪社在距离腾冲县城 60 公里的山区，村里 130 多户以种植水稻、玉米等为主的农民，2013 年“农转城”了 100 户左右。

腾冲县滇滩镇云峰村村民：“就说转了（农转城），政策上政府会有一定优待。”

腾冲县滇滩镇云峰村村民：“转成城镇居民户口，（政府为）我们修了水泥路。”

腾冲县滇滩镇云峰村村民：“政府给我们宣传，你们只要听话，以后就会建设美丽乡村。”

那么，“农转城”和修路、建设美丽乡村到底是什么关系呢？

腾冲县滇滩镇云峰村村支书柳根助：“美丽乡村建设都是国家下来的项目，这个政策下来，国家补助了一点，来了以后把路修好。”

原来，修路是国家拨款的美丽乡村建设项目，在资金下达后，本应直接用于农村建设，村委会却用来捆绑了“农转城”，诱导村民转户。同样的操作办法在该村委会的观山脚社却行不通。

腾冲县滇滩镇云峰村村民：“不愿意‘农转城’。”

腾冲县滇滩镇云峰村村民：“我们就是不愿意转。政府要求转，势必要转，早转迟转都要转。”

没想到的是，2014年年底，云峰村委会派社长收了家家户户的户口簿交给派出所，就一一盖上了“转户前为农村居民”的章，并注上“2014年11月5日农转”的字样。可按公布的政策要求，村民即使愿意还必须自填申请书。

一位腾冲县滇滩镇云峰村村民对记者说：“这个农转城还要填申请（表），他们（政府给）填了，当时我是看到了，那天我就说我不转，（政府）要求人家转，还叫我们自己按手印搞申请。这是一个形式主义。”

就这样，连申请书都是云峰村委会给填的，随之强行将观山脚社40户100多人口农转城。而村支书告诉记者，这是因为“农转城”有任务指标，如果完成，其上级滇滩镇还会有资金奖励给各个村委会作为工作经费。

柳根助：“（2014年）我们转了100多（人），基本上一个小组也就完成了。对我们边区来讲，政策下来了就会落实。”

墨江和腾冲两地村民对于“农转城”不同意，但还算是知情。而记者了解到，距离景洪市区60公里的勐罕镇曼景匡村村民，则干脆是在完全不知情的情况下就被集体“农转城”了。

景洪市勐罕镇曼景匡村村民：“现在我们没有换户口本，上面还是农村户口，但是派出所的档案已经是城镇户口了。”

景洪市勐罕镇曼景匡村村民：“他们转的时候没有告诉（我们）。”

景洪市勐罕镇曼景匡村村民：“我们一直都没有发现，直到2013年8月以后，我们寨子就有个（人）为家里面的小孩落户，（全寨子）才知道了这件事情。”

记者找到了村民所说的最早发现全村已经被“农转城”的村民。

景洪市勐罕镇曼景匡村村民：“（给）小孩子去落户才发现的，他们又不通知。”

记者：“当时派出所怎么说的？”

村民：“派出所（户籍民警）说这是政府拿来的证明，你们村是电脑里面自动农转城了。”

记者：“你们愿意农转城吗？”

村民：“我们家家户户都是不愿意的。”

通过派出所依照的这份证明，村民才得知是原村小组组长违背村民意愿代签的字，表明村民自愿。

景洪市勐罕镇曼景匡村原村小组组长：“村民不同意，后来他们（村委会）就写了一个证明，叫我签字，这个就可以转了。（这是）领导说的，我又是最小的，我不听领导的不行，听了领导的，现在害了村民，没办法，我就向村委会这边申请先辞职。”

记者了解到，除了曼景匡村小组，还有曼纳麻和曼么罕两个村小组，也是在村民根本不知情的情形下，用村小组组长签字代转的做法，使村民被“农转城”。

记者注意到，这三份证明除了三个村小组组长的签字外，还分别有村委会主任和镇长的签字，并盖有村小组、村委会和镇政府的公章。那么，仅凭这种证明就能将村民“农转城”了吗？记者来到了勐罕镇派出所。

记者：“这三个村的村民，他们都不愿意，你们怎么能给他们做这个‘农转城’呢？”

景洪市勐罕镇派出所户籍民警程雪梅：“我们不清楚啊，政府说他们统一的，我们是按照政府提供的材料来做的，统一就地‘农转城’了。”

景洪市勐罕镇曼景匡村村民：“我打个比方，像古代包办婚姻一样的感觉，因为我们都是在不知情的情况下‘农转城’，由那些当官的代签的。”

就这样，在勐罕镇政府派出所和曼景匡村村委会的操办下，三个村民小组将近1300人就地被“农转城”了。

景洪市勐罕镇曼景匡村村委会主任波应温嫩：“我说了时间紧迫，要过了第二年，每年有一个（任务）指标。”

景洪市勐罕镇镇长岩坦：“作为我们基层来讲，只有把上面的政策执行好，这是我们最前提的要求。”

为了完成任务，这三个地方把一些土生土长，至今还原地不动，生活在山区的村民转为了城镇户口。而“农转城”的目的是让农村居民转变为城镇居民后，能够享受与城镇居民同等的权益和待遇，在当地被各级干部宣传比喻为“两床被子”“十件衣服”，也就是说，村民“农转城”后可以同时盖上农村和城市的两床被子，并且能穿上城市的住房、养老、医疗等十件衣服。那么，这些被强迫转城的村民，“农转城”后有没有得到相关待遇呢？

墨江县联珠镇路水村村民：“一样住一样吃，一点都没变。”

腾冲县滇滩镇云峰村村民：“转了也没有什么（更好的）待遇，还是耕田耕地，没有变化。”

景洪市勐罕镇曼纳麻村村民：“（生活方式）一点都没有变，还是跟以前一模一样。”

景洪市勐罕镇曼么罕村村民：“城市的待遇没有，城市的培训也没有，跟我们过去农村的一样，没什么改变。”

这些强制性转法，既不符合转户条件，也没有给村民的生产生活带来任何改善，改变的仅仅是派出所电脑里的户口登记，而相关福利的落实却是空谈。以墨江县为例，假如让已经“农转城”的四万多人都到城镇来生活，城镇的承载能力根本就不够，容纳不了这么多人。就拿廉租房来说，当地仅有几十套，符合条件的转户人员至今也只有六七户享受得上。

李瑾：“配套政策没有落实，老百姓就觉得（我们）在忽悠他们。”

胡照媛：“（转户后）生产生活方式都没有改变，现在就是这个政策配套跟不上。”

这种毫无实际意义的“农转城”，各级只是为了完成指标，那么这所谓的指标又是怎么来的呢？根据文件显示，云南省力争从2011年年底到2020年，城镇化率达50%，新增城镇户籍人口1000万，每年“农转城”120万的指标，就是这样层层分配考核评比的。以普洱市为例，2013年全市要完成10万人“农转城”指标，其中墨江县在分配了1.49万人“农转城”指标后，将任务逐级分到乡镇、村社，像联珠镇要完成的是2620人，到了路水村村委会要完成的是 98 人，最后村委会再将任务分到各村小组或村社。

虽然省政府在发现问题后于 2014 年 5 月明确了不再分配指标，但一些地方仍存在着强势推进的势头，记者调查的腾冲县云峰村观山脚社就是在 2014 年年底被强行“农转城”的。

“农转城”要让农民得实惠，这是目的，转不转要尊重农民自己的意愿，这是原则。但是在这些地方，“农转城”变成了硬任务。强迫、诱导甚至是瞒骗，不计手段，只为了完成指标，农民人没动，生活没变，所谓的“农转城”变成了一场数字游戏。这些空头数字让干部有了政绩，农民却没有得到一点好处，更让人担心的是，如果这种“假转城”让农民真的失去了土地，几万农民未来的生活谁来负责呢？如此弄虚作假、欺上瞒下，让政府的形象、法律的权威受到了严重的损害，后果又应该由谁来负责呢？

（《焦点访谈》2015 年 3 月 23 日）

案中案　错中错

经济纠纷并不少见，有了问题，通过司法程序解决，也很常见。司法机关的重要任务之一就是通过公平、公正的审判化解矛盾、解决问题。

但是在河北沧州，却有这样一起案例，它的起因原本十分简单，就是一起普通的债务纠纷。可是经过了法院的判决、执行，再经过当事人的申诉、上诉，事情越闹越大，甚至还引发了刑事错判。历时十几年，至今都还没有完全了结，这到底是怎么回事呢？

1995 年，经营家具厂的孙连伟为了扩大经营，在东光县工商银行申请了 20 万元无抵押贷款，一年后，又用自家 4 间住房向东光县工商银行抵押贷款 5 万元。1999 年，孙连伟再用自家 20 间厂房，向河北省金庄农村信用社抵押贷款 19 万元。

由于卖出的家具没能及时收回货款，欠工商银行的贷款也就没能及时还上。1999 年，东光县工商银行将孙连伟告上了法庭。2000 年，东光县工商银行向法院申请强制执行，按照法律规定，抵押贷款到期后，贷款人无法归还本息时，抵押权人有权向法院申请执行被抵押物。可东光县法院不仅将孙连伟向工商银行抵押的 4 间住房执行走了，还将孙连伟家具厂全部 20 多间厂房也一并执行走了。而这 20 多间厂房中，有 20 间是孙连伟在另一笔贷款中抵押给金庄农村信用社的。

对于法院的强制执行，孙连伟提出了异议，拥有厂房抵押权的金庄农村信用社同样提出了异议，但东光县法院未予理睬。

河北省东光县居民孙连伟："（东光县法院）不管你这个手续，人家就是有权，就是硬性执行，不管是谁的，一起全断给工行了，连信用社的抵押物，加上没有抵押的，都断给工商银行了。"

对于法院如此明显的超范围执行，孙连伟自然不服，从 2000 年开始，他四处寻找相关部门申诉。按照我国法律的规定，对于法院判决不服的，当事人有权向上一级法院申诉。

但孙连伟告诉记者，他尝试向沧州中院反映情况，进行申诉，可是沧州中院并没有受理立案。

虽然沧州中院没有受理，但孙连伟并没有停止申诉。让他没有想到的是，2002 年 3 月，他在一次申诉途中被警察拘留了。

孙连伟："当时我是上沧州去上告，在东光县火车站，执行庭长王德义、房铁柱开着警车，把我弄到警车上，然后把我弄到看守所去了。"

那么警察抓孙连伟又是什么理由呢？

孙连伟："什么理由都没有，（他们）就是这么说的，你不是不服吗？净给哥们添麻烦，我就把你扣起来。"

2002 年 3 月 29 日，孙连伟被刑事拘留，2002 年 4 月 10 日，被检察院批准逮捕。

孙连伟："扣到 7 月 23 日的时候刑事开庭，说我拒不执行判决，我说我根本没见过判决，怎么拒不执行判决呢？"

在东光县检察院以拒不执行罪起诉孙连伟的起诉书上，记者看到检察院起诉的理由是：2000 年，东光县金庄信用社曾经起诉孙连伟不归还 195000 元贷款及利息。

孙连伟："说我拒不执行，实际上我是没能力执行。第一，我没有生活来源；第二，我所有的家产，叫东光县法院强制执行，都断给工商银行了。"

2002 年 8 月 28 日，东光县人民法院以拒不执行罪判处孙连伟拘役五个月。拘役期限正好是从孙连伟被拘留的那一天到法院宣布判决的那一天，竟然一天都不差。更让人诧异的是，东光县人民法院向孙连伟送达的判决书上，日期一栏连月份都没打。按说孙连伟服刑五个月后，应该是刑满释放，奇怪的是，孙连伟被释放时办理的却是取保候审。

孙连伟：“我也不懂这个手续，他就是叫我取保候审，我取保候审的手续也有。”

记者：“就是你没有刑满释放通知书？”

孙连伟：“没有刑满释放通知书，只是个取保候审。”

孙连伟当年出狱时为什么是取保候审，而不是刑满释放？记者曾就这个问题采访东光县人民法院，得到的答复是，当年的审判长已经退休并身患重病，其他人不太了解情况。

而孙连伟从2002年刑满释放至今，一直没拿到刑满释放证明。当年孙连伟被取保候审后，带着老婆、孩子离开了东光县，举家搬到沧州，他的妻子杨淑梅决定代替他继续申诉。

孙连伟的妻子杨淑梅先后去了省高院、省人大和最高人民法院。本想讨个说法的杨淑梅怎么也没想到，因为申诉给她惹来了更大的麻烦。2006年3月15日，杨淑梅在申诉途中也被拘留了。

杨淑梅告诉记者，当时（看守所）去了三辆车把她围起来，直接就把她按在车上带走了。

同年4月10日，杨淑梅被检察院以贷款诈骗罪批准逮捕。荒唐的是，杨淑梅明明是女的，逮捕证上性别一栏写的竟然是男性，检察院显然连杨淑梅是男是女都没分清。而且，当年办理贷款的是孙连伟，家具厂经营者也是孙连伟，房产证上的名字还是孙连伟。这个案件仅仅是个拖欠贷款的执行案件，时间也过去了7年，杨淑梅不明白，自己怎么又突然涉嫌诈骗了呢？顶着这个罪名，她被关了八个月。直到2006年11月，被关了八个月之久的杨淑梅才拿到一纸判决书，罪名是诈骗罪的从犯，而她的丈夫孙连伟更是被标注为主犯在逃。

那么，当时东光县法院又是怎么认定孙连伟、杨淑梅诈骗成立的呢？

记者找到了当年审理此案的审判长。

河北省东光县人民法院法官任峰："当时审理完了以后，我们判定的是有罪。我们合议庭研究以后，履行完内部报批手续，判杨淑梅是有罪，当时杨淑梅也没有提出上诉。"

记者："当时你判定她有罪的原因在哪？"

任峰："这个问题我还真不能回答你，我真想不起来了。"

在东光县检察院对杨淑梅诈骗一案的起诉书上，检察院提供的证据主要是杨淑梅的供述和证人证言以及书证。而杨淑梅本人表示，她并没有承认过这项罪名。

那么，这些证人又是怎么做的证呢？

刘鹤亭是证人之一，也是原东光县人民银行的行长，当年孙连伟购买厂房时，刘鹤亭给予了很大帮助。记者在卷宗里看到了刘鹤亭作为证人的相关材料，并拍了照片找到他，进行核实。

记者："（当年）他说他们是东光县公安局民警，还给您看了工作证，您记得吗？"

河北省东光县居民刘鹤亭："没这个事，公安局这两个人来找我？不存在。"

记者："这是 2006 年的事。"

刘鹤亭："2006 年我也忘不了，忘不了。"

在起诉书上，还有一名证人是张炳顺，是孙连伟家具厂所在地的原村支书，他又是怎么做的证呢？

记者："检察院起诉杨淑梅诈骗的时候，其中有一个张炳顺。"

河北东光县居民张炳顺："那就是我。"

记者："就是你，说你是其中一个证人。"

张炳顺："检察院没来找过我，法院也没找过我，我到哪里去做的证人啊？"

记者："就是说你没有做过证？"

张炳顺："没有。"

在起诉书上，还有一位证人叫张永华，他更是一口否定曾经做过证。

如果这几位证人的说法是真的，那么这份起诉书很可能存在重大问题。此外，据杨淑梅讲，法庭审判时，荒唐的事情还有不少。

杨淑梅："一个检察院的、一个法院的、一个书记员还有我，就我们四个人。我们四个就像说笑话一样，我说为什么扣我啊？我哪犯法了？（他说）这个事儿，你还不知道吗？你找到政法委就行了，这个是法院的任峰说的，检察院的根本就没说什么话。"

记者："开庭的流程履行了吗？"

杨淑梅："有什么流程啊？"

记者："也没有宣判吗？"

杨淑梅："没有啊。"

2006年11月12日，东光县人民法院认为杨淑梅犯有贷款诈骗罪成立，判处有期徒刑九个月，并处罚金两万元。同年12月14日，杨淑梅刑满释放，蹊跷的是，出狱时的杨淑梅同样没拿到刑满释放证明，也是取保候审。

杨淑梅："取保候审叫我侄媳妇跟任峰法官一块儿上看守所去的。出来的时候，任峰跟我说，你不能上诉，你也不能上访，你如果上访上诉的话，我就扣你侄媳妇。而且说孙连伟，也不能叫他上访，不能叫他上诉，他如果要上访的话，咱这儿的政法委说了，挖地三尺，挖出来也得判他。"

服刑期满的杨淑梅，为什么和她丈夫孙连伟一样，也是取保候审呢？当年的审判长任峰是这么解释的。

任峰："因为当时下这个判决以后，并不生效，判处有期徒刑九个月，生效要经过10天，被告人是否上诉，另外经过检察机关是否抗诉，咱这判决书还要送给检察机关。当时下完判决，刑期又到了，你不能再继续羁押人家了，但是这个判决还没有生效。这种情况下，你就不能盲目地把人放出去，（所以）法律规定采取取保候审的方式。"

任峰说，判决生效的时间需要10天，当年法院宣判的日期是2006年11月12日，而杨淑梅出狱的时间是2006年12月14日，中间有32天时间，超出10天判决生效期整整22天。显然，任峰审判长的解释并不能令人信服。和孙连伟一样，杨淑梅至今也没拿到刑满释放证明。

出狱的杨淑梅并没有放弃维权，而是选择了继续申诉，他们的申诉终于引起了上级法院的关注。2009 年，沧州中院认为，孙连伟、杨淑梅诈骗一案认定事实不清，指令东光县人民法院重新审理。2010 年，东光县人民法院做出刑事裁定，裁定孙连伟、杨淑梅诈骗一案，原判决认定事实清楚，适用法律正确，定罪准确，量刑适当，应予维持。

对于东光县人民法院的裁定，孙连伟和杨淑梅依旧不服，继续找沧州中院申诉。2011 年，沧州中院做出终审判决，认定东光县人民法院的判决与裁定，事实及适用法律错误，应予改判，并宣布杨淑梅无罪。这份无罪判决不仅推翻了孙连伟和杨淑梅身上对贷款诈骗罪的认定，同时认定，当年孙连伟在工商银行与金庄信用社所办理的抵押手续，符合相关法律规定。

那么当年，法院强制执行孙连伟房地产的过程中存不存在问题呢？

北京岳成律师事务所律师岳屾山："孙连伟的企业作为被执行人，那么他企业所拥有的财产，就是可被执行的财产，法院可以通过拍卖他财产的方式来偿还工商银行的贷款。法院在执行的时候要区分来对待。这 4 间房屋所拍卖的价款应该优先还给工商银行，那 20 间房屋所拍得的价款应该优先还给（金庄）信用社，不能够拿这笔钱去还给工商银行。如果说这样做了的话，就是一个错误的执行，错误的执行就应该予以纠正。"

为了一个错误的执行，在 15 年时间里，孙连伟和杨淑梅夫妇几乎到了家破人亡的绝境。

孙连伟："我以前在东光县的日子是很美满的，在东光县也算是数得着的户。"

记者："现在呢？"

孙连伟："我一夜之间就成了乞丐，别说是数得着的户，我谁也比不了，连家都没有了。我一家老小都无家可归，我在外头过了这么多年流浪的生活，东光县我就不敢来。"

司法是社会公平的底线，对当事人的利益影响巨大，对维护良好的秩序意义重大，稍有差池都会造成严重的危害。如果有人无视头顶的天平，那对法律和社会的伤害就更加无法估量。

贯彻依法治国战略，必须要落实在每一个案件的每一个细节当中，必须要用严格司法来保障公正司法，必须要警惕有人利用权力干涉司法，必须要警惕有人把司法活动当成为特定目的服务的特殊工具。

（《焦点访谈》2015 年 5 月 4 日）

被操控的检测

车辆年检俗称验车，相当于车辆的定期体检。认真验车是对车主司机负责，也是对社会大众负责，不能够马虎，不能够含糊。为了保证验车质量，现在很多城市的验车线都采用了高科技设备，最主要的目的就是要提高检验的精度，避免人为干扰。

按说有这么好的设备，不合格的车辆想要蒙混过关，应该是不大可能了吧，可是我们的记者最近却发现，情况并非如此。

记者跟随一辆黑色轿车来到山东济南市的华兴汽车检测中心检测尾气。

记者："不合格，超过了怎么办？"

济南市华兴汽车检测中心工作人员："超标了，修修再上。"

检测报告显示，这辆轿车一氧化碳排放超标了，超过限值50%。按照检测流程的要求，尾气排放不合格的车辆必须要进行维修后才能进行复检，于是记者跟随这辆车，来到了与华兴检测中心仅一墙之隔的汇园汽修厂。汽修厂老板打开车的前盖，简单检查了一下。

记者："调哪儿了？"

济南市汇园汽修厂老板："不调了。"

记者："不调了？不调能过（检测）啊？"

济南市汇园汽修厂老板："能，能，一会儿（检测）看看去。"

汽修厂老板承诺，这辆尾气超标的车不用修也能通过尾气检测，只是还要等一会儿才能去复检，

汽修厂老板：" 时间太短了不行。"

记者："为啥呢？"

汽修厂老板："有一个维修时间，没一会儿就好了，不大好。"

汽修厂老板解释，如果两次检测相隔时间太短，说明这辆车没有经过维修，就从不合格变成合格了，这样很容易被监管部门发现其中有作弊行为，所以即使不修车，也要算好修车需要的时间，然后再去检测，这样就不容易被看出破绽。

过了一会儿，济南市汇园汽修厂老板问："检测下来有二十分钟了吗？"

记者："有了，我估计二十分钟应该有了。"

济南市汇园汽修厂老板："过去（检测）看看。"

在这位老板的安排下，这辆尾气超标车又一次进入了华兴检测站。

到了尾气检测线，车辆就由检测站的工作人员亲自操作，这和第一次检测似乎没有什么不同，但不同的是结果。复检结束后，车主真的拿到了一张环保部门颁发的尾气检验合格标志。

在调查中记者发现，在华兴检测站周边，不仅有汽车维修厂，连小卖部也可以代办验车，在当地这些代办验车的人被称为"黄牛"。

代办验车"黄牛"甲："不修可以，直接包过。"

代办验车"黄牛"乙："过了你再给我钱，保证通过。"

代办验车"黄牛"丙："肯定包过，两百块钱。"

记者发现，每次的检测过程都是由检测站的工作人员亲自操作的，"黄牛"们透露，检测过程和结果都掌握在检测站里的人手里，所以车主们交的代办费大部分要分给检测站里的人。

代办验车"黄牛"："花两百块钱，我们给里面一百五，我们挣五十。因为你给里面钱，里面也不敢要。"

记者："你给他就敢要？"

代办验车"黄牛"："我们都熟，他是（检测）线上的工作人员，专门弄这个的。"

检测站里的工作人员收了钱，又是如何篡改检测数据的呢？记者继续调查，又来到山东济南的正元机动车检测站，在这里找到了答案。

在记者的追问下，正元检测站的站长透露了其中的窍门。

山东省济南市正元机动车检测站杨站长："肯定作弊了，采样管后面有开关，里面把开关关了。"

杨站长透露，现在的检测站普遍使用的是全自动尾气检测系统，系统一旦开始采集尾气，中间就不允许人为控制进气量。但是他们却在尾气的采集管上私自安装了一个阀门开关，而这个开关正处在监控摄像头的盲区。在检测开始后，工作人员确实操作了这个开关，动作非常隐蔽。杨站长告诉记者，操作这个开关就可以人为降低汽车尾气中有害气体的进气量。

杨站长："这都是不合法的，你别让人查着你，数据都是可以从电脑里调出来的，这个数据都传到市环保局，有一个监控中心，要是给你检测出，通过软件查到作弊了，你就麻烦了，马上就把资质吊销了。"

在设备上动手脚有可能被查出来，所以有一些尾气检测站的作弊方式更隐蔽。在山东济南君冠检测站，这位负责人告诉记者，设备生产厂家会在这方面提供培训。

君冠检测站负责人："厂家有方式，下回培训让他教教，肯定能给你想办法处理了。软件开发的这套东西，潜规则，没有什么的。"

记者了解到，济南君冠检测站的尾气检测设备，是由深圳安车检测技术有限公司提供的。该公司是中国汽保科技创新优秀企业，甚至还积极参与了国家行业标准的起草和制定，看起来是十分正规的企业，而且还是在机动车检测行业中有很大影响力的公司。

"市场占有率我们应该也占到百分之三十到百分之四十，2014年销售是三点几个亿，我们和第二的差距，第二可能一个多亿，也就这个概念，差距这么大。"深圳安车检测技术有限公司山东办事处主任王洪亮说。

市场占有率如此之高，销售数额如此之大，这样一家汽车检测设备生产企业又给客户提供什么样的培训呢？

王洪亮："这种办法很安全，看不见摸不着，数据都是仪器里面出来的，你不管用什么监控手段，我从仪器里出来的数据，计量院标定的，正儿八经，我没动。"

记者："看不出你动的痕迹？"

王洪亮："那哪儿看得出来。"

记者了解到，汽车尾气检测系统除了有底盘测功机、尾气收集探头和管道等硬件设备，还要有智能分析软件。这套软件会对收集的尾气按照设定的程序进行分析换算，得出其中有害物质的含量。为了防止作弊，这套分析软件是全自动运行的，检测站的操作人员无法私自进行任何改动。但是王主任告诉记者，要想作弊而又让人看不见摸不着，就要在这套分析软件上做文章。

王洪亮说："国家标准是这些，但是（检测时）差一点，差一点的时候，我们可能就要处理一下，比如，范围放大了，本来标准是 1.0 到 1.5，我们换成 0.6 到 1.8，这个范围大了，只要你是在这个范围之内的，我们都是通过的。"

"通过的标准比国家标准要低一点？"记者问。

"对，包括软件，我们也是完全自己研发的，软件是万能的。"王洪亮说。

对尾气排放设定限值本来是用来控制尾气污染的国家强制标准，可是安车公司却在分析软件上动了手脚。这样，本该有严格限定的检测标准，他们却可以人为操纵，任意给出想要的数据。

那么检测站又是如何使用安车检测技术有限公司的尾气检测系统作弊，改动其中的数据呢？

杭州汽车综合性能检测中心使用的就是深圳安车检测技术有限公司生产的尾气检测系统。记者跟随一辆白色轿车在这里进行了第一次尾气检测，结果一氧化碳和氮氧化物两个项目都不合格。

随后在一位"黄牛"的安排下，这辆尾气超标车没有经过维修，又进行了第二次复检。结果两项数值都下降了，但其中一氧化碳依然超标，复检没有通过。

代办验车的"黄牛"解释说："他（检测员）害怕你是记者或者是什么，给他弄一下就弄死了，这个事情是有发生过的。"

这位"黄牛"解释，近期环保部门检查很频繁，检测人员害怕环保部门或者记者来暗访，所以非常谨慎，复检依然不让通过，要进行第三次检测才让合格，这样就可以造成经过两次维修、逐步降低污染物数值的假象。

代办验车"黄牛"："(检测员)他明白地跟你说，叫你明天过来。"

到了第二天约定的时间，这辆尾气超标车第三次上了尾气检测线，结果所有的检测项目都达标了。

同一台车、同一个检测线却是三个不同的结果。检测人员是如何操纵这个检测数据的呢？

深圳安车检测技术有限公司山东办事处主任王洪亮：“我（软件）后台处理，前面我发一个东西，后面所有接到我这个指令的，就和一个老师似的，下边的学生：我收到指令了，我该干什么，这边我收到指令了，我收到‘一’就干‘一’的事，我收到‘二’就干‘二’的事。”

记者：“‘一’代表什么呢？”。

王洪亮：“‘一’代表合格的事，或者‘二’代表不合格，就干不合格的事，或者‘三’是代表常规的，就是正常的事。”

原来通过在检测软件里设置不同的指令，检测人员就可以按照这些指令来控制车辆的检测数据，这样摆放在外面的检测设备，看起来是在正常运作，其实也只是摆个样子而已。王主任很自信地告诉记者，只要检测站的人自己不举报，无论监管部门的人怎么来查也不用担心：“监管不用怕，因为我们是专门做监管的，我们不但做检测线，我们还专门做监管（系统），环保局大部分也是我们做的。”

在安车检测技术有限公司的官方网站，记者确实看到该公司开发了联网监管系统，保障检测过程的公平公正。如此看来，有安车公司保证的这种公平公正着实让人质疑。就这样，尾气检测系统的生产厂家在软件设计中动手脚，与检测站合谋作弊，检测站又和代办验车的“黄牛”们寻找到肯花钱参与作弊的车主，这样各方就各取所需。

“从检测线来说，我们干这么多年，如果客户挣不到钱，我们的钱也挣不到。你得让客户挣到钱了。”王洪亮说。

由于可以在软件上人为控制检测数据，所以有的检测站干脆连做个样子都省了。在广州市穗安市汽车检测站，一辆轿车第一次尾气检测结果，一氧化碳的数值是 49.3%，而限值是 8.8%，达到了限值的 5 倍多。很快，有代办验车的“黄牛”凑上来了：“（晚上）8 点钟可以叫他们，调个合格的（检测报告）。”

这个“黄牛”告诉记者，只要肯花钱，车辆甚至不用上检测线复检，就可以拿到合格报告。到了约定的时间和地点，这个“黄牛”来了，果然也带来了一份检测报告。记者发现，报告上登记的车辆信息，就是那辆尾气超标达到限值5倍多的轿车。检测数据居然从49.3%变为了6.2%，达到了合格标准。

这个是怎么弄出来的？

代办验车“黄牛”：“这个是电脑系统里调了，数据调小了。”

记者：“谁调的？”

代办验车“黄牛”：“找站长调的。”

记者：“站长调的？”

代办验车“黄牛”：“他才有权力去调这些的。”

设备生产厂家、检测站、黄牛、车主各取所需、各有所得，造成了一辆又一辆尾气排放不合格的车辆跑在路上，带来污染。记者先后在山东、广东、浙江、辽宁等省调查了20多家机动车检测站，在这些检测站，只要“黄牛”疏通好了关系，尾气不合格的车辆不需要维修就可以拿到合格的检测报告。这些检测站的设备提供商，除了深圳安车检测有限公司，还有佛山南华仪器公司等生产厂家。

佛山南华仪器股份有限公司北方大区销售总经理徐志明：“民间的智慧是很丰富的。”

记者：“什么意思？”

徐志明：“有民间的智慧，民间有高人的，我有小窍门的，完全可以，大家都可以共享的。”

都说“有钱能使鬼推磨”，现在看，鬼不光能推磨，他还能推车，他还能把不合格的汽车推过检测的合格线。当然谁都知道，我们这里说的鬼是内鬼，是在合法外衣的掩盖下实施不法行为的人。过去我们也见过这样的内鬼，他们多是操作检车线的人，可是现在我们发现，生产检测车辆设备的机构里居然也有这样的内鬼，高精尖的设备居然也能够用来造假。

看来，要想真正杜绝弄虚作假，光靠设备还不行，归根结底还要靠严格的制度和有效的监督来约束人。

（《焦点访谈》2015 年 9 月 12 日）

公益林怎么姓了“私”？

云南大理的苍山、洱海环境优美、植被茂密，是全国闻名的风景名胜区，也是当地农民赖以生存的所在。这些年，为了治理洱海，避免洱海水质恶化，当地政府出台了一系列环境治理措施保护森林植被，农民看护公益林地还能获得补贴。

然而就在离洱海不远的一个传统水源地，令人担忧的情形却愈演愈烈。

龙王庙箐位于云南省大理市凤仪镇。“箐”在云南方言里面就是大山沟的意思。龙王庙箐不仅是方圆数百公里山区溪流的汇集通道，也是不远处大理著名的洱海的传统水源地之一。在沟口一座龙王庙里，记载了这里曾经富饶美丽，也时常遭受洪水肆虐的历史。远的不提，就在 1986 年，龙王庙箐冲出来的洪水就冲毁了下游许多房屋和耕地。

云浪村村民说：“这个箐很长的，然后一下雨，水就全部往这个箐里面流了。那时候到处都是水，下面那个千户元、河西村，那些都搬家了，为了避免被洪水冲，都搬家了。”

既是洱海水源地，又是洪水易发的山区，显而易见，林地保护在这里非常重要。

记者了解到，大部分的林地由村民分片管理，村民也都知道这是不能砍伐的。

由于龙王庙箐的特殊位置，这里的林地大多被林业部门划归为公益林。公益林是为了维护和改善生态环境，保持生态平衡的一种特殊林地，一般情况下禁止采伐，的确需要采伐，也得经过林业部门的审批。

保护公益林就是保护生态，这事大家都理解，可是这几年龙王庙箐发生了巨大变化。从画面中可以明显看到：山林被剥离，山石被取走，山沟里还建起了巨大的石料加工厂。

采访中，记者问一位采石场负责人："像挖这个山不许动林子有没有规定？比如采这个石头不许破坏植被，有没有人跟你们讲这些事情？"

采石场负责人："有。"

记者："你们按照什么规定来采石的，这么大面积地挖？"

采石场负责人："我们那些证照都是齐全的，什么都有。"

记者："证都齐全，规划的也有吗？林业的也有吗？"

采石场负责人："有。"

记者："谁给的证？什么证？"

采石场负责人："那我不知道。"

记者："证都是齐全的？"

采石场负责人："齐全的。"

由于这些外来的企业号称有手续，当地的村民眼看着林子被伐掉，环境被破坏，短短几年时间，曾经美丽的家乡就变了模样。

云浪村村民："下面开采以前都是像这样的，都是林区，这些环境都是很好的。"

记者："这个石场来了以后，环境变化大不大？"

云浪村村民："灰尘大。"

记者："过去没有这样？"

云浪村村民："没有。"

记者："种田有没有影响，庄稼受不受影响？"

云浪村村民："有影响，灰尘大。"

记者："灰尘大，庄稼长不好吗？"

云浪村村民："庄稼是长不好了，下田里撕苞谷一身的灰，都不敢下田了。"

村民：“公路也损坏了，农田庄稼也污染了。”

灰尘产生的原因是原先的植被被破坏、岩石被开采粉碎而产生的。从采石场剥离的山坡上，我们可以直观地看到，龙王庙箐的植被就是生长在岩石上一层薄薄的土壤之上的，这样的土壤层被破坏之后，植被恢复基本无从谈起。

记者：“挖了这么多东西，有没有挖完恢复种点植物的？”

采石场负责人：“目前还没有。”

记者：“有没有规划，就是将来要恢复，怎么恢复？”

采石场负责人：“有规划。”

记者：“这个大石头把植被破坏了，还能恢复吗，上面能种上树吗？”

采石场负责人：“石头上肯定种不出，石头上怎么种？”

这样的破坏性毁林采掘，主要发生在从龙王庙箐沟口向上的几公里范围内，在这个区域里，林地基本被剥离，裸露的是大量的岩石层。岩石被剥离后，被设置在沟里的石料加工车间就地粉碎成石子等建筑材料，然后运往山外。

采掘、加工、运输规模巨大，从现场的标识看，这样采石的不只一家企业，除了龙王庙箐的沟口几公里，在龙王庙箐的尽头，一片山林隐蔽下的山顶，也可以发现大面积的采石区。

就在这片采石区，记者发现，在采伐过后的裸露地表，有人在尝试着种植一些树苗。

记者：“怎么都没长叶子？”

云浪村村民：“没长，没活。”

记者：“没活，一棵都没活？”

云浪村村民：“没活，都是死的。”村民说着拔出一棵树苗。

记者：“死了，根都黑了。”

云浪村村民：“对。”

就在记者拍摄这片采石区时，一辆小车疾驶而来，接下来，发生了下面的一幕。

采石场负责人："你们是哪里来的？什么人带你们来看的？"

记者："我们自己来的。"

采石场负责人："你们什么部门？"

记者："我们是中央电视台来采访的。"

采石场负责人："不经过我们允许，你们就来采访？"

记者："你们是什么人？为什么要经过你们允许？"

采石场负责人："这里的石场是我们开的。"

记者："这个土地、林地是你们的吗？"

采石场负责人："我们都是办了合法手续的。"

记者："让我们看看手续行不行？"

采石场负责人："待会儿去找老板看吧。"

然而在采石场办公室，记者并没有看到所谓的"合法手续"。

采石场负责人："你们要看这些证件，问一下有关部门我们证件齐不齐，我们也不是老板。"

记者："你不是说有吗？我们来看看。"

采石场负责人："我在这里，我只是帮他管理，这些手续都在老板手里。"

每家采石场都号称手续齐全，事实究竟怎样呢，记者来到相关部门核实此事。龙王庙箐所在的行政管辖区域属于大理市凤仪镇。在凤仪镇镇政府的办公室，我们看到了一张标注了龙王庙箐位置的地图。

这个图是大理市森林经营规划设计图，图中可以找到洱海，洱海上面的一片绿色地带是云浪村，云浪村往上可以看到云浪箐，绿色代表林地，这一块林地是大理范围内为数不多的林地之一，应该说是重要的水源地。

记者："那个水是流向洱海吗？"

云南大理州凤仪镇水资源办公室负责人："流向洱海。"

记者："那个地方开采对水质会不会有影响？"

云南大理州凤仪镇水资源办公室负责人："肯定有影响。"

记者："在水源地能这样开采吗？"

云南大理州凤仪镇水资源办公室负责人："肯定不行。"

云南大理是一个旅游区，其中最重要的旅游资源就是洱海，当地政府制定了一个地方性法规《洱海治理保护条例》。在这个条例上记者看到，在保护区范围内，是禁止采矿这种生产活动的。条例中写着：“在洱海保护区范围内实施封山育林，退耕还林，对水土流失地段和宜林的荒山荒地应当加强治理和绿化。”这是一个很明确的规定，即便是荒地的话，也应该是绿化而不是采伐。

在水源区采伐和采矿，显然违反了当地法规。《云南省地方公益林管理办法》第15条也规定，因建设工程需要，占用、征用公益林林地的，县级以上林业主管部门应当进行核查。确需占用公益林林地的，必须依法办理用地审核、林木采伐审批手续。这样的合法手续，这些采石场都有吗？

云南大理州凤仪镇林业管理站站长杨理明：“采伐证一家也没有。”

记者：“一家都没有？但是采石头把林地都剥离了？”

杨理明：“剥离了，我们肯定处理他们。”

原来这些号称手续齐全的采石场，根本就没有办理采伐许可证。我国森林法第28条规定，采伐林木必须申请采伐许可证，按许可证的规定进行采伐，没有办理采伐证就砍伐树木是违法行为。在凤仪镇，记者看到了镇林管站对这些采石场发出的处罚决定。

记者：“好多。总共多少个采石场？”

杨理明：“总共四十几个。”

看来，在龙王庙箐的这些采石行为，不仅手续不全，而且已经被管理部门及时发现。在发出的处罚通知书上，我们看到了先前在沟口和山顶上的几家采石企业都被处罚过，罚款从数千元到上万元。

问题是处罚书开出来了，罚款交了，却没见哪家采石场停工整顿。凤仪镇管不住这龙王庙箐的非法采石场，作为龙王庙箐所在的云浪村村委会似乎也没有表示什么，这又是什么原因呢？

记者发现，虽然采石场破坏了村里的环境，但是村里从上级获得的公益林补贴还是照旧领取，领取的管护费近十年超过百万元。

记者：“这个钱谁给的？”

云南大理州凤仪镇云浪村财务人员："上级补助的，这个你问我，我上去看一下账。你跟我们去办公室看一下。"

这时，凤仪镇林业管理站站长杨理明拦住了记者。

记者："怎么了？"

杨理明："要采访我们必须经过上级安排。"

记者："否则呢？"

杨理明："否则我们只能知道什么说什么，别的不能乱说。"

国家下发的上百万元管护费用途不清，此外，违法采伐的企业，每年给村里缴纳的承包费也相当可观。

记者："承包费多少？从哪年交的？"

云南大理州凤仪镇云浪村财务人员说："2009 年就收到了，一年跟一年不一样，2008 年就建账了。2010 年是 149600 元。"

记者：" 2010 年是 149600 元。看看不同的，再往下。"

云南大理州凤仪镇云浪村财务人员："2011 年是 12 万元。"

"2012 年是 45 万元。"

"2013 年是 7 万元。"

"2014 年是 45 万元。"

然而这些巨额资金究竟去了哪里，谁都说不清。

镇里得到罚款，村委会得到不少承包费，这恐怕是龙王庙箐发生的一切无人制止的真正原因。现在，公益林遭到了非法砍伐，生态遭受了严重的破坏，更让村民担忧的是这些采石场产生的废料就堆积在沟口，而这个地方恰恰是泄洪通道。

云浪村村民说："这个有很大的隐患，上面的植被也被破坏了，一旦发大水的话，下面这些老百姓要受到很大的影响。"

公益林保护区变成了采石场，相关管理部门明知道这些采石场都是非法经营，有的只是罚款了事，有的表示无可奈何，结果是林地遭到破坏，洱海水源地遭到污染，青山绿水不再，法规成了一张废纸。在违法行为屡禁不止的背后，非法经营者却大赚特赚，村里截留的大笔资金不知去向，只有当地村民失去了美丽的家园和应有的权益，不仅致富无望，还将承受环境恶化的苦果，这件事应该动真格管一管了。

（《焦点访谈》2016 年 8 月 28 日）

假文凭竟获“真”认证

现在出国留学已经不是什么稀奇事了，不过对一个普通家庭来说，孩子到国外读书，不仅要在陌生的国度花上几年时间，还要花不少费用。可是现在如果有人告诉你，你根本不用出国，只要花钱，就能直接在国内拿到国外大学的毕业证，最重要的是，这个毕业证不仅跟真的长得一样，而且还能通过教育部留学服务中心的官方认证，你相信会有这样的事吗？假的怎么可能变成真的呢，但是记者的调查却让人大跌眼镜。

前些年，随着留学回国的人越来越多，一些用人单位对留学生的学历难以分辨真假，给回国求职人员和用人单位都带来不少困扰。为了应对这个问题，从2000年开始，教育部留学服务中心面向全国开展对国境外学历学位证书和高等教育文凭的认证服务，认证内容包含：鉴别文凭颁发机构的合法性，以及甄别学历学位证书的真实性等。大多数留学生一回国，就马上要做这件事。

留学生：“它必须要认证，认证完了才能进大学（工作），如果认证资料少了，别人就会顶上来，这个是很重要的。”

留学生的学历认证为用人单位聘用人才提供可靠的依据，是一件极其严肃的事，然而在互联网上记者发现，有一些中介公司声称能够帮助一些不具备认证条件的人进行认证。比如在这家名为谦合嘉业咨询公司的网页上，明确写着我们能为你做什么，答案就包含学校不被认可咨询，项目未备案咨询，未能毕业办理认证咨询等。

什么公司这么神通广大，能把假的变成真的？记者在北京市中关村的某大厦内找到了这家公司，以从来没有出国读书的背景进行咨询，看能不能帮助办一份留学学历的认证。

北京谦合嘉业公司负责人：“您有出国留学的经历吗?”

记者：“出去玩过。”

负责人：“跟刚才这哥们儿是一样的，刚刚这哥们儿刚走。他是工作需要，是一样的。您是任何东西都没有，就只有一个旅游签证?”

记者：“像我这情况大概多少钱?”

负责人：“10万元。”

在留学服务中心的官方网站上做一份认证只需要600元，而这家公司做一份认证却要10万元，靠的就是弄假成真的特殊服务。这位负责人说，如果不挑国家和学校，价格最低的需要10万元，其他情况都在10万元以上。这10万元里首先是要花1万元做一整套认证材料，包括毕业证、学位证、签证记录、出入境记录等材料，而这只是第一步。

负责人：“要找关系的，你以为拿这个做好，递进去就好了?”

记者：“你不是做得很像吗?”

负责人：“做得很像也没有用，这是要给学校发函的，你以为给留学服务中心递个材料就成功了，他是要给学校调研的，为什么‘一带一路’以后，现在有46个国家以后做不了了，因为跟他们已经有互认系统了，就是学位互认了，端口都开了，你名单直接一输入进去，在学校一找，有没有你?就OK了。”

按照这位负责人的说法，留学目的地国家的情况大致分为两类，一类是与我国签署了互认通道，也就是说毕业生的名单可以直接提供给我国的教育部门。而另外一类是毕业生的名单没有信息共享的，需要人工与对方学校联系确认，这种说法得到了留学服务中心认证处工作人员的证实。

留学服务中心认证处负责人：“我们是传统的手段也有，通过电邮或者传真的也有，我们都会跟学校来核实，现在我们已经逐渐实现网上即时核查。”

原来近些年我国和世界上其他一些国家和地区，逐步签订了相互承认学位学历和文凭的协议，这样留学服务中心可以通过网络直接核查毕业生的信息。不过也有一些国家和学校，还没有和我国开展这样的合作，只能通过工作人员人工辨别、发信核查。而中介公司可以操作的就是这些需要人工核实的毕业生。

北京谦合嘉业公司这位负责人说得神乎其神，他们到底是骗子还是真能这样操作呢？这是一份据说是通过这家中介公司进行的认证，根据留学服务中心的官方网站2014年的认证信息，这位学生于2007年在日本弘前大学获得了人文社会科学的学士学位，看上去非常正规可靠。日本弘前大学是一所国立大学，位于日本的东北部，临近北海道。这位学生到底是通过自己努力拿到的学位，还是通过这家中介的特殊帮忙才通过认证的呢？带着疑问，中央电视台驻日本的记者，专程到弘前大学进行了采访。

日本弘前大学人文社会科学部事务长中村胜之："我们学校在籍学生的所有资料，都有电子数据保存，管理者只要输入密码，就可以阅览所有数据。你要查的这个学生，不是我们学部的毕业生。"

事实证明这个学生根本没有在弘前大学读过书，更别提毕业了，然而他的认证材料又的的确确在留学服务中心的官网上能够验证成功。弄假成真的服务，看来是真的。

那么这是否只是一个偶然的个例呢？

按照中介公司的说法，他们早就形成了一条让假学历通过认证的流水线。按照正规的流程，分为初审、复核、确认等多个环节。尽管他们找了人，认证也不是马上完成的，他们为了做得更逼真，整个认证流程也得一步一步来，办下来需要一个月左右的时间。

北京谦合嘉业公司负责人："时间，他们安排好时间，你几号递的材料，这些材料什么时候能到他们手里，他们能算出来。"

记者："必须得到他们手里？"

负责人："对，第几批递的哪个时间段，一般都能算出来。"

记者："如果到别人手里了……"

负责人："到别人手里，他就去问，他们互相都清楚，都是吃这碗饭的。"

按照这个负责人的说法，"他们"指的就是留学服务中心的工作人员，按照流程他们在接到申请材料初审合格后，会发函给这个学生所毕业的学校确认真伪，不过只要是通过这条线送进去的材料，都会得到特殊的关照。

记者：“你这个会发函吗？”

负责人：“我们不用。我们一般找人，只要没有人调研，都不用发函，他就直接给你签字了，给你签这个字，说明学校已经回函了，他会给你在资料里面塞东西。”

就在记者暗访时，这位负责人还接听了一个电话，打电话来的，据说正是留学服务中心的内部人士。

负责人：“喂，您好，老师，我刚给您发了信息，下午有个学生来结尾款，下午过来，结完尾款之后我再跟您把情况说一下，好的，一起吃饭吧。”

“刚打电话你没听见吗？一起吃饭，一样的，这帮人见得多了。”

记者：“他们找你吃饭？”

负责人：“不是找我吃饭，是我们找人家去，没事去巩固巩固关系，人家找我们吃饭？请人家吃饭人家都不愿意去呢。”

这位负责人的说法是真的吗？留学服务中心内部真可能有人和他们合作吗？

记者：“有的伪造得特别像真的，在你们这儿能够混过去，能不能真正通过那个认证网？”

留学服务中心认证处负责人：“有可能是内外勾结，这个廉政风险到任何一个单位都会有的，从技术上我们可以堵得住，但是从人这方面出了问题，我们确确实实没有办法，要是内部的人，如果跟外部相互勾结，因为每一份工作都是交给具体分管个人的，我们虽然会对这个廉政风险做技术上的处理，但是不能说百分之百完全堵住，这是有可能的。”

正是因为这可能存在的内外勾结，这个生意他们做得相当红火。

最早从2011年开始，客户范围更是涉及全国各地，正如他们说的一样，他们甚至能帮助没有出国读书的人认证成功。这是这家公司经手的另外一名客户的资料，这位叫于某的人提供的护照，以及一份从南方某市公安局出入境管理处出具的出入境证明文件，这份材料上清晰显示，这个学生从2010年到2015年的出境记录为零，这意味着这名学生提交的所有认证材料都是伪造的，然而这并不妨碍于某于2015年3月获得了留学服务中心的认证书。记者上网查验了这份认证书，完全无误：认证她2014年11月，在英国伯明翰大学取得了荣誉理学学士学位，学位真实有效。

据了解，这家公司在北京的办公室只是一个分公司，总部其实在四川成都，而且在网上搜索学历认证这几个字，会跳出来很多家类似的网站，声称分布在郑州、上海、广州等地。

据了解，这当中有不少和四川的这家集团公司有关，因为需要制作大量的假文凭，他们还特地设立了一个排版中心。

北京谦合嘉业公司负责人："成都是我们所有的案子（毕业证）要去排版的地方，因为那里面的留学生，是有七八十个专门排版的。"

那么都是一些什么人在这里做假认证呢，认证之后的结果又能否真的在用人单位那里得到认可呢？几经辗转，记者找到了一个名叫张某某的年轻人，前几年他去英国留学，刚开始因为英语水平不行，雅思考试始终考不到入学所需的分数，于是他参加了一个当地中介组织的托业考试，并凭这个分数申请到了英国一所不错的大学，然而在毕业前夕，因为英国托业考试的考点涉嫌严重造假，他的毕业受到了影响。

张某某："以至于就影响了我们后面的大论文，就没有办法提交了，那其实对我们来说，当时真的是晴天霹雳。"

无法提交毕业论文，就无法获得毕业证书，正当他感到失望至极，感到无颜回家面对父母的时候，有人告诉他北京的这家中介公司可以提供特殊服务，让他不用毕业，也可以拿到毕业证。

记者："当时他们告诉你有这条路，你觉得可信吗？"

张某某："其实我不信，真的不信，因为我觉得这个很难实现，但在过程当中我就发现，相当于我已经上了船了，所以就随风走了。"

半信半疑中，张某某支付了14万元的中介服务费，一个多月后，他拿到了英国这所大学的假硕士文凭，并真的通过了留学服务中心的认证，不久后他就在南方一个城市的政府部门找到了工作，并且是作为高层次人才被引进的。

记者："当时比如你求职的时候，你拿着那个学历去，基本上单位都认的，是吗？"

张某某："因为这个就像那时候他们说的，全部都是正规的，因为出来的认证都是正规途径，真正是从国家那个机构出来的。”

两年多过去了，随着事业越来越顺利，他心里却始终摆脱不了对学历问题的焦虑。

张某某：“我现在已经是一个高楼在慢慢往上造，而且对于工作，我觉得也是看个人的能力的，相当于说，你直接给它抽掉了一块砖头，然后整个高楼就这样倒下来了，可能还压死一片，就是这种状态。”

实际上，因为通过了认证，如果没有人举报，他学历的问题很难暴露，即使有人怀疑，想验明真假也很难。记者曾和英国多所大学联系，求证一些毕业生的学历真假，得到的答复是必须有学生本人的签字授权才可以查证真伪。就这栏，这桩生意越做越大，从这家公司客户的账户往来看，他们的钱大多数是直接汇给了成都市一个叫作某跃跃的银行账户，或者是转给了一个名叫某端云的支付宝账户，他们两人共有的身份是天昱教育咨询集团公司的高管，这是一个注册资金为五千万元的公司。从公司这些成摞的资料来看，他们的业务开展得相当顺利，仅其中一家分公司，2016 年的营业收入就超过了一亿元。

整个调查过程可谓让人胆战心惊。从这些公司办理出的文凭和认证，到底该说它是真实的假文凭，还是假的真文凭呢？不管如何定义，拿着它，这些按正常水平毕不了业甚至根本没有出过国的学生，在国内的人才市场上，就相当于获得了一份贴金的通行证。在落户、求职等多方面，会享有留学生的待遇优惠。据了解，随着我国教育部门和国外教育机构的合作越来越多，通过网络等手段互认文凭会越来越便捷可靠，这个潜在的漏洞也会越来越小，但是之前发生的这些行为，如果真的是内外勾结，那就不只是失职，还涉嫌犯罪，有关部门应该一查到底，彻底堵住我国留学人才市场的一大漏洞。

（《焦点访谈》2017 年 7 月 7 日）